Bella Ellis est le pseudonyme d'une romancière à succès. Bella a eu l'occasion de visiter la demeure des sœurs Brontë quand elle avait dix ans. À l'instant où elle en a franchi le seuil, elle a été happée par leur univers, et cela a marqué le début d'une belle histoire d'amour littéraire avec Charlotte, Emily et Anne. À travers ses romans, Bella Ellis s'emploie à faire renaître de leurs cendres ces trois sœurs aux vies incroyablement romanesques.

De la même autrice :

Les enquêtes des sœurs Brontë :
La Mariée disparue
Les Os du diable

Ce livre est également disponible
au format numérique

www.editions-hauteville.fr

Bella Ellis

LES OS DU DIABLE

Une enquête des sœurs Brontë – 2

Traduit de l'anglais (Grande-Bretagne) par Karine Forestier

Hauteville

Hauteville est un label des éditions Bragelonne

Titre original : *The Diabolical Bones*
Initialement publié en Grande-Bretagne par Hodder & Stoughton, une filiale du groupe Hachette UK.

ISBN : 978-2-38122-161-8

Bragelonne – Hauteville
60-62, rue d'Hauteville – 75010 Paris

E-mail : info@editions-hauteville.fr
Site Internet : www.editions-hauteville.fr

À ma chère amie, Julie Akhurst

Envoûtée

La nuit s'assombrit autour de moi,
Les vents sauvages soufflent le froid ;
Mais, enchaînée par un sort tyrannique,
Je ne peux pas, ne peux pas partir.

Les arbres géants vacillent,
Leurs branches nues croulent sous la neige ;
La tempête se rue sur moi,
Pourtant, je ne peux pas partir.

Au-dessus de moi, des nuages à perte de vue,
En dessous, la désolation à perte de vue ;
Mais nulle tristesse ne peut m'ôter de là ;
Je ne partirai pas, je ne peux pas partir.

Emily Brontë

Presbytère de Haworth, avril 1852

Charlotte ne pouvait concevoir plus bel endroit que Haworth et la campagne environnante au printemps.

Les arbres étaient chargés de fleurs, la lande verte et féconde couverte de bruyères nouvelles, encore tendres et douces sous le pied, parsemées de petits nuages blancs d'herbe à coton qui dansaient dans la brise fraîche. Et pourtant, si heureuse que soit Charlotte d'être à la maison, en convalescence après une longue maladie, avec rien d'autre que du temps devant elle et la liberté d'écrire, il était indéniable que même maintenant, bien des mois plus tard, des mois remplis de voyages et d'acclamations, elle se sentait prisonnière de son isolement. Pourtant, pendant ses séjours à Londres, en compagnie de Thackeray, de Mme Gaskell et, oui, du très cher George Smith, elle avait toujours l'impression qu'il lui manquait une partie de son cœur. Non, ce n'était pas tout à fait exact. Les trois quarts de son cœur lui manquaient, emportés au ciel avant elle par son frère et ses sœurs décédés. Si seulement un miracle pouvait les lui rendre, alors peut-être pourrait-elle rire davantage, peut-être pourrait-elle aimer davantage et, surtout, peut-être pourrait-elle écrire davantage. En l'occurrence, il y avait de longues nuits orageuses où elle éprouvait un tel besoin de réconfort et de compagnie qu'elle ne parvenait pas à l'exprimer complètement. Comme si sa solitude la consumait à petit feu. Quand la perspective du mariage s'était présentée à elle, sous la forme de M. James Taylor, le sang s'était glacé dans ses veines.

Avec le vent joueur qui lui rafraîchissait les joues, Charlotte marchait, son esprit s'égarant si loin de sa route qu'elle fut même surprise de se trouver devant la plus haute demeure de la lande, Top Withens Hall. Elle s'y arrêta un moment, encore un peu réticente à l'idée de s'approcher de l'édifice gris et froid qui ressemblait plus à une ruine hantée qu'à une maison et une ferme animée.

Les gargouilles sentinelles de Top Withens la regardaient avec autant de férocité que par le sinistre après-midi qu'elle se remémorait. Six ans s'étaient-ils vraiment écoulés depuis l'amer Noël où, avec Emily et Anne, elles avaient marché dans la neige jusqu'à cette porte, ignorant tout de l'horreur que recelaient ces murs ? Malgré la douceur de l'après-midi ensoleillé, Charlotte frissonna à ce souvenir ; elle n'avait jamais oublié ce que l'on ressentait en présence du mal absolu.

Et pourtant, malgré toute la peur et les mésaventures qu'elles avaient endurées toutes les trois dans leur quête de la vérité, elle avait au moins sa famille autour d'elle. Même dans les moments les plus sombres de sa vie, c'étaient son frère et ses sœurs qui lui avaient donné de la force. « Prends courage » : tels avaient été les derniers mots qu'Anne lui avait adressés, et elle devait prendre courage, oui, car elle n'avait pas d'autre choix que de continuer. Charlotte jeta encore un long regard vers Top Withens, à la recherche de traces qui subsisteraient de l'infestation du mal qui avait jadis prospéré ici, mais à son grand soulagement, elle n'en trouva aucune. Désormais, Top Withens était une maison paisible, occupée par un père de famille convenable.

En décembre 1845, cependant, les choses avaient été très différentes.

1

Le cri déchira l'air glacé, tranchant comme une lame.

Liston Bradshaw se redressa d'un coup dans son lit, son souffle rapide s'embrumant dans l'atmosphère gelée. Dehors, une tempête de neige faisait rage, et le vent se déchaînait autour de Top Withens Hall, qu'il emprisonnait dans un tourbillon de hurlements furieux. Lorsque l'effroyable cri retentit pour la deuxième fois, Liston sortit du lit à tâtons, enfila sa culotte et enfonça ses pieds nus dans ses bottes. Dévalant l'escalier jusqu'au vestibule, il fut accueilli par les vociférations de son père.

—Va-t'en, démon, va-t'en!

Clifton Bradshaw hurlait dans le vide. En arrivant, Liston découvrit son père en train de tournoyer et jeter les bras en tous sens, avec à la main une vieille épée rouillée prise au-dessus de la cheminée pour transpercer le néant. Ses yeux étaient écarquillés par l'effroi et rougis par la boisson. Les chiens aboyaient comme des fous à ses côtés, tantôt se recroquevillant et tantôt grognant avec lui devant la menace invisible.

—Montre-toi et laisse-moi te combattre!

—Qu'y a-t-il, papa? demanda Liston alors que le dernier cri s'éteignait et que son père fouillait tous les coins sombres en quête de l'intrus fantôme. Pourquoi sommes-nous ainsi maudits?

—J'ai une peur mortelle qu'elle soit revenue réclamer mon âme, répondit Clifton à son fils, la voix tremblante.

— Qui ? Y a-t-il quelqu'un dehors ?

Liston se dirigea vers la porte, non sans prendre au passage un tisonnier dans la cheminée.

— Il n'y a personne dehors, idiot, cracha Bradshaw. Cette furie vient de l'intérieur de la maison. Elle vient exécuter sa vengeance.

Quand les gémissements reprirent, ils étaient lourds d'un chagrin perçant et plaintif qui imprégnait l'air de douleur. Son père avait raison. Il n'y avait pas à s'y tromper : les cris provenaient de la partie la plus ancienne de la maison, des pièces que son père avait condamnées, le jour où la mère de Liston était morte, et où personne n'avait plus remis les pieds depuis.

— Mary. (Le visage de Bradshaw se déforma alors qu'il prononçait le prénom de sa défunte épouse à haute voix, tout en traînant l'épée sur les dalles de pierre.) Mary, pourquoi me haïr à ce point ? Je t'en conjure, dis-moi ce que tu attends de moi !

— Papa ? appela Liston d'une voix incertaine.

— Tu viens, ou tu as l'intention de rester une chiffe molle toute ta vie ?

Liston se fit violence et suivit son père dans l'obscurité totale. S'ensuivirent le tintement métallique de lourdes clés, le cliquètement de la serrure rouillée qui s'ouvrait, et le grincement de la vieille porte retentit dans la nuit. Liston retint son souffle. Le mausolée de sa mère avait été déverrouillé.

Le courant d'air qui les fouetta était glacé.

Liston frissonna en franchissant le seuil de la vieille maison. Treize ans que sa mère avait rejoint Dieu. Treize ans que son père avait fermé ces pièces, gardant l'unique clé à sa ceinture en permanence, même lorsqu'il dormait. Durant tout ce temps, il n'y avait pas eu de feu allumé dans la cheminée, pas même une bougie à la fenêtre.

L'endroit était aussi froid et silencieux qu'une tombe.

— Mary ? Mary, est-ce toi ? Est-ce toi qui reviens à moi, ma chérie ? Mary, réponds-moi !

Liston était stupéfait d'entendre la voix de son père, épaisse d'un chagrin brut et sanglant.

Quand ils pénétrèrent dans ce qui avait été la chambre de sa mère, ce fut comme si le temps s'arrêtait. La tempête se calma en un instant et, soudain, chaque coin fut éclairé par la pleine lune, il faisait presque aussi clair qu'en plein jour. Le vieux lit en bois était tapi dans un angle, comme prêt à bondir à tout moment. Les quelques affaires qu'avait possédées sa mère étaient encore disposées sur la table de toilette, et un vent hurlant souffla à travers un carreau brisé, dont les morceaux irréguliers et givrés scintillaient au clair de lune.

Que s'était-il passé ici ?

Bradshaw tomba à genoux sur le sol poussiéreux.

— Mary, je suis là, dit-il en s'arrachant les cheveux. Reviens-moi, je t'en supplie. Je t'en conjure, s'il te plaît, dis-moi que tu me pardonnes.

L'espace d'une brusque inspiration, le silence se fit. Puis les cris recommencèrent, si forts que Liston eut un instant l'impression qu'ils venaient de l'intérieur de lui. Furieux, son père empoigna le tisonnier et l'enfonça dans les interstices de la cheminée en pierres sèches, détachant un bloc après l'autre. Il relâcha alors le tisonnier et il entreprit de tirer frénétiquement sur les pierres descellées, jusqu'à ce qu'elles tombent enfin en cascade sur le parquet, faisant trembler les planches pourries.

Les hurlements se turent, comme réduits au silence par une main qui les étouffait. Avec prudence, Liston avança d'un pas pour voir ce que son père fixait des yeux. Là, dans une alcôve couverte de suie, à mi-hauteur de la cheminée, il y avait quelque chose, empaqueté dans un large pan de tissu noirci.

— Attrape-le, voyons, lui ordonna son père.

Malgré l'effroi qui s'insinuait dans ses entrailles, Liston s'exécuta. En dépit de sa taille imposante, le paquet était léger comme une plume. Lorsqu'il le posa, la peur de Liston se dissipa, laissant place à l'horreur.

— Ôte-toi de mon chemin.

D'un coup de coude, Bradshaw écarta son fils, prit le couteau à sa ceinture, trancha les liens et révéla à la nuit ce qui était caché à l'intérieur.

— Grand Dieu du ciel, délivre-nous du mal, murmura Liston en vacillant sur ses talons à la vue de ce spectacle.

— J'aurais tendance à penser que Dieu n'était pas dans les parages quand ceci s'est produit, rétorqua son père.

Entre les plis du tissu élimé se trouvaient le crâne et les os d'un enfant.

2

Anne

Décembre 1845

Malgré le feu qui crépitait dans l'âtre et son châle le plus chaud enveloppé autour des épaules, Anne n'avait jamais eu aussi froid, pas même pendant le long sermon de son père à l'église la veille. Au moins, le dimanche, il y avait le reste de la congrégation pour former une communauté chaleureuse. Mais, en ce lundi glacial de décembre, l'air était épais de givre, à l'extérieur comme à l'intérieur, comme en témoignait le filigrane gravé sur chaque carreau. Et le papier qu'Anne avait étalé sur son pupitre restait aussi immaculé que la dernière neige tombée.

— Emily, tu n'as toujours pas écrit à Ellen pour la remercier de sa lettre, déclara Charlotte à sa sœur depuis sa place à table, une pile de correspondance bien rangée devant elle. Ellen m'en veut déjà de n'être pas allée à Brookroyd depuis un moment. Au point que j'en suis réduite à la supplier de ne pas me blâmer davantage ! Je t'en prie, n'aggrave pas la situation avec de mauvaises manières. Si tu lui écris un mot maintenant, je pourrai le joindre à mon courrier. Peut-être me pardonnera-t-elle, mais honnêtement sa dernière missive est aussi piquante que la branche de houx sur la cheminée, et assez injuste. Car, enfin, on n'y peut rien si l'on est accaparées par l'écriture, la détection et un frère désastreux, même si je ne lui ai pas parlé des deux premiers obstacles. Et maintenant, nous voici coincées à la maison au milieu de toute cette neige. Je suis surprise qu'Ellen n'arrive pas à comprendre ce qui est pourtant parfaitement évident.

— Ellen est ta plus vieille et ta plus chère amie, Charlotte, rappela gentiment Anne à leur aînée. Ne lui reproche pas de regretter de ne pas te voir. Pense à tout ce qu'elle doit gérer, avec son frère à nouveau malade et envoyé à l'asile.

Charlotte retroussa les lèvres, comme Anne savait qu'elle le ferait. S'il y avait une chose que sa sœur n'aimait pas, c'était que l'on mette le doigt sur ses défauts.

— Oui, eh bien, au moins, je lui ai écrit, et je lui ai transmis tes salutations comme tu me l'avais demandé, Anne, répliqua-t-elle d'un ton guindé. Emily, elle, l'ignore complètement, et c'est, je dirais, la pire des transgressions.

L'intéressée était plantée devant la fenêtre, les yeux tournés vers le paysage.

— Ciel ! s'emporta-t-elle avec un profond soupir. Ne vois-tu pas que je suis occupée ?

— Occupée ? se moqua Charlotte. À rester debout ?

— À penser, rectifia Emily. Je conçois que c'est une activité qui ne t'est pas familière. Toutefois, j'ai reçu une requête dont l'accomplissement me procurerait un grand plaisir, mais qui, d'autre part, m'obligerait à me montrer… sociable… et aimable avec qui ne m'intéresse pas du tout. En bref, autrui.

— Dans ce cas, tu devrais refuser immédiatement, lui conseilla Charlotte. Si je me souviens bien, et je fais de mon mieux pour l'oublier, ta dernière obligation sociale a entraîné notre déménagement à Bruxelles.

— Ce n'est pas vrai ! pouffa Anne. Emily, quelle demande as-tu reçue ?

Emily tendit à sa cadette une lettre à en-tête ornée d'un blason, en la tenant comme si elle était imprégnée d'une horrible maladie contagieuse.

— Un lord et une lady Hartley, le plus souvent de Londres, mais résidant parfois dans cette affreuse folie gothique qu'est Oakhope Hall, souhaitent que je joue lors d'une soirée musicale qu'ils organisent pour une cause charitable. Apparemment, la rumeur de mes prouesses pianistiques est parvenue à leurs oreilles.

— Lord et lady Hartley ? répéta Charlotte, qui arracha la lettre des mains d'Anne avant qu'elle n'ait eu le temps d'en lire une ligne, pour l'examiner intensément. Mais, Emily, ce sont des gens très grands et très importants. Tu dois le savoir, non ?

— Je sais qu'ils sont très riches, nuança Emily. Et je sais que certains, ma chère Charlotte, assimilent la fortune au statut social.

— Leur richesse est un détail. Lady Hartley est une célèbre philanthrope. Ses œuvres de charité ont soulagé la souffrance de nombreuses âmes pauvres ici dans le Nord, où elle a grandi. J'ai entendu dire qu'elle conversait avec Thackeray et Mme Gaskell… et qu'elle a même été reçue par Sa Majesté la Reine. Il faut accepter !

Emily se tourna pour contempler sa sœur aînée.

— Il le faut ? Il y aura des dizaines de jeunes femmes accomplies de bonne famille qui feront la queue pour jouer un joli morceau. Pourquoi diable lui faudrait-il une fille Brontë ?

— La question de savoir pourquoi c'est de toi dont elle a besoin serait plus pertinente, corrigea Charlotte, incapable de masquer son regret de ne pas avoir reçu de demande aussi prestigieuse.

— Tu aurais dû pratiquer davantage tes leçons de musique, Charlotte, dit Emily. Il semble que la grande lady Hartley n'ait que faire d'une experte dans l'art de… la parole.

— Mais tu iras, insista Charlotte. Imagine ce que la fréquentation des Hartley pourrait signifier pour nous ! Et juste au moment où nous venons d'envoyer notre poésie de par le monde. Cela pourrait faire toute la différence dans notre chemin vers le succès, Emily. Placer notre travail sous les yeux de personnages influents, avoir leur appui pourrait changer notre destin du tout au tout.

— Ma chère sœur, soupira Emily, je ne me soucie pas plus de savoir qui lit nos rimes que d'écrire des mots de remerciement ridicules et superflus pour le simple plaisir d'écrire des mots de remerciement. Tout ce qui va se passer, c'est que je rédigerai un billet à Ellen où je lui dirai : « Merci pour votre lettre », et puis Ellen m'écrira en retour pour me remercier de ma lettre, ce qui m'obligera à lui réécrire, et ainsi de suite jusqu'à la fin des temps. Afin de nous faire gagner un temps précieux, je vais partir du principe qu'Ellen me connaît suffisamment pour savoir que je suis toujours très reconnaissante !

— Je crois que nous sommes toutes un peu lasses de rester si souvent à l'intérieur, se hâta d'intervenir Anne, notant comme la couleur montait aux joues de Charlotte. Si nous faisions un tour de table, si nous mettions de côté les lettres et les récitals un moment pour partager nos idées à voix haute, peut-être… ?

Anne se demandait souvent ce qu'il adviendrait de ses sœurs si elle n'était pas présente pour servir de médiatrice entre elles. Malgré l'amour farouche que se portaient Emily et Charlotte, elles prenaient un plaisir pervers à s'irriter l'une l'autre. Charlotte savait qu'Emily résistait systématiquement à tout ce qu'elle lui demandait de faire, et Emily était parfaitement consciente que Charlotte ne connaissait pas de repos avant d'être certaine que tout avait été fait comme elle le jugeait bon. Elles se titillaient mutuellement par ennui, par sens de la compétition et à cause d'un sentiment récent de mal-être qu'aucune d'elles n'irait admettre. Car Anne était convaincue que cette dernière escarmouche en date n'avait rien à voir ni avec les congères qui semblaient vouloir les engloutir, ni avec leur manque persistant d'emploi rémunéré. Elle était sûre, en revanche, qu'elle découlait du fait que, tout récemment, après une série de refus polis, Charlotte avait envoyé leur recueil de poèmes aux éditeurs Aylott et Jones, en demandant s'ils envisageraient de les publier. Une fois de plus, d'autres yeux que les leurs se posaient sur leur travail, et bientôt elles sauraient si leurs efforts étaient méritoires. De quoi vous terrifier.

Emily pouvait à peine s'ouvrir à ce sujet sans se mettre en colère. Quant à Charlotte, eh bien, cela n'aidait pas que le mois précédent elle ait écrit à M. Héger, après avoir attendu les six longs mois qu'il avait exigés, et qu'à présent elle se trouve au supplice, se languissant de recevoir une réponse. Anne avait espéré que, le temps passant, la distraction de leurs détections et de leur livre parviendrait à détourner sa sœur de sa dévotion pour cet individu, mais le désir qu'il lui fasse montre de ses faveurs ne cessait de brûler en elle, telle une fièvre qui refusait de baisser. L'attente du courrier était devenue une torture qui, jusqu'à présent, n'avait abouti qu'à une double déception. Et voilà que cette histoire de lady Hartley ne ferait que l'affliger et la vexer davantage, car Charlotte aurait beaucoup aimé évoluer dans ces cercles rares dont Emily se moquait éperdument. Noël était censé être une période de famille, de communion, de camaraderie, de satisfaction et de prière, et pourtant…

Ce dont elles avaient toutes besoin, ce qu'Anne elle-même désirait, c'était l'aventure.

—Quand le monde ressemble à ce que nous avons sous les yeux, je me demande s'il va dégeler un jour, commenta Emily lorsque la tension retomba enfin. Je crois que je le préfère ainsi, en dépit du froid. Je me l'imagine presque entièrement immaculé, non souillé par l'homme. En fait, peut-être Keeper et moi devrions-nous sortir nous promener et profiter de quelques minutes où je peux croire que je suis le seul être humain encore en vie.

—Ne t'avise pas de sortir par ce temps, Emily, déclara Charlotte. Tu attraperais la mort.

—Cela aurait le mérite d'être plus intéressant que cette interminable période d'immobilité. Nous n'avons rien eu en matière de détection depuis des semaines, se lamenta Emily. Rien de captivant, en tout cas, et franchement, je préférerais renoncer à cette activité plutôt que d'avoir à enquêter sur la disparition d'une vache.

—Les vaches ont une grande importance pour certaines personnes, argua Charlotte. M. Hawthorne a été ravi que Gracie lui soit rendue, et je crois qu'il réfléchira à deux fois avant d'en faire à nouveau l'enjeu d'une partie à l'avenir.

—Oui, et c'est très bien comme ça, soupira Emily. Mais ce n'est pas tout à fait du même acabit que notre aventure de l'été dernier, n'est-ce pas ? Enfin, nous n'avons pas eu à craindre pour notre vie, pas un jour et pas une nuit, au cours des quatre mois écoulés.

—J'ai été fort inquiétée par mon dernier rhume, tenta Charlotte.

—Peut-être serait-il plus utile que nous évoquions les peurs qui nous préoccupent concernant notre soumission à Aylott et Jones, suggéra Anne. Car si nous exprimons nos sentiments à haute voix, si nous partageons le fardeau de nos angoisses, nous les atténuerons peut-être.

—Ne sois pas ridicule, la rabroua Charlotte.

—Quelle perspective horrifiante ! murmura Emily, avant d'ajouter, pensive : Peut-être devrions-nous faire de la publicité pour Bell Frères et Compagnie dans le journal, afin que nos services soient connus au-delà de la région. Je suis sûre que des actes d'immoralité de toutes sortes sévissent à Bradford.

—La loi est aussi beaucoup plus appliquée à Bradford, répliqua Charlotte, abattue. Des gendarmes partout où l'on regarde, de quoi gâcher le plaisir.

—Bientôt, nous aurons des réponses pour notre recueil de rimes, insista Anne. Nos noms, ou plutôt les noms de Currer, Ellis et Acton Bell seront connus dans le monde entier, pour être loués ou condamnés. Et s'ils reçoivent des louanges, alors, eh bien… il nous faut du matériau sous le coude. Car, mes sœurs, nous ne gagnerons jamais notre vie avec nos activités de détectrices. En revanche, nous pourrions vivre de nos écrits.

Emily s'assit, boudeuse, le regard rivé sur Charlotte.

—Elle n'arrêtera pas de nous ressasser sa chanson, n'est-ce pas ? marmonna-t-elle en désignant Anne d'un mouvement de la tête.

—Elle est manifestement très nerveuse, renchérit Charlotte. En tant qu'aînées, nous devrions essayer de l'apaiser.

—Ce qui m'apaiserait beaucoup, ce serait que vous vous calmiez d'abord vous-mêmes, leur fit remarquer Anne. Cessez de vous battre comme deux moineaux et confrontez-vous à ce qui vous préoccupe réellement. Si nous concentrons nos efforts sur nos romans, nous nous sentirons toutes beaucoup plus stables. Je vais écrire l'histoire d'une gouvernante. (Anne sourit en se remémorant l'idée qu'elle déroulait dans son esprit depuis quelques jours.) Mon héroïne sera ordinaire et simple, convenable et bonne, à la merci d'enfants méchants et de messieurs désagréables.

— Qui diable voudrait lire le quotidien d'une gouvernante ? lança Charlotte. Je pensais plutôt raconter l'histoire d'une jeune femme exceptionnellement intelligente et brillante, qui serait attirée par un professeur beaucoup plus âgé…

Ses joues rosirent à cette perspective.

— De toute évidence, vous avez toutes les deux besoin d'un rappel à l'ordre : nous nous efforçons d'écrire une fiction, pas notre autobiographie, s'insurgea Emily dans un soupir et en secouant la tête. Nous sommes les architectes de Gondal et d'Angria. Si nous ne sommes pas capables d'inventer quelque chose de vraiment remarquable, alors autant ne pas écrire du tout.

— Très bien, dans ce cas, quelle idée révolutionnaire proposes-tu ? s'enquit Charlotte.

— Je ne sais pas, admit Emily en baissant le menton. Si je sors arpenter la lande, elle me parle en chansons et en vers, et je peux écrire cent poèmes en un jour. Mais ce travail fastidieux qui consiste à mettre un mot après l'autre pour composer un livre… c'est beaucoup plus laborieux qu'on ne l'imagine.

Si fort que ses sœurs l'exaspèrent, c'est-à-dire énormément, Anne était heureuse de voir la tension entre elles s'apaiser.

— Très bien, dit-elle. Marchons et parlons autour de la table, comme je l'ai suggéré, et voyons ce qui en ressort.

Mais Anne avait à peine repoussé sa chaise que l'on frappa doucement à la porte. Leur très chère Tabby, leur domestique de longue date, entra, le visage grisâtre et la bouche pincée en une ligne mince et ferme qui traduisait un profond malaise et une vive inquiétude.

— Tabby, tu ne te sens pas bien ? lui demanda Anne, qui alla lui prendre la main pour l'attirer vers sa chaise. Que se passe-t-il, grand Dieu ?

— Ça ne va pas du tout, répondit Tabby. On a fait une découverte… des plus diaboliques. Il s'agit d'un cadavre. Je crains fort que, si rien n'est fait, tout ce que nous connaissons et aimons ne soit englouti par le mal.

3

Charlotte

—Je parlerais bien à votre père, dit Tabby, agitée, mais entre ses yeux en si mauvais état et le fait qu'on soit presque à Noël, ça ne serait pas une bonne idée. Et le jeune M. Nicholls, c'est un brave garçon, sauf qu'il n'a pas le cran, ni la force de caractère, ni l'entêtement. Pas comme vous, les filles.

—Eh bien, Tabby, répondit Emily en souriant, je crois que c'est la chose la plus gentille que tu nous aies jamais dite.

—Répète-nous tout ce que tu sais, ma chère Tabby, lui enjoignit Anne. Et laisse-nous dissiper tes craintes.

Cependant, si plaisante que soit la promesse, aucune d'entre elles ne serait capable de la tenir.

—Il est déjà à peine croyable que Clifton Bradshaw ait fait une découverte aussi tragique pour commencer, commenta Charlotte, mais qu'il ait ensuite proposé de laisser les ossements dehors, à la vue de tous, jusqu'à ce qu'il puisse les enterrer sur sa propre propriété au printemps, c'est indéfendable. A-t-il oublié qu'une âme humaine a un jour habité ce misérable squelette ?

—Moi, ça ne me surprend pas, marmonna Tabby, malheureuse. Ces Bradshaw, ça a toujours été une mauvaise engeance… depuis la création, je parie. Qui d'autre construirait sa maison tout en haut de la lande, là où seuls les gens qui veulent se cacher iraient s'établir ?

Charlotte tapota sur la main de la pauvre femme pour tenter de la réconforter et de la calmer, bien qu'elle soit elle-même submergée par l'horreur absolue.

— Ce que le monde des hommes a oublié, c'est qu'il y a toujours un prix à payer pour tout ce qu'ils prennent à la terre, une compensation, continua Tabby. Ne vous ai-je pas toujours dit que le peuple caché, les enfants d'Adam et Eve, habitait les collines où les Bradshaw cultivent et labourent ? Ne vous avais-je pas prévenues qu'il y aurait des problèmes ?

— En effet, confirma Charlotte d'un ton apaisant.

— Créés dans le péché originel et cachés par Dieu en guise de punition, mais toujours là, habitant les rochers et les forêts, les landes et les rivières, toujours là, mais jamais visibles. Autrefois, les gens leur laissaient des offrandes pour éloigner le mauvais œil ; maintenant, les temps ont changé et les anciennes coutumes se sont perdues. J'ai toujours su qu'il y aurait un lourd tribut à payer pour une telle arrogance, et j'ignore comment, mais je sais que ces os, ils en sont le début.

— Top Withens est une très ancienne maison, répliqua Charlotte. Les os pourraient y être depuis deux siècles. Et quels que soient les torts de M. Bradshaw dans sa manière de traiter cette dépouille, rassure-toi, Tabby : ces restes sont à coup sûr les vestiges d'une tragédie qui s'est jouée il y a bien longtemps.

— Peut-être, convint notre gouvernante. Mais si je sais une chose, c'est que tant que les restes de cette pauvre âme seront si maltraités, il n'y aura rien d'autre que du malheur et de la misère, et pas seulement à Top Withens. La malédiction se répandra comme un fléau à travers tout le comté. Souvenez-vous de mes paroles.

La voix de Tabby se tut, et Charlotte se pencha vers elle pour fouiller son regard troublé.

— Tout ira bien, ma chère Tabby. Nous allons remédier à cette terrible situation dès que nous le pourrons. Si seulement le temps n'était pas aussi hostile. Top Withens est presque inaccessible en ce moment.

— C'est absurde ! s'écria Emily. Charlotte, tu te comportes comme si nous étions basées dans l'Arctique, et non dans un petit village anglais. Le manteau neigeux est épais, certes, mais nous pouvons suivre les sentiers des bergers jusqu'à Top Withens sans craindre de nous égarer. Tabby, nous aurons parlé à M. Bradshaw et l'aurons convaincu d'adopter la bonne façon de penser avant que tu ne sois couchée.

— Vous feriez vraiment ça, mon enfant ? demanda Tabby.

Et il y avait dans ses mots un tel soulagement que Charlotte vit qu'il était inutile d'essayer de faire valoir son point de vue ou remarquer que ce serait un beau cadeau de Noël pour Père que d'avoir ses trois filles ensevelies par la neige, comme beaucoup d'autres avant elles. Enfin, Tabby était Tabby, aussi précieuse et chère pour eux tous qu'une mère, et aucun membre de la famille Brontë ne pouvait supporter de la voir aussi bouleversée.

— Nous ferons mieux que cela, renchérit Anne avec un enthousiasme surprenant face à la perspective de perdre un orteil ou deux à cause du froid glacial. Nous allons prendre ces ossements et les emporter avec nous. J'enverrai une telle colère sur ceux qui résident à Top Withens qu'ils en viendront à souhaiter que leur maison s'écroule sur leur tête.

— Je ne suis pas persuadé que ce soit la meilleure façon d'approcher les Bradshaw, intervint Branwell qui entrait dans la pièce. Pardonnez-moi, je suis resté un moment dans le couloir à écouter votre conversation, à essayer de démêler si c'était là un exemple de vos habituels bavardages féminins ou quelque chose qui valait la peine d'être pris en compte. Je crois que c'est la seconde option.

Malgré son sourire, leur frère avait l'air épuisé : son visage était d'une pâleur bleutée, rendue encore plus frappante par la couleur d'un roux flamboyant presque surnaturel de ses cheveux.

— Tout le monde ne parle que de ces ossements au *Bull*, et c'est effectivement une situation bien affligeante. Imaginer un enfant, abandonné ainsi… perdu pour toujours… (Branwell s'interrompit un instant et s'affala sur une chaise autour de la table.) Aussi forte et compétente sois-tu, ma chère sœur, Clifton Bradshaw n'est pas homme à se plier facilement à la volonté d'une femme, ni même à celle de trois. Son fils, Liston Bradshaw, en revanche, est de mes amis, et c'est un brave garçon. Je vous accompagnerai à Top Withens pour complaire à Tabby.

— Tu as tout juste réussi à faire le voyage jusqu'à cette chaise, Branwell, lui fit remarquer Charlotte. Es-tu sûr d'être apte à entreprendre pareille expédition ?

— Tout à fait sûr. De plus, Top Withens Hall est une maison d'hommes, et il faut un homme pour savoir comment leur parler. Quant à vous, vous pouvez bien vous donner des noms d'hommes, cela ne vous en octroie ni la force ni le courage.

— Il y a autre chose qu'il vous faut savoir avant de monter là-haut, reprit Tabby très gravement. Car je ne peux pas envoyer mes anges, et vous, Branwell, dans la fosse aux lions sans vous armer contre le danger qui pourrait vous y guetter.

— Ne suis-je pas un ange aussi ? demanda Branwell, légèrement contrarié.

— Un ange déchu, peut-être, ironisa Emily, qui sourit à Anne.

— Qu'y a-t-il, Tabby ? s'enquit Charlotte alors que les autres se rapprochaient.

— Certaines personnes racontent…, commença Tabby en baissant la voix, que la nuit où son épouse lui a été enlevée, Clifton Bradshaw était si désespéré et si furieux qu'il a vendu son âme au diable, pour se venger du dieu qui l'avait privé de son amour. Ce serait pourquoi il a toujours eu une chance inouïe depuis lors.

4

Emily

Nombreux sont ceux qui ne parviendraient pas à comprendre que ce qu'Emily Brontë aimait le plus dans les landes qui entouraient sa maison, c'était leur capacité à mettre fin à l'existence de quiconque à tout moment. Un seul faux pas, un détour imprévu, un instant d'inattention sur un sentier en haut d'une falaise, et la probabilité de se retrouver dans les griffes de la mort devenait remarquablement élevée. Cela n'avait jamais été aussi vrai que sous l'emprise d'un temps hivernal, comme celui qui avait pris possession de leur petit coin de campagne depuis plus de trois semaines où il neigeait sans discontinuer, sans aucun signe de redoux. C'était rude, mais aussi sublime, avec tous les bruits et les clameurs du monde réduits à un silence assourdi, empreint de paix et de calme. Emily serait désolée quand le printemps finirait par faire sauter la gangue de glace, mais, même alors, le dégel provoquerait un déluge d'eau de fonte qui dévalerait les collines et les vallées jusqu'aux villages. Car, dans le Yorkshire, l'arrivée de l'été pouvait elle aussi s'avérer dangereuse.

Tous les quatre s'étaient habillés aussi sagement et chaudement que possible, compte tenu de leurs moyens. Malgré cette précaution, il ne fallut guère plus de quelques minutes de marche pour que le froid s'insinue sous toutes les couches de vêtements d'Emily. On aurait dit une créature vivante qui chercherait à se nourrir de son sang chaud, imprégnant progressivement tout son être, au point qu'elle croyait sentir son contact gelé jusque dans la moelle de ses os.

Malgré sa fragilité, celle qu'il persistait à s'infliger, Branwell ouvrait la voie et, pour l'occasion, Emily était heureuse de le laisser faire. Avant l'affaire avec Mme Robinson, son frère n'aurait eu aucun problème à parcourir vingt miles à pied en une journée et il connaissait les sentiers tout aussi bien qu'elle. À l'heure actuelle, où son corps était composé de plus de gin que de chair, son rythme était plus lent et beaucoup plus laborieux qu'il ne l'aurait été autrefois. En revanche, il n'avait pas perdu son agilité de chèvre ni son sens infaillible de l'orientation. Si seulement il avait pu utiliser ces atouts dans sa vie personnelle, pensa Emily, alors peut-être ne serait-il pas encore en train de s'interroger, d'attendre des nouvelles de Mme Robinson, avec la certitude que, d'une façon ou d'une autre et le moment venu, elle le rappellerait à ses côtés, alors qu'il était clair pour tout le monde que Lydia Robinson faisait de son mieux pour effacer l'existence de Branwell de l'histoire de sa famille.

Emily soupçonnait son frère d'avoir considéré que le secret dont il avait entouré les poèmes d'amour qu'il avait soumis au *Halifax Guardian* avait été bien gardé. Naturellement, l'auteur et le destinataire de ces vers étaient évidents pour quiconque tombait dessus, car Branwell n'était pas tout à fait aussi doué pour les artifices qu'il se plaisait à le croire. Sans aucun doute priait-il pour que sa maîtresse lise ses mots passionnés et sacrifie tout pour être avec lui. En fait, du moins Emily l'avait-elle observé de son œil avisé, les efforts de son frère n'avaient eu pour résultat que l'arrivée de petites sommes d'argent, envoyées dans le but de le faire taire. Mais Branwell n'était pas homme à cacher son amour, peu importait ce qui pouvait lui en coûter, ou en coûter à n'importe quel membre de leur famille, d'ailleurs.

Lorsque Top Withens Hall apparut enfin, la bâtisse se détachait de l'arrière-plan monotone, tel un corbeau noir perché sur la plus haute branche d'un arbre, oscillant au gré du vent, et pourtant sûr de son ancrage et de son droit d'être là.

Les quelques âmes humaines encore vivantes qui habitaient le manoir en gardaient l'intérieur aussi chaud qu'elles le pouvaient, ce qui n'était pas une mince affaire dans la plupart des maisons, et encore moins dans une demeure dont la situation était aussi périlleuse. La chaleur qui s'échappait des chevrons avait fait fondre la neige, dénudant les ardoises du toit, et la lumière des bougies scintillait de façon hésitante à travers trois des fenêtres visibles, toutes obstruées par le givre.

— Cet endroit ressemble à l'enfer, commenta Charlotte alors qu'ils s'arrêtaient tous les quatre pour reprendre leur souffle comme la pente se stabilisait enfin. En tout cas, si l'enfer était un endroit gelé, c'est ainsi que je l'imaginerais.

— Comment peut-on vivre ici et rester convenable, je l'ignore, ajouta Anne, son cher visage rougi par le froid. C'est un endroit hostile, et une maison si peu aimable rend forcément ses occupants cruels.

— Liston Bradshaw n'est pas un animal, les admonesta Branwell en se frottant le bout du nez pour y ramener le sang. Il est peut-être moins éduqué que vous ou moi, et il a eu moins d'occasions de se confronter à la beauté du monde, mais malgré la brutalité de son père, Liston a un bon cœur et un esprit droit. Vous l'apprécierez.

— Pour ma part, je l'admire, si je ne l'apprécie pas vraiment, répliqua Emily. Il y a quelque chose, chez les êtres qui les premiers se choisissent un endroit désolé pour demeure, une courageuse obstination qui me plaît. Cependant, cette maison m'évoque une présence assez inquiétante, comme si elle nous observait.

Charlotte se dirigea vers le portail.

— Tu ressens cela, ma chère sœur, parce que rien ne te plairait plus que de vivre dans une grotte comme l'Ermite de Ponden et ne plus jamais échanger avec aucun autre être humain.

Charlotte n'avait pas tort. Emily admirait l'esprit qui n'avait pas eu peur de creuser des fondations ici, sur le terrain le plus sauvage et le plus inhospitalier à cent miles à la ronde. Ici, il n'y avait aucun abri d'aucune sorte, pas de sommet plus élevé pour empêcher la bise glaciale du nord de souffler à travers chaque fissure et chaque crevasse de la maison. Ou pour l'empêcher de plier les arbres rabougris selon sa volonté, faisant ainsi d'eux le témoignage permanent de sa férocité.

L'ancien portail de fer forgé de jadis, censé annoncer l'entrée d'une maison de prestige, avait été remplacé par des battants en bois, presque arrachés de leurs gonds au cours de l'hiver, qui se balançaient et grinçaient au vent comme des pendus. À chaque montant de porte et à chaque coin de la toiture du manoir se dressaient des gargouilles grossièrement sculptées, absolument épouvantables, chacune montant la garde au-dessus de l'un des quatre points cardinaux de la propriété. La cour était un mélange de neige, de glace et de boue gelée, et si le portail n'était plus un obstacle à l'entrée, le sentiment de misère omniprésent qui semblait former des gouttes dans l'air humide l'était certainement, lui.

Il était rare qu'Emily ait envie de rebrousser chemin, elle qui estimait que les moments sombres et difficiles étaient aussi nécessaires que ceux qui apportaient du réconfort et de la joie. Pourtant, en cet instant, elle hésita ; son instinct le plus profond contemplait les fenêtres obscurcies de Top Withens Hall et lui murmurait : « Méfiance ! »

Lorsqu'ils entrèrent dans la cour, une meute de chiens de toutes formes et de toutes tailles accourut pour les accueillir avec une frénésie d'aboiements et de crocs dénudés.

— Revenez ici, sales bêtes ! rugit Clifton Bradshaw, qui venait d'émerger de la maison et enfilait à la hâte un manteau crasseux. Fermez-la donc, ou je vous fouette jusqu'au sang.

Aussitôt, les animaux se recroquevillèrent et se mirent à gémir, avant de rouler docilement sur le dos. L'homme s'avança alors vers leur petit groupe. De toute évidence, il inspirait une peur bleue à ses chiens.

— Le bonjour à vous, monsieur, mesdames, lança Bradshaw avec un semblant de sourire qui étira ses lèvres froides et gercées, douloureusement minces, sur des dents jaunies. On n'attendait pas d'invités par un jour pareil.

— Ceci n'est pas une visite de courtoisie, l'informa Anne, qui dut élever la voix pour se faire entendre malgré le vent. Nous sommes venus au nom de notre père, le révérend Patrick Brontë, pour exiger que vous remettiez à l'Église la dépouille retrouvée sur votre propriété, afin que la pauvre âme puisse recevoir immédiatement une sépulture chrétienne.

Emily n'aurait pu l'affirmer, mais elle n'aurait pas été surprise de voir sa jeune sœur ponctuer ses derniers mots d'un coup furieux de sa bottine sur le sol. L'espace d'un instant, Clifton la dévisagea avec perplexité, puis il explosa d'un rire rauque et brutal qui retentit à travers la cour, effrayant les animaux dans la grange et dispersant les chiens à ses pieds.

— Écoutez-moi bien, fillette…, commença-t-il.

Emily sentit la rage monter depuis ses orteils et se propager dans ses veines comme une mèche allumée. Nul moyen de savoir quelles invectives auraient pu jaillir si Branwell ne l'avait arrêtée dans son élan, assez longtemps pour qu'elle renonce à exprimer le fond de sa pensée.

— Monsieur Bradshaw, dit Branwell en tendant la main au bonhomme, veuillez excuser mes sœurs. Ce sont des créatures sensibles, émotives jusqu'à la moelle, qui ne voient que l'aspect tragique de la situation, et pas la valeur scientifique ou historique de votre découverte. Je vous en prie, veuillez pardonner leur faiblesse toute féminine et invitez-nous à entrer. Mes sœurs sont fragiles, et je crois vraiment que nous pourrions tous périr si nous restions plus longtemps dehors par ce temps.

Clifton regarda Branwell, puis les trois femmes emmitouflées qui l'accompagnaient, avant de tourner les talons et de repartir vers la bâtisse à grandes enjambées, écartant d'un coup de pied un petit lurcher sur son passage.

— S'il le faut, lâcha-t-il. Mais faites vite.

Sur quoi, il se détourna et pénétra dans la maison. Après quelques secondes d'hésitation, les trois sœurs et leur frère le suivirent, tout au fond de l'antre du diable.

5

Charlotte

L'intérieur du manoir était plus lumineux et plus accueillant que ce à quoi Charlotte s'était attendue. À l'une des extrémités de la vaste pièce, une femme âgée supervisait une jeune servante devant le feu, attelée à la préparation d'un mets qui sentait le ragoût de mouton. À l'autre bout, un énorme buffet occupait une partie du mur, et toutes sortes d'animaux traînaient autour de leurs pieds, notamment d'autres chiens et plusieurs chats. Même une poule, qui se promenait autour de la vieille dame, inconsciente du féroce fendoir enfoncé dans le bloc de boucher à proximité.

Au plafond se balançaient des cuissots de porc et de mouton entourés de bouquets d'herbes aromatiques, le tout conférant à l'atmosphère une odeur âcre mais pas désagréable de viande fumée, combinée au parfum suave des épices dans le chaudron mijotant sur le feu. La pièce était propre, le sol balayé et récuré ; les objets en étain alignés sur le grand buffet en chêne brillaient comme s'ils avaient été récemment polis. Même si la salle n'était pas décorée pour Noël, comme d'autres maisons auraient pu l'être à cette période de l'année, elle ne ressemblait pas non plus au foyer du païen à moitié sauvage contre qui Tabby les avait mis en garde.

— Bess, Molly ! aboya Bradshaw en désignant d'un geste leur groupe dépenaillé quand la vieille dame se retourna au son de son nom. Des gens.

Elle les dévisagea en clignant des paupières.

— Oh oui. Allons, mesd'moizelles, enlevez donc vos manteaux et rapprochez-vous par ici avant de mourir de froid !

— Merci, répondit Anne, madame… ?

— Non, vous me connaissez, maîtresse. Je suis votre Bess ! Le froid vous a peut-être gelé le cerveau, hein ?

Bess partit d'un rire joyeux.

— Ne faites pas attention à elle, mesdemoiselles, intervint Molly en prenant leurs vêtements trempés. Bess est déjà à moitié au paradis, et c'est à moi de veiller sur elle, même si elle ne le sait pas.

— Je vois, commenta Charlotte.

Bien que mourant d'envie de profiter de la chaleur du feu, elle campait à sa place, déterminée à ce que Clifton Bradshaw l'entende. Un homme aussi brutal la fascinait et la révulsait dans la même proportion. Sa grossièreté l'horrifiait, la dégoûtait et pourtant, d'une certaine manière, elle l'admirait un peu aussi. Voilà un individu qui envoyait les conventions au diable.

— Je ne recevrai d'ordre de personne sur mes propres terres, pas même de la progéniture du pasteur, déclara Clifton avant qu'aucun des quatre ne puisse parler. Les ossements sont ma propriété, et je les enterrerai ici à Top Withens, dès que le sol aura suffisamment dégelé pour être creusé. Vous ne pouvez pas les prendre, cependant vous pouvez les voir si vous le souhaitez. Vous serez ainsi en mesure de constater qu'ils sont traités décemment et de dire aux villageois qu'ils peuvent cesser de se plaindre de ce qui ne les regarde pas.

— Monsieur, reprit Charlotte, toute âme mérite un enterrement chrétien, et sûrement…

— Voulez-vous voir les ossements ou non ? la coupa Bradshaw, imperturbable. Ces appartements-là sont fermés depuis ces treize dernières années, et je n'ai pas l'intention de m'y aventurer à nouveau avant d'y être obligé. En revanche, Liston vous y conduira.

— Oui, intervint Branwell. Oui, nous aimerions les voir.

Charlotte leva les yeux vers son frère, mais il secoua imperceptiblement la tête, l'avertissant de rester silencieuse, d'être patiente et d'attendre. Sachant que Branwell avait raison en cette occasion, elle s'exécuta, quelque effort qu'il lui en coûte.

Clifton alla se poster au pied de l'escalier central et brailla :

— Liston, amène-toi. Des gens veulent voir les os !

Aussitôt, les poutres au-dessus de leurs crânes se mirent à grincer, et un bruit de pas lourds se fit entendre tandis que, encore enveloppé de la couverture dans laquelle vraisemblablement il dormait l'instant d'avant, Liston Bradshaw descendait l'escalier, à moitié en marchant, à moitié en dégringolant dans sa hâte de répondre à l'appel de son père, ses longs cheveux noirs en bataille et emmêlés, ses joues rougies par le sommeil. Dès qu'il aperçut des dames dans sa maison, toutefois, il s'arrêta au milieu de l'escalier et se dépêcha de rentrer sa chemise ample dans son pantalon, avant de tenter de maîtriser sa crinière sauvage pour dégager son visage.

— Mesdemoiselles Brontë, salua-t-il, ses pommettes rosissant à la vue de cette digne compagnie. Et Branwell, mon vieil ami, pardonnez-moi, je ne m'attendais pas à recevoir de la visite par un après-midi comme celui-ci !

— Ils sont venus voir les os, pas toi, idiot, grogna Bradshaw à son fils. Ils ne peuvent pas rester tranquilles chez eux, il faut qu'ils fourrent leur nez là où on ne veut pas d'eux et où on n'a pas besoin d'eux.

Avec l'air de qui produit un effort déterminé pour ne pas entendre son père, Liston vint taper sur l'avant-bras de Branwell. Ce dernier lui rendit son geste, puis ils se serrèrent la main avec enthousiasme, tels deux jeunes gens jouant à être des hommes, sous le regard de biche étonnée de Molly.

— Tu les emmènes là-haut, ordonna Bradshaw à son fils. Je suis occupé à… des affaires.

Il désigna une pile de registres sur la table. Charlotte nota avec intérêt le changement de comportement du bonhomme. Tout à coup, une ombre vint hanter son expression : une sorte de méfiance, peut-être, voire de la culpabilité. Était-il possible que Bradshaw soit doté d'une once de conscience à laquelle ils pourraient faire appel ?

Le plaisir et la surprise de Liston à la vue de Branwell et de ses sœurs s'évanouirent dès que son père parla de les escorter voir les ossements, et un grand manteau de détresse bien visible tomba instantanément sur lui.

— Branwell, lâcha-t-il, comme une mise en garde discrète, ce n'est pas un spectacle pour des dames.

Branwell répondit tout bas, mais juste assez fort pour que Charlotte l'entende :

— Ce n'est pas non plus un spectacle qu'aucun de nous souhaite contempler, mon ami. Nous sommes venus offrir un refuge à qui s'est perdu et nous pourrions avoir besoin de votre aide.

Les yeux sombres de Liston passèrent de Branwell à Charlotte, qui hocha la tête une fois.

— Vous l'aurez, murmura-t-il. Car, en vérité, je ne peux supporter de savoir la pauvre âme là-haut toute seule un moment de plus.

— Mes sœurs ? appela Charlotte à l'intention d'Anne et Emily, serrées près du feu. Le devoir nous attend.

6

Anne

Ce n'était pas sans appréhension qu'Anne suivait le reste de la petite troupe, emmenée par Liston Bradshaw, jusqu'à la partie la plus ancienne de Top Withens Hall, encore fermée à clé il y avait peu de temps.

C'était l'atmosphère, dense et triste, qui pesait le plus lourd sur ses frêles épaules, car il y avait des fantômes dans tous les coins. Pas du genre spectral sur lequel M. Dickens aimait écrire, plutôt les vestiges de souvenirs qui racontaient une vie lointaine et plus heureuse. Un portrait de groupe représentant Clifton, sa femme et Liston – même sous le voile de toiles d'araignées et de poussière qui l'enveloppait – montrait les membres d'une famille unie, pleine de fierté et de chaleur les uns envers les autres. Sur le rebord d'une fenêtre, un vase était posé, entouré de pétales épars et desséchés ; un châle était drapé sur le bout de la rampe comme s'il avait été laissé là quelques instants auparavant par un propriétaire qui s'était promis de revenir le chercher sous peu.

Il semblait à Anne qu'à l'instant où Mary était morte, treize ans plus tôt, Clifton Bradshaw avait mis sous clé toute trace de la famille enjouée qui avait vécu là et en avait enterré le souvenir avec sa femme. Comme c'était triste, pensa Anne, surtout pour Liston, qui ne devait pas avoir plus de douze ans lorsque sa mère était décédée, à l'aube de sa vie d'homme, mais encore assez jeune pour avoir besoin de sa maman. Anne se rappelait à peine sa propre mère, mais au moins leur père n'avait-il jamais cherché à effacer sa mémoire, ni à nier combien ils l'avaient tous aimée et chérie. De cette façon au moins, Maria Brontë était présente chaque jour.

Liston s'arrêta assez brusquement en tête de leur cortège, la main sur le loquet de la chambre, le front plissé. Même sous la couverture qu'il portait en guise de châle de fortune, Anne le voyait trembler.

— Entrons-nous, mon ami ? demanda doucement Branwell après un moment, posant une paume sur l'épaule de Liston. Car si cela doit être fait, autant agir vite.

Liston retira ses doigts du loquet et recula d'un pas, détournant son visage de la pièce.

— Je ne peux pas. (Il secoua la tête.) Je ne peux pas retourner affronter ce spectacle.

— Tu n'en as pas besoin, le rassura Branwell.

— C'était la chambre de ma mère, leur confia-t-il. La simple vue de cette porte fermée me rappelle les pires heures de ma vie, sans parler de la terrible découverte qui se cache là derrière. Il est difficile pour moi de trouver la volonté de l'ouvrir à nouveau.

— Je comprends, Liston, intervint Anne d'un ton grave. Pourtant, nous devons surmonter notre peur. Nous sommes venus au nom de cette pauvre âme perdue, missionnés par notre père, le révérend Patrick Brontë, et sous la protection de notre foi chrétienne. Nous sommes armés de tout le courage requis.

En acquiesçant, Liston ouvrit et s'écarta.

D'abord Branwell, puis Emily et Charlotte pénétrèrent dans la pièce. Comme elle s'apprêtait à les imiter, Anne entendit un bruit semblable à un hoquet, un sanglot émanant de l'une de ses sœurs, et elle s'immobilisa, leva les yeux vers Liston, prise dans un moment d'incertitude. Liston lui tendit la main, mais elle secoua la tête.

— C'est une tâche dont je me sens capable, affirma-t-elle, plus pour elle-même que pour lui, et elle entra.

Derrière, elle sentit Liston la suivre, bien qu'il ne dépasse guère le seuil de la porte.

Des bourrasques chargées de neige s'engouffraient par la vitre brisée de la fenêtre à meneaux. Il faisait si froid que l'on aurait pu se croire dehors, sur le flanc de la colline, et une congère s'était formée sur les planches pourries du parquet. Les sœurs se prirent par la main tandis que Liston tirait des rideaux lourds mais en lambeaux devant la vitre béante et, une fois le courant d'air étouffé, il alluma quelques bougies qui, vacillantes, menaçaient de s'éteindre à tout moment. Ce ne fut qu'une fois tous réunis autour d'une petite table que Liston ôta un drap maintenu en place par des pierres. Ils observèrent les restes dans un silence interloqué.

Anne n'était pas préparée à la bouffée de chagrin qui monta en elle, car elle n'avait pas imaginé que le squelette serait de si petite taille. Elle ne s'était pas préparée à voir les ossements d'un enfant d'environ dix ans.

La voix un peu chancelante, elle commença à réciter le « Notre Père ». Comme sa détermination gagnait en force, ses frère et sœurs se joignirent à elle et, à eux tous, ils élevèrent une forteresse autour de la petite dépouille. D'une certaine manière, et sans avoir à le demander, Anne savait que chacun d'entre eux, avec chaque parole qu'ils récitaient, prenait la résolution d'agir au mieux pour cette âme perdue, quoi qu'il leur en coûte.

Finalement, leurs prières se turent, et Anne redressa les épaules. Le temps n'était plus aux larmes désormais.

— Liston, avez-vous autre chose que ce drap sale ? Un plaid, peut-être, un tissu doux, dans lequel nous pourrions envelopper l'enfant ?

Liston retira la couverture de ses épaules et l'offrit à Anne, qui la posa sur le corps avant d'entreprendre d'en replier les coins autour des os, créant ainsi une sorte de lange.

— Là, là, mon petit, roucoulait-elle doucement en œuvrant avec une immense tendresse. Tu n'as plus besoin d'avoir peur. Nous allons te sortir de cet endroit, et bientôt tu seras chez toi, dans les bras de Dieu, où tu trouveras la paix éternelle et un amour sans fin.

7

Emily

Ce fut Branwell qui souleva le petit ballot dans ses bras, avec tant de déférence qu'Emily y perçut une ombre de l'homme que son frère aurait pu être, ou pourrait éventuellement encore devenir. Cet homme était honorable et décent, protecteur et gentil, il chérirait sa femme et prendrait soin de ses enfants.

— Que faisons-nous maintenant ? interrogea-t-il Anne.

— Nous allons ramener l'enfant à Haworth, annonça-t-elle à ses sœurs et à son frère. Nous demanderons à John Brown d'ouvrir la salle de classe, et nous y garderons le squelette jusqu'à ce que nous puissions parler à Père et à ton M. Nicholls, Charlotte. Ensuite, dès que possible, nous organiserons un enterrement chrétien et nous en couvrirons les frais du mieux que nous pourrons afin que ce pauvre être ne souffre pas de l'indignité de la fosse commune. Même si nous ne connaîtrons jamais le nom de cet innocent, ni la cause ou la date de son décès, au moins aurons-nous alors l'assurance qu'il sera remis à la grâce de Dieu par notre intervention.

Emily acquiesça, fière de constater une telle clarté et une telle détermination chez sa petite sœur, car c'était là une femme qui montrait la force et le courage d'indiquer la bonne voie, quand d'autres s'éloigneraient de leurs certitudes face à une telle tragédie.

Branwell se tourna vers son ami, qui les avait regardés recueillir les ossements sans protester.

— Liston, mon vieux, vous allez payer le prix pour nous avoir permis d'emporter cette dépouille. Votre père n'est pas homme à supporter l'ingérence, et je sais, d'après tout ce que vous m'avez dit, qu'il est enclin à la violence.

— J'aime mon père, Branwell, mais il a mal agi envers cet enfant, répondit Liston. Il va peut-être lever le poing sur moi, mais je suis un adulte. Je peux tenir tête à n'importe qui.

Alors même qu'il prononçait ces paroles de défi, Liston semblait insupportablement jeune et mal assuré.

— Il y a autre chose, reprit-il, les sourcils froncés. P'pa voulait le cacher, et jusqu'à présent, je n'avais pas vu en quoi cela posait problème, mais la vérité, c'est qu'il y a une date. Du moins connaissons-nous une année avant laquelle le corps ne pouvait pas être dissimulé là.

— Liston, que voulez-vous dire ? lui demanda Emily. S'il y a quoi que ce soit qui puisse nous aider à donner un nom à l'enfant ou à ajouter des détails lors de ses funérailles, alors il faut le révéler.

Elle regarda le jeune homme se diriger vers l'âtre, enjambant les gravats qui formaient autrefois le rebord de la cheminée. Ayant atteint la cavité où les ossements avaient été trouvés, il en sortit quelque chose d'assez petit pour être entièrement contenu dans son poing.

— C'était autour de son cou, déclara-t-il en remettant l'objet dans les mains d'Emily.

Perplexe, elle scruta ce qui reposait légèrement dans sa paume.

— Un médaillon, indiqua-t-elle à ses sœurs en l'examinant attentivement à la lumière de la bougie. Avec, sur le devant, un portrait de la Vierge Marie et une date : 1830. Et au dos, des symboles, des étoiles, et une autre date apparaît, grossièrement gravée : 1832. Voilà.

Elle tendit le bijou sous les yeux de tous.

— 1832, c'était il y a seulement treize ans, commenta Anne. L'enfant a été placé ici beaucoup plus récemment que nous ne le pensions.

— De mémoire d'homme, ajouta Charlotte.

— C'est l'année où ma mère est morte, lâcha Liston d'un ton sourd. L'année où mon père a fermé cette pièce à clé, avec tous les secrets qu'elle contenait. Croyez-vous que… Non, je ne peux pas me résoudre à le dire à haute voix.

— Dire quoi à haute voix, Liston ? lui demanda Emily.

— Que mon père aurait pu avoir connaissance de la présence des ossements dans cette pièce ?

Liston avait l'air si perdu, si effrayé d'être en train d'exprimer une hypothèse possible, qu'Emily aurait souhaité pouvoir le rassurer. Hélas, elle n'en était pas capable.

— Nous ne pouvons le savoir, se contenta-t-elle de répondre. Du moins pas encore, Liston. Mais ma famille a le don de détecter la vérité, même quand elle est bien cachée. (Elle regarda tour à tour tous ceux qui étaient réunis autour d'elle.) À compter de cet instant, nous devons considérer les circonstances de la mort de cet enfant comme odieuses et malveillantes. Et envisager que cette chambre ait été la scène d'un meurtre.

8

Emily

Emily observait discrètement Liston Bradshaw de derrière ses cils alors qu'il mangeait un bol de ragoût de mouton avec grand appétit. Branwell avait insisté afin que son ami se joigne à eux pour le dîner avec Père, et ses sœurs et elle avaient aussitôt acquiescé. Après tout, Liston avait volontairement attisé la fureur de son père à leur demande, et la nuit, dehors, était plus dangereuse que jamais. En vérité, à présent qu'elle était en sécurité chez eux, alors que les rafales de vent se resserraient autour de leur petite maison, elle avait peine à croire que tout ce qui s'était passé ne soit pas le fruit de quelque création fantaisiste de son imagination, un conte gothique gondalien. Toutefois, le frisson douloureux qui continuait à lui pincer le bout des orteils était la preuve irréfutable de la véracité des faits. Elle était tellement habituée à créer des mondes à partir de rien qu'elle en oubliait parfois quelle version de sa vie était la réalité. Enfin, peut-être cela n'avait-il pas d'importance, de savoir laquelle était laquelle, tant que chacune d'entre elles semblait aussi vraie que la suivante.

Quoi qu'il en soit, le moins qu'ils puissent faire était d'offrir à Liston le gîte et le couvert. Tabby était tellement convaincue de la fatale transmission des péchés du père au fils qu'elle considérait Liston comme s'il lui poussait des cornes au sommet du crâne et qu'une queue fourchue se balançait nonchalamment derrière le dossier de sa chaise. Liston ne descendait pas souvent au village, aussi Emily fut-elle quelque peu surprise de constater que le fils Bradshaw avait une figure des plus plaisantes, avec ses cheveux noirs, longs et épais, rejetés en arrière, dévoilant un visage au teint pâle typique du Yorkshire, et ses yeux aussi sombres que l'aile d'un corbeau. Il avait l'air de son mode de vie, éloigné de toute société et au cœur de la nature sauvage, en quoi Emily l'enviait.

—Avec votre permission, Père, Liston peut-il rester avec nous ce soir ? demanda Branwell après quelques minutes de silence las.

Il couvrit la main de son père avec la sienne pendant quelques secondes, un geste attentionné destiné à établir le contact avec le révérend presque aveugle, en plus du son de sa voix.

—Il peut dormir dans ma chambre, poursuivit Branwell, j'irai dans le grenier. Même quelqu'un qui connaît aussi bien les chemins des bergers que Liston ne devrait pas faire le trajet jusqu'à Top Withens à une heure pareille et dans ces conditions. De plus, quand son père découvrira ce qu'il a fait, son retour pourrait s'avérer difficile. Clifton Bradshaw est d'une rancune légendaire.

—Ce ne sera sans doute pas une mince affaire, mais je m'en chargerai dès demain, affirma Liston avec une détermination qui intrigua Emily. Je dois retourner à Top Withens et affronter la colère de mon père. P'pa est un… un homme dur, mais si étrange et retiré que doit apparaître Top Withens à la plupart des gens, c'est mon toit. Sa terre est dans mon sang et mes poumons. Si je ne peux y retourner, alors je mourrai, comme un poisson arraché à sa rivière.

Si ces mots avaient été prononcés avec moins d'intensité ou de certitude, Emily aurait été tentée de rire d'une telle déclaration. Toutefois il était clair, à la rougeur de sa peau pâle, que Liston était très sérieux. Cet homme aimait la propriété sur laquelle il avait grandi comme si elle était sa mère ; en fait, depuis que sa véritable génitrice lui avait été enlevée, il avait peut-être développé une telle dévotion, et là encore, Emily pouvait le comprendre. Cependant, il y avait quelque chose d'autre chez Liston qu'elle n'avait pas encore tout à fait saisi : une sorte de méfiance. Il avait l'air d'un homme hanté, comme s'il promenait une ombre dans son dos qui n'était pas projetée par son corps. Peut-être en savait-il plus sur les actes de son père qu'il n'avait pour l'instant été en mesure de le dire à haute voix. Il devait être encore un enfant quand sa mère était morte, d'une dizaine d'années, pas assez pour avoir un quelconque contrôle sur sa vie, mais en âge de détecter les mauvaises actions.

— Vous avez tous accompli une bonne action aujourd'hui, mes enfants, décréta finalement Père.

Il se tourna pour examiner chacun de ses enfants pendant qu'il parlait, bien qu'Emily ne soit pas sûre qu'il puisse la distinguer de ses sœurs. Le profond grondement irlandais de son accent ne s'était pas estompé, cependant, et elle en éprouvait toujours un grand réconfort, même lorsqu'il était sur le point de leur asséner une leçon de morale.

— Quoi qu'il en soit, vous auriez dû venir me voir en amont, car le devoir dont vous vous êtes chargés cet après-midi me revient à moi ou à mon vicaire. Peu importe comment le Seigneur décide de me mettre à l'épreuve en me privant de la vue, je suis le défenseur et le berger de cette paroisse, et je le serai jusqu'au jour où je gagnerai ma tombe. Suis-je clair ?

— Oui, Père, murmurèrent Emily et ses sœurs à l'unisson, imitées un instant plus tard par Branwell.

— Malvoyant ou pas, je suis dans la force de l'âge et je suis certain qu'Arthur et moi aurions pu récupérer ce pauvre enfant à nous deux, et ainsi remplir notre fonction d'hommes de Dieu. Branwell, se comporter de manière aussi impétueuse est une chose, mais les jeunes femmes n'ont jamais été destinées à être vicaires ou pasteurs, cela ne fait pas partie du projet de Dieu.

— Bien sûr que non, surtout quand les vicaires sont tous aussi incapables, marmonna Emily en croisant le regard d'Anne, qui réprima un petit sourire en retour.

Malgré l'aspect affligeant de leur mission, elle avait ressenti une sorte de camaraderie entre eux quatre aujourd'hui, presque comme lorsqu'ils étaient enfants : à nouveau ensemble, même Liston s'était joint à eux, alors qu'ils prenaient le chemin du retour avec son robuste poney à leurs côtés. Comme une bande de confédérés et d'aventuriers, avec un objectif et une solidarité retrouvés.

— Ce que j'aimerais beaucoup te voir faire, Emily Jane, c'est prêter tes talents pianistiques au grand seigneur et à la gente dame qui ont requis ta présence à leur soirée musicale de charité à Oakhope.

— Comment avez-vous… ? commença Emily.

— Je connais assez bien lady Hartley, intervint M. Nicholls avec une certaine suffisance. J'ai eu le grand plaisir de l'aider à distribuer ses bienfaits lors d'un passage dans notre comté. Aujourd'hui, j'ai reçu une lettre d'elle m'informant de l'invitation. Vous devriez en être incroyablement flattée, mademoiselle Brontë. Notamment parce que lady Hartley ne vous a jamais rencontrée.

— Ce qui pourrait bien être un facteur décisif dans la raison de son invitation en premier lieu, murmura Charlotte. En tout cas, vous êtes d'accord, Père ? Emily doit dire « oui », n'est-ce pas ? Le nom de notre famille serait l'objet d'une fort mauvaise publicité si elle refusait, n'est-ce pas ?

— Je suis enclin à partager ton avis, Charlotte, concéda leur père. Cependant, Emily est maîtresse de ses choix, et la décision lui appartient. J'ai toujours traité chacun et chacune de vous comme un agent de sa propre destinée. Cette affaire n'est pas différente.

Charlotte poussa un grognement audible, et la tablée se tut une fois de plus, un moment de silence qu'Emily trouva fort apaisant. La journée avait été telle qu'elle ne pouvait pas plus songer à jouer des récitals chez une dame de haut rang qu'à écrire sur ces étranges événements… du moins pas encore.

Pour l'instant, ils avaient pour tâche de découvrir qui avait dissimulé la dépouille de cet enfant derrière le manteau de la cheminée, dans une pièce censée être fermée à clé depuis treize ans.

En tout état de cause, il était impossible que M. Arthur Bell Nicholls, avec ses lourds sourcils abritant des yeux sérieux et son nez droit et pragmatique, ait perçu le mystère derrière les ossements. Emily le voyait comme un homme totalement dépourvu de la moindre once d'imagination. Si son visage était le reflet de son esprit, alors il devait être la créature la plus assommante de la terre. Pourvu que Dieu ne pousse jamais Charlotte à envisager de lui rendre l'adoration qu'il lui vouait, car si cela devait advenir, sa pauvre aînée serait sûrement morte d'ennui dans l'année. Et ce, même si Charlotte avait ainsi accès au salon de lady Hartley.

— Votre tâche d'aujourd'hui n'était certainement pas du genre que lady Hartley approuverait, sermonna M. Nicholls, faisant de son mieux pour adopter un air sévère et, Emily en était certaine, conjugal. Au point qu'il serait sensé de se demander s'il était bien sage d'entraîner vos sœurs dans pareille entreprise, Branwell.

Avant qu'Emily n'ait pu répliquer, son frère s'en chargea :

— Monsieur, j'ai le regret de vous informer que ce sont mes sœurs qui m'y ont entraîné et, en effet, elles ont mené à bien cette sinistre besogne avec beaucoup plus de robustesse et de force d'âme que moi ou n'importe quel homme n'aurait peut-être été en mesure d'en montrer. (Le sourire de Branwell était désabusé.) Quant à moi, les efforts d'aujourd'hui ont clairement prouvé que je ne suis plus le jeune homme d'antan, car chacun de mes membres est aussi lourd que la pierre.

— Tu as été merveilleux, réfuta Emily, simplement parce qu'elle croyait dans la véracité de ses propos. Tu as ouvert la voie comme tu le faisais toujours jadis, et nous trois, nous t'avons suivi. Ensuite de quoi, une fois la mission accomplie, tu nous as guidés en toute sécurité jusqu'à la maison, y compris M. Liston et son fidèle compagnon, Piper le poney. Tu es un homme remarquable, Branwell, quand tu t'y autorises.

Pendant un moment, le frère soutint le regard de la sœur, et un message silencieux, un message d'affection passa entre eux. Il était impossible de ne pas remarquer la pâleur de ses joues ni les cernes violacés sous ses yeux, les creux autour de ses os, de plus en plus marqués au fil des semaines. Elle pensa au crâne de l'enfant qu'elle avait vu aujourd'hui et, soudain, ce fut comme si elle voyait le crâne de son propre frère grimaçant sur la table, dépouillé de tout ce qui restait de lui.

— Mon très cher Branwell, s'il te plaît, reprit-elle avec une urgence et une émotion qui surprirent tous ceux qui étaient assis autour de la table, ne veux-tu pas redevenir notre capitaine ? Ne veux-tu pas libérer ton cœur de la douleur et de l'ignominie de l'année écoulée, et nous revenir, mon frère chéri ? Car, en dépit de ta stupidité et du fait que tu es presque toujours dans l'erreur, nous avons terriblement besoin de toi. Et si tu nous reviens, alors nous te garderons à l'abri du danger. Je te le jure.

S'ensuivit un long moment de silence où les quatre frère et sœurs se prirent la main, pour se remémorer leur vie d'autrefois, quand les étés étaient infinis et qu'il n'y avait jamais le moindre souci au monde.

Ce fut Patrick qui brisa ce moment, d'un ton affectueux mais sévère.

— Emily a tout à fait raison : il est temps, mon fils, de retourner à ta vie. Tu as certes souffert, mais c'est toi qui es responsable de ta douleur. Tu peux recouvrer la paix, le bonheur et le foyer qui est le tien, mais pas sans accepter tes responsabilités. Il est de ton devoir, mon fils, de réaliser la promesse qui a toujours été en toi, le potentiel que ta famille a tant sacrifié pour faire éclore. Gâcher tes dons est un terrible péché. Regarde tes sœurs, vois la bienséance et l'ordre qui régissent leur vie, et inspire-toi d'elles.

— Père, protesta doucement Charlotte, voyant la tristesse sur le visage de leur frère, Emily ne s'est jamais souciée de bienséance, et je ne suis, pour ma part, guère encline à l'ordre. La meilleure d'entre nous, c'est Anne, et même elle était prête à affronter Bradshaw de ses propres mains aujourd'hui. Vous avez élevé des enfants braves et bons, Père, mais peu préoccupés des convenances. Et de plus, ce sera peut-être l'une de vos filles qui assurera la fortune de la famille.

— Quoi qu'il en soit, intervint Anne en regardant Liston, dont l'attention était captivée depuis le début par leur conversation, peut-être pourrions-nous épargner à notre pauvre invité nos querelles de famille, car ce sont des affaires privées, et nous l'embarrassons.

— Non, mademoiselle Anne, répliqua Liston avec un sourire timide. Car j'aime entendre une famille se parler ainsi, avec gentillesse et, même en désaccord, avec… enfin, avec amour, je suppose. Ce n'est pas… ce n'est pas un mode de vie qui m'est familier, et assister à vos échanges me réconforte et me donne l'espoir de trouver un jour une femme qui acceptera de fonder avec moi une famille aussi aimante que celle-ci.

— Vous êtes toujours le bienvenu à cette table, mon garçon, affirma Patrick en lui adressant un signe de tête. Comme votre père et tous les pécheurs en quête de rédemption. Car il n'est jamais trop tard pour chercher le pardon de Dieu, si votre cœur est pur.

Branwell se leva de son siège.

— Eh bien, sur cette note, Liston, puis-je suggérer que vous et moi bravions le froid pour aller boire une bière ou deux, comme nous le méritons bien ? Après tout, le *Bull* est pratiquement à notre porte. Il serait inconsidéré de ne pas nous y rendre.

— Branwell, ne te ris pas de Père, le réprimanda Charlotte.

— Je ne me ris pas de lui, corrigea joyeusement Branwell, en se penchant pour embrasser le révérend sur la joue. Père dit qu'il n'est jamais trop tard pour chercher la rédemption. Cela me laisse donc tout le temps de boire un verre et de pécher encore un peu.

9

Charlotte

Tous les membres de leur groupe étaient restés en sentinelle pendant que le petit paquet était transporté de l'église jusqu'à l'arrière-salle de l'école, où il avait été décidé qu'il serait conservé en attendant qu'un enterrement puisse être organisé. C'était en quelque sorte mieux séant et plus confortable que les caves sous le King's Arms, pourtant communément utilisées en qualité de morgue. Charlotte s'attarda un peu plus longtemps après que ses frère et sœurs étaient retournés au presbytère, prenant le temps d'allumer quelques lanternes. Un geste qui aurait pu sembler stupide à certains, mais lorsque, enfant, elle avait pleuré la perte de sa mère, qu'elle s'était sentie si désespérément seule, rien ne lui avait apporté plus grand réconfort que la pensée d'une lumière pour garder les ténèbres à distance.

John Brown patientait dehors et, quand elle eut terminé sa tâche, il ferma la porte à clé derrière eux. En souhaitant bonne nuit à M. Brown, elle fixa son regard sur la fenêtre de la salle à manger bien éclairée, où ses sœurs l'attendaient, et elle fut aussitôt clouée sur place par une prémonition dont le poids faillit bien l'étouffer. Soudain, elle sut avec une terrible certitude que poursuivre plus avant leur enquête les mettrait tous en péril. Cela n'avait guère de sens, pourtant elle fut envahie par une profonde crainte. Coincée entre cette salle de classe déserte et sa chère petite maison, elle se sentait prise au piège.

Un choix devait être fait, sans qu'elle sache ce qu'il devait être.

— Je ne vois pas comment ce mystère pourra jamais être résolu, déclara-t-elle en entrant dans la salle à manger.

Emily était allongée sur le canapé, le regard braqué au plafond, ses pieds chaussés de bas reposant sur la large tête de Keeper. Anne ramassait les feuilles mortes du houx dont une guirlande ornait la cheminée.

— Tout ce dont nous sommes sûres, reprit Charlotte, c'est que les ossements ont été dissimulés à un moment donné au cours des treize dernières années. Il n'y a pas de traces de pas dans la boue à suivre, pas de cachettes à découvrir. Malgré tes affirmations à Top Withens, Emily, je crois que nous avons fait tout ce que nous pouvions, en l'occurrence. Demain, l'enfant recevra des funérailles chrétiennes, et ensuite, nous devrions laisser l'affaire en l'état.

— Je crois que tu as tort, répliqua Anne assez calmement.

— Je m'en doutais, répondit Charlotte avec lassitude.

Plus Anne prenait de l'assurance, plus son opiniâtreté et son indocilité devenaient pénibles.

— En effet, je crois que si quelqu'un est capable de remonter à la racine de ce grand méfait, c'est bien nous trois. Nous avons beaucoup appris de l'affaire Elizabeth Chester et, bien que nos tentatives ultérieures n'aient peut-être pas été aussi stimulantes, nous nous sommes encore plus enrichies de connaissances depuis. Nous sommes désormais des détectrices expérimentées, qui maîtrisent l'art de soutirer des informations à un individu. Nous excellons dans l'observation, prêtons attention à chaque détail, sachant que le moindre d'entre eux peut être la clé de l'énigme. Et nous sommes intelligentes… excessivement intelligentes. Ne pas même essayer nous frustrerait au plus haut point, alors, au lieu de commencer par ce que nous ne savons pas, ce qui, je l'avoue, est quantité considérable, commençons par ce que nous savons.

— J'admets que cette affaire m'emplit d'un profond malaise, dit Charlotte en venant prendre place à la table.

Flossy, leur petite épagneule, s'assit à côté d'elle et plaça la tête sous sa paume jusqu'à ce que les doigts de Charlotte trouvent l'endroit exact, sous son oreille, où l'animal aimait le plus être gratté.

— Cela va vous paraître fantaisiste, j'en suis certaine, mais n'avez-vous pas ressenti comme une sorte de nausée à Top Withens Hall ? Malgré toutes les attentions de la vieille Bess, la bonne nature de Liston et sa dévotion évidente à l'égard de cet endroit, c'était presque comme si le bâtiment lui-même exsudait une forme de malveillance.

— Cela semble effectivement farfelu, commenta Emily, qui se redressa brusquement. Pourtant oui, j'ai eu à peu près la même sensation. Cependant, la raison de notre visite était pour le moins macabre, Charlotte. Si nous étions passées par une journée d'été, sans avoir eu connaissance de la présence des ossements, j'ose dire que nous en aurions retiré une tout autre impression. Et aucun fantôme ne m'a parlé pendant que nous étions là-haut, je dois donc en déduire qu'il n'y en a pas.

— Un mauvais pressentiment n'est pas une raison valable de se détourner du travail nécessaire à la découverte de la vérité, déclara Anne avec fermeté. En effet, le fait qu'un événement horrible suscite des sentiments horribles semble tout à fait logique.

— Peut-être, concéda Charlotte, néanmoins nous devons aussi penser à notre véritable travail, à notre objectif. Peut-être Aylott et Jones accepteront-ils de publier nos écrits et, par la suite, nous serons peut-être appelées à en produire davantage. Ne devrions-nous pas répondre à l'appel qui fera naître nos romans et ainsi, avec la grâce de Dieu, nous accorder un revenu qui nous permettra de rester ensemble à la maison avec Père ? N'es-tu pas d'accord, Emily ?

— Tu as peur, Charlotte, constata Emily, non sans tendresse.

Même ainsi, la remarque de sa sœur la transperça d'une pointe très acérée.

— Pas du tout, rétorqua-t-elle. Je veux simplement que ma vie aille de l'avant, en finir avec l'ennui de l'enseignement, l'angoisse de la pauvreté et de me retrouver sans logis. Je veux avoir le temps et la liberté d'écrire tous les jours, simplement parce que cela m'est vital. Or, la détection retarde la survenue de ce moment.

— Nous aspirons toutes à la même chose, mais nous avons le devoir de faire ce qui est juste, lui reprocha gentiment Anne. Pour nous-mêmes comme pour autrui. Nous n'avons jamais été femmes à détourner le regard de l'injustice, Charlotte.

—Et que pouvons-nous faire, toutes les trois, qui soit différent de ce que le gendarme ou le tribunal pourraient entreprendre ?

—Nous pouvons nous occuper d'un enfant disparu que personne n'a jamais cherché et qui n'a jamais manqué à personne, dit Anne.

—Et réunir toutes les traces d'informations possibles, renchérit Emily.

Charlotte n'était pas surprise qu'Emily soit d'accord avec Anne : sa cadette ne semblait jamais effrayée par rien, tant elle était persuadée de son immortalité.

—Nous allons parler à tous ceux que nous pourrons trouver et qui ont eu un lien avec Top Withens en 1832, et nous écouterons leurs histoires. Nous remonterons à la source des nombreuses rumeurs concernant Bradshaw et passerons au crible tous les faits que nous pourrons rassembler, à la recherche de ces pépites de vérité qui finiront par tout révéler.

—Car c'est là, Charlotte, l'essence même du métier de détecteur.

Charlotte était frustrée par les affirmations désinvoltes de ses sœurs.

—Mais il n'y a plus d'informations ! s'insurgea-t-elle. Que suggérez-vous ? Que nous invoquions un fantôme pour l'interroger ?

—Il n'y a pas de fantôme, je te l'ai déjà dit, la corrigea Emily. Cependant, nous pourrions tout de même interroger les morts.

—Oh vraiment, Emily ! ironisa Charlotte d'un ton sec. Et comment cela ?

—En examinant de près la dépouille, en dessinant et en notant chaque détail, afin de conserver un rapport auquel se référer une fois l'enterrement passé.

—Emily, tu ne peux pas suggérer…, balbutia Anne, les yeux écarquillés par l'horreur. Tu envisages de manipuler ces ossements pour mener l'enquête ? C'est une profanation !

—La médecine apprend des morts, dit Emily. Pensez à ce que nous avons déduit du seul os que nous avions découvert à Chester Grange.

Et quel plus grand honneur pourrions-nous accorder à l'enfant que de permettre à son propre corps de faire la lumière sur son destin ? J'en suis convaincue. Nous devons aller à l'école examiner la dépouille avec un soin analytique, comme l'a fait M. Goddard, l'un des détecteurs de Londres. Il a été le premier à remarquer qu'une marque minuscule sur une balle pouvait permettre de remonter à une arme, puis à l'auteur d'un crime. Nous ne savons peut-être pas ce que nous observons – pas encore –, mais nous devons tout de même observer.

— Alors nous devons y aller toutes, décréta Charlotte à Anne, puisque apparemment le choix était arrêté. (Et elle trouvait au moins un certain réconfort à l'idée que, quoi qu'il advienne par la suite, ce n'était plus de son ressort.) Car si nous n'accompagnons pas Emily et qu'elle découvre un indice important, nous n'aurons jamais fini d'en entendre parler.

Et pourtant, alors qu'elles franchissaient la porte et s'enfonçaient dans l'obscurité, Charlotte sentit se rapprocher un peu plus le danger qui les guettait depuis le moment où elles étaient entrées dans Top Withens Hall.

10

Anne

La nuit se hérissait de glace lorsqu'elles quittèrent le presbytère, Keeper sur les talons et le double de la clé de l'école glissé dans la manche d'Anne.

— Je ne suis pas sûre que ce chien soit très compatible avec une entreprise discrète, chuchota Charlotte lorsque Keeper s'élança vers une épaisse congère et s'y roula avec une frénésie telle qu'il créa une sorte de blizzard autour de lui.

— Il est tout content d'être sorti de la maison, répondit Emily à voix basse. Accorde-lui un moment, et il sera notre protecteur, loyal et aussi silencieux qu'une tombe, aussi mortel qu'un assassin.

Son affirmation fut cependant quelque peu démentie par la joyeuse salve d'aboiements de Keeper, qui se dégagea de la neige pour filer aussitôt dans l'obscurité, à la poursuite de quelque odeur alléchante.

— Tu ne peux pas lui en vouloir, reprit Emily en le regardant disparaître dans le noir. Qui n'aurait pas envie de courir dans la neige immaculée sous une lune éclatante, si on lui en offrait l'occasion ?

Anne sourit : malgré la gravité des circonstances, il était réconfortant de voir le plaisir simple que leur chien prenait à la vie. Elle-même tirait une forme de bonheur du constat que, pour chaque coin sombre et chaque blessure injuste dans le monde, il y avait un endroit de lumière, d'espoir et de bonté. S'assurer que ces derniers l'emportent sur les premiers était certainement la tâche majeure à laquelle devait s'astreindre chaque personne sur cette terre.

Sous son bras, elle portait l'équipement qu'elle jugeait nécessaire à leur examen : sa boîte à dessin et son écritoire. Elles avaient chacune emporté une lampe et une réserve de thé chaud et fort qu'Emily avait préparé pour les aider à garder leurs nerfs. Anne, qui était allée subtiliser le double de la clé de l'école dans le bureau de Père, avait ressenti un frisson en la cachant dans sa manche. Sans doute Dieu lui pardonnerait-Il un petit péché s'il menait à un bienfait plus important ?

Mais, au moment où elle s'apprêtait à tourner la clé dans la serrure, elle entendit un son qui lui fit froid dans le dos : la voix d'un certain Arthur Bell Nicholls.

— Mesdemoiselles, puis-je vous demander ce que vous faites à une heure pareille ? les interrogea-t-il, avec un air d'autorité qu'il n'arborait pas avec beaucoup d'aisance.

— Non, vous ne pouvez pas, rétorqua Emily. Bonne nuit à vous, monsieur.

— Si j'ose me permettre…

Emily soupira lourdement, et Anne réprima un sourire. Jamais elle ne se montrerait aussi ouvertement méprisante que sa sœur envers M. Nicholls, mais elle devait admettre que ses laborieux efforts pour se conduire en gentleman étaient sûrement l'une de ses caractéristiques les moins attrayantes. Tout comme Père, il avait travaillé dur pour se libérer d'une vie de pauvreté en Irlande, mais contrairement à lui, bien que sans aucun doute bon et bien intentionné, il avait autant de solennité et d'autorité morale qu'un des pieds de veau en gelée concoctés par Tabby.

— Il est près de minuit, poursuivit-il. Je me sens obligé de souligner, en tant que second de votre père et votre protecteur volontaire, qu'il est fort dangereux pour trois jeunes femmes de sortir non accompagnées. Je crains de devoir insister…

— Mais nous n'avons pas peur, monsieur Nicholls, l'interrompit Anne avec douceur. En effet, nous sommes en vue de notre maison, surveillées de très près par Keeper, ou du moins le serons-nous à son retour. Et d'ailleurs, qui devrions-nous craindre de rencontrer en pleine nuit, alors que la seule personne suspecte dans les parages, c'est vous ?

À moins que vous ne suggériez justement que nous devrions nous méfier de vous, monsieur Nicholls ?

— Je, eh bien… Je… Je… c'est-à-dire…

Anne se sentait désolée de le mettre aussi mal à l'aise. Un peu seulement, mais le remords était tout de même là.

— La vérité, répliqua M. Nicholls lorsqu'il retrouva enfin sa voix, c'est que je suis incapable de dormir. Toute cette histoire, la découverte des ossements à Top Withens, le mal absolu inhérent à cette affaire, les discussions sur le diable à travers le village, tout cela joue avec mon esprit. C'est comme si vous aviez rapporté une grande obscurité de la lande cette nuit… (M. Nicholls se tut soudain, comme s'il se souvenait à l'instant du caractère vulnérable des trois demoiselles auxquelles il s'adressait.) Alors l'idée m'est venue de m'asseoir auprès du défunt, et de prier jusqu'à ce que l'aube se lève et que tout soit prêt pour l'enterrement.

— Eh bien, vous ne pouvez pas, déclara Emily sans ménagement. Retournez vous coucher.

— Arthur…

Charlotte s'avança devant ses deux sœurs, repoussant du coude Emily qui recula d'un ou deux pas, et le son de sa voix prononçant son prénom fit apparaître une sorte d'extase sur le visage d'ordinaire tellement raisonnable de M. Nicholls.

— Ce qu'Emily n'a pas les mots que la politesse exige pour l'exprimer de manière adéquate, c'est que nous avons toutes les trois déjà décidé de nos actes. Nous sommes équipées et prêtes pour une longue nuit de… d'observation. Et je crois que d'aucuns pourraient juger inapproprié que nous passions toute la nuit en compagnie d'un monsieur célibataire.

— Je vois. Oui, je vois, Charlotte, convint Arthur. Bien sûr, bien sûr, vous avez tout à fait raison.

Anne était presque certaine qu'il aurait été d'accord avec tout ce que Charlotte aurait pu dire, de toute façon.

— Que vous ayez eu cette pensée est admirable et montre votre caractère extraordinaire, ajouta Charlotte. Mais laissez-nous monter la garde cette nuit. Et peut-être, monsieur, si vous retournez dans votre chambre, pourrez-vous veiller sur nous ? conclut-elle en désignant la petite maison de John Brown, où logeait Arthur.

— Ce serait un immense honneur pour moi, Charlotte, répondit-il en prenant sa main gantée dans la sienne.

Anne ressentit un pincement au cœur pour le vicaire lorsque sa sœur retira immédiatement sa main et le congédia avant de revenir à son formalisme habituel.

— Merci, monsieur Nicholls. Bonne nuit à vous.

— Vous devriez avoir honte toutes les deux, siffla Anne à Charlotte et Emily alors qu'elle ouvrait enfin la porte. Toi, Emily, tu t'adresses à ce pauvre M. Nicholls comme s'il était l'idiot du village, et toi, Charlotte, tu te sers de son affection pour le manipuler.

— M. Nicholls n'a pas d'affection particulière pour moi, répliqua son aînée lorsqu'elles entrèrent dans la pièce. Il tient simplement tous les enfants de Père en grande estime, comme il se doit.

En temps normal, Anne se serait attendue à ce qu'Emily en profite pour taquiner Charlotte jusqu'à la pousser au minimum à taper du pied en s'empourprant. Mais pas ce soir, car tandis qu'elles se délestaient de leurs lanternes, la gravité de la situation leur tomba dessus aussi lourdement qu'un linceul.

Les restes de l'enfant avaient été déposés sur une petite table, les pupitres et les bancs d'écoliers repoussés d'un côté. Les lumières que Charlotte avait allumées plus tôt s'étaient éteintes, et il faisait particulièrement sombre, jusqu'à ce qu'Anne arrive au milieu de la salle et lève sa lampe à bout de bras.

— Nous avons promis à cette pauvre âme de prier pour elle, leur rappela-t-elle, alors nous prierons en travaillant. Emily, comment devons-nous procéder ?

— Charlotte, tu noteras tout ce que tu vois. Chaque détail, si petit ou insignifiant qu'il puisse te paraître : le nombre de dents dans la mâchoire, d'éventuelles marques ou fractures dans le squelette ou le crâne, les mesures de chaque os. Et tu consigneras tout selon les critères du dictionnaire médical de Père. Anne et moi nous chargerons des croquis, jusqu'à ce que nous disposions d'un rapport complet. (Elle hésita, croisa le regard d'Anne.) Nous aurons obligation de saisir les os et de les examiner sous tous les angles. Tu commenceras par la tête, Anne. Et moi, par les pieds.

Puisqu'elle avait enveloppé l'enfant, Anne prit sur elle de découvrir les os et, ce faisant, elle entendit l'infime tintement d'un objet métallique tombant sur le plancher. Elle ne se souvenait pas que Liston ait caché le médaillon dans le petit paquet, pourtant il était là.

Elle le ramassa à contrecœur.

— Il faut le dessiner et l'enregistrer aussi, dit-elle. Ensuite, il pourra être enterré avec l'enfant.

Ses sœurs acquiescèrent et se mirent au travail, chacune considérant cette tâche comme la plus importante qu'elle ait jamais entreprise.

Pour Anne, leurs prières murmurées étaient aussi lumineuses que n'importe quelle lampe et les entouraient d'un halo de chaleur.

La nuit s'écoula, immobile et presque silencieuse, tandis qu'elles œuvraient, manipulant le moindre osselet avec grand soin et beaucoup de tendresse. Au bout d'un moment, ce fut presque comme si elles étaient en prière, perdues dans leur communion avec l'âme et les plus infimes vestiges de l'enfant. Oui, croyait Anne, si dévastatrice que soit cette mission, c'était une prière non pas à la mort, mais à la vie, à son caractère précieux et miraculeux.

Soudain, un bruit sec leur parvint de la grande salle de classe, puis celui de pas qui décampaient.

— Que diable… ? hoqueta Anne.

Elle pivota sur son siège pour fouiller la pénombre du regard. Ses sœurs et elle se figèrent en entendant la porte verrouillée de l'école secouée avec insistance, comme si un pauvre esprit essayait désespérément de s'échapper.

— Serait-ce… ?

Charlotte ne termina pas sa phrase chuchotée, qui resta un moment à flotter dans l'air froid.

— Quoi que ce soit, cela cherche à être libéré.

Emily saisit une lampe, et Anne s'empressa de la rejoindre pour balayer les lieux du peu de lumière qu'elles avaient et partir enquêter, en commençant par ouvrir la porte de la salle de classe.

— Lève la lanterne un peu plus haut, murmura Charlotte à Emily.

La pièce semblait vide, les bancs et les tables soigneusement alignés, avec les ardoises prêtes pour le lendemain. Anne s'apprêtait à pousser un soupir de soulagement lorsqu'elle entendit un mouvement dans le coin le plus éloigné, et la silhouette indistincte d'un enfant se précipita vers la porte.

— Oh, mon Dieu ! s'écria Anne, alors que la créature s'acharnait en vain sur la porte verrouillée. Nous devons libérer cette âme en peine !

N'écoutant que son courage, elle fonça vers la porte, tout en récupérant à tâtons la clé qu'elle avait glissée dans sa manche, jusqu'à ce qu'Emily fasse trois pas de plus et que la lumière de la lampe tombe sur l'apparition surnaturelle.

Elles virent immédiatement qu'il ne s'agissait pas du tout d'un fantôme, mais plutôt de la silhouette maigre et froissée de sommeil d'un certain Joseph Earnshaw, un garçon du village qui s'acquittait souvent pour elles de leurs commissions les plus discrètes.

Anne le saisit par l'oreille et le traîna jusqu'à la flaque de lumière, où les trois sœurs l'encerclèrent. L'enfant avait l'air terrifié.

— Joseph Earnshaw ! Que signifie cette escapade ? demanda Anne. Que fais-tu hors de ton lit au milieu de la nuit ? Si ton père et ta mère découvrent ton absence, ils se feront un sang d'encre.

— Je ne voulais pas m'attarder, mademoiselle, bredouilla Joseph. Je me suis forcé à rester éveillé jusqu'à ce que tout le monde soit endormi. C'est juste que… eh bien, je voulais voir le squelette, mademoiselle. Et je ne m'attendais pas à vous trouver là. Je suis entré par la fenêtre de derrière, mais quand je me suis cru découvert, j'ai pris peur et j'ai essayé la porte d'entrée. Malheureusement, elle était fermée à clé.

— Tu as appris une bonne leçon ce soir, asséna sévèrement Emily au garçon tremblant. Quand on s'échappe d'une scène de crime, on ne sort jamais par la porte d'entrée.

— Tu es venu voir les os, Joseph ? le réprimanda Anne, horrifiée. Quelle petite goule tu fais. N'en as-tu pas assez de la mort ? N'as-tu pas perdu ton frère et ta sœur avant même qu'ils ne soient en âge de marcher ? Pourquoi diable voudrais-tu voir une chose aussi affreuse ?

— Vous les regardiez bien, vous, mademoiselle, se défendit Joseph avec force. Et vous les dessiniez et vous écriviez dessus. J'ai tout vu depuis ma cachette, je vous ai vues observer le corps.

— À des fins scientifiques, nuança Charlotte. Pas parce que nous le souhaitons, mais parce que nous le devons. Pour essayer de découvrir l'identité de ce pauvre enfant. Tu n'as pas semblable raison de te trouver ici, jeune homme.

Les épaules de Joseph s'affaissèrent.

— Je sais. Je suis juste curieux, comme vous, mademoiselle. Je n'ai jamais eu l'occasion de voir quelqu'un qui avait été assassiné. Je n'arrêtais pas d'y penser, et ça me faisait peur, alors je me suis dit qu'il valait mieux aller voir plutôt que de garder toutes ces images dans ma tête.

— Eh bien, pour commencer, reprit Anne d'un ton radouci, nous ne savons pas si l'enfant a été assassiné, pas encore. Et ensuite, je suppose qu'il y a une certaine logique dans ton raisonnement. Néanmoins, tu vas regagner ton lit dans l'instant, Joseph Earnshaw. Tu m'entends ?

— Oui, mademoiselle, obtempéra timidement Joseph.

— Cependant, je dois dire que ton vocabulaire s'améliore, ajouta Charlotte. Si tu restes assidu à tes études – et dans ton lit tous les soirs –, tu as peut-être un bel avenir devant toi.

Joseph se redressa un peu.

— Merci, mademoiselle.

— Et si tu es très sage, renchérit Emily, tu ne diras à personne ce que tu as vu ici et, en retour, nous ne dirons rien à tes parents de tes bêtises, ce qui t'épargnera sans doute une raclée. Est-ce clair ?

— Oui, mademoiselle.

Anne déverrouilla la porte et poussa Joseph dans la nuit, le surveillant jusqu'à ce qu'il disparaisse dans l'étroite maisonnette à deux étages qu'il habitait avec sa famille, tout en haut de la Grand-rue.

— Quel numéro, ce garçon ! commenta Anne en secouant la tête.

— Et pourtant, malgré sa terrible impertinence, je ne peux m'empêcher de plutôt bien l'aimer, dit Charlotte.

— Il a de l'esprit, convint Emily, ce qui est tellement mieux que d'en être un.

Leur travail était enfin terminé. En silence, Charlotte compila ses notes, et Emily rangea leurs dessins dans son carnet de croquis tandis qu'Anne replaçait soigneusement le médaillon avec la dépouille qu'elle enveloppa à nouveau dans la couverture.

Alors qu'elle verrouillait derrière elles la porte de l'école, Anne fut ravie de voir Keeper bondir dans la neige vers elle avec, elle ne savait comment, sa chienne Flossy qui jappait à ses pieds. À croire que Keeper était délibérément revenu au presbytère afin de libérer la petite compagne d'Anne. Elle se pencha pour embrasser la créature humide et la serrer dans ses bras.

— Ah, notre fidèle protecteur, commenta Emily en ébouriffant les oreilles de Keeper. Je savais que tu ne nous laisserais pas tomber.

Anne était lasse, et pourtant emplie d'un sentiment de paix quand ses sœurs et elle se souhaitèrent bonne nuit. Du moins, jusqu'à ce qu'elle perçoive le contact de quelque chose de froid glisser contre sa peau. Puis, sentant un objet étranger coincé dans sa manche, elle la secoua pour le faire rouler dans sa paume.

C'était le médaillon.

11

Anne

Le service fut court, l'enterrement bref, et une simple pierre posée dans le coin le plus éloigné du cimetière bondé tout ce qui resterait pour indiquer qu'un enfant avait été inhumé ce jour-là. Il ne se passait pas une semaine sans qu'un nourrisson de la paroisse ne soit enterré par le père d'Anne, ou plutôt par M. Nicholls, et pourtant, elle n'avait jamais pleuré aussi fort devant une tombe ouverte depuis que l'on avait mis en terre le vicaire de son père, William Weightman, il y avait presque trois ans maintenant. Ce jour-là, elle avait fait de son mieux pour cacher ses larmes, craignant que ses sœurs ne remarquent l'émotion que lui inspirait un homme avec lequel elle n'avait jamais eu la moindre chance et pour qui, cependant, elle avait soupiré. Le chagrin était d'une nature différente, mais tout aussi intense.

Ils ne s'étaient pas attendus à ce qu'il y ait d'autres personnes aux funérailles en plus de leur famille et de Liston. Toutefois, juste avant que Père ne commence à parler, une belle voiture tirée par six chevaux noirs s'arrêta, et le cocher, un grand monsieur à chapeau haut de forme, aida à descendre une élégante dame portant bonnette noire à plumes et voilette rabattue devant le visage. Cependant, Anne et ses sœurs n'eurent pas besoin de voir les traits de la dame en question pour deviner que lady Hartley elle-même avait jugé bon d'assister aux obsèques.

— Une femme très bien, avait murmuré Charlotte, alors que l'intéressée prenait place parmi la petite assistance de personnes en deuil, à côté de M. Nicholls, la tête inclinée. Faire l'effort d'être ici, aux funérailles d'un enfant oublié. Il est facile de voir qu'elle est bien plus qu'un simple titre et une fortune. C'est une femme d'un caractère et d'une correction immenses.

— C'est en effet une preuve d'humanité, avait concédé Anne, qu'elle se préoccupe de ce que tant de gens de son rang pourraient considérer comme sans importance.

Au moment où Père avait entamé l'oraison funèbre, la neige s'était mise à tomber, comme une douce étreinte pour bercer l'enfant et l'emporter vers un endroit enfin paisible.

Après la cérémonie, Anne posa sa main gantée sur celle d'Emily, tandis que M. Nicholls escortait lady Hartley à leur rencontre.

— Elle ne peut pas venir chez nous, chuchota Charlotte, pas en ce jour, alors que la maison est à peine plus attrayante qu'un taudis.

— C'est notre foyer, et je l'aime mieux que n'importe quel château, répliqua Emily. Cependant, je suis d'accord. Je ne souhaite pas d'une autre personne chez nous aujourd'hui.

— Révérend Brontë, mesdemoiselles. (Lady Hartley fit une révérence, et les sœurs l'imitèrent avec un bel unisson.) J'espère que vous ne trouverez pas ma présence intrusive. Mon cocher, Hemming, et M. Nicholls m'ont informée de la découverte des ossements et de votre intervention. Je ne pouvais pas patienter la journée sans rendre hommage à la pauvre âme abandonnée et vous remercier tous sincèrement de n'avoir pas laissé les choses en l'état. Trop d'âmes humaines sont jetées comme des détritus, dans ce monde terriblement cruel et inhumain. Savoir qu'un tel soin a été apporté à une créature si humble est tout bonnement source d'inspiration.

— Nous avons été très heureuses de le faire, lady Hartley, déclara Charlotte. Nulle âme ne devrait jamais être privée d'un enterrement chrétien.

Lady Hartley sourit.

— Vous savez peut-être que lord Hartley et moi faisons de notre mieux pour améliorer le sort des enfants de la région. Je me demande si je pourrais vous prier de venir me rendre visite avant mon retour à Londres, afin de discuter de la façon dont je pourrais vous aider au mieux dans cette affaire d'ossements et peut-être d'autres qui requerraient mon attention.

— Nous en serions honorées, madame, répondit Charlotte, en s'efforçant – plutôt mal, selon Anne – de cacher sa joie face à pareille invitation.

— Merci, mademoiselle… Je devine, à la façon dont M. Nicholls vous décrit, que vous devez être Charlotte. Arthur vous admire beaucoup.

— Bien, bien. (M. Nicholls se mit à toussoter abondamment.) Si vous voulez bien m'excuser, lady Hartley, je crois que je vais raccompagner le révérend au presbytère, avant que le froid ne le saisisse jusqu'à l'os.

— C'est bien moi, confirma Charlotte, tandis que M. Nicholls emmenait leur père vers la maison. Voici ma sœur Anne, et je crois que vous connaissez déjà Emily.

— Ah oui, Emily. J'espère vraiment que vous acccepterez notre invitation à jouer à Oakhope, n'est-ce pas ? J'ai entendu dire que vous possédiez un grand talent.

— D'autres affaires m'ont quelque peu accaparée, répondit Emily en désignant la tombe d'un signe du menton. Mais je suppose que je dois m'y résoudre, puisque Père et mes sœurs tiennent tellement à ce que j'accepte.

— J'en suis très heureuse, commenta lady Hartley avec un sourire. Je dois prendre congé, mais encore une fois, je suis ravie d'avoir fait votre connaissance.

— Tu « supposes que tu dois t'y résoudre » ?

Charlotte secoua la tête en répétant les propos d'Emily alors que la voiture s'éloignait.

— J'ai accepté de faire comme vous souhaitiez, non ?

— En effet, répliqua Anne. Et avec tant de grâce et de bonne volonté que l'on aurait pu te prendre pour une grande dame toi-même.

—Eh bien, la grandeur est une chose avec laquelle on naît, rétorqua Emily. Et je pense être née mieux dotée en la matière que la plupart des gens.

À présent, tous, à l'exception de Père et de M. Nicholls, étaient agglutinés dans la petite cuisine, à se réchauffer près du four à pain et à manger le gâteau aux graines préféré de Charlotte, tandis que Tabby pestait furieusement dans sa barbe contre leur incursion dans son espace sacré.

—Pourquoi ne pas s'asseoir dans une pièce prévue à cet effet ? grommela-t-elle une ou deux fois, mais en vain.

Personne ne voulait s'attarder à l'avant de la petite maison, d'où l'on pouvait voir la tombe fraîchement creusée disparaître progressivement sous la dernière averse de neige.

—Avez-vous l'intention de retourner à Top Withens aujourd'hui, Liston ? demanda Anne au jeune homme, qui restait particulièrement silencieux, debout dans un coin, l'air perdu et décalé.

—Oui, j'imagine que oui, mademoiselle Anne, répondit-il, bien que l'on n'entende aucun plaisir dans sa voix à cette idée.

—Que va-t-il se passer ? Votre père sera-t-il très en colère ? voulut encore savoir Anne.

Liston haussa les épaules.

—Je dirais que oui, plus que probablement. Peu importe, puisque je dois rentrer. Mes chevaux et mes moutons auront besoin d'être nourris, et mon père ne fait pas grand cas des chiens, sauf pour leur donner des coups de bâton… Je pense qu'il aura bu jusqu'à s'endormir. Avec un peu de chance, je n'aurai pas à l'affronter aujourd'hui.

—Je vais venir avec vous, proposa Branwell. Nous pourrons affronter votre père ensemble.

—Je ne peux vous demander pareil service, protesta Liston. Si p'pa se montre sensé devant le monde, il n'en reste pas moins un homme vil que d'honnêtes gens ne devraient pas avoir à rencontrer.

—Raison pour laquelle Branwell est le compagnon idéal, ironisa Emily, souriant à son frère, qui lui offrit un rictus désabusé en retour.

— Ou nous pourrions tous venir avec vous, proposa Anne. Peut-être votre père serait-il plus tempéré en présence de dames.

— Je suis certain que non, leur confia Liston avec regret. Je me souviens d'une époque, lorsque j'étais un petit gars et que ma mère était en vie, où p'pa était aussi doux et gentil que possible, surtout avec elle. Je pense parfois que sa mort lui a volé son cœur et qu'il l'a enterré à ses côtés. Je crains que vous ne soyez offensée si vous aviez à le voir ou l'entendre aujourd'hui, mademoiselle Anne.

Anne songea au médaillon, qu'elle avait placé dans la boîte à thé de la salle à manger, sans en parler à ses sœurs de peur que son geste ne les déstabilise. Elle avait envisagé de le lâcher dans la tombe ouverte, mais il lui avait semblé, peut-être bêtement, que l'enfant avait rejeté l'objet. Et maintenant, elle se retrouvait dans une incertitude absolue quant à ce qu'elle devait en faire. Peut-être pourrait-elle le rapporter à Top Withens ? En tout cas, elle aimerait beaucoup ne plus jamais y penser.

— Je crois qu'Anne a raison, acquiesça Emily. Même si la neige tombe encore, nous devrions retourner à Top Withens Hall avec Liston. Et ce périple servira un double objectif: protéger Liston de la fureur de son père et faire diversion pendant que d'autres questions seront discrètement examinées.

— Quelles autres questions ? voulut savoir Charlotte.

D'eux tous, avec son petit visage froissé et plissé, Charlotte semblait la plus épuisée par leurs récentes activités nocturnes. Au point qu'Anne s'inquiétait pour elle. Charlotte était si puissante dans sa nature, ses réflexions et ses paroles qu'il était facile d'oublier qu'elle était peut-être la plus fragile de toutes, la plus chétive et la plus délicate de constitution.

Avant de poursuivre, Emily jeta un coup d'œil à Liston, comme si elle hésitait à partager ses pensées avec lui.

— Nous devons examiner à nouveau le conduit de cheminée, à la lumière du jour et avec une bonne lampe. Il pourrait s'y trouver d'autres indices qui n'ont pas encore été découverts. D'après les bris de verre éparpillés dans la pièce, nous sommes enclines à supposer qu'on s'y est introduit par la force. Ce qui n'est pas une mince affaire, puisque ce côté-là de la maison est accolé à un pan de rocher presque à pic. Si l'entrée par effraction est liée aux ossements – or, il semble très probable que ce soit le cas –, alors il se peut que Bess, voire Clifton Bradshaw lui-même puissent identifier le moment où elle a pu se produire.

— P'pa dit que ce doit être ma mère, lâcha Liston d'un ton plat. Il pense que ce serait la preuve matérielle de son esprit en lutte pour sortir de sa tombe froide et revenir dans notre maison afin de nous réveiller par ses hurlements.

— Vous pouvez bien dire ce que vous voulez sur votre père, Liston, constata Emily, mais il a un talent certain pour le gothique.

— C'est parce qu'il est le diable, intervint Tabby avec véhémence, les prenant tous par surprise. Ou dans la confidence du Malin en tout cas.

— Allons, Tabby, soupira Anne. Liston, s'il vous plaît, rassurez cette chère Tabitha en lui confirmant que votre père ne traite pas avec Satan.

À la grande stupéfaction d'Anne, Liston resta silencieux un long moment, les joues écarlates.

— Je savais que j'avais raison, conclut Tabby, qui jeta une poignée de sel par-dessus son épaule gauche avant de cracher.

— Je ne dirais pas qu'il est de mèche avec le diable, nuança Liston. Il était dévot autrefois, mais un changement s'est produit avant le décès de maman. Ses opinions ont évolué, et maintenant il ne croit plus aux choses comme le paradis et l'enfer. En effet, après la mort de maman, il y a eu une période où la maison était souvent animée la nuit : allées et venues de voitures et chevaux, chants et musiques étranges. Ces nuits-là, Bess venait s'asseoir dans ma chambre et me gardait là comme une geôlière. J'ai essayé de l'interroger une fois, avant que son esprit ne parte vagabonder vers des temps plus heureux, mais elle n'a pas voulu répondre. Au contraire, elle m'a donné une tape sur l'oreille pour avoir posé la question.

— C'est mal, très mal, y a pas d'erreur possible, commenta Tabby avec tristesse. Le fils d'un démon dans ma cuisine, et votre père qui est pasteur.

— Tabby, Liston n'est pas le fils d'un démon, la corrigea Anne. Quoi qu'il en soit, nous allons le faire sortir d'ici sur-le-champ et le raccompagner à Top Withens, comme l'a suggéré Emily.

— Madame Aykroyd, je m'en vais tout de suite, mais, Branwell et mesdemoiselles Brontë, si vous souhaitez revenir pour enquêter sur cette affaire, je promets de vous y aider. Cependant, je vous prie de ne pas venir ce soir. Je ne voudrais pas que mes bons amis soient témoins de mon infortune cette nuit, ce serait une honte pour moi.

— Alors nous viendrons vous voir demain, dès que le soleil sera levé, déclara Anne, qui riva sur Liston un regard empreint de chaleur. Vous avez fait preuve de beaucoup de courage, monsieur, et les Brontë ne vous abandonneront pas. Je vous le jure.

Plus tard, alors que le feu rendait la salle à manger confortable et que les volets reléguaient l'obscurité au-dehors, les sœurs étaient occupées autour de la table, Anne à écrire et Emily à comparer les dessins qu'elles avaient faits avec ceux d'un livre d'anatomie récemment acquis. Charlotte, pour sa part, paraissait incapable de se fixer sur une quelconque activité.

— Je ne vous accompagnerai pas à Top Withens demain, annonça-t-elle, les sourcils très froncés.

— Ah non ? s'étonna Anne. Tu te sens encore faible, Charlotte, ma chérie ? Peut-être devrais-tu aller te coucher maintenant.

— Oui, répondit Charlotte, mais j'ai un autre plan.

— Lequel, ma sœur ? s'enquit Emily, toujours fascinée par les plans, semblait-il.

— Apporter nos observations, nos croquis et nos notes à Celia Prescott à Bradford. Si quelqu'un est en mesure de voir ce que nous ne voyons pas, c'est bien elle. Je lui ai déjà écrit pour l'informer de mon arrivée.

C'était une bonne idée, selon Anne, et il était évident qu'Emily partageait son avis, même si elle était secrètement vexée de ne l'avoir pas eue avant.

Elles avaient rencontré pour la première fois Mme Prescott, l'épouse d'un docteur de Bradford, pendant qu'elles recherchaient des indices sur la disparue Elizabeth Chester. L'intelligence et la vivacité de Celia lui avaient permis de comprendre immédiatement que les sœurs cherchaient des prétextes pour lui rendre visite. Dès qu'elle avait été intéressée à leur cause, elle s'était muée en collaboratrice consentante. Celia avait étudié à la faculté aux côtés de son mari, il ne lui manquait que la qualification formelle requise pour avoir le titre de médecin.

— C'est très risqué de partir seule aussi loin par ce temps, s'inquiéta toutefois Anne.

— Si odieux que soit ce mode de transport, je prendrai un coche depuis Keighley, expliqua Charlotte en plissant légèrement le nez. J'ai déjà demandé à John Brown, et il pense qu'il y aura probablement un service demain, car les routes principales sont praticables.

— Excellent, approuva Emily. Et demain soir, nous nous retrouverons toutes les trois pour rassembler ce que nous aurons découvert.

— À t'entendre, j'ai l'impression que nous sommes les sorcières de Shakespeare, commenta Charlotte avec un petit sourire – cette comparaison n'était pas pour lui déplaire.

— Eh bien, dit Anne, je suis presque certaine qu'un dur labeur et de grands problèmes nous attendent toutes avant la conclusion de cette aventure.

12

Charlotte

Les sœurs de Charlotte lui avaient trouvé l'air si épuisé et si frêle, lorsqu'elles s'étaient réunies dans le couloir obscur avant l'aube ce matin-là, qu'Emily avait insisté pour que Branwell l'accompagne à Bradford plutôt que d'aller avec elles à Top Withens Hall.

— Je suis parfaitement capable de m'y rendre seule, avait fermement répliqué Charlotte. J'ai vécu ma vie en femme indépendante et j'ai mon libre arbitre. Mon apparence physique n'est pas la somme de ce qui me constitue.

— Bien sûr que non, avait concédé Emily. Mais tu es si petite. Je crains que tu ne sois emportée par des voleurs ou des bandits de grand chemin. Un homme particulièrement robuste pourrait te fourrer sous son bras ou dans sa poche que personne ne s'en rendrait compte.

Charlotte n'était guère préoccupée par une telle éventualité.

— Je voyage vers la civilisation, vers la demeure d'une amie, en compagnie d'autres passagers, avait-elle argué.

— Et c'est précisément pourquoi tu devrais prendre Branwell, avait insisté Emily. Au moins, notre frère représente un danger contre lequel tu es avisée, tout comme Clifton Bradshaw. Nous aurons Liston à nos côtés, et Bradshaw n'est pas de taille pour lutter contre notre Anne depuis qu'elle est devenue si opiniâtre. C'est donc décidé. Branwell ira avec toi.

— Très bien, avait soupiré Charlotte. Mais je vous laisse le soin d'aller le tirer du lit.

Raison pour laquelle, depuis qu'ils étaient partis, Branwell n'avait cessé de se plaindre de son éviction du havre de paix chaud qu'était le sommeil, et Charlotte fut extrêmement soulagée lorsqu'ils parvinrent enfin sur le pas de la porte de Celia Prescott.

—Eh bien, Hattie, bonne journée à vous.

Charlotte sourit chaleureusement à la gouvernante de Celia, qui lui rendit son salut avec un regard glacial et très suspicieux de surcroît.

—Et moi qui pensais qu'il faisait froid dans le carrosse, murmura Branwell. Est-ce Mary Shelley qui a créé ce personnage ?

—Vous vous souvenez peut-être de moi, se risqua Charlotte. Je suis venue avec mes sœurs l'été dernier. Mme Prescott et moi sommes toujours en contact épistolaire. Peut-être parle-t-elle de moi de temps en temps ?

L'attitude de Hattie ne changea pas d'un iota.

—Chère madame, intervint Branwell en s'avançant, auriez-vous l'amabilité de nous inviter à entrer avant que nous ne mourions gelés ?

Sur quoi, Hattie s'écarta et observa attentivement Branwell alors qu'il se faufilait, supposant probablement, pensa Charlotte à la vue de son air féroce, que si la situation en venait aux mains, elle serait à même de battre Branwell dans un combat.

—Sois patient et laisse-moi faire, murmura Charlotte à son frère, avant de se tourner vers Hattie : Mme Prescott ne nous attend sans doute pas, j'en ai peur. Je lui ai écrit hier, mais peut-être le mauvais temps aura retardé le courrier ? Si elle est à la maison, je vous serais très reconnaissante de nous permettre de lui parler.

Hattie réfléchit un instant, puis haussa les épaules.

—Madame ! hurla-t-elle à travers la maison, les yeux toujours rivés sur Branwell et Charlotte. Cette petite dame de Haworth est ici pour vous voir, et elle a une sorte de bonhomme avec elle.

—Je m'appelle Charlotte Brontë…

Mais Charlotte fut interrompue avant d'avoir pu présenter Branwell.

—Mlle Charlotte Brontë, elle dit ! vociféra Hattie à tue-tête.

— Et mon frère, M. Branwell Brontë, ne put s'empêcher de terminer Charlotte, même si elle devinait ce qui allait suivre.

— Et cet autre type, c'est son frère ! cria Hattie.

S'ensuivit un silence bref et très gênant, où Hattie resta figée sur place, à fixer tour à tour Branwell et Charlotte du regard, dans l'attente d'une réponse de l'intérieur de la maison. Charlotte poussa un soupir de soulagement lorsqu'une porte s'ouvrit enfin.

— Charlotte ! Ma chère, je suis si heureuse de vous voir, s'exclama Celia en sortant du salon. Je me reposais juste les yeux, comme dirait mon cher mari ; en réalité, je dormais profondément, car Hattie et moi sommes restées dehors assez tard, à offrir aide et réconfort aux dames de la nuit de Bradford. Veuillez me pardonner. Je dois avoir une allure affreuse.

— Vous êtes ravissante, Celia, la contredit Charlotte, car, hormis quelques boucles égarées ici et là, c'était la vérité.

Mme Prescott avait l'air très en forme, le teint frais, les joues roses, et ses yeux sombres brillants et vivants. Branwell était presque certain de tomber amoureux d'elle dans l'instant.

Lorsque Charlotte et ses deux sœurs lui avaient rendu visite pour la première fois l'année précédente, elles auraient difficilement pu prévoir le degré d'implication de Celia Prescott et de son mari dans les terribles événements de Chester Grange, mais c'était en grande partie grâce à l'expertise médicale de Celia et à son honnêteté sans détours qu'elles avaient pu résoudre le mystère. Charlotte était persuadée que ce serait à nouveau le cas aujourd'hui et elle était heureuse de qualifier Celia de détectrice par association. Elle prit les mains de son amie.

— Ma chère Celia, veuillez pardonner cette intrusion et permettez-moi de vous présenter mon frère, M. Branwell Brontë. Je vous ai écrit pour vous informer de notre visite et j'aurais dû attendre votre confirmation, mais l'affaire en question, bien qu'elle ait été engagée il y a de nombreuses années, me semble tout à fait pressante.

— Monsieur Brontë, dit Celia en souriant à Branwell, qui s'inclina. Dans ses lettres, Charlotte me tient toujours des propos fort chaleureux à votre sujet.

— Ah oui, vraiment ? (Branwell paraissait sincèrement surpris.) Alors je ne peux que féliciter ma sœur pour sa détermination à voir le meilleur chez les gens.

— Je vous en prie, passons au salon, proposa Celia en leur faisant signe de la suivre. Hattie, apporte le thé, ma chère. Et si tu parviens à t'abstenir de brailler le nom de nos invités comme une poissonnière du coin de la rue, je m'estimerai très chanceuse.

— La dernière fois, vous étiez vexée parce que je ne vous avais pas appelée quand il y avait des visiteurs, marmonna Hattie. Il faudrait vous faire une opinion et vous y tenir, madame.

— Tu as tout à fait raison, convint Celia. Préviens-moi quand nous avons de la visite, mais avec un volume sonore qui ne sera pas entendu à trois maisons d'ici. Peut-être en venant me trouver pour me transmettre l'information ?

Hattie lança à Celia un regard plein de ressentiment, avant d'esquisser une demi-révérence et de partir. Charlotte craignait que la préparation du thé ne soit devenue incertaine.

— Hattie a mené une existence très mouvementée et hasardeuse avant de venir habiter chez nous, expliqua Celia à Branwell en les précédant dans le salon. Je l'ai sauvée d'une vie de violence et d'immoralité et, ce faisant, je me suis aliéné la majeure partie de la société bien-pensante de Bradford. Malgré tout, elle m'est très chère et, même si cela n'est pas forcément aisé à deviner pour vous, elle m'aime aussi beaucoup.

— Vous êtes tout à fait extraordinaire, madame Prescott, commenta Branwell d'un ton si enthousiaste que Charlotte se fit un devoir de prendre place à côté de son amie sur le canapé aussi vite que possible.

Charlotte s'était déjà trouvée dans cette pièce avec ses sœurs et elle éprouva un regain d'envie à sa vue, surtout en ce jour de décembre où elle était si joliment décorée pour Noël. De luxuriantes guirlandes de houx et de lierre, attachées par des rubans colorés, égayaient les cadres et les appuis de fenêtre. Sur la cheminée, on avait rassemblé tout un tas de ces nouvelles cartes de Noël. Ces ornements, combinés aux teintes riches de la pièce et à la joyeuse flambée, firent penser à Charlotte qu'il devait être bien agréable d'être la maîtresse d'une telle maison. Certes, elle était animée par sa passion pour les mots et son désir très fort de rendre son talent visible au reste du monde, toutefois ce havre domestique – preuve d'une vie simple, aimante et bien vécue – était une chose dont Charlotte rêvait souvent pour elle-même.

Celia posa les paumes sur ses cuisses.

—Alors, dites-moi tout. Car je dois avouer que votre visite, pour bienvenue qu'elle soit, m'intrigue doublement par le fait même qu'elle ait lieu un jour comme celui-ci.

—Madame, je suis tout à fait d'accord, renchérit Branwell. J'avais moi-même espéré rester près d'un feu toute la journée. Hélas, mes sœurs sont très persuasives et déterminées, c'est-à-dire assez terrifiantes.

—Eh bien, dites-moi, insista Celia, les yeux brillants de curiosité. M'avez-vous apporté une autre dent pour que je l'examine ? Ou un os à identifier ?

—J'ai bien peur que ce ne soit un peu plus… comment dire ? détaillé que cela, répondit Charlotte, hissant sur ses genoux le sac que Branwell avait transporté pour elle. Nous ne vous sollicitons pas pour des fragments, Celia, mais pour un squelette humain tout entier. Les ossements ont été découverts dans le conduit de cheminée d'une maison des environs de Haworth. Ils sont de très petite taille, ce qui nous amène à penser qu'il s'agit du squelette d'un enfant. Nous sommes venus vous voir dans l'espoir que vous pourriez nous en apprendre plus sur cette pauvre âme. Son âge, et peut-être, si c'est possible, nous indiquer les circonstances de son décès ? L'enfant a été mis en terre hier, mais nous en avons d'abord fait de nombreuses illustrations et pris des notes.

—Oh, mon Dieu ! s'exclama Celia, les sourcils froncés. C'est terrible ! Si je peux vous aider, je le ferai sans hésiter. Que vous ayez rassemblé de telles informations atteste d'une grande prévoyance. Il y a souvent des histoires à raconter dans ce qui reste de nous à la fin.

Charlotte avait redouté que Celia ne soit horrifiée, désemparée par sa requête, et elle se réjouit que son amie soit une femme de science et de raison qui considérait l'établissement des faits comme le chemin le plus sûr vers la vérité.

— Le thé, m'dame.

Hattie entra, envoyant la porte heurter le coin du buffet dans un bruit sourd alors qu'elle apportait les rafraîchissements sur un plateau. Contrairement à la première fois où elle avait servi le thé à Charlotte, l'été précédent, elle abaissa le plateau avec précaution et fermeté, et Charlotte fut heureuse de constater que le citron et le lait n'avaient pas été oubliés.

— Hattie fait de grands progrès, commenta Celia quand la jeune femme fut repartie. Ces derniers mois, je l'ai vue commencer à parler et même à rire à nouveau. Et quand je songe à la pauvre fille silencieuse qu'elle était quand je l'ai ramenée chez nous, il me semble finalement malvenu de la réprimander pour avoir élevé la voix tout à l'heure. Nous sommes tous des humains, après tout, chacun confronté à des souffrances invisibles.

— En effet, acquiesça Branwell en hochant la tête avec ferveur.

Charlotte devina qu'il occuperait le trajet dans l'omnibus du retour à la composition de poèmes d'amour.

— Montrez-moi ce que vous avez là, proposa Celia, qui tendit la main. Faites-moi voir vos notes, et je vous dirai quelles conclusions, le cas échéant, je suis en mesure d'en tirer.

— Nous avons indexé les dessins et les constatations afin qu'ils se trouvent côte à côte, expliqua Charlotte en remettant la liasse de feuillets à Celia. De sorte que l'un se rapporte directement à l'autre. Les mesures sont incluses, et chaque os est étiqueté, même si je ne peux garantir que tout ait été fait dans les règles de l'art. Emily s'est référée à un livre d'anatomie, mais il datait de plus de cent ans, et le dictionnaire médical de Père est si lourdement annoté qu'il devient difficile d'en comprendre certaines informations.

Celia prit les papiers des mains de Charlotte et entreprit de les étaler sur ses genoux. Le silence s'installa alors qu'elle se lançait dans l'examen de leur contenu. Charlotte l'observait, en quête d'une réaction, mais l'expression de son amie restait neutre, à l'exception d'un moment où elle se mordit la lèvre inférieure et ferma les paupières un instant. Pendant que Celia poursuivait sa lecture, Charlotte laissa dériver ses pensées, au son du crépitement du feu et du tic-tac régulier de l'horloge de parquet qui trônait dans un coin. Une vie bien remplie, une maison bien à soi : quel plus grand bonheur pourrait-il y avoir pour une femme ou un homme ?

— Charlotte, ma chère, demanda Celia lorsqu'elle releva enfin les yeux, pourriez-vous m'apporter mon pupitre afin que je puisse noter mes conclusions pendant qu'elles sont encore fraîches dans mon esprit ? Je dois vous féliciter, vos sœurs et vous : c'est vraiment un dossier de premier ordre.

Charlotte s'exécuta sur-le-champ et tint un pot d'encre pour Celia, qui parlait à voix haute tout en écrivant :

— La conclusion la plus évidente, après un premier examen, est qu'il s'agit bien d'un enfant, âgé de huit à dix ans. Cependant, une analyse plus approfondie des preuves nous révèle une autre histoire. Le squelette constitue la mémoire du corps, et celui-ci nous indique que cet individu a eu une vie marquée par une santé défectueuse. Voyez ici comment les os sont tordus et courbes : c'est un signe certain de rachitisme causé par une mauvaise alimentation et un manque d'exposition au soleil. On l'observe très souvent chez les enfants qui travaillent dans les usines. Ils partent au travail avant le lever du soleil et en reviennent après son coucher. De plus, ici, le tibia s'est brisé, plus que probablement après la mort et sans doute parce que les os eux-mêmes sont fragiles et poreux : un signe de scorbut, qui provient d'un régime alimentaire très limité, carencé en légumes et en fruits frais. Cette pauvre âme subsistait certainement avec du pain à base de craie ou d'alun. En outre, l'on voit clairement sur ces illustrations des côtes de l'enfant qu'il souffrait du « syndrome de l'os tissé ». Je n'en ai que rarement été témoin, mais c'est l'indicateur avéré d'une inflammation des poumons. Selon toute vraisemblance, cet enfant avait la tuberculose.

— Pauvre petit être ! murmura Charlotte.

— Petit, mais pas aussi jeune que vous auriez pu le penser. L'enfant souffrait de malnutrition, il était très chétif pour son âge.

Toutefois, si les os peuvent nous tromper, les dents ne mentent pas. Ici, toutes les dents adultes sont présentes, mais pas encore les dents de sagesse. Ce qui situe l'âge de cette personne entre douze et quatorze ans.

—Il devait être sévèrement sous-alimenté, devina Charlotte.

—Ce qui suggère qu'il vivait dans la misère. Vous en trouverez beaucoup avec les mêmes affections à seulement quelques rues d'ici. L'industrie a apporté une grande richesse à quelques-uns et de grandes difficultés à beaucoup. Je parierais que c'était l'un de ces malheureux enfants.

—Pouvez-vous savoir si c'était un garçon ou une fille? s'enquit Charlotte.

—Impossible: même à cet âge, il n'y a pas de différence significative au niveau des os du bassin ou du crâne. Il faudrait pouvoir l'établir grâce à d'autres objets présents dans la tombe, s'il y en avait.

—Il n'y avait qu'un pendentif et le drap dans lequel il était enveloppé, en grande partie pourri, répondit Charlotte. Êtes-vous en mesure de déterminer la cause du décès?

Celia prit un moment pour réfléchir.

—Je suis vraiment désolée d'admettre que non. (Elle désigna les dessins.) Cette personne était très malade et serait probablement morte rapidement de toute façon, mais si elle a été délibérément blessée, il n'en reste aucune trace sur le corps: aucune fracture, pas de marque de coupure, aucun signe de traumatisme. Cela n'exclut pas la suffocation ou l'empoisonnement, bien sûr.

—Mais est-il possible que l'enfant soit mort naturellement et qu'il ait été placé dans le conduit de cheminée pour une raison quelconque? demanda Branwell.

—C'est possible, confirma Celia, bien qu'il soit difficile de se figurer pourquoi. Nous œuvrons au milieu d'une immense pauvreté, ce genre de drames s'observent tous les jours, au point que, parfois, je crains que mon cœur ne se soit endurci face à la cruauté quotidienne de cet âge moderne. Pourtant… ce que je vois devant moi est la preuve d'une forme de meurtre, dont le coupable est l'indifférence générale d'une société qui valorise le profit au détriment des êtres humains. Cherchez-vous à découvrir le véritable destin de cette âme, Charlotte ? Car je ferai tout ce que je peux pour vous y aider.

— Nous sommes heureux de pouvoir compter sur vous, Celia, répondit Charlotte en prenant la main de son amie. Vous avez projeté une lumière dans le coin le plus sombre, et je suis sûre que votre expertise nous sera très utile.

— C'est un monde obscur que celui dans lequel nous vivons, renchérit Celia. Il est de notre devoir de brûler aussi brillamment et férocement que nous le pouvons, afin de créer une constellation de justice et de vérité pour combattre tout mal.

— C'est très vrai, acquiesça Branwell avec rien de moins qu'un soupir sincère. Quelle dame magnifique vous êtes, madame Prescott !

Réaction typique de son frère, pensa Charlotte. Toujours aussi prompt à s'emballer. Si seulement il pouvait trouver une femme à aimer qui ne soit pas mariée, comme les choses pourraient être différentes.

Puis Charlotte songea à Constantin Héger et s'empressa, quelques secondes plus tard, de diriger ses pensées ailleurs.

13

Emily

Emily et Anne furent toutes deux heureuses de constater une légère atténuation du froid glacial. Pas au point de pouvoir se permettre d'abandonner l'une des nombreuses couches dans lesquelles elles étaient emmitouflées, mais assez pour voir les congères gelées qui bordaient les sentiers se ramollir un peu, entendre l'eau qui s'en égouttait en « ploc » réguliers, et entrevoir ici ou là la boue détrempée et marécageuse sous leurs pieds. Le ciel était plein de la neige qui tomberait encore, et Emily était sûre que le pire était à venir. Si fort qu'elle aimait l'hiver, elle se réconfortait toujours à la pensée que, d'ici peu, les perce-neige sortiraient leur tête alanguie de leur sommeil hivernal et que, pas si longtemps après, toute la campagne éclorait dans un éclat de vie joyeuse, colorée et chaotique. La mort n'était jamais permanente : la moindre parcelle de nature le révélait. C'était simplement un moment de transition avant de naître à nouveau, selon Emily. L'idée de ne plus jamais exister, de ne plus jamais penser, sentir, voir ni aimer ce monde terrestre était trop dure à supporter pour elle, d'autant plus maintenant qu'elle avait passé un si long moment à contempler les restes humains d'un enfant. Le paradis pouvait bien être sublime, comment serait-il capable de rivaliser avec la lande qu'elle vénérait tant ? Alors elle décida de ne pas mourir ou, le cas échéant, de ne jamais quitter cette terre. Elle y revivrait, tout comme les perce-neige et comme la bruyère qui refleurissaient chaque année, qui étaient toujours là, dans le vent, les ruisseaux, la courbe de la linaigrette. Ce serait là son paradis.

— Emily ? lança Anne derrière elle. Songes-tu à tes poèmes et à comment ce sera si… quand ils seront publiés ?

Emily se retourna vers leur benjamine qui, d'une main, maintenait le capuchon de sa cape sur sa bonnette, de l'autre remontait ses jupes au-dessus de la gadoue alors qu'elle progressait avec méfiance sur le sentier glissant.

— Non, répondit Emily. Absolument pas. Je n'ai jamais souhaité que mes écrits soient présentés à autrui. Ils peuvent leur plaire ou pas. Je ne m'en soucie guère, quoi qu'il en soit.

— Vraiment ? s'étonna Anne, qui s'arrêta un instant pour reprendre son souffle. Ce doit être très agréable de ne pas se préoccuper du tout de l'opinion des autres. J'aimerais savoir comment m'armer ainsi. Parfois, j'ai du mal à dormir la nuit, à force de m'en inquiéter, pas tant pour moi que pour Charlotte. Elle est tellement certaine que le monde proclamera son génie, Emily. Imagine la morosité qui s'installera si ce n'est pas le cas.

— Hmm. Elle est résistante, notre Charlotte. Regarde à quelle vitesse elle s'est remise de son béguin pour M. Héger. Tu verras, même si les critiques sont mauvaises, elle sera de retour à son bureau d'ici quatre ans au plus tard.

Anne pouffa, puis se couvrit la bouche de sa paume gantée, sans doute parce qu'elle se sentait un peu coupable.

— Ne te tracasse pas pour Charlotte, reprit Emily. Son travail est plutôt bon. Ne va pas le lui répéter. Il n'est pas aussi bon que le mien, je l'admets, mais il est passable.

— C'est différent pour Charlotte et toi. Vous avez toutes deux le don de créer des univers à partir de mots, des paysages entiers d'émotions. Je crains de n'avoir, moi-même, que mes pensées et mes sentiments, mes regrets et mes espoirs, qui sont tellement insignifiants. Comment peut-on y trouver une quelconque valeur littéraire ?

Emily prit la main de sa sœur alors qu'elles négociaient attentivement la traversée des pierres de gué, inégalement dressées dans le ruisseau encore à moitié gelé.

— Pourquoi tes réflexions sincères et vraies n'auraient-elles pas la même saveur que les mots jamais écrits par quiconque ? lança Emily. Quel plus grand mérite y a-t-il que la communication de l'expérience d'une âme humaine à une autre ? Dans ce monde d'hommes, les auteurs cherchent à s'élever au-dessus de l'ordinaire, leurs pensées doivent être supérieures, leurs sentiments plus puissants que les tiens ou les miens. Ce ne sont que des artifices, Anne. Tes pensées, tes sentiments, ton ressenti, comme tu le dis, sonneront juste auprès de ceux qui te liront. Ils y verront de l'intégrité, et même si tu ne connaîtras jamais leur nom, eux et toi serez liés d'une certaine manière, pas seulement maintenant mais pour toujours. De plus, tu es la plus courageuse de nous toutes, toi qui dis la vérité et ne recules devant rien.

— Peut-être que cela suffira, si c'est bien vrai, admit Anne avec modestie, mais elle exerça une pression sur les doigts d'Emily en guise de remerciement avant de les relâcher.

— D'ailleurs, nous n'écrivons pas pour les honneurs, ajouta Emily, avant de réfléchir un instant. Nous écrivons parce que nos âmes l'exigent de nous, et cela suffit.

La conversation retomba dans un silence concentré, le temps qu'elles parcourent le dernier mile jusqu'à Top Withens. L'air glacial rendait chaque inspiration brutale et, même avec leurs gants, leurs doigts étaient engourdis, leurs orteils humides et gelés. Lorsqu'elles aperçurent enfin la maison isolée au sommet de la lande, elles s'arrêtèrent une seconde, et la raison de leur présence en ces lieux les accueillit comme un sombre fantôme qui les attendrait au portail.

— Je ne suis pas pressée de retourner dans cet endroit lugubre, avoua Anne. C'est comme si le malheur scellait les pierres qui ont servi à sa construction.

— En effet, convint Emily. Pourtant, réchauffons-nous de la pensée de revoir le beau Liston, c'est une perspective qui égaierait la journée de n'importe quelle jeune femme.

— Emily Jane ! s'exclama Anne, faussement scandalisée.

En réalité, elle n'était pas en désaccord avec sa sœur.

Le portail sorti de ses gonds pendait, immobile maintenant que le vent s'était calmé, les chiens silencieux ne se montrèrent pas quand Anne et Emily s'aventurèrent dans la cour boueuse. Emily frissonna, mais pas à cause du froid. Il régnait là un sentiment d'isolement qui semblait n'avoir rien à voir avec sa localisation. C'était comme si la maison elle-même était un ermite à moitié fou, qui repoussait toute intrusion par la simple force de sa volonté.

Liston apparut de l'intérieur de la grange, où il avait manifestement travaillé dur à une tâche qui demandait un effort physique important et avait empoissé ses boucles brunes. La transpiration collait sa chemise à son torse durci par le labeur.

— Mademoiselle Emily, mademoiselle Anne, je suis très content de vous voir toutes les deux.

— Nous sommes heureuses de vous voir, nous aussi, Liston, répondit Emily, soudain très intéressée par la boue collée à ses chaussures. Très heureuses, vraiment.

— Monsieur Bradshaw, reprit Anne, les joues en feu, en baissant les yeux pour effectuer une improbable révérence. Vous dérangeons-nous à un moment inopportun ?

Prenant conscience de son apparence, Liston leur fit signe de le suivre alors qu'il se précipitait vers la maison.

— Non, veuillez m'excuser. Je rentre les moutons quand le temps est incertain, mais leurs quartiers doivent être régulièrement nettoyés et, comme ils sont sous ma responsabilité et non celle de p'pa, il m'interdit d'employer du personnel. Il faut donc que je me retrousse les manches, et je n'ai jamais eu peur de trimer.

Dès qu'ils furent à l'intérieur de Top Withens, Liston attrapa un vieux pardessus qui traînait sur une chaise et s'en couvrit les épaules à la hâte, le serrant autour de lui tandis qu'il refermait la porte et la verrouillait.

— Si nous ne la fermons pas au verrou, le vent du nord-est la rouvre, expliqua-t-il en voyant Emily hausser un sourcil.

Au moins, le vieux Bradshaw n'avait pas l'air dans les parages : il n'y avait que Molly, la bonne, en train de hacher des oignons à la table, et Bess, la vieille gouvernante, silencieusement recroquevillée près du feu, occupée à surveiller une marmite de quelque mets qui sentait le ragoût de mouton. Si elle avait remarqué leur arrivée, elle ne jugea pas nécessaire de le faire savoir.

— Vous allez bien, Liston ? demanda Anne. Nous nous sommes beaucoup inquiétées pour vous depuis votre départ. La colère de votre père a-t-elle été très violente ?

Face à sa douceur pleine de sérieux que l'angoisse avait teintée de gravité, Liston lui adressa un sourire stoïque.

— Pas tant que cela, mademoiselle Anne. P'pa était fortement alcoolisé à mon retour. Il s'est emporté contre moi comme un dément, bien que je ne puisse dire si la cause de sa fureur était liée au fait que je vous aie aidées à retirer les os ou que j'aie permis un examen plus approfondi de ses affaires, car il était à peine compréhensible et certainement pas en état de s'en prendre physiquement à moi. Il arrivait tout juste à lever sa tête de la table, en fait. Alors Bess et moi l'avons mis au lit, où il repose depuis sans avoir encore montré le moindre signe d'agitation.

Anne sourit.

— Même s'il s'agit d'un sursis plutôt que d'une grâce, je suis ravie de l'entendre.

— Mon cœur se réjouit de savoir que vous vous souciez de moi, mademoiselle Anne, mais vous n'avez pas à vous tracasser pour moi. Quand j'étais enfant, mon père était un homme redoutable, mais maintenant je suis adulte, et il le sait. Il peut me malmener, mais il ne peut plus me battre sans s'attendre à ce que je lui rende la pareille, même si je ne lui ferais jamais de mal volontairement, ce qu'il sait aussi.

— Vous êtes vraiment un jeune homme admirable, affirma Emily en lançant à sa cadette un long regard de biais. Liston, serait-il possible que nous retournions regarder dans la chambre et que nous vous posions, à vous et peut-être à Bess, d'autres questions sur cette époque ? Nous nous efforçons d'identifier l'enfant dans l'espoir de pouvoir lui trouver une famille qui le pleurera, voire juste un nom à graver sur sa pierre tombale.

— Bien sûr, mademoiselle Emily. Je ferai de mon mieux pour vous aider, vous et Mlle Anne, répondit Liston avec empressement. Je suppose que vous vous rappelez le chemin pour gagner la chambre de ma mère, mais laissez-moi quand même vous guider. Ainsi, nous éviterons les planches qui grincent et les portes coincées qui pourraient tirer mon père de son sommeil, car bien que je n'aie rien à craindre de lui, je ne souhaite pas vous rendre témoins de son comportement répugnant.

Elles suivirent Liston jusqu'à la partie désaffectée de la maison, marchant silencieusement derrière lui tandis qu'ils naviguaient à travers les ombres et les souvenirs enfouis dans la poussière pour retrouver le chemin de la pièce plongée dans l'obscurité. Une fois devant la porte, Liston hésita, l'air soudain très jeune et très vulnérable, alors qu'une grande tristesse s'abattait sur lui comme un manteau. Emily s'imagina qu'il avait dû se sentir très seul au monde, sans même une sœur ni un frère sur qui s'appuyer.

— Mademoiselle Emily, mademoiselle Anne, chuchota-t-il d'une voix basse et calme, si vous en êtes d'accord, je préférerais ne pas revoir cet endroit lugubre. (Il baissa le menton, si bien que ses cheveux noirs lui tombèrent sur les yeux.) Vous me prendrez sans doute pour un lâche, mais je suis incapable de l'affronter.

— Bien sûr que non, affirma Anne avant qu'Emily ne puisse répondre. Tout ce que vous dites est parfaitement logique.

— Prenez cette bougie, et je reviendrai vous chercher dans un quart d'heure, annonça Liston en s'inclinant assez maladroitement, avant de repartir à la vitesse d'un homme qui ne souhaite pas être pris en flagrant délit d'émotion.

— J'ai l'impression que le jeune M. Bradshaw te plaît bien, commenta Emily en haussant un sourcil. Prends garde, Anne.

— À quoi ? rétorqua cette dernière. À traiter un autre être humain avec correction ? Honnêtement, Emily, je ne te croyais pas du genre à te faire des idées sur ma relation avec le jeune M. Bradshaw, mais crois-moi, tes soupçons n'ont pas lieu d'être. Maintenant, pouvons-nous nous atteler à notre tâche ?

— Très bien, ma sœur, acquiesça Emily, ne voulant pas distraire Anne davantage de sa macabre tâche.

Cependant, la brève rebuffade de sa benjamine révélait exactement ce qu'Anne s'efforçait de nier.

14

Anne

La pièce était exactement dans l'état où elles l'avaient laissée et pourtant, malgré le froid ambiant et le tas de gravats dans la cheminée, elle était sensiblement différente, comme si toutes les ombres malheureuses en étaient parties avec les ossements en ce premier jour, pour ne laisser derrière elles qu'un espace vide. Si cette impression était bien réelle, alors où était passée l'angoisse ? se demandait Anne. Avait-elle élu domicile dans une autre maison ? Était-elle désormais à jamais enfouie dans la terre gelée ou errait-elle aussi librement que le vent hurlant ?

Ce n'est que ton imagination, Anne, se dit-elle sévèrement. *Ta peur te joue des tours, voilà tout.*

— Je suis heureuse que Liston ne nous ait pas accompagnées ici, chuchota-t-elle à Emily en se dirigeant vers le carreau brisé, pour se calmer avec une bouffée d'air glacé et la vision des vagues ondulantes des collines enneigées au-delà.

C'était comme si Top Withens était un bateau, qui aurait navigué loin au nord, à la poursuite du monstre du Dr Frankenstein. À moins, bien sûr, que le monstre ne soit déjà à bord.

— Liston est un jeune homme surprenant, commenta Emily.

Anne se retourna vers sa sœur et la découvrit déjà à genoux, qui examinait la surface de chaque pierre ayant constitué l'intérieur de la cheminée, à la lueur de sa bougie posée sur le sol.

— On ne s'attend pas à trouver une âme aussi douce par ici, continua-t-elle, où seuls les êtres plus robustes peuvent survivre. Je me demande si le Liston que nous voyons est le véritable Liston ou s'il camoufle une part de lui-même.

— Nous cachons tous un peu de notre vraie nature, Emily. D'ailleurs, qu'est-ce que tu cherches ? lui demanda Anne.

— Je ne sais pas trop, admit Emily en tournant et retournant entre ses mains une grosse pierre taillée vers le peu de lumière qu'offrait la bougie. Sauf qu'il y a forcément une raison pour laquelle les ossements ont été enterrés ici, dans une pièce dont il a fallu forcer l'entrée.

— C'est un bon endroit où dissimuler ce que l'on ne souhaite pas voir découvert.

— Certes, mais il y a des lieues et des lieues de lande qui feraient aussi bien l'affaire, alors pourquoi à cet endroit précis ? Je ne vois que deux options : premièrement, l'endroit a une signification particulière pour la personne qui a caché cela ici, quelque chose qui serait en lien direct avec les ossements.

— Je comprends, dit Anne, même si, en vérité, elle n'en était pas tout à fait sûre. Et deuxièmement ?

— Le coupable avait besoin de temps, d'intimité et d'un abri pour…

— Pour quoi ?

— Pour faire quelque chose qui nécessite toutes ces conditions, compléta Emily. Donc, je suppose que je cherche une trace, un vestige physique du moment où les os ont été placés, un indice susceptible de nous mettre sur une piste.

— Il y a beaucoup d'oiseaux morts ici sur la grille, déclara Anne en examinant à nouveau le conduit. Cinq ou six crânes de corbeaux et les restes de plus petits volatiles aussi.

— Ce qui pourrait indiquer que les oiseaux ont été attirés dans la cheminée par la promesse d'une charogne, conclut Emily sans détour. Nous pouvons donc déduire que le corps n'était pas sous sa forme squelettique lorsqu'il a été abandonné ici.

— Merveilleux, balbutia Anne, qui prit une profonde inspiration.

Si seulement elle pouvait faire abstraction de la tragédie qui allait de pair avec ces ossements humains, comme Emily. Anne était certaine que sa sœur était tout aussi touchée, mais Emily était capable de démêler le tissage le plus complexe en plusieurs fils de couleur, afin de mieux étudier sa conception.

— La détection semble impliquer que l'on passe beaucoup de temps à rechercher des indices qui pourraient ne pas exister, fit remarquer Anne.

Mais Emily, absorbée par l'étude de chaque centimètre de la surface d'une pierre arrachée, ne répondit pas. Anne la rejoignit sur le sol crasseux et, après plusieurs minutes de travail silencieux, elle s'arrêta pour fixer longuement ce qu'elle avait découvert, car il s'agissait presque certainement de cette piste qu'Emily recherchait.

Des marques avaient été gravées sur la surface noircie d'une pierre avec une netteté qui trahissait une intention volontaire. Elles ne formaient toutefois aucune lettre ni aucun dessin reconnu par Anne, mais plutôt des symboles comme les hiéroglyphes qui avaient dérouté les historiens jusqu'à la découverte de la pierre de Rosette, quelques décennies plus tôt. Aussi improbable que soit l'apparition d'écritures égyptiennes à l'intérieur d'un conduit de cheminée dans une maison isolée du Yorkshire, cette explication n'était guère plus hasardeuse que d'autres à la présence de ces étranges signes.

— Emily, dit Anne en lui présentant son trésor, ces traces sont inhabituelles.

— Oui ! s'exclama sa sœur en prenant la pierre dans sa main. Oui, il ne fait aucun doute que ce sont des marques délibérées, n'est-ce pas ? Bien joué, Anne. Voyons si nous pouvons en trouver d'autres et peut-être donner un sens à ce fragment. Cela pourrait bien être la clé de l'énigme !

Après la découverte de la première pierre gravée, d'autres suivirent rapidement, peut-être parce qu'elles avaient été placées côte à côte dans le mur de la cheminée, pensa Anne, ou parce que, désormais, Emily et elle savaient ce qu'elles cherchaient. Alors que la matinée s'écoulait par-delà la fenêtre brisée, Anne et Emily mirent au jour un petit tas de pierres marquées de la même façon, treize au total.

— Regarde ce qui reste du conduit, annonça Emily en montrant la ruine. Les pierres sont assemblées en fonction de leur forme et de leur taille. Si nous suivons le même principe, nous devrions être capables de reconstituer ce qui était l'intention première.

Les sœurs étaient tellement concentrées sur leur tâche qu'elles ne remarquèrent pas les bruits sourds produits par les pierres qu'elles déplaçaient sur le plancher humide, des sons qui se répercutaient aux poutres reliant la vieille maison à la nouvelle, ni que leurs voix enthousiastes s'élevaient un peu plus chaque fois qu'elles réussissaient à assembler une autre pierre, construisant progressivement une image de l'étrange relique laissée comme une sorte de sceau sur le lieu de la sépulture.

— Je suis certaine que ce dessin va nous indiquer une piste pour trouver l'individu qui a abandonné le pauvre enfant ici, affirma Emily en fronçant les sourcils devant le mystérieux motif qui se dessinait. Nous avons juste besoin de temps pour l'étudier. Je ne pense pas que nous l'ayons encore bien compris, il semble trop désordonné. Anne, passe-moi mon carnet, et je...

Avant qu'Emily n'ait pu achever sa phrase, elles entendirent la voix de Clifton Bradshaw qui criait en bas, des mots si orduriers et si affreux qu'Anne sentit ses oreilles s'échauffer sous l'effet de l'horreur.

— Bradshaw sait que nous sommes ici. Viens, Emily, il faut partir.

— Encore un instant, si je pouvais juste trouver la pierre qui relie ces deux-là...

— Emily, il n'y a plus une seconde à perdre. Nous devons filer maintenant !

Anne se redressa, mais sa sœur continuait à déplacer les pierres comme s'il s'agissait de pièces sur un échiquier. Des bottes montaient l'escalier, des pas lourds qui se rapprochaient à toute vitesse.

— Emily ! insista Anne. Clifton Bradshaw arrive ! Nous n'avons pas le temps de donner un sens à ce dessin maintenant. Tu fais assez de bruit pour réveiller les morts, et même le vieux Bradshaw en personne. Si nous voulons reconstituer le message caché ici, il nous faut emporter ces pierres avec nous.

— Comment accomplir ce prodige ? (Emily se leva d'un bond, en quête d'une idée.) Maudite soit la couturière qui ne perce pas une poche dans chaque couture !

— Les taies d'oreiller ! s'exclama Anne en ouvrant les portes du lit clos pour arracher deux morceaux de tissu moisi et humide aux coussins pourris. N'y mets que les pierres les plus importantes, et je crains que nous ne devions demander l'aide de Liston une fois de plus, car nous ne serons pas assez robustes pour les porter nous-mêmes.

Juste à ce moment, la porte s'ouvrit avec fracas, et son cadre vit se découper la masse furieuse de Clifton Bradshaw, les poings serrés, le visage rouge comme le sang, qui déboula dans la chambre en même temps que de puissants effluves d'alcool éventé.

— Sortez de ma maison, sales fouineuses ! (Son rugissement emplit la pièce, ses yeux étaient brûlants, et des postillons éclaboussaient ses lèvres grasses.) Comment osez-vous ? Vous venez ici, vous prenez ce qui m'appartient sans permission, vous répandez des mensonges et des ragots sur moi, puis vous avez le culot de revenir fouiner. Pour qui vous prenez-vous, espèces de...

— Fermez votre bouche immédiatement, Clifton Bradshaw, ordonna Anne, faisant trois pas vers lui, si rapidement qu'il recula un peu, surpris. Je vous préviens, monsieur, si vous prononcez un seul mot grossier devant ma sœur et moi, vous le regretterez profondément. Vous m'entendez ?

Et même s'il semblait peu probable qu'elle – une femme plutôt mince de taille moyenne – puisse faire regretter quoi que ce soit à cette montagne de chair, même affaiblie par l'âge et son état d'ébriété, Anne était extrêmement sérieuse. Elle refusait de les voir, elle et ses sœurs, menacées par quiconque, et encore moins par cet individu peu recommandable, cette brute, cet ivrogne. En fait, la rage qui l'avait submergée paraissait la faire doubler de volume. Les yeux brillants, elle se campa devant leur agresseur avec autant d'audace qu'un combattant. En cet instant, Anne se sentait aussi inébranlable et aussi puissante que les collines sous leurs pieds.

Malgré tout, Clifton ne céda pas, au contraire, il prit son élan comme pour porter le premier coup et puis, dans la seconde qui suivit, on aurait dit que ses os s'étaient recroquevillés à l'intérieur de la chair. Ses épaules s'affaissèrent, et il baissa la tête, secoué par des sanglots brutaux et furieux, des pleurs comme Anne n'en avait jamais entendus.

— P'pa, pour l'amour de Dieu ! (Liston saisit le coude de son père et l'entraîna hors de la pièce.) Vous n'avez pas toujours été ce démon. Je le jure. Autrefois, vous étiez un homme convenable. Quel diable vous a pris de menacer une jeune dame ? Que penserait maman si elle vous voyait maintenant ?

Clifton repoussa la main de Liston, ravalant son angoisse et bombant le torse.

— Elle aurait honte que sa chiffe molle de fils soit devenue une chiffe molle d'homme. Fais sortir ces foutues bonnes femmes de chez moi avant que je les jette dehors.

— Monsieur Bradshaw, vous ne pourrez pas fuir cette affaire éternellement ! le défia Anne. La vérité vous retrouvera, monsieur.

Clifton s'arrêta en haut du vieil escalier, effectua une rotation d'autant plus périlleuse qu'elle était chancelante pour la regarder, avant de s'élancer brusquement vers l'avant, de l'attraper par les bras et de la plaquer contre le mur de pierre. Anne détourna le visage afin d'échapper à son haleine fétide et à ses postillons, consciente de la présence de Liston qui s'efforçait de s'interposer.

— Je ne me laisserai pas sermonner par une fille qui n'a jamais rien vu du monde et de ses difficultés, grogna-t-il. Je connais votre famille. Pas aussi sainte que vous aimez le faire croire, n'est-ce pas, ma fille ?

— Lâchez ma sœur !

Emily cherchait des yeux un objet lourd pour frapper Bradshaw. Heureusement, Liston réussit à écarter son père.

— Laissez-la partir, p'pa, supplia-t-il en luttant contre sa poigne de fer sur les bras d'Anne.

Celle-ci sentait les os redoutables de ses doigts, la chaleur et le poids de son corps sur elle, et elle ne put le supporter un instant de plus. Elle se rappela quelque chose que Branwell lui avait dit un jour et, d'un mouvement rapide, elle envoya un coup de genou dans les parties intimes de Bradshaw.

— Il n'y a pas de « fille » ici, monsieur, lui asséna-t-elle quand il l'eut relâchée pour se tordre de douleur. Je suis une femme, une femme qui travaille pour vivre et qui a enduré autant de pertes et de malheurs que votre fils et vous, autant que n'importe qui par ici. Il est clair que vous en savez plus sur les os cachés dans cette pièce que vous ne voulez bien le dire. Mais écoutez-moi attentivement : nous allons révéler la vérité, et alors vous devrez répondre de vos péchés.

— Vous êtes une sorcière ! haleta Bradshaw en lui jetant un regard noir tandis qu'il peinait à reprendre son souffle.

Il était rare que quiconque pose sur Anne un regard si haineux. Pourtant elle trouvait l'expérience plus exaltante qu'elle ne l'aurait cru.

— Ce n'est pas vous, la victime, monsieur Bradshaw, répliqua-t-elle. Votre épouse a été victime de la maladie, votre fils est victime de votre chagrin et de votre colère, et le pauvre enfant sans nom enseveli entre les murs de votre maison est la plus grande victime de tous. Mais vous, non. Vous êtes un homme adulte et, à moins que vous n'ayez vous-même dissimulé un corps dans cette pièce quelque temps après le décès de votre femme, vous devriez vous empresser de répondre à nos questions et non les éluder. Après tout, mes sœurs et moi sommes peut-être les seules personnes en mesure de vous aider, Liston et vous, à laver le nom de votre famille.

— Je n'ai pas besoin de votre aide, espèce de louve, grommela Clifton en se retournant d'un pas chancelant pour descendre l'escalier. Mais je n'ai rien à cacher non plus et je vais vous le prouver. Posez-moi vos questions, mademoiselle Brontë, après quoi vous déguerpirez d'ici une bonne fois pour toutes. Car vous ne triompherez pas deux fois de moi. Ça, je vous le promets.

15

Emily

Emily regarda sa sœur prendre place à la longue table et attendre Clifton Bradshaw, qui s'était excusé pour aller se laver le visage et s'habiller correctement. Emily n'avait jamais été aussi fière ni aussi admirative de la femme qui n'était plus « bébé Anne ». Bien qu'elle la connaisse depuis toujours, qu'elle sache la détermination inébranlable de sa sœur et sa volonté de fer, elle n'aurait jamais deviné le feu qui l'habitait si elle ne l'avait pas vu brûler de ses yeux. Cette femme ne laisserait jamais un tyran l'emporter, cette femme prendrait toujours la défense des plus faibles ; ce jour-là, il s'était agi d'Emily.

Bien sûr, elle était presque certaine que si elle avait été la première sur le chemin de la furie de Clifton Bradshaw, elle l'aurait assommé avec une des grosses pierres du foyer. Cependant, les choses ne s'étaient pas déroulées ainsi, et c'était probablement pour le mieux, car l'approche d'Anne était tout aussi impressionnante et légèrement moins susceptible de se terminer par une quelconque poursuite judiciaire.

Anne avait montré que, d'elles deux, c'était elle qui devait parler à Clifton Bradshaw, et Emily était contente – heureuse, même – de la laisser faire. Alors elle s'éloigna de la table et rejoignit Bess près du feu, où elle s'assit sur une chaise tandis que la domestique remuait inlassablement un plat qui cuisait depuis si longtemps qu'il ne devait plus rien rester de reconnaissable dans la marmite, tandis que Molly, légère et silencieuse, s'affairait sur une nouvelle fournée de pain.

— Il se raconte que la maîtresse est gravement malade, marmonna Bess pour elle-même. Elle ne passera pas l'été, qu'on prétend. Et moi, je dis que c'est vraiment dommage, car c'est pas la typhoïde qui l'a tuée mais lui, et il le sait. Il sait ce qu'il a fait. Car le Seigneur abattra le mal, Zorobabel, fils de Salathiel, étranger de Babylone, restaurateur du Temple, lui qui a assisté à la nuit de la mort de ma maîtresse. Du thé, pour tout le monde.

— Allons, calme-toi, Bess, l'apaisa Molly d'une voix légère et chantante. Tout va bien en ce bas monde.

— Rien ne va plus quand la maîtresse est malade, tu le sais bien, rétorqua Bess avec amertume.

Emily se pencha un peu plus près de Bess. Il était clair que, dans son esprit, la vieille femme était loin, qui touillait sa marmite par un autre après-midi lointain. L'on ne pouvait que supputer à qui elle se figurait parler, pourtant Emily écoutait quand même, de peur qu'une pépite de vérité ne se cache parmi tout ce bavardage.

— Mon Dieu, mais il fait chaud, non ? reprit Bess. Si cette sécheresse ne s'arrête pas bientôt, les récoltes seront perdues, et les gens vont mourir de faim. Et ce sera lui qui apportera la ruine sur nous tous à cause de sa malédiction.

— Ne t'agite pas, Bess, déclara Molly. Regarde par la fenêtre. L'hiver est là, et bientôt ce sera Noël.

— La maîtresse adore Noël. Elle aime chanter des cantiques pendant que nous cuisinons et que nous allumons des bougies supplémentaires partout dans la maison pour chasser l'obscurité. J'ai quelque chose à vous dire, madame : ne croyez pas que je ne sais pas ce que vous manigancez.

— Allons, Bess !

Molly faisait de son mieux pour distraire la vieille dame, en vain. Les yeux de Bess, deux billes noires, cherchaient ceux d'Emily de sous sa bonnette à jabot, et elle hocha la tête, faisant signe à la jeune femme de se rapprocher, encore et encore. Ce fut seulement lorsque l'oreille d'Emily ne se trouva plus qu'à quelques centimètres de sa bouche édentée que la domestique la saisit brusquement par l'épaule et murmura un autre chapelet de phrases étranges avant de la repousser.

— Bess ! cria Molly. Je suis désolée, mademoiselle. Elle s'emporte parfois pour un rien.

— Elle n'a pas mauvais fond, dit Emily.

Ayant entendu ses paroles, elle se recula contre le dossier de sa chaise et contempla Bess un long moment. Pas un seul instant, cette dernière ne cessa de remuer sa tambouille.

— Quelle est l'importance de vos mots, Bess ? lui demanda Emily. Ils n'ont aucun sens.

L'interpellée posa sur elle un regard sombre.

— Vous savez. Et souvenez-vous que je sais aussi.

Emily fut parcourue d'un frisson, comme si quelqu'un venait de marcher sur sa tombe. Où que Bess se croie en cet instant, ses prunelles étaient aussi froides et dures que l'acier. En contemplant Emily, elle avait vu quelqu'un qu'elle haïssait vraiment, mais qui ?

S'ensuivirent quelques secondes de silence, pendant lesquelles Molly enfourna les miches qu'elle venait de pétrir, ne levant les yeux que pour observer Liston qui rejoignait son père à table.

— Il se dit que la maîtresse est gravement malade, répéta Bess quelques minutes plus tard, de nouveau perturbée. On affirme qu'elle ne passera pas l'été.

Et toujours elle touillait, touillait, touillait.

16

Anne

—Vous devez vous souvenir très clairement de l'année où votre épouse est morte, commença Anne lorsque Liston les eut rejoints, Clifton et elle, à table.

Leur hôte avait jugé bon de se changer pour revêtir ce qu'Anne soupçonnait être ses vêtements les plus présentables et, bien que ceux-ci soient un peu usés et délavés, il avait fière allure, celle d'un individu avec qui il ne faut pas badiner. Liston, pour sa part, avait l'air inquiet et triste, et Anne était peinée pour lui, qui faisait son possible pour être un homme convenable et respectable tandis que son père fulminait contre le monde entier, à croire qu'aucun de ses malheurs ne relevait de sa responsabilité. L'attitude de Clifton était une posture qu'elle reconnaissait, pour l'avoir constatée chez son propre frère.

Levant les yeux, elle vit Emily s'approcher de la table, les sourcils froncés.

—Y avait-il beaucoup de gens qui travaillaient à Top Withens cet été-là, monsieur Bradshaw ? demanda Anne.

Son interlocuteur secoua la tête et croisa ses bras pesants sur le bourrelet considérable de son ventre. Au moins sa rage s'était-elle calmée, et il semblait plus sobre que saoul.

—Je ne me rappelle pas, répondit-il. Il y a des mois, après le décès de ma femme, dont je me souviens à peine. Elle était partie chez sa sœur et, en vérité, j'étais heureux de la voir s'absenter… du moins le croyais-je. Nous nous étions souvent disputés, presque toujours à propos de Liston. Elle voulait qu'il soit éduqué, apprêté comme un monsieur. Je lui répétais que Top Withens n'était pas un endroit pour un être faible, et que ce ne serait jamais une grande et belle maison que la nôtre, peu importe comment elle la déguisait. (Il s'arrêta de parler un moment, plongé dans ses souvenirs.) J'aurais dû la rendre heureuse. J'aurais pu, je l'aimais suffisamment. Mon péché, c'est d'avoir choisi de ne pas le faire. Je ne me souviens pas de l'été qui a suivi la mort de ma femme, parce que j'étais perdu… perdu dans la boisson et… d'autres influences néfastes, mademoiselle Brontë. Je l'admets.

—Si vous ne vous souvenez pas de ces mois, comment pouvez-vous être sûr que vous n'avez rien à voir avec les ossements dissimulés ? lui demanda Anne sans détour.

Clifton Bradshaw étudia son visage pendant un long moment.

—Je le saurais, de la même manière que je connais tous mes péchés et les énumère tous les jours. Quoi qu'il en soit, j'ai quelque chose de mieux que ma mémoire.

Sur quoi, il se redressa, traversa le sol dallé jusqu'à une grande armoire de chêne sombre plaquée contre le mur le plus éloigné. Dans un cliquetis métallique, il retira un anneau d'acier à l'aide des clés qu'il gardait à sa ceinture, déverrouilla l'une des portes, qui révéla des étagères remplies de ce qui ressemblait à des livres reliés, et ce furent effectivement deux de ces volumes qu'il rapporta, les laissant tomber sur la table avec un fracas soigneusement mesuré.

—J'ai mes registres. Mon père m'a appris que pas un centime ne doit entrer ni sortir de cette ferme sans être comptabilisé. Tous ceux qui ont travaillé ici, que ce soit une semaine ou trente ans, comme Bess, sont inscrits dans ces ouvrages. En fait, cette année-là, c'est Bess qui tenait les comptes pour moi. Je n'ai pas de certitude sur l'honnêteté des personnes consignées ici quant à leur nom et leur âge, d'ailleurs cela m'est égal. Le fait est que ces deux volumes constituent ma mémoire de cette année-là, qui détaillent les allées et venues avec plus de précision que n'importe quel esprit humain ne pourrait le faire. Et je vous laisse les compulser avec plaisir.

Emily se leva, tandis qu'Anne attirait vers elle l'un des épais livres et, une épaule contre celle de sa sœur, elle l'ouvrit et en parcourut les pages du doigt.

— Pourquoi aucun de vos ouvriers n'est-il resté toute la saison ? s'enquit-elle après quelques minutes d'inspection attentive. Beaucoup me semblent être partis au bout de quelques jours seulement.

— Je ne pose pas de questions, répliqua-t-il. Je ne cherche pas à savoir où ils ont été, ce qu'ils ont fait ni où ils vont. Ça me permet de les payer moins, et eux, ils travaillent plus dur. Cependant, certains d'entre eux sont incapables de tenir la cadence que je leur impose, alors je les renvoie, jusqu'à ce que je trouve quelqu'un qui en soit capable. Cette année-là, c'est la dernière année où la ferme a été notre principale source de revenu. Après, c'est l'usine qui a fait notre fortune.

— Monsieur Bradshaw, avez-vous toujours vos clés sur vous ? demanda Anne, en désignant du menton le trousseau que Clifton avait remis à sa ceinture.

— Oui. Je suis le seul à les avoir. Si quelque porte de cette maison doit être verrouillée ou déverrouillée, c'est par moi.

— En allait-il de même en 1832 ?

— Après la mort de Mary, oui, répondit-il. Depuis sa disparition, cet été-là, il en a toujours été ainsi.

— Et vous n'avez jamais déverrouillé la pièce où les ossements ont été découverts après le décès de votre femme ? insista Anne.

Clifton secoua la tête.

— Non. Pas avant que les hurlements nous y attirent et que je ne puisse plus repousser l'inévitable. Au moins, depuis que vous avez emporté les os, ce vacarme infernal a cessé.

Anne soupçonnait Bradshaw de chercher à la détourner de son chemin par l'évocation de phénomènes surnaturels, mais elle ne se laisserait pas distraire.

— Alors, avez-vous une suggestion quant à la manière dont quelqu'un aurait pu dissimuler le corps d'un enfant dans cette chambre, si ce n'était pas vous ?

Clifton bougea sur son siège et tourna les yeux vers Liston, qui était resté silencieux. Incapable de soutenir le regard de son père, celui-ci se leva brusquement et s'éloigna de la table. Anne ne put s'empêcher de remarquer que Molly le suivit presque aussitôt.

— Le carreau est cassé, dit Clifton. Le coupable sera entré par là.

— Quelqu'un qui aurait grimpé là-haut, brisé la vitre d'une petite fenêtre, quelqu'un qui portait peut-être un lourd fardeau, puis aurait démonté la cheminée et l'aurait remise en place, le tout sans provoquer l'aboiement d'un chien ni le grincement d'une planche ? Et pourtant, vous nous avez entendues, ma sœur et moi, quand nous avons parlé dans cette pièce aujourd'hui. Cela paraît improbable, n'est-ce pas, monsieur Bradshaw ?

— Peut-être, oui, mais c'est ainsi, dit Clifton. Cela étant, si j'avais le nez au fond d'un godet, il se peut que l'un des hommes qui a travaillé ici m'ait pris les clés pendant un moment. Vérifiez les registres. Nous avons accueilli toutes sortes de gars, cette année-là : voyageurs, anciens détenus, Irlandais... C'était peut-être l'un d'eux. On ne peut pas faire confiance à cette racaille étrangère.

— Vous n'êtes pas sans savoir, je crois, que mon père est irlandais, rétorqua froidement Anne. Nous ne supportons pas de tels préjugés dans notre maison.

— Sauf que vous êtes dans *ma* maison, mademoiselle Brontë. Et qu'un enfant mort y a été caché. Alors demandez à n'importe qui par ici qui pourrait être assez vil pour commettre une telle infamie, Clifton Bradshaw ou un mendiant irlandais, et vous verrez ce qu'on vous répondra.

Anne se mordit la lèvre, car il était vrai que la colère et la peur qu'inspiraient ceux qui fuyaient la famine en Irlande semblaient empirer d'une semaine à l'autre, augmenter avec chaque gros titre racoleur dans le journal. Bien sûr, l'afflux récent de désespérés ne pouvait avoir le moindre rapport avec cet événement, qui remontait à treize ans, mais pour certains, la pertinence des faits n'avait aucune importance s'il s'agissait de trouver des prétextes pour haïr et accuser.

— Vous pensez donc que ce crime serait l'œuvre d'un émigrant qui aurait volé vos clés et se serait donné tout ce mal pour dissimuler son méfait à l'intérieur de votre maison. Une théorie qui ne pourra jamais être vérifiée, ni dans un sens ni dans l'autre.

— Je joue de malchance, que voulez-vous, dit Clifton avec un haussement d'épaules.

— Certains affirment pourtant que vous avez la chance du diable, intervint Emily.

Anne ne savait trop à quelle réaction elle s'attendait de la part de Bradshaw face à cette remarque, mais sûrement pas à celle qu'elle reçut : un éclat de rire tonitruant, comme un rugissement, et l'homme rejeta la tête en arrière, révélant ses dents noircies en se tapant fort sur la cuisse, au point qu'il en eut bientôt du mal à respirer.

— Jeune fille, répliqua-t-il enfin en se penchant par-dessus la table, vous devriez faire attention à ne pas prononcer son nom à la légère par ici. Il pourrait vous entendre et penser que vous l'appelez. Car laissez-moi vous prédire ceci : une fois que vous avez invité le démon à entrer, vous ne vous en débarrassez jamais, pas même dans la mort. Vous pouvez me croire, nul ne le sait mieux que moi.

17

Anne

Au bout du compte, Clifton les laissa emporter les pierres sans protester, gonflé de sa certitude que rien ne pourrait l'incriminer. Pareille suffisance rendait Anne furieuse.

Lorsque Charlotte, Emily et elle se retrouvèrent après le dîner, le processus d'assemblage s'avéra complexe quoique plutôt distrayant, ce qui était bienvenu, car le rapport que Charlotte leur dressa de son échange avec Celia Prescott avait de quoi les dégriser. Chaque détail ajoutait de l'humanité à la découverte, de la substance à leur imagination, de la douleur à leur cœur. Le fait que l'enfant ait été si malade et dénutri qu'il n'avait pu atteindre sa taille normale était, hélas, une situation assez courante, en particulier pour les malheureux qui travaillaient dans les usines. En revanche, il fallait se raccrocher au fait que Celia n'avait observé aucune trace de violence sur les os.

— Se pourrait-il que l'enfant soit simplement mort, victime des circonstances, et que ses parents, originaires d'un autre pays, aient trouvé un endroit pour l'enterrer avec des rites qui ne nous sont pas familiers ? suggéra Anne.

— Peut-être, convint Charlotte. Le médaillon semble catholique, ce qui nous indique que la religion chrétienne a une certaine importance ici, bien qu'il soit difficile de savoir laquelle, puisqu'il était possible de l'inhumer dans le respect de sa foi à proximité d'ici, sinon à Haworth.

— J'ai bien peur de ne pas y croire, grommela Emily. L'enfant était grièvement malade, certes, mais une mère ou un père aimants n'iraient jamais dissimuler la dépouille de leur chair dans cet endroit froid et solitaire. Non, je crois qu'il a été tué et son cadavre camouflé. Le lieu de la sépulture et ces marques sont la clé pour découvrir par qui et pourquoi, et c'est pour cette raison que nous devons reconstituer cet étrange puzzle et lui donner un sens.

— Un meurtre. (C'est Anne qui avait prononcé à voix haute ce terrible mot.) Si c'est ce dont il s'agit. Et c'est ce que nous devons toutes accepter avant de continuer, mes sœurs. La cruauté de ce monde est multiple et infinie et, d'une certaine manière, nous vivons avec, côte à côte avec l'inhumanité, comme si elle était une conséquence inhérente à la vie. Mais là, c'est un acte délibéré, et nous devons toutes les trois comprendre la vérité que nous cherchons à atteindre. Car à la fin de nos détections, si elles sont couronnées de succès, nous pourrions avoir à affronter un grave péril.

— Je n'ai pas peur du danger, affirma aussitôt Emily.

— Je sais que tu crois dire vrai, Emily, la reprit Anne. Mais peut-être cela signifie-t-il simplement que tu n'as encore jamais rencontré quoi que ce soit qui t'effraie ?

— C'est exact, concéda Emily, même si je ne peux imaginer une telle perspective.

— J'ai peur, admit Charlotte, dont les mains planaient au-dessus de l'une des pierres comme si elle répugnait à la toucher. Je tremble depuis que nous avons mis les pieds à Top Withens Hall. Tout, dans ce lieu de malheur, semble un mauvais présage. Je souhaite autant que toi découvrir le coupable, Anne, mais je redoute ce que cela pourrait nous coûter à tous.

Anne tourna les pierres dans tous les sens, jusqu'à en insérer une de plus au curieux dessin. Sa réponse à la question muette de Charlotte était que oui, elle aussi avait peur de ne pas trouver le courage de poursuivre leur tâche. Et pourtant, on ne pouvait laisser un meurtrier arpenter le monde sans contrôle… pas si une seule personne convenable savait qu'il était libre. Bref, elles devaient continuer.

— Une chose est claire, dit-elle en esquissant un geste vers la table plutôt que de répondre à Charlotte. Emily a raison : il y a un motif plus grand ici. Un motif qui n'a pu être tracé qu'en retirant ces pierres, en les arrangeant d'une certaine façon, puis en les replaçant soigneusement dans le bon ordre. Cela atteste que celui qui a caché le corps a eu du temps, qu'il n'avait pas peur d'être découvert ni capturé.

—Thèse qui ne peut que renforcer l'hypothèse de la culpabilité de Clifton Bradshaw, conclut Charlotte. Qui d'autre aurait été en mesure de s'attarder dans cette pièce, sans crainte d'être dérangé ? Et c'est lui-même qui nous a indiqué qu'il gardait en permanence la seule clé sur lui. Il semble probable que la mort de l'enfant soit directement liée à celle de Mary Bradshaw, victime involontaire du chagrin et de la rage de Bradshaw. (Elle observa le dessin.) Ou de quelque rituel démoniaque destiné à le guérir ?

—Nous devrions envisager Liston comme suspect, suggéra Emily. Il était endeuillé, lui aussi, et s'il a essayé d'imiter son père, alors tout pourrait être possible.

—Mais il n'était qu'un enfant à l'époque, lui rappela Anne. D'à peine douze ans.

—Ils sont nombreux, à cet âge, qui ont déjà vécu toute leur vie, répliqua Emily. La vieille Bess, alors ? Il y a quelque chose de très... déstabilisant chez cette femme. Je crois qu'elle pensait me confier des secrets, aujourd'hui, même si je n'ai rien compris à ce qu'elle me racontait : des vers et des chansons, des versets bibliques, le tout mêlé à toutes sortes d'absurdités. Molly s'est empressée de la faire taire avant qu'elle ne puisse en dire plus, comme si on lui avait ordonné d'y veiller. J'ai d'abord pensé que Bradshaw faisait preuve d'humanité en la gardant, au lieu de l'envoyer à l'asile, mais peut-être a-t-il peur, même faible d'esprit comme elle l'est, qu'elle puisse encore révéler ses péchés.

Anne regarda Emily mettre une autre pierre en place. Les intentions étranges et mystérieuses du créateur de ce motif leur apparaissaient peu à peu dans leur entier, bien qu'encore totalement inintelligibles.

—Il est également utile de noter qu'aucun autre feu n'a jamais été allumé après que ces marques ont été faites, constata Emily. Sans quoi elles auraient été obscurcies par la suie. Nous pouvons donc supposer, comme nous le soupçonnions, que les restes ont été cachés dans le mur et que ce… rituel… a été achevé après la mort de Mme Bradshaw et la condamnation de cette partie de la maison par Clifton. Par voie de conséquence, l'occasion la plus probable pour l'événement lui-même est l'été en question et la période des récoltes à Top Withens.

Ce fut Charlotte qui réussit à emboîter la dernière pièce et, bien qu'elle ne puisse en avoir la certitude, Anne n'aurait pas été surprise que leur aînée ait gardé cette pierre de côté spécialement pour jouir de cet honneur douteux. Quoi qu'il en soit, une fois que les sœurs purent contempler l'ensemble du tableau gravé dans les roches, un sentiment de profond malaise les traversa comme une vague frissonnante. Keeper, qui dormait paisiblement sous la table, se leva d'un seul coup et poussa un long cri plaintif qui les frappa de stupeur.

— Chut, mon garçon, lui intima Emily, qui voulut prendre l'animal dans ses bras.

Sauf qu'il la repoussa, griffant pour sortir par la porte où Flossy aboyait déjà, pressée d'être libérée.

— Quelque chose a affolé les chiens, remarqua Charlotte avec anxiété.

— Sans doute quelque odeur ou un son que nous ne discernons pas, suggéra Emily, dont la voix tremblait un peu néanmoins. Plus vite nous donnerons un sens à tout cela, plus vite nous pourrons nous débarrasser de ces pierres.

— J'espérais qu'elles nous parleraient de l'enfant, dit Anne en observant le motif d'un œil perplexe. Comme une sorte de mémorial, qui pourrait nous indiquer son identité. Cela ressemble à un message dans une langue inconnue, presque d'un autre monde.

— Pour ma part, j'avais escompté un message de remords, avoua Charlotte. Une confession.

— Je n'attendais ni l'un ni l'autre, assura Emily. Toutefois, je n'avais pas non plus imaginé cela, quoi que ce puisse être.

Écartant les bras comme un oiseau pour trouver son équilibre, elle grimpa sur l'une des chaises branlantes qui entouraient la table de la salle à manger pour avoir une meilleure vue. Au bout de quelques secondes, Anne l'imita, ainsi que Charlotte. Et les trois sœurs, debout sur leur siège, examinèrent le motif tandis que les chiens faisaient les cent pas en geignant à leurs pieds. Un malaise se fraya un chemin parmi elles, qui se communiqua à l'air et vint se déposer sur leurs épaules. Soudain, la petite pièce chaleureuse cessa d'être leur refuge gris et doux. Depuis leur nouveau point de vue, elle leur apparut minuscule, abandonnée depuis longtemps, humide et pleine de toiles d'araignées. Anne eut l'impression qu'elles contemplaient leur propre vie de très loin, et qu'il ne restait à peu près rien d'eux tous. Rien pour prouver qu'ils avaient seulement vécu.

Faisant de son mieux pour ravaler le sentiment d'effroi qui l'avait envahie, elle s'obligea à scruter le dessin : un cercle entourant un triangle. Plusieurs autres cercles plus petits rayonnaient autour de ce dernier, avec à l'intérieur des symboles étranges, comme Anne n'en avait jamais vus. Il en émanait quelque chose de malveillant et, plus encore, de vivant, de savant, qui semblait les observer. Attrapant une feuille de papier et un crayon, Emily entreprit de dessiner ce qu'elle avait sous les yeux.

Au bout d'à peine une minute, les chiens recommencèrent à aboyer et à hurler à la mort, Keeper attrapa l'ourlet de la robe d'Emily et tira dessus pour l'inciter à descendre. Un instant plus tard, la porte s'ouvrit, et Tabby entra, mortifiée de voir ses filles debout sur des chaises. Elle lâcha un cri de surprise, son regard passant des sœurs aux pierres sur la table, et son expression changea, de la réprobation à la peur gris cendré.

— Oh, Seigneur, sauvez-nous ! s'écria-t-elle, attirant d'abord Emily, puis Charlotte au bas de leur perchoir avec une poigne étonnante.

Avant qu'elle ne puisse en faire de même avec elle, Anne descendit de son propre chef, pour découvrir Tabby, le visage de Charlotte entre ses mains : elle en abaissait les paupières inférieures et lui examinait l'intérieur de la bouche.

— Y a-t-il un démon là-dedans ? Sors de mes enfants avant que j'aille chercher le vicaire pour t'en faire expulser !

— Tabby ! cria Anne en arrachant leur vieille gouvernante cramponnée à Charlotte lorsqu'elle comprit qu'Emily ne s'en chargerait pas.

Charlotte n'a pas plus le diable en elle qu'aucune de nous. Nous allons toutes très bien. Qu'est-ce qui te tracasse autant ? Reconnais-tu ce motif ?

— J'en sais assez pour savoir que rien de bon ne peut sortir de cette diablerie, asséna Tabby en portant son tablier à ses lèvres. Fichez-moi ça dehors ! Tout de suite, vous m'entendez ? Aucune d'entre vous n'est trop grande pour sentir le dos de ma main.

Avant qu'Anne ne puisse réagir, Tabby les écarta d'un coup de coude et, avec bien plus de force qu'Anne ne l'en aurait crue capable, la vieille femme chargea trois grosses pierres dans son tablier. Aussitôt, Charlotte et Emily lui emboîtèrent le pas, ainsi qu'Anne, qui en ramassa autant qu'elle put et retourna immédiatement avec les autres pour s'emparer des dernières pierres. Suivant l'exemple de Tabby, elles les transportèrent sur une centaine de mètres environ, le long du sentier gelé, puis les lâchèrent au bord de la lande.

Lorsque tous les blocs furent déposés, Tabby ôta son tablier et l'étala sur le tas, puis, le visage déformé par la colère, elle leur donna à chacune une tape sur l'oreille.

— Aïe ! protesta Anne en se frottant le côté de la tête.

— Vous êtes vraiment des idiotes, maugréa Tabby. De petites gourdes complètement idiotes, toutes autant que vous êtes. Vous, enfants d'un pasteur et qui craignez Dieu ! Croyez-vous en Dieu, toutes les trois ?

— Bien sûr, affirma aussitôt Anne.

— Oui, répondit Charlotte.

— Presque certainement, ajouta Emily.

— Alors, si vous croyez qu'il y a un Dieu au ciel, pourquoi refusez-vous de croire qu'il y a aussi un diable en enfer et que, de la même manière que le Seigneur veut sauver votre âme, le Malin intrigue pour vous la voler ? Vous devriez pourtant le savoir.

— Nous sommes vraiment désolées, marmonna Anne, en tendant des mains hésitantes vers Tabby. Nous n'avions aucune idée de ce que nous construisions, seulement que cela pourrait nous aider à en apprendre plus sur ce qui s'est passé à Top Withens Hall.

Tabby frémit.

— Top Withens ? Je vous l'ai dit. Clifton Bradshaw a vendu son âme au diable, et vous m'avez prise pour une vieille folle superstitieuse. Eh bien, regardez, en voici la preuve dans ce tas de pierres. C'est la preuve irréfutable.

Anne voulait s'efforcer de calmer Tabby, qu'elle ne se rappelait pas avoir jamais vue aussi agitée.

— Tabby, qu'est-ce que cela montre ? Retournons plutôt dans la chaleur de la maison, et tu nous expliqueras ce que tu as compris, car nous n'avons rien compris, nous.

— Vous ne remettrez pas les pieds dans cette maison tant que je n'aurai pas nettoyé la saleté que vous y avez apportée, décréta Tabby en se libérant de l'étreinte d'Anne.

— Elle est propre, Tabby, objecta Emily. Je t'ai aidée à la nettoyer pas plus tard que ce matin.

— Nettoyée du mal, je veux dire, précisa Tabby. J'ignore à quoi était destinée cette abomination, mais je sais reconnaître le démon quand je le vois. C'était l'œuvre du diable. Et dans votre salle à manger, en plus. Je vous garantis que Clifton Bradshaw a dessiné ce cercle, la nuit où il a conclu sa méchante affaire, et que les pauvres ossements trouvés là-haut ne sont rien de moins que les restes d'un sacrifice humain. Vous êtes des idiotes, de vraies idiotes, malgré tous vos livres et votre savoir, car ce soir, vous avez jeté une malédiction sur nos têtes à tous. Rien de bon ne sortira de tout ça, vous pouvez me croire.

18

EMILY

— Se peut-il que nous soyons tombées sur un sacrifice humain et que nous ayons déchaîné une malédiction ? demanda Charlotte, les yeux écarquillés. Oh, mon Dieu, je pense qu'il nous faut réveiller Père et lui révéler ce que nous avons trouvé.

Elle avait passé son bras dans celui d'Anne, tandis que Tabby entrait dans la maison pour réveiller Martha, la bonne.

— Calme-toi, Charlotte, lui intima Emily. Nous ne savons rien de plus que ce que Tabby nous a dit. Et, si sage et aimée qu'elle soit, n'oublions pas qu'elle tient absolument à saluer toutes les pies qu'elle croise et à s'enquérir de leur famille avant de tourner trois fois dans le sens inverse des aiguilles d'une montre pour éloigner le mauvais sort… Alors prenons un moment pour rassembler nos pensées et découvrir la signification du motif en établissant des faits.

Charlotte frissonna.

— Tes propos sont sensés, Emily, mais un peu moins au cœur de la nuit quand ton misérable chien n'arrête pas de hurler et d'aboyer pour rien.

En effet, Keeper les avait suivies dans l'obscurité, où il continuait, avec la petite Flossy sur ses talons, à grogner et à s'agiter, à arpenter la cour de long en large comme s'il sentait une menace qu'aucune d'elles ne percevait.

— Ne prête pas attention à Keeper, c'est le meilleur des chiens mais pas le plus futé. Il a probablement repéré l'odeur d'un renard, voilà tout. Quant à Clifton Bradshaw, il n'y a aucune preuve concluante qu'il soit l'auteur de ce dessin, que des spéculations et des rumeurs. Si nous portions de telles accusations maintenant, il y échapperait aussi facilement qu'il aurait pu le faire hier. La parole de Tabby Aykroyd n'a pas grand poids auprès de la loi ni de l'Église, et ce monde n'est plus le même qu'à l'époque où les sorcières de Pendle furent pendues, quand la peur aveugle et la superstition régnaient en maîtresses. Et Dieu merci. Nous devons trouver la preuve d'un crime, pas d'un envoûtement.

Charlotte frémit.

— C'est presque comme si l'on sentait l'influence du mal sur ces terres, et je ne suis pas sûre que la science et la raison soient une défense suffisante pour lutter contre ces forces-là.

— C'est la meilleure des défenses, la rassura Emily. Nos investigations et la parole de Dieu. Reste ici comme le souhaite Tabby et laisse-moi essayer de la calmer un peu pour qu'elle nous autorise à rentrer dans la maison avant que nous ne mourions toutes de froid.

Bien trop curieuse pour obéir à Tabby, Emily tomba dans la cuisine sur une Martha à moitié endormie et fort déconcertée, en train de recevoir les instructions de la vieille gouvernante.

— De la sauge, disait celle-ci en brandissant un bouquet devant Emily. Par chance, j'en ai fait sécher une bonne quantité cet été. Et du sel, voilà ce qu'il nous faut. Va me chercher tout ça. Je brûlerai la sauge dans la salle à manger, le couloir, la cuisine et partout où ces pierres démoniaques sont passées. Martha, tu vas verser une ligne ininterrompue de sel sur tous les rebords de fenêtre et les portes. Et assure-toi qu'il n'y ait aucun espace vide, même le plus petit interstice constitue une faiblesse. (Tabby réfléchit un moment.) Vas-y doucement, toutefois. C'est toute la réserve de sel que nous avons jusqu'à ce que la neige fonde.

— Voilà un équilibre difficile à trouver, murmura Emily à Martha. Entre conjurer le mal et assaisonner les plats.

— Je suis peut-être aussi vieille que les collines, Emily Jane, mais je ne suis pas sourde, grommela Tabby. De votre côté, allez me couper des branches de sorbier et d'if pour les suspendre au-dessus de la porte. Je les garderais bien toute l'année, mais M. Brontë n'y tient pas trop.

— Est-ce vraiment une requête indispensable à l'heure qu'il est, Tabby ? fit Emily, suppliante. Il est presque minuit, et je ne suis pas sûre de savoir distinguer dans le noir tel arbre nu et sans feuilles de tel autre. Je pourrais accidentellement rapporter à la maison une branche de l'arbre de mai, et qui sait quel chaos risquerait de s'ensuivre ?

— Prenez une lampe et filez, ordonna Tabby, gonflant ses joues rosies par l'indignation. Si votre père se réveillait et voyait à quoi nous sommes occupées, il penserait que le monde est devenu fou et que ses filles sont aussi sauvages que des lutins. Remercions le Seigneur que sa vue ne soit plus ce qu'elle était. S'il remarque le sel aux fenêtres demain matin, Martha, dis qu'il s'agit d'un remède contre les limaces.

Martha bâilla.

— En décembre ?

— Ne discute pas, fais-lui simplement cette réponse.

— Le fait est, chère Tabby, reprit Emily en appelant Keeper à ses côtés, que tu as raison, bien sûr. Nous avons été très sottes d'introduire les…

— Ne les mentionne pas à haute voix, l'avertit Tabby en brandissant un balai.

— … les artefacts dans la maison. Mais, comme tu le dis, nous sommes chrétiennes, nous craignons Dieu et, ainsi, je ne peux m'empêcher de me demander si les pratiques auxquelles tu te livres actuellement pour purifier la demeure ne seraient pas un peu dignes d'une… sorcière.

— Je vous jure, mademoiselle Emily Jane, que je vous battrai avec ce balai, je le ferai, menaça Tabby en se ruant sur Emily, qui l'esquiva, sauta par-dessus un monticule de sel et sortit dans la nuit.

— Je ne faisais que m'interroger, cria-t-elle une fois en sécurité à l'extérieur.

— Ceci n'est pas de la sorcellerie, poursuivit Tabby. Ce sont les coutumes locales : un sabot dans le mur, une tête de pierre sur le pignon et, pour débarrasser une maison de toute rancune ou mauvais esprit, du sel et de la sauge. Une fois le mal chassé, on accrochera les rameaux de sorbier et d'if à la porte. Alors, personne qui ne soit invité ne pourra entrer.

— Cela inclut-il M. Nicholls ? s'enquit Emily avec une pointe d'espoir, ce qui lui valut une autre tape de la part de Tabby, même si ce geste signifiait que sa bordure de sel devrait être refaite.

— Nous ne faisons pas cela à la place d'une prière ou d'une pensée charitable, dit Tabby à Emily. C'est en plus. Ma vieille mère répétait toujours qu'il valait mieux prévenir que guérir. Dieu est grand, mais il n'y a pas de mal à pratiquer les anciens rites non plus. Maintenant, filez et ne revenez pas avant d'avoir fait ce que je vous dis, ou je vous envoie dormir sans manger.

— Franchement, au point où j'en suis, je préférerais le lit à n'importe quoi d'autre, murmura Emily à Keeper alors qu'ils disparaissaient dans l'obscurité.

Il ne fallut qu'un instant à Emily pour cueillir quelques branches de sorbier, bien qu'elle ne soit pas sûre que les brins nus, sans baies ni feuilles, fassent vraiment l'affaire. Elle savait qu'il y avait un if dans le cimetière, comme c'était souvent le cas. Tabby leur avait expliqué, lorsqu'ils étaient enfants, que l'on trouvait toujours un if là où les morts reposaient : ses racines poussaient profondément parmi les défunts, se frayant un chemin à travers les orbites de leurs crânes pour les empêcher de sortir de la tombe. Il ne lui faudrait pas plus de quelques minutes pour localiser le dernier objet dont Tabby avait besoin, et ensuite elles pourraient enfin aller toutes se coucher.

Emily ne craignait pas de fréquenter un cimetière la nuit. Pour elle, c'était un endroit serein, un lieu de quiétude. Et si elle n'avait encore jamais croisé de fantôme dans celui-ci, elle était certaine que, le cas échéant, la rencontre serait terriblement intéressante. Keeper, beaucoup plus calme désormais, reniflait joyeusement à ses pieds tandis qu'elle se dirigeait vers le coin le plus reculé du cimetière, où un vieil if noueux montait la garde. L'on racontait qu'un bandit de grand chemin était enterré ici, ainsi qu'un empoisonneur. Autrefois, c'était l'endroit où l'on inhumait ceux qui n'avaient pas été baptisés, et Emily eut l'impression de traverser une frontière en s'approchant de l'arbre, la sensation de laisser tout ce qu'elle comprenait loin derrière elle pour s'enfoncer dans la paix d'encre de l'obscurité.

Elle posa la main contre l'écorce rugueuse de l'if, puis y appuya sa joue un moment et remercia en silence la vieille créature, avant de lui arracher prestement une branche.

Ce fut en se retournant qu'elle avisa la silhouette, qui se dressait entre le presbytère et elle. Keeper l'avait vue en premier : parfaitement figé, il grognait doucement, les oreilles aplaties contre sa grosse tête. Emily pensa d'abord qu'il s'agissait d'un tour que lui jouait le clair de lune fugace, mais bien qu'immobile, la silhouette ne disparut pas, elle resta debout dans la pénombre. D'après la forme de la jupe et de la bonnette, Emily devinait que c'était une femme, ce qui l'intrigua encore plus. Quelle autre femme au monde pouvait s'aventurer dans un cimetière à minuit passé, par une nuit d'hiver ?

— Charlotte ? appela-t-elle, et sa voix sonna comme une cloche dans l'air froid. Anne ? Avez-vous jugé bon de me suivre ?

La silhouette ne bougea pas, ne répondit pas, si bien qu'en cet instant Emily eut l'occasion de se rappeler son affirmation, plus tôt dans la soirée, comme quoi elle ne craignait rien. Ce n'était pas précisément la peur qu'elle sentait poindre dans sa nuque, qui hérissait les poils fins de ses avant-bras, mais plutôt une sorte de prescience primitive qu'un danger se préparait. Un sentiment aussi proche de la peur que tout ce qu'elle avait jamais ressenti.

Brandissant la branche d'if dans sa main comme une épée, elle s'approcha un peu plus de la silhouette, en prenant soin de ne pas marcher sur les pierres tombales elles-mêmes. Keeper resta exactement où il se trouvait, fidèle protecteur en effet.

— Ohé ? cria-t-elle à nouveau, consternée par le timbre grêle de sa voix. Êtes-vous seule ? Ou avez-vous besoin de secours, madame ?

Difficile de distinguer le moindre détail à travers l'épaisseur des ténèbres, toutefois Emily pensa que la femme portait peut-être le deuil, car elle semblait enveloppée d'un long voile. Il était possible, bien qu'improbable, qu'elle soit venue au cimetière de nuit pour pleurer seule, mais si tel était le cas, Emily ne voyait pas de qui il pouvait s'agir.

— Je suis désolée si je vous ai dérangée, continua Emily, progressant à pas lents et réfléchissant, sa lampe tenue bien haut. (Quelques mètres encore, et la silhouette entrerait dans son cercle lumineux.) S'il vous plaît, faites-moi savoir si je peux vous venir en aide.

Tout à coup, la silhouette se rua vers Emily, à une telle vitesse qu'elle lâcha la lanterne quand elle trébucha en arrière et tomba sur une pierre basse. Affalée sur sa surface humide, elle était certaine que la mystérieuse inconnue allait se jeter sur elle à tout instant. Saisissant la branche d'if avec force, elle tourna l'extrémité cassée en direction de son assaillante, mais au même moment, Keeper lui bondit par-dessus, grognant et aboyant férocement, et chargea vers l'endroit où la femme se tenait. Confuse, redoutant que l'inconnue ne soit simplement venue chercher assistance, Emily rappela son chien, qui se laissa aussitôt retomber sur ses pattes arrière. Emily se remit péniblement debout, ramassa la lanterne, par bonheur encore allumée, et se dirigea là où elle pensait trouver la femme.

Il n'y avait aucune trace de son existence.

19

Charlotte

La journée était maussade, et la neige tombait comme de la cendre, lourde et suffocante. Charlotte avait beau essayer de se remonter le moral, elle ne pouvait échapper au sentiment de malaise prégnant qui la poursuivait à chaque instant, l'impression qu'une catastrophe rôdait à chaque coin de rue. Les nouvelles précipitations ne faisaient qu'ajouter à la sensation d'être entièrement coupés du monde, dans leur petit îlot à l'écart de la logique et de la raison. Ici, les esprits anciens arpentaient encore la lande au crépuscule.

Resserrant un peu plus son châle autour d'elle, Charlotte s'obligea à fouiller le cimetière, qui se trouvait plus ou moins juste devant la fenêtre de sa chambre, à la recherche d'une trace de la femme mystérieuse qu'Emily affirmait avoir vue la nuit précédente. Mais il n'y avait rien ni personne : juste un linceul de brume matinale, une palette de gris fades, alors qu'un soleil las luttait dans le ciel et que chaque empreinte était recouverte. Tout semblait calme.

Emily était à son écritoire, griffonnant avec ce qui paraissait être un enthousiasme alarmant, et Anne était assise à l'autre bout de la table, occupée à tourner et retourner sans cesse un petit objet dans sa main. Alors que Charlotte prenait place et se préparait à essayer d'écrire, elle vit qu'il s'agissait du médaillon.

— Je pensais qu'il avait été enterré avec l'enfant, s'étonna-t-elle, désignant le bijou du regard.

— Moi aussi, répondit Anne. Je l'ai trouvé pris dans mes vêtements et j'ai eu l'impression, d'une certaine façon, que l'on ne voulait pas de lui dans la tombe, alors je l'ai déposé dans la boîte à indices. Il pourrait encore nous apprendre quelque chose.

Charlotte lutta contre l'envie d'arracher l'objet à sa sœur et de le jeter au feu. C'était pure folie. Elle avait laissé Tabby et ses contes à dormir debout s'insinuer dans sa tête, lui murmurer des histoires au milieu de la nuit. Ce qui s'était réellement passé – le meurtre d'un pauvre innocent – était déjà assez grave, et c'était là-dessus qu'elle devait se concentrer.

— Si nous pouvions découvrir la provenance du médaillon et la signification des dessins, des symboles et des chiffres, reprit Anne, cela pourrait nous fournir la preuve dont nous avons besoin pour identifier… l'individu.

— Certainement, acquiesça Charlotte, bien que je ne puisse imaginer comment, sauf à les montrer à toutes les personnes de notre entourage afin de voir si elles les connaissent.

Charlotte se tourna vers Emily, dont la tête était inclinée sur le côté, les lèvres pincées alors qu'elle se concentrait sur sa page.

— Que fais-tu, Emily ?

— J'écris, répondit sa cadette sans lever les yeux.

— Tu écris maintenant ? lui demanda Charlotte.

Emily s'arrêta.

— Oui, j'ai eu la vision d'une histoire et je voulais tout jeter sur le papier avant de l'oublier. C'est une intrigue merveilleuse, tempétueuse et féroce. Je la situerai à Top Withens, alors qu'aucune de vous ne songe seulement à m'imiter. C'est compris ?

— J'ignore comment tu parviens à écrire, commenta Charlotte. Je n'arrive pas à penser à autre chose qu'aux ossements, à la peur de Tabby, à la silhouette dans le cimetière. Emily, ne ressens-tu pas le besoin de savoir qui ou ce qu'était cette étrange apparition ?

— Nous le saurons en temps voulu, j'en suis persuadée, et d'ailleurs, tout ce qui s'est passé est précisément la raison pour laquelle j'écris, marmonna Emily. Quel puits d'inspiration !

—Je me demande parfois si elle est entièrement humaine, confia Charlotte à Anne.

—Je suis sûre qu'elle ne l'est pas et j'en suis heureuse, répondit leur benjamine.

Emily adressa un sourire à Anne avant de poser sa plume.

—J'avoue que je devrais mettre mes pensées de côté pour l'instant et retourner à la détection. Le médaillon est presque certainement de ceux qui ont une signification dans la foi catholique. Hormis l'amourette de Charlotte pour le catholicisme à Bruxelles…

—Emily, ce n'était pas une amourette, la rabroua l'intéressée. Je suis simplement allée me confesser par curiosité.

—Oui, bon, tu n'as pas pris le voile, en tout cas, rétorqua Emily. Bref, en dehors de cette incartade, je ne connais que deux familles catholiques dans les environs : les Newell et les Riordan, le jeune couple de tisserands qui a emménagé au printemps dernier à Ponden. Il s'agit d'une famille irlandaise, mais que l'on n'a jamais vue à notre église. Il est donc probable qu'ils sont catholiques et, si tel est le cas, les plus à même de lire les symboles sur le médaillon. Nous pourrions le leur apporter aujourd'hui et leur demander s'ils seraient d'accord pour nous éclairer.

—Et pour les pierres qui ont tant effrayé Tabby ? Il semble que nous soyons dans une impasse, reprit Charlotte. Je ne vois pas comment nous pourrions en apprendre plus.

—Il y a beaucoup à découvrir encore, j'en suis certaine, affirma Emily.

Elle sortit une feuille de papier pliée de son écritoire et la poussa vers Charlotte. C'était une esquisse hâtive du motif qu'elles avaient reconstruit la nuit passée, à peine terminée avant que Tabby ne les surprenne.

—Ce n'est pas aussi précis que je le souhaiterais, mais je pense que ce sera suffisant pour essayer d'identifier la nature et la signification des symboles.

—Eh bien, nous pourrions chercher un anthropologue avec qui converser ? suggéra Charlotte, songeuse. Peut-être les Leyland connaissent-ils une telle personne ? Ou bien je pourrais écrire à M. Héger, il connaît forcément un savant de ce genre, tout son entourage est si érudit et intelligent.

— Peut-être, mais je ne pense pas que nous ayons six mois pour attendre une réponse, ironisa Emily.

Son visage se décomposa instantanément lorsqu'elle vit celui de Charlotte faire de même et, bien que son aînée se détourne, Emily lui prit la main et s'agenouilla devant elle.

— Charlotte, pardonne-moi. Je ne voulais pas me montrer aussi cruelle. Je suis irréfléchie et méchante, et tu peux me gifler aussi fort que tu le souhaites.

— Je n'ai aucune envie de te gifler, balbutia Charlotte en cillant pour chasser les larmes qui menaçaient de couler. Après tout, tu ne dis que la vérité.

— Eh bien, peut-être aurais-je néanmoins pu le faire sans te blesser. Je me trompe rarement, Charlotte, mais quand c'est le cas, je l'admets et je l'admets maintenant. Me pardonneras-tu ?

Charlotte fouilla les prunelles grises de sa sœur.

— Comment pourrais-je ne pas te pardonner ? Comment pourrais-je ne pas pardonner à l'autre moitié de moi-même ?

Les sœurs s'étreignirent et, l'espace d'un instant, Charlotte se sentit rassérénée, comme si, durant quelques secondes, l'amour sororal avait apaisé toutes ses blessures et ses craintes.

— Pendant que vous vous insultiez toutes les deux, intervint Anne, j'ai passé en revue les registres que Clifton nous a confiés. Ils sont plutôt désordonnés et rédigés de plusieurs mains, toutefois ils nous donnent une image assez détaillée des allées et venues cet été-là à Top Withens.

— Des informations utiles, comme le nom et la résidence d'un tueur ? s'enquit Emily, qui se leva pour examiner les livres par-dessus l'épaule d'Anne.

Cette dernière secoua la tête.

— J'ai bien peur que non. Tant de personnes ont défilé à Top Withens entre le début et la fin de cette année-là… presque une centaine. Presque aucune n'y est restée plus d'une semaine, et une seule pendant tout l'été et l'automne : Annie Fielding, une fille de cuisine. Ce n'est pas un nom que je connais, mais, même si c'était le cas, il doit y avoir des dizaines d'Annie Fielding rien que dans le Yorkshire, et elle pourrait être n'importe où aujourd'hui, très probablement mariée par-dessus le marché.

La porte s'ouvrit sur leur père qui fouilla la pièce du regard, comme s'il essayait de discerner où elles se trouvaient. Les trois sœurs se levèrent d'un même mouvement, et Charlotte s'empressa d'aller guider Patrick vers un siège à la table. Branwell entra derrière lui.

Comme il était difficile de le voir ainsi diminué par la perte de sa vue, leur père si grand, jadis si fier et vigoureux. Mais, aussi difficile que ce soit pour elle, Charlotte savait que c'était encore pire pour lui. Il détestait se sentir moins maître de sa vie et de celle de ses enfants, c'est pourquoi il était plutôt inquiétant qu'il ait choisi de leur rendre visite. Était-il possible qu'il ait deviné ce qui les occupait ?

— Père, dit Charlotte, quel plaisir ! Dois-je demander du thé à Martha ?

— Non, Charlotte, je dois bientôt travailler, refusa-t-il en utilisant le dossier de sa chaise pour s'y appuyer. Mais j'ai eu envie de venir vous parler à tous, car j'ai passé une nuit des plus troublantes, assailli de mauvais rêves et de pressentiments, une impression qui a perduré jusqu'à l'aube. Je voulais voir mes enfants ensemble ce matin et m'assurer par moi-même que vous alliez tous parfaitement bien. Vous êtes restés dehors par ce froid bien trop souvent et bien trop tard à mon goût.

— Nous allons toutes très bien, Père, répondit doucement Charlotte en lui prenant les mains. N'est-ce pas, mes sœurs ?

— Absolument, acquiescèrent Emily et Anne en chœur. Nous sommes l'image même de la bonne santé, ajouta Emily.

— Moi aussi, je me porte bien, Père, renchérit Branwell, la voix légèrement rauque. J'ai peut-être chanté un peu trop et un peu trop fort la nuit dernière, mais dans l'ensemble, pour un homme dont le cœur est réduit en poussière, mon moral est bon.

— Père, qu'est-ce qui vous a dérangé cette nuit ? questionna Charlotte, un peu inquiète du sel qui bordait chaque pas de porte et de l'odeur de sauge qui flottait encore dans l'air.

— Des rêves, des rêves, lui dit Patrick. J'ai rêvé de votre mère, qu'elle venait me rendre visite. J'ai rêvé que je la voyais debout au pied de mon lit et qu'elle me mettait en garde : « Fais attention à tes enfants, Pat, assure-toi qu'ils sont à l'abri du danger. » C'était un rêve étrange... mais quelle chose merveilleuse de revoir mon amour après toutes ces années. Pourtant, c'était pour le moins troublant.

— Ce n'était qu'un rêve, Père, nuança Charlotte. Et un rêve de Mère ne peut pas être aussi terrible, n'est-ce pas ?

— Et vous allez tous bien ? demanda encore Père.

Ses enfants se rassemblèrent autour de lui pour embrasser ses mains et son visage.

— Nous allons bien, Père, nous allons très bien, répondit Anne avec sérieux. Je vous en prie, ne craignez rien pour nous.

La petite pièce se remplit plus encore lorsque, après avoir frappé rapidement, M. Nicholls entra.

— Vous avez jeté du sel par terre, semble-t-il ? s'enquit-il avec une certaine confusion.

— Contre les limaces, répondirent en même temps Emily et Charlotte.

— En décembre ? s'étonna M. Nicholls.

— Mais oui, bien sûr, monsieur, rétorqua Emily d'un ton condescendant. Où pensez-vous que les limaces se retirent quand le froid est rude, si ce n'est à l'intérieur ? C'est un problème bien connu à Haworth, monsieur, les limaces domestiques sont un véritable fléau.

Sagement, M. Nicholls décida de battre en retraite et posa une paume sur l'épaule de Père.

— Puis-je vous guider, monsieur ? proposa-t-il.

Charlotte nota avec gratitude la déférence dans son intonation et son comportement. Emily n'aimait pas du tout M. Nicholls, mais au moins se montrait-il doux et convenable, et toujours d'une gentillesse sans faille avec Père dont le caractère pouvait être acariâtre et difficile, surtout maintenant qu'il se sentait si affaibli. Charlotte aida son père à trouver le bras de M. Nicholls, croisant le regard du jeune vicaire lorsqu'il prit la main du révérend. Si Emily lui accordait un peu de grâce, elle verrait qu'Arthur n'était pas un homme aussi ennuyeux qu'il en avait l'air.

— Que faites-vous ? demanda Branwell à ses sœurs sitôt que Père eut quitté la pièce. Pourquoi Tabby bâtit-elle autour de la maison des fortifications contre une armée de limaces ?

Emily tendit son croquis à Branwell.

— Nous avons découvert ceci gravé dans les pierres du conduit de la cheminée où l'enfant a été enterré. Ce dessin doit dater de la même époque. Y reconnais-tu quelque chose ou connais-tu quelqu'un qui saurait ?

— Je ne vois que deux experts en la matière, et l'un d'eux a très récemment entouré notre maison de sel. L'autre est Robert Heaton.

— Robert ! Un expert en paganisme ? s'exclama Emily. Je l'ai toujours jugé très aimable.

— Enfin, peut-être pas un expert, mais la bibliothèque de Ponden est la plus grande à des lieues à la ronde et, comme tu le sais, Emily, elle semble contenir un livre pour tout.

— C'est vrai ! La réponse se trouve toujours dans un livre, acquiesça Emily. Je vais me rendre immédiatement à Ponden. Eh bien, Branwell, tu es parfois utile, finalement.

L'intéressé inclina la tête avant de la reposer sur la table.

— Alors je vais m'efforcer de rester en vie un peu plus longtemps, juste pour servir mes sœurs.

— Nous devrions tous aller à Ponden, suggéra Anne. Et rendre visite aux Riordan en chemin.

— Pourquoi diable ? demanda Charlotte à sa sœur. Ce n'est pas une manière efficace d'employer notre temps, Anne. Nos progrès seront beaucoup plus rapides si nous nous séparons, nous l'avons déjà appris. Emily peut aller à Ponden, et toi et moi rendrons visite aux Riordan et verrons si nous dénichons une Annie Fielding dans les environs, ce qui, bien que laborieux, paraît inévitable.

— Charlotte a raison, confirma Emily. Et puis, la bibliothèque de Ponden est beaucoup moins agréable en compagnie. Je progresserai plus rapidement toute seule.

— Peut-être n'avez-vous pas tort, concéda Anne. Vous avez bien défendu la raison et la logique, mais moi, je défends l'intuition et l'instinct. Mon intuition et mon instinct, pour être exacte.

— Cela ne te ressemble pas, Anne, lui fit remarquer Charlotte. Toi qui es toujours si pragmatique et réfléchie. Explique-toi.

— C'est vrai, convint Anne, et pourtant je ne peux m'empêcher de penser à Père quand il est entré dans la salle à manger, ce matin, fragile et affaibli. D'une certaine façon, les événements de la nuit dernière se sont insinués dans les rêves de Père et l'ont effrayé. La vérité, c'est que nous ajoutons à sa souffrance avec les secrets que nous lui cachons et parce qu'il a peur pour nous. Le moins que nous puissions faire, alors, c'est de nous efforcer de rester en sécurité.

— Mais le pire qui puisse nous arriver à Ponden Hall serait que Robert Heaton me demande à nouveau en mariage, ironisa Emily.

— De plus, insista Anne, nous sommes plus forts ensemble. Charlotte, tu as le don de déchiffrer les gens et de leur soutirer des informations. Emily, tu vois des connexions et des indices qu'un esprit inférieur au tien ne serait tout simplement pas capable de se figurer.

— Quand tu dis « inférieur », peux-tu préciser le contexte ? demanda Charlotte d'un ton hautain.

— Quant à moi, je garde nos cerveaux concentrés sur les raisons qui sous-tendent tout cela : les raisons humaines pour lesquelles nous ne devons pas laisser nos détections se transformer en petites querelles. (Anne regarda sa sœur avec insistance.) Et Branwell, eh bien, Branwell nous permet d'accéder à des lieux où des femmes seules n'iraient pas autrement, et fournit parfois une distraction assez utile. Quand nous sommes ensemble, nous sommes plus forts et plus en sécurité.

Ses paroles semblèrent encourager ses sœurs, qui se mirent à échanger sourires et signes de tête. Même Branwell leva la sienne de la table, heureux d'être inclus dans leur groupe. En se donnant la main, ils formèrent une coalition d'esprit, de détermination, d'intelligence et de ruse à quatre coins.

— Très bien, alors nous pouvons tous aller à Ponden. Les Riordan seront à leurs métiers à tisser de toute façon, donc cette décision semble frappée au sceau du bon sens, conclut Emily avec un soupir magnanime. À condition, une fois dans la bibliothèque, que personne ne parle à moins d'en avoir reçu ma permission expresse.

— Un instant, Emily, intervint Charlotte en suivant sa cadette hors de la salle à manger. Je ne crois pas que nous soyons passées par les voies appropriées pour décider qui devait mener l'expédition à la bibliothèque. Nous devrions tous présenter nos arguments, puis tirer une conclusion…

— Robert Heaton t'a-t-il déjà demandée en mariage ? la coupa Emily.

— Emily Jane, pourquoi faut-il toujours que tu sois aussi…

— L'union fait peut-être bien la force, souffla Anne à Branwell pendant que ses sœurs se chamaillaient, toutefois il y a assurément beaucoup plus de paix et de calme dans la solitude.

20

Emily

Ponden Hall était une vieille maison robuste nichée au creux d'une colline sur le chemin de Ponden Kirk, l'un des endroits qu'Emily préférait entre tous. Les dernières centaines de mètres jusqu'au manoir se terminaient par la traversée d'une large et belle avenue bordée de châtaigniers qui conférait à la demeure une impression de grandeur durement gagnée.

Elle avait été construite pour loger et permettre de travailler à une famille d'ouvriers, et elle n'était ni aristocratique ni ornementée comme l'étaient Chester Grange ou Oakhope Hall. Elle avait acquis son statut auprès des habitants de la région de la même manière que le nom des Heaton – la famille qui y résidait depuis toujours –, à force d'endurance et de constance. Les Heaton de Ponden n'avaient pas toujours été systématiquement bons, ni constamment respectables. Ils employaient cependant de nombreuses personnes des environs, siégeaient au conseil paroissial, donnaient à des œuvres de charité, y compris à l'école, et faisaient de leur mieux pour montrer au monde que leurs jours les plus infâmes étaient derrière eux. Il y avait eu quelques frictions entre Père et M. Heaton ces derniers temps, en particulier parce que l'aîné de la famille était un peu trop enclin à boire avec Branwell, mais par le passé, les enfants Brontë avaient toujours été les bienvenus à la table des Heaton et, de tous les quatre, c'était Emily qui y avait été la plus assidue, car les murs solides de Ponden Hall renfermaient l'un des plus grands amours de sa vie : la bibliothèque des Heaton, une collection de livres plus merveilleux et plus curieux les uns que les autres, certains vieux de plusieurs siècles, comprenant des volumes sur la botanique, la poésie, la philosophie, le droit et, semblait-il à Emily, au moins un ouvrage pour traiter de chaque sujet possible et imaginable.

— Branwell !

Depuis la fenêtre d'une pièce de l'étage, Robert Heaton salua d'abord leur frère d'un petit signe de la main. C'était un jeune homme sympathique, qui se distinguait de ses ancêtres au caractère rude par son tempérament doux et affectueux. Il était aussi, détail assez gênant, terriblement amoureux d'Emily, et ce, depuis qu'il avait environ quatorze ans et elle dix-huit.

— Oh, Emily ! ajouta-t-il, dès qu'il l'aperçut. Quel immense plaisir de vous voir ! Ce matin encore, je me disais que cette maudite neige vous avait tenue trop longtemps éloignée de nous et que la maison paraissait moins lumineuse sans votre présence. Entrez, je vous rejoins en bas.

— Et je suppose que nous ne sommes que les grains de poussière soulevés par son sillage ? lança Charlotte, contrariée, alors que Robert disparaissait à l'intérieur.

— Pauvre Robert, murmura Anne. En dépit de toutes les années qui se sont écoulées, il n'a toujours pas abandonné l'espoir qu'Emily lui retournera un jour son affection.

— Je ne peux brider l'attrait naturel que j'inspire au sexe opposé, Anne, ironisa Emily. C'est une malédiction d'être aussi séduisante.

Ce ne fut pas Robert qui les accueillit à la porte, cependant, mais M. Barraclough, maître horloger de son état.

— Monsieur Barraclough ! le salua Charlotte, quelque peu effrayée par l'apparition soudaine de la grande silhouette dans le vestibule.

C'était un homme austère, imposant, avec un visage sombre et creusé qui avait toujours donné à Emily l'impression d'un chat malveillant prêt à attaquer.

— Mesdemoiselles Brontë, répondit-il avec une demi-courbette, avant de gratifier leur frère d'un grognement. Branwell.

— Monsieur Barraclough, lâcha Branwell en retour, ôtant hâtivement son chapeau avant de se précipiter dans le couloir.

Emily ne put s'empêcher de remarquer le regard de M. Barraclough qui suivait son frère jusqu'à ce qu'il soit hors de vue. Il avait les paupières juste assez plissées pour donner à réfléchir. Son frère avait offensé et mis en colère de nombreuses personnes de la région, ces derniers mois, mais quel tort avait-il bien pu causer à l'horloger ? Quoi qu'il en soit, l'on avait le pressentiment que M. Barraclough n'était pas homme à se laisser traiter à la légère, surtout quand la devise qu'il ajoutait à toutes ses pièces était particulièrement sinistre : « N'oubliez pas de mourir ».

— Doit-on installer une nouvelle pendule à Ponden Hall ? demanda Charlotte avec enthousiasme.

— Je suis occupé par quelques affaires ici, convint M. Barraclough, sans vraiment répondre à la question. J'espère que votre comtoise fonctionne bien ?

Charlotte sourit.

— À la perfection. Père la remonte tous les soirs, et elle est toujours parfaitement à l'heure.

— Bien. Bonne journée, conclut M. Barraclough avec un signe de la tête. À bientôt.

— Drôle de type, commenta Charlotte, une fois la porte de Ponden Hall bien refermée derrière lui. Un artisan très doué, mais fort… peu avenant.

— Je le trouve même effrayant, admit Anne. Sa voix grince comme un cercueil que l'on ouvre.

— Oh, c'est bien vu, dit Emily. Je réutiliserai cette comparaison.

— Dois-je appeler pour le thé ? s'enquit Robert qui venait à leur rencontre avec empressement.

Le vestibule débouchait sur le grand hall, comme on l'appelait et tel qu'il avait été autrefois, mais qui n'était plus désormais qu'un vaste salon avec une énorme cheminée et son âtre, assez haute pour qu'un homme puisse s'y tenir debout.

— Je crois effectivement qu'un thé serait approprié, répondit Emily en ôtant ses gants. Comment va Moss ? A-t-elle déjà accouché de ses petits ?

— Pas encore, mais cela ne saurait tarder, dit Robert, qui n'accordait plus aucune attention à ses autres invités et guidait Emily vers la majestueuse commode en chêne foncé, adossée au mur du fond de la pièce depuis aussi longtemps que quiconque s'en souvienne. Voyez comme elle a fait son nid là-dessous ? Je pense que c'est là que sa portée naîtra d'un jour à l'autre.

Emily s'accroupit aussitôt sur les dalles de pierre, couvertes de sable et de paille, ses jupes se déployant autour d'elle tandis qu'elle laissait la chienne, une bâtarde, lui renifler la main et qu'elle caressait doucement les oreilles de la future mère, qui lui rendait la pareille. Il y avait de fortes chances pour que le père des chiots soit son Keeper, qui était parti deux mois auparavant et n'était revenu que deux jours plus tard, après que Robert l'avait trouvé dans la grange avec Moss. En conséquence, elle se sentait une responsabilité familiale concernant leur bien-être.

— Robert, pouvons-nous passer un moment dans la bibliothèque ? demanda-t-elle en souriant à son admirateur. Il s'y trouve peut-être là un texte qui pourrait nous aider à régler une dispute nous opposant. Je suis sûre d'avoir raison, mais comme d'habitude, rien d'autre qu'une preuve documentée ne suffira à sceller l'affaire.

— Bien sûr, Emily, acquiesça Robert avec enthousiasme. Notre bibliothèque est une véritable attraction pour beaucoup de nos voisins, mais vous savez que vous, en particulier, êtes toujours la bienvenue à Ponden. Et si j'y allumais un feu, afin que votre coin de lecture préféré soit bien chauffé ?

— Je regrette de ne pas pouvoir rester aussi longtemps, répondit Emily en se penchant un peu plus près du jeune homme.

Puis elle ajouta, baissant la voix :

— Mais si vous pouviez occuper Branwell et Charlotte pendant quelques minutes, ce serait merveilleux. Vous savez combien Charlotte aime s'instruire sur tout. Je crois qu'elle aurait grand intérêt à voir vos ouvriers au travail pour une dissertation qu'elle écrit sur… les métiers à tisser. (Emily se tourna vers sa sœur.) Charlotte, ne souhaitais-tu pas voir l'habileté des tisserands de Ponden à l'œuvre ? Robert serait ravi de t'emmener les observer.

— Merveilleux, opina Charlotte en souriant. Je trouve cela fascinant. Branwell va m'accompagner, j'en suis sûre.

— Quelqu'un… n'avait pas évoqué un thé ? demanda Branwell.

— Vous êtes bien bon pour nous, les Brontë, glissa Emily à Robert.

— C'est un plaisir, lui assura-t-il aussitôt. Comme vous le savez, je vous considère presque comme ma propre famille.

— Oui, approuva Emily. C'est exactement cela, Robert : vous êtes comme un petit frère pour moi.

— Eh bien, je… Ce n'est pas exactement ce que je voulais dire…

Se relevant, Emily fit signe à Anne de la suivre, avant que Robert ne puisse préciser le fond de sa pensée et rendre la situation terriblement embarrassante pour tout le monde.

21

Charlotte

La salle des tisserands, à Ponden, était l'un des éléments qui empêchaient la grande maison de pouvoir prétendre complètement à un statut bourgeois, malgré tous les efforts des Heaton pour se faire passer pour des nobles gens. La pièce haute de plafond, bordée sur deux côtés de longues fenêtres, était rendue encore plus lumineuse par la réverbération de la neige qui les entourait. Cette pièce, à l'instar de l'atelier et du bureau en dessous, avait été ajoutée, une quarantaine d'années plus tôt, et reliait la petite ferme au hangar à tourbe comme pour servir de lieu d'industrie au cœur de la demeure. La laine était filée et cardée à l'usine, en bas de la colline, mais c'était ici que les métiers à tisser cliquetaient et claquaient sans relâche, jouant une suite de percussions régulières, et que le tissu de la meilleure qualité était filé. Ces grandes machines qui pouvaient remplir un bâtiment étaient en plein essor et, debout près de la porte à regarder les tisserands travailler, Charlotte se demandait combien de temps encore un tel artisanat pourrait résister à l'émergence du métier à tisser électrique. Encore un peu, du moins l'espérait-elle. La marche implacable du progrès et de l'automatisation l'effrayait autant qu'elle la ravissait. Tant de choses étaient possibles maintenant, tant de production, de commerce, d'investissement. Plus le globe était enroulé dans du coton, plus il devenait petit, donnant l'impression que même ses recoins les plus éloignés étaient à la portée de quiconque avait en tête de voyager. Et, avec cela, la quantité de déchets augmentait aussi : les détritus, des objets jetés une fois utilisés, parmi lesquels erraient les enfants pauvres, maladifs, tout comme celui de Top Withens.

Charlotte sourit au jeune homme qui s'affairait sur un métier à tisser.

— Votre travail est très beau, monsieur Riordan.

— Merci, mademoiselle, répondit-il, sans quitter son ouvrage des yeux.

— Robert, demanda-t-elle à son hôte, serait-il acceptable que je prenne une minute du temps de M. Riordan pour lui poser quelques questions sur mon… euh… centre d'intérêt ?

— Tant que Père ne le prend pas en flagrant délit d'immobilité et qu'il remplit son quota pour la journée, il est entièrement à vous une minute ou deux, acquiesça Robert en faisant un signe de tête aux autres tisserands. Et maintenant, Branwell, voyons si nous pouvons trouver le thé que je vous ai promis, d'accord ?

— Merveilleux, se réjouit Branwell, qui adressa un clin d'œil à Charlotte. Et peut-être un peu de cognac contre le froid ?

— En quoi puis-je vous aider, mademoiselle ? s'enquit Eamon avec circonspection.

Il s'éloigna du métier à tisser, ses grandes mains jointes dans un geste anxieux.

— De quelle région de l'Irlande venez-vous ? lui demanda Charlotte.

Il baissa le regard, dépité, craignant sans doute le mépris qui poursuivait ses compatriotes où qu'ils aillent.

— Mon propre père est né en Irlande, à Annaclone, dans le comté de Down, précisa alors Charlotte.

Eamon osa esquisser un timide sourire.

— Vraiment, mademoiselle ? Nous sommes originaires d'Antrim, mais nous sommes partis de chez nous depuis longtemps. Il n'y avait pas de travail pour moi en Irlande après que les Britanniques… Bref, j'ai été envoyé comme apprenti à Paris, où j'ai rencontré ma femme. Nous cherchions l'air frais de la campagne pour nos enfants, alors, comme les choses allaient mal au pays, nous avons tenté notre chance en Angleterre. La route a été dure… (L'ombre qui barra son visage, usé plus que ne l'aurait voulu son âge, racontait un peu de ces difficultés.) Mais les Heaton sont bons avec nous. Ils nous paient le juste prix et nous donnent un toit. Ma famille ne souffre pas de la faim, et j'en remercie Dieu chaque jour, même s'il y en a par ici qui préféreraient nous voir déguerpir.

—Je suis heureuse d'entendre que votre famille et vous avez trouvé un foyer ici, dit Charlotte. Mon père est pasteur depuis vingt-six ans, et certains le considèrent encore comme un étranger. (Elle sortit le médaillon de l'endroit où elle l'avait rangé, à savoir son gant.) Monsieur Riordan, je me demandais si je pouvais vous poser une question… concernant votre foi.

—Aucune loi n'interdit ma religion, protesta-t-il aussitôt, inquiet. Tout homme est libre de pratiquer le culte que lui dicte sa conscience depuis 1829. Nous pratiquons notre culte en l'église St Anne de Keighley, comme c'est notre droit.

—Vous êtes donc bien de confession catholique ? insista Charlotte, presque timidement.

Certes, c'était une requête indiscrète, mais qui d'autre pourrait-elle interroger ? Certainement pas les Tempest de Skipton ni les Middleton d'Ilkley, de belles familles de bonne réputation, mais elle ne pouvait pas courir le risque que ses questions se diffusent dans la société policée.

—Oui, mais nous ne voulons pas d'ennuis, mademoiselle… Je sais que certains sont contre nous, qu'ils ont même peur de nous…

—Certains, peut-être, monsieur, mais pas moi ni ma famille, lui promit Charlotte. Je me demandais plutôt si vous seriez en mesure de me donner quelques renseignements sur une médaille catholique que j'ai découverte. Elle me semble chargée de sens, seulement je suis aveugle à son symbolisme.

—Je le ferai si je peux, accepta Eamon, qui pourtant se méfiait encore clairement de sa marque d'intérêt.

Charlotte lui tendit le médaillon, et il parut le reconnaître immédiatement, car il se signa et le porta à ses lèvres presque machinalement. D'une certaine manière, elle trouvait réconfortant de voir le bijou recouvrer son but initial, presque comme s'il avait été lavé de toute souillure par ce simple geste de foi.

— C'est un médaillon miraculeux, mademoiselle, déclara-t-il en souriant comme si elle lui avait montré un vieil ami.

— Qu'est-ce que cela signifie ? voulut savoir Charlotte. Pourquoi est-il miraculeux ?

— J'étais un garçon, en apprentissage à Paris, mademoiselle, quand cela s'est produit, en 1830 : c'est la signification de la date gravée ici. Une sœur du couvent, Catherine Labouré, a reçu par deux fois la visite de la Vierge Marie, bénie soit-elle, et, en vision, le dessin du médaillon. (Il porta le bijou vers les longues fenêtres pour que Charlotte puisse le regarder à la lumière.) Voyez ici comment la Sainte Vierge est représentée, aussi rayonnante que le soleil et qui écrase un serpent sous ses pieds pour offrir aux fidèles une protection dans toute sa parfaite beauté ? Et ici, la grâce de la Sainte Vierge sort de ses mains en faisceaux célestes vers ceux qui l'invitent dans leur âme. Les bras de la Sainte Mère sont largement ouverts pour nous montrer qu'elle est la mère de Dieu et de nous tous. L'inscription parle de sa pureté, de sa conception sans péché. Elle est debout sur un globe, ce qui signifie qu'elle est montée au ciel. Au revers, les douze étoiles représentent les apôtres, ainsi que la couronne mentionnée dans l'Apocalypse.

— L'Apocalypse, répéta Charlotte dans son souffle.

Le mystère et le mysticisme symbolique de ce livre, dit aussi de la Révélation, la fascinaient depuis longtemps : il y avait dedans une forme de magie enchanteresse qui l'effrayait autant qu'elle l'intriguait, car les secrets de la fin des temps se trouvaient entre ses pages.

— La croix entrelacée et la barre au dos indiquent sa proximité avec Notre Seigneur, dont elle est la mère. Le cœur à gauche est le Sacré-Cœur, Notre Seigneur qui est mort pour les péchés de tous ; à droite, le Cœur immaculé intercède pour ceux qui pèchent, et les flammes représentent l'amour brûlant que Notre Seigneur et la Sainte Vierge ont pour nous. C'est un puissant objet de sainte protection, que vous avez là.

— Ah oui, vraiment ?

Charlotte reprit le pendentif et le contempla, troublée par l'idée que passer la chaîne en laiton autour de son cou pourrait la protéger du péché comme du mal. Les circonstances dans lesquelles le médaillon avait été découvert n'en étaient que plus déroutantes.

— Sont-ils très communs ? s'enquit-elle.

— Très, lui certifia Eamon. Il y a eu beaucoup de cas de choléra à Paris peu de temps après, et des millions de ces médailles ont été fabriquées, et ceux qui les ont achetées et qui se sont tournés vers la vraie foi ont été sauvés. Il y a des gens à Leeds, à Bradford et plus près qui les portent pour se protéger de la maladie, toutefois je n'en ai pas vu autant ici qu'en France.

— Merci, Eamon. Vous m'avez été d'une grande aide. Seulement, si M. Heaton vous interroge, pourriez-vous lui dire que je vous ai demandé des informations sur les métiers à tisser ? C'est un sujet assez délicat et, en tant que fille de pasteur anglican, je préfère le garder pour moi.

— Bien sûr, mademoiselle, lui assura Eamon. Il y a encore une chose. La deuxième date, gravée sur l'argent au revers… Celle-là n'a rien à voir avec les miracles. Elle a dû être ajoutée plus tard, grattée à la main, mais je ne peux pas vous dire ce qu'elle signifie. Je n'ai jamais rien vu de tel auparavant.

— Merci, répéta Charlotte en prenant quelques secondes les mains d'Eamon dans les siennes. Je ne sais pas encore ce que cela signifie non plus, mais vous m'avez rapprochée un peu plus de la vérité, et si ma famille ou moi pouvons vous aider en retour, alors soyez assurés que nous serons vos amis et alliés.

22

Emily

Connaissant le contenu de la bibliothèque et la disposition des livres bien mieux que sa cadette, Emily se dirigea directement vers la source d'information la plus probable : un volume vieux de deux siècles intitulé, assez innocemment, *The Book of Magical Charms* et écrit, pour autant qu'elle puisse le deviner, par deux sorcières du XVIIe siècle. Elle était déjà tombée dessus auparavant et avait pris grand plaisir à tourner les épaisses pages de vélin, raidies par les ans, et à suivre du bout du doigt l'étrange empreinte arachnéenne qui ne ressemblait à rien de ce qu'elle avait jamais vu. Mais maintenant, après un examen plus approfondi, il paraissait ne rien contenir de plus utile que des conseils sur la façon de tricher aux dés, des sorts pour maudire la vache de votre voisin et une recette de soupe assez goûteuse.

Ce grimoire avait constitué son meilleur espoir. Tout ce qui lui restait désormais, c'était un ouvrage plutôt ennuyeux sur la nécromancie et qui vous assurait un succès garanti en alchimie, qu'elle était plutôt tentée d'emporter chez elle, car il serait fort agréable de transformer le plomb en or et de ne plus jamais avoir à penser à quitter Père.

— Oh ! s'exclama Anne, qui avait ouvert sur les bras un grand livre poussiéreux. Passe-moi ton dessin, Emily, tout de suite !

— Qu'as-tu trouvé ? lui demanda Émilie, incrédule. Tu n'as pas pu dénicher l'explication d'un potentiel sacrifice païen dans *A Short Historie of Yorkshyre and Its Peoples*. J'ai commencé à le lire, puis je l'ai rangé quand je me suis rendu compte que c'était beaucoup moins intéressant que de regarder par la fenêtre. Des arbres généalogiques, ce genre de choses, n'est-ce pas ?

— Oui, mais si tu y avais regardé d'un peu plus près, tu aurais remarqué qu'il y a un autre livre caché à l'intérieur, répliqua Anne, les yeux écarquillés par sa découverte. Par cela, j'entends que les pages d'un second livre ont été reliées à celui-ci, sans doute pour le protéger des yeux indiscrets. Après tout, il y a deux cents ans, nous aurions pu être pendues pour posséder pareil objet. (Elle posa le livre ouvert sur le sol.) Voyons, il semble que la majeure partie du livre secret ait été arrachée, il n'en reste que des fragments, cependant l'un d'eux me rappelle fortement notre mystérieux dessin.

— Laisse-moi examiner les preuves.

Emily s'agenouilla à côté de sa sœur, à présent très intriguée.

Anne avait raison. Plusieurs pages intérieures, d'une taille et d'une qualité de papier différentes, avaient été cousues dans le livre original et arrachées à une date indéterminée par une personne inconnue.

Cependant, quand Anne apposa le croquis qu'Emily avait reproduit des mystérieux motifs à côté du coin restant d'une page déchirée, il s'avéra qu'il correspondait presque exactement au fragment figurant encore ici.

— Comme c'est bizarre que tu aies choisi justement ce livre parmi tous ceux qui se trouvent sur les étagères, commenta Emily avec circonspection. C'est vraiment une coïncidence très étrange et bien trop commode pour que l'on puisse s'y fier.

— Non, je ne l'ai pas choisi, corrigea Anne. Je ne l'ai pas pris sur une étagère. Il était là, sur le siège de la fenêtre, avec quelques autres. Mais celui-ci était sur le dessus de la pile, comme s'il avait été laissé là il y a quelques instants, alors je l'ai ramassé et, en dessous, il y a un très vieux livre de prières et ceci : *A Botanical Study of English Trees*.

Emily contempla l'assortiment disparate d'ouvrages ; elle savait que chacun avait été pris à un endroit opposé dans la bibliothèque et laissé là, avec celui qu'elles cherchaient sur le dessus.

— Ces livres ont été posés ici pour que nous les trouvions, conclut-elle. Ils ont tous une signification. J'en suis sûre. Quelqu'un aura deviné que nous viendrions faire des recherches dans cette bibliothèque, ce qui n'est pas si surprenant, au fond, étant donné qu'aucune autre bibliothèque des environs n'est ouverte aux femmes.

Anne écarquilla les yeux.

— Mais qui ? Et dans quel but ?

— Peut-être quelqu'un qui connaît la vérité sur l'enfant de Top Withens et qui veut nous aider à la découvrir ? supposa Emily, les sourcils froncés, qui s'efforçait d'assembler les pièces du puzzle. Ou bien le démon qui a tracé ces marques sur les pierres de la cheminée ! Qui d'autre saurait ce que cachait ce livre et en arracherait les pages, peut-être pour les besoins de quelque rituel diabolique ?

— Et puis, après la découverte des ossements, il serait retourné à Ponden, pour s'assurer qu'il n'avait rien laissé derrière lui qui puisse l'incriminer. Sauf que c'est le cas. Il a laissé deux demi-pages dans le livre, dont une assez intacte pour que l'on puisse la comparer à ton dessin. Et il les a laissées ici, bien en vue, alors qu'il nous aurait fallu de nombreuses heures de recherches sinon, et en courant le risque de passer complètement à côté.

Emily s'accroupit alors que les nuages s'épaississaient à l'extérieur, assombrissant la fin d'après-midi par la menace de nouvelles chutes de neige.

— Quelqu'un sait que nous avons pris les pierres, dit-elle. Quelqu'un sait que nous nous rendons souvent à la bibliothèque de Ponden. Cette personne a fait exprès d'exposer ce livre pour que nous le trouvions, comme… comme une invitation. Non, pas une invitation. Un défi.

— Un défi ? répéta Anne. Un défi pour quoi ?

— Eh bien, dont l'objectif serait de le démasquer bien sûr.

— Tu veux dire que ce monstre est au courant de notre existence et qu'il nous traque ?

Anne lança un coup d'œil autour d'elle, comme effrayée à l'idée que le suspect se cache encore parmi les ouvrages.

— Qui que ce soit, je ne peux m'empêcher de penser qu'il nous a observées de près ou qu'il nous connaît très bien, marmonna Emily.

D'une certaine manière, il devine nos plans presque aussitôt que nous les formulons. Car c'est seulement ainsi qu'il a pu anticiper notre visite à la bibliothèque de Ponden aujourd'hui.

— Jette le livre, dit Anne, malheureuse. Jette-le dans le feu, car il est mauvais.

— Aucun livre n'est mauvais, Anne, affirma Emily devant le malaise de sa sœur. Pas même celui-ci, ni les parties qui en ont été arrachées. Les gens qui suivaient ces rites n'étaient – ne sont – pas plus dangereux pour toi et moi que les anciens Celtes ou les Romains. Ils avaient leurs croyances, et nous avons les nôtres, n'est-ce pas ? Nous n'avons rien à craindre des mots, Anne, seulement une leçon à en tirer sur notre histoire, celle de l'humanité.

— Je serais d'accord avec toi, Emily, s'il n'y avait pas les ossements, nuança Anne, toujours inquiète, en se frottant vivement le haut des bras comme si elle avait soudain très froid. Même si ces rites et ces sortilèges ne sont qu'une fiction oubliée, la dépouille de l'enfant ne l'est pas. Et si l'étrange dessin est lié aux restes de ce corps, or il semble impossible d'imaginer le contraire, alors c'est un livre tel que celui que tu tiens en ce moment, peut-être même cet exemplaire précis, qui a incité au meurtre.

Emily baissa les yeux sur le livre, sentit le poids rassurant de celui-ci dans ses mains. Non, jamais elle ne pourrait considérer un livre comme autre chose qu'un ami.

— Ce n'est que de l'encre et du papier, insista-t-elle. C'est l'homme qui tue, Anne, comme il l'a toujours fait pour des raisons qui lui sont propres, cruelles et tordues. C'est juste que, parfois, l'homme fait des mots ses complices involontaires, et oh… (Elle s'arrêta de parler en remarquant la description archaïque écrite dans la marge de l'un des fragments déchirés.) Oh, mon Dieu.

Anne pivota vers elle en se tordant les doigts.

— Emily, qu'y a-t-il ? Qu'as-tu découvert ?

— Les pages manquantes, répondit Emily, qui referma le livre et le rangea sur l'étagère. Il semble qu'il s'agisse d'un sort visant à ramener les morts à la vie.

23

Charlotte

— Vraiment, Robert, c'est très intéressant, dit Charlotte, avec un immense sourire au jeune homme, très sérieux, qui la régalait des résultats des différents intérêts commerciaux des Heaton. C'est merveilleux. Je suis bien contente de l'entendre.

— Oui, nous, les Heaton, sommes une offre solide, financièrement parlant, continua Robert. Et à ce propos…

— Et qui vous a rendu visite récemment ? l'interrompit Emily.

Médusée, Charlotte se tourna vers sa sœur. Elle n'avait jamais connu femme capable de changer le sujet d'une conversation avec un tel mépris des convenances.

Robert cligna des paupières.

— Qui nous a rendu visite ? Eh bien, pas grand monde ces dernières semaines, même si certaines personnes sont venues nous présenter leurs respects. C'est la saison des bons vœux, après tout, Emily.

— Oui, et donc qui vous a rendu visite, Robert, très cher ? insista Emily. Hier soir peut-être ou même aujourd'hui ?

Charlotte savait qu'Emily employait ce terme affectueux de la même manière qu'elle aurait dissimulé la pointe d'un hameçon sous un ver, pour garder le pauvre jeune homme sous son emprise aussi longtemps que cela lui serait utile. Elle ne se rendait pas compte combien elle était cruelle, bien sûr. Sa sœur était ainsi : l'idée de tomber amoureuse lui était aussi étrangère que de marcher sur la Lune, voire un peu plus, en toute probabilité.

— Oh, soupira Robert, l'air perplexe. Eh bien, personne d'important. Nous avons reçu le frère Barraclough, parce que Père veut une autre horloge et… Je n'étais pas ici hier au soir, mais je crois que Bradshaw de Top Withens Hall est venu discuter d'une affaire. Nous devons investir dans une entreprise qu'il développe.

— Je vois, marmonna Emily en louchant vers Anne, dont les yeux s'étaient écarquillés.

Charlotte s'exaspérait de ce que ses sœurs faisaient ce qui ressemblait fort à des découvertes capitales, tandis qu'elle était obligée de rester assise là à écouter la litanie interminable des raisons pour lesquelles Robert Heaton se considérait comme un excellent parti, et même pas pour elle en plus.

— Oui, Bradshaw a de solides antécédents en matière de profits, et il semble que nous pourrions devenir partenaires dans sa dernière entreprise en date…

— Eh bien, Robert, mon vieux Robert, l'interrompit Branwell qui posait sur sa tasse de thé un regard assez déconfit, puisque vous, les Heaton, vous en sortez si merveilleusement bien, peut-être pourrions-nous, vous et moi, discuter d'un petit prêt entre gentilshommes ? Depuis quelque temps, je suis trop malade pour tenir un emploi raisonnable. Cette pauvre Emily est tout à fait folle d'inquiétude pour moi. Et si vous nourrissez ce cerveau, je vous assure un retour sur votre investissement par le biais de ma bonne compagnie.

— Oh, fit Robert avec douceur. Bien sûr, Branwell, tout ce que vous voudrez…

— « Ne sois ni emprunteur, ni prêteur », dit toujours notre cher Père, le gronda Charlotte.

— D'ailleurs, nous devons prendre congé, ajouta Anne. Nous avons une affaire assez urgente à régler.

Et, avant que Charlotte ait pu reprendre son souffle, Anne avait tiré sa révérence et s'était ruée dehors, Emily dans son sillage.

— Bien, dit Charlotte. Veuillez pardonner à mes sœurs, Robert. Elles ont tendance à s'oublier quelque peu.

— C'est tout à fait admissible, lui assura Robert, qui regardait Anne et Emily passer devant la fenêtre avec nostalgie. Surtout quand on est aussi inoubliable pour les autres.

Charlotte mit un peu plus de temps à rattraper ses sœurs que Branwell qui, bien que pas spécialement grand, avait des jambes bien plus longues que les siennes. Il les atteignit juste au moment où elles arrivaient à Ponden Mill, la structure étroite et haute de quatre étages érigée à un demi-mile du manoir, une bâtisse bien construite avec de larges fenêtres conçues pour donner le plus de lumière possible à l'industrie qu'elle abritait. Le bruyant claquement de la machine à filer au travail s'entendait à bonne distance.

Charlotte en fut réduite à deviner ce que Branwell avait glissé à leurs sœurs, toujours est-il que ses paroles suffirent à les persuader d'attendre qu'elle se hâte de les rejoindre.

— Qu'as-tu bien pu découvrir qui t'a incitée à partir aussi brusquement ? demanda-t-elle aussitôt à Anne. Je suis habituée à ce qu'Emily se comporte comme une sauvageonnc, mais de toi, Anne, j'avais une meilleure opinion. Et j'ai beaucoup de choses à vous raconter sur le médaillon, car nombreux sont ceux à le croire doté de propriétés miraculeuses.

Sur quoi, elle entreprit de répéter à ses sœurs tout ce qu'Eamon lui avait révélé. Puis Anne leur relata ce qui s'était passé dans la bibliothèque, mais en parlant à peine plus fort qu'un chuchotement, comme si elle craignait que d'autres oreilles puissent épier leur conversation.

— Emily pense – et, si peu probable que cela semble, je suis obligée d'abonder dans son sens – que l'auteur du crime doit être au courant de notre détection et de notre vie dans ses détails les plus intimes. (Anne secoua la tête.) Est-ce Clifton Bradshaw qui s'est rendu à Ponden et qui, ayant deviné – Dieu seul sait comment – que nous étions liés à cet endroit, a laissé le livre à notre intention ? Je suis très troublée, Charlotte. Je crois que nous sommes en grand danger et que Bradshaw nous fera du mal s'il pense son crime en passe d'être révélé.

—Je parlerais plutôt d'un fort péril, nuança Emily, les joues rosies par le froid. Qui que ce soit, l'on veut nous engager dans une lutte d'esprit. Il paraît donc peu vraisemblable que l'on nous fasse du mal, car où serait le divertissement à éliminer son ennemi avant le début de la bataille ?

—Mes sœurs, intervint Branwell, je suis inquiet. Si ce que vous dites est fondé, alors, en tant que votre frère, je vous ordonne de vous désister immédiatement, de répéter tout ce que vous savez au gendarme et de retourner vaquer à vos occupations de femmes.

—Je pense qu'Emily a raison, répliqua Charlotte qui, pas plus que ses sœurs, ne releva l'intervention de leur frère. Je ne pense pas que nous courions un risque dans l'immédiat. En revanche, je crains que des représailles nous visant nos proches et nous ne soient en ligne de mire si nous persévérons dans cette enquête. Songez à la silhouette qui traquait Emily au milieu de la nuit ? Nous ne comprenons pas encore tout, mais il me semble qu'il s'agit là d'une affaire qui nous dépasse, une tempête de malveillance dans laquelle nous pourrions être emportées. Il ne serait pas déshonorant de nous retirer maintenant. À bien des égards, je le préférerais.

—Non, objecta Emily. Si nous ne relevons pas ce défi, alors ces gens continueront sans contrôle et peut-être plus sanguinaires que jamais. Découvrir le nom de ce pauvre enfant, c'est le moins que nous puissions faire : ce serait lui rendre une mémoire, même si ce n'est que la nôtre.

—J'aurais aimé que nous ne sachions rien de tout cela, se lamenta Anne. Que les ossements soient restés cachés. Oui, j'aimerais que nous mettions de côté tout ce que nous savons de cette terrible affaire et que nous retournions à nos vies sûres et ordonnées, occupées à écrire, à penser et à marcher comme nous l'avons toujours fait.

—Ou à boire, proposa Branwell. Boire est une merveilleuse façon de se divertir.

—Je ne crois pas que tu penses vraiment ce que tu dis, Anne, lui fit remarquer Charlotte en resserrant sa cape autour de ses épaules alors que le vent les fouettait, que l'eau glacée, suintant de la boue, s'infiltrait dans leurs bottines. Tu es l'un des êtres les plus courageux et les plus remarquables jamais créés. Malgré cela, tu n'es pas obligée de t'obstiner dans cette voie si tu sens qu'elle est trop éprouvante pour ta nature bienveillante.

Anne avança de quelques pas, Emily silencieuse à ses côtés, appuyée contre le mur de pierres sèches pour admirer la vallée en pente douce. L'on aurait pu croire que le soleil n'était resté haut dans le ciel qu'une heure ou deux, avant de repartir se mettre à l'abri de l'hiver, et déjà l'horizon prenait la teinte rosée de son départ discret, tandis que les premiers signes de gel commençaient à picoter les pierres et les branches du paysage austère. Charlotte vit Anne défaire sa bonnette, renverser son visage vers les flocons de neige qui se déposaient sur ses longs cils.

— Si seulement vous ne vous mêliez pas sans cesse de ce qui ne vous regarde pas, soupira Branwell, offrant son bras à Charlotte pour reprendre leur chemin. La plupart des gens se satisfont parfaitement de traverser la vie en ne pensant qu'à eux-mêmes, à leur famille, à l'endroit d'où viendra leur prochaine croûte, et à savoir si oui ou non ils ont fait assez pour gagner une place au paradis. Ce n'est pas le cas de mes sœurs. Vous êtes si préoccupées par la grandeur de la vie et toutes ses complexités que l'on dirait que l'existence coule à travers vous, que vous en ressentez chaque instant avec une intensité décuplée. Vous n'accordez aucun crédit à mon opinion, je le sais, mais j'ai peur pour toi, Charlotte, pour vous toutes. J'ai peur de l'importance que vous donnez à tout cela : autant d'attention ne peut que vous causer du tort.

— Es-tu fait de la même étoffe, Branwell, mon cher ? demanda Charlotte. Tout ce que tu t'infliges à toi-même n'est-il pas une tentative de nier la même sollicitude ?

— Bien sûr que si, admit Branwell. Je suis tellement prévisible. Sauf… sauf que Lydia m'a écrit, Charlotte. Enfin, pas de vraies lettres, car le risque qu'une telle missive soit découverte est trop grand, j'imagine, mais elle envoie de l'argent. Et cela me procure de l'espoir. Car enfin, elle doit encore se soucier de moi, n'est-ce pas ? Et parfois, c'est comme si j'entendais sa voix dans le vent qui m'appelle, comme si son âme parlait directement à la mienne, me promettait que notre heure viendra. Tant que je crois que je peux continuer à vivre, cependant, chaque heure m'est une souffrance.

Charlotte posa une main gantée sur la joue de son frère, souhaitant ardemment que pareil espoir puisse être confirmé, autant qu'elle le souhaitait pour Constantin et elle.

— Tiens bon encore un peu, cher frère. Et affronte cette tempête en protégeant ton cœur. Tes sœurs peuvent avoir encore besoin de toi.

— À votre service, dit-il en s'inclinant ostensiblement.

Charlotte sourit devant la détermination dans son expression. Oh, comme l'espérance était une maîtresse cruelle : elle vous attirait vers le bord de la falaise, sachant pertinemment que vous étiez susceptible de tomber, mais il n'y avait rien à faire, hormis la suivre quand même.

— Je suis résolue à continuer, annonça Anne alors qu'Emily et elle revenaient auprès de Charlotte et Branwell. Cette affaire me donne un sentiment de malaise et d'inconfort comme je n'en ai jamais connu. Mais nous allons persister, n'est-ce pas ? Car c'est ce que nous faisons, nous, les Brontë. Et puis, je me suis souvenue d'un détail qui pourrait s'avérer d'une grande importance.

— Dis-nous, Anne, la pressa Charlotte.

— Il y a une horloge Barraclough qui reste silencieuse à Top Withens Hall, enfermée jusqu'à récemment avec toute l'ancienne partie de la maison.

— Et ? insista Emily. Comment cela se rapporte-t-il à notre énigme ?

— Parce que nous avons rencontré son créateur, qui quittait Ponden Hall juste au moment où nous y arrivions… (Anne les regarda tour à tour.) Or, il y a une horloge Barraclough dans la bibliothèque où les livres ont été laissés pour que nous les trouvions.

Emily s'arrêta net.

— M. Barraclough… Son nom de baptême est si inhabituel que je m'étonne de ne pas avoir fait le rapprochement plus tôt.

— Quel rapprochement ? voulut savoir Anne.

— M. Zerubabbel Barraclough, c'est son nom. Et, dans son délire, Bess a marmonné que Zerubabbel était là, la nuit où Mary Bradshaw est morte.

24

Anne

À leur arrivée à la maison, Branwell trouva une lettre qui l'attendait dans le couloir et s'excusa aussitôt pour filer dans sa chambre. En le regardant grimper l'escalier deux à deux, Anne éprouva une certaine inquiétude pour son frère. Ce qui avait pu lui remonter soudain le moral le ferait à coup sûr redescendre tout aussi brutalement. Quant à ses sœurs et elle, elles se hâtèrent sans bruit dans la cuisine bien chauffée où elles ôtèrent leurs bottes et leurs bas trempés pour réchauffer leurs orteils nus devant le fourneau, tandis que Tabby leur servait une fournée de *havercakes* tout juste sortis du four et du fromage à pâte dure, directement sur les genoux, comme si elles étaient à nouveau petites filles.

En fait, il y avait un réconfort tangible à se trouver dans la cuisine, avec l'odeur des gâteaux d'avoine fraîchement préparés et la condensation qui coulait sur la vitre intérieure de la fenêtre. L'atmosphère rappelait à Anne des temps plus simples, lorsque Tabby les rassemblait autour de sa vieille chaise, sa fidèle compagne du coin de la pièce, et leur racontait des histoires de la campagne, tandis qu'ils écoutaient, les yeux écarquillés, en grignotant des biscuits aux graines ou des tartes à la crème. Les récits de Tabby comportaient souvent du mystère et de la malice, de grands chiens noirs démoniaques ou des enfants enlevés par les fées et remplacés par d'autres, mais s'ils étaient toujours fascinés, ils n'avaient jamais peur. Tout allait bien quand ils étaient entre les murs de leur petite maison et que la solide carcasse de Tabby se trouvait entre l'obscurité et eux. Et si elles ne l'exprimaient pas à voix haute, Anne était sûre, en dépit de leurs courageux discours, que Charlotte et Emily étaient tout aussi avides aujourd'hui de ce sentiment familier et sécurisant que de gâteaux d'avoine chauds et beurrés.

— Pensons-nous que M. Barraclough, un homme d'excellente réputation, puisse vraiment avoir un rapport avec les ossements ? demanda Charlotte, en chuchotant de peur que Tabby ne l'entende.

— Nous savons seulement qu'il a un lien avec Top Withens et Ponden, mais qu'il se trouvait aussi dans la demeure juste avant que nous tombions sur l'étrange collection de livres qui, selon Emily, nous attendait.

— Par-dessus le marché, Bess a mentionné son nom et précisé qu'il a été témoin de la mort de sa maîtresse, ajouta Emily.

— Mais il est impossible de déterminer ce que Bess a voulu dire. Tu as déclaré toi-même qu'elle parlait par énigmes.

— Barraclough est un homme bizarre, cependant. Célibataire, qui vit toujours chez sa mère… (Emily regarda ses vieilles filles de sœurs.) Enfin, peut-être pas si étrange que ça, mais quand même. Il gagne bien sa vie. C'est curieux qu'il n'ait pas pris femme.

— N'est-il pas franc-maçon ? s'enquit Anne. Nous devrions demander à Branwell ce qu'il sait de lui, car même s'il n'est pas retourné voir les compagnons depuis plusieurs années, il a été très impliqué autrefois. Un franc-maçon peut avoir des moyens de couvrir un crime, s'il a des amis haut placés.

— Si seulement nous parvenions à vérifier sa présence à Top Withens cet été-là…, lâcha Charlotte. Mais, même dans ce cas, je ne peux l'imaginer : un homme si tranquille, un homme que l'on voit souvent à l'église. Comparez-le à Clifton Bradshaw et à tout ce que son nom évoque. Il semble impossible que le diable puisse être un autre que lui.

— Je crois que notre meilleure chance d'obtenir les réponses à nos questions, c'est de localiser Annie Fielding, comme indiqué dans le registre, souffla Emily, songeuse, tout en mangeant. Pouvoir parler à quelqu'un qui se trouvait à Top Withens Hall à ce moment-là, quelqu'un qui n'était pas enfant à l'époque, ou qui ne soit pas maintenant si vieux et si abîmé qu'il peut à peine se rappeler son propre nom. Ce serait extrêmement utile. Cela dit, je ne sais pas où l'on peut trouver cette personne. Je ne connais aucune Annie Fielding. Et toi, Martha ?

— Non, répondit l'interpellée en ramassant la vaisselle. Par contre, je connais quatre Fielding, mademoiselle.

— Je pensais à Annie en revenant de Ponden, dit Anne. Selon moi, si une jeune femme a eu la détermination de travailler à Top Withens Hall pendant presque une année entière, alors que presque personne d'autre n'y a réussi, il se peut qu'elle ait eu ses raisons de vouloir rester dans les parages, comme de la famille à Haworth ou dans un autre village des environs. Ou un amoureux, peut-être. Et si tel était le cas, il y a une chance qu'elle soit encore par ici et qu'elle vive sous un nom de femme mariée désormais.

— Connais-tu des Fielding mariées, Tabby ? demanda Anne alors que Tabby revenait de l'arrière-cuisine.

Après tout, leur vieille gouvernante semblait connaître intimement la vie de chaque individu dans un rayon de six lieues.

— Je connais trois Fielding, répondit succinctement celle-ci.

Aussi aimable qu'elle ait été à leur retour, leur prodiguant chaleur et réconfort, elle demeurait froide et raide. Anne savait que Tabby leur refusait tout son amour pour les punir d'avoir continué à explorer ce qu'elle considérait comme extrêmement dangereux et même insensé. Et Anne ne l'en aimait que davantage.

— Il y a Harriet Fielding qui va à l'école, elle vient d'avoir huit ans, explicita Martha. Et puis Susan Fielding d'Oxenhope ; elle est aussi vieille que les collines, plus vieille que Tabby même. Et Sarah Fielding, que son père a surprise avec Leonard Ackley dans le pâturage, qui prenait…

— Je crois qu'elle est connue sous le nom de Sarah Ackley maintenant, se hâta de l'interrompre Anne avant que Martha ne puisse ajouter plus de détails. Mais aucune d'elles n'a l'air d'avoir le bon âge.

— Si c'était une Agnes Fielding que vous cherchiez, ce serait une autre affaire, remarqua Tabby.

— Pourquoi dis-tu cela, Tabby ? s'étonna Anne, déjà debout, prête à aller chercher le registre.

— Eh bien, ellc a sa maison là-haut sur la colline et ne s'est jamais mariée.

— Ce pourrait bien être Agnes, déclara Anne, qui examinait le livre à la lumière de la lampe, tandis que ses sœurs s'approchaient. Voyez, ici, comment la lettre que j'ai prise pour le premier « n » a une queue, comme on ferait un « g ». Et ce « e » pourrait tout aussi bien être un « s », ou n'importe quelle lettre de l'alphabet d'ailleurs. Si le prénom a été tracé à la hâte ou en état d'ébriété, il pourrait très bien s'agir d'Agnes, au fond.

— Où loge cette Agnes ? demanda Charlotte à Tabby.

— Chez M. Barraclough, bien sûr. Comment pouvez-vous ne pas connaître cette maison quand vous avez l'une de ses horloges dans votre couloir ?

Les sœurs échangèrent un regard.

— Ce n'est assurément pas un hasard, conclut Anne. Les détecteurs ne croient pas aux coïncidences.

— Il n'y a que quelques pas jusqu'à la boutique de Barraclough, lâcha Emily en jetant un coup d'œil dans le couloir, où elle vérifia l'heure à cette même horloge. Je ne crois pas qu'il soit trop tard pour nous y rendre.

— Il ne faut pas tirer de conclusions avant d'avoir procédé à une évaluation minutieuse, les avertit Charlotte. Nous pouvons faire des observations à distance, recueillir des informations secrètement, jusqu'à être en mesure d'émettre un jugement éclairé.

— Où est le plaisir dans tout cela ? protesta Emily. Si nous voulons gagner au jeu, il nous faut jouer.

L'affirmation d'Emily provoqua un sursaut de peur chez Anne. Malgré tout, elle n'était pas prête à laisser sa sœur plus téméraire entreprendre cette aventure seule, et Charlotte non plus, semblait-il.

— Où allez-vous, maintenant, alors que vous venez à peine d'arriver ? s'insurgea Tabby en voyant les trois jeunes femmes attraper à la hâte des vêtements à moitié séchés sur le dossier d'une chaise.

Mais, au moment où elles s'apprêtaient à ressortir, un coup fut frappé à la porte d'entrée.

—Arrêtez-vous sur-le-champ, leur ordonna Tabby. Si ce sont des gens élégants, occupez-vous d'eux. Je ne peux pas m'en charger un mercredi.

—Ne sommes-nous pas jeudi ? murmura Emily.

—Martha, lança Anne, va voir qui toque, s'il te plaît.

Anne tapait du pied avec impatience pendant que la bonne allait ouvrir la porte, mais son agitation se transforma en curiosité aiguë lorsqu'elle entendit la voix posée d'une dame et que Martha l'introduisit dans la salle à manger.

—Il y a une dame qui demande à voir mademoiselle Charlotte, annonça Martha avec de grands yeux.

—Oh, comme c'est ennuyeux ! souffla l'aînée des sœurs. Est-ce la femme d'un vicaire ?

—Non, mademoiselle, une vraie dame : lady Hartley. Voici sa carte. Elle vous prie de pardonner son intrusion, mais elle souhaite s'entretenir avec vous d'une question très importante, mademoiselle Charlotte.

—Avec moi en particulier ? demanda Charlotte, ravie un bref instant, avant de réaliser qu'une grande dame l'attendait dans leur humble salle à manger. Oh, mon Dieu ! s'exclama-t-elle en lissant ses cheveux emmêlés. Après avoir passé toute la journée dehors, je ne suis pas en état de recevoir une dame !

—Heureusement pour Anne et moi, elle ne veut pas nous parler, à nous. Après tout, nous n'avons rien à voir avec le transfert des ossements de Top Withens. Aussi, en tant que personnes sans importance, sommes-nous libres d'aller rendre visite aux Barraclough. (Emily jaugea Charlotte une dernière fois de haut en bas en épinglant ses cheveux et en remontant son col.) Quant à toi, Charlotte Brontë, tu ferais mieux d'enfiler tes bas.

25

Charlotte

Charlotte prit un moment pour se rajuster avant d'ouvrir la porte de la salle à manger où elle trouva lady Hartley assise à table, vêtue d'un magnifique ensemble manteau et chapeau rouge baie. Les veines tout à coup glacées par la panique, Charlotte referma la porte et se replia sur la cuisine.

—Martha, va prendre le manteau de lady Hartley, s'il te plaît, et dis-lui que j'arrive tout de suite, ordonna-t-elle à la jeune femme, avant d'épingler ses cheveux pour la troisième fois, en essayant de ne pas s'attarder sur ses poignets effilochés.

Martha avait l'air perplexe.

—Mais… Mais vous y étiez à l'instant. Vous êtes entrée, mademoiselle, et vous êtes ressortie ?

—Non, pas du tout, déclara Charlotte, si bouleversée que la seule solution à son malaise lui semblait de remonter dans le temps, comme si les instants précédents n'avaient jamais eu lieu. J'ai jeté un coup d'œil, et imagine mon horreur en découvrant que personne ne s'était occupé correctement de débarrasser lady Hartley ! Tu attends de moi, la maîtresse de maison, que je fasse ton travail à ta place, Martha ?

—Non, mademoiselle, répondit Martha, la lèvre inférieure frémissante.

Charlotte était bien consciente de se montrer méchante et injuste envers la pauvre fille, pourtant elle continua, faute de pouvoir rebrousser chemin. Et la faute n'en revenait pas à Martha, mais à son propre sentiment d'infériorité face à une personne de cette qualité.

— C'est une maison respectable, ici, poursuivit-elle. Pas le genre d'endroit où l'on laisse des dames de haut rang patienter dans leur manteau humide, Martha. Maintenant, va faire ton devoir, s'il te plaît, et tâche de ne pas me faire honte davantage.

Martha soupira avec la mélancolie très particulière propre aux filles de son âge et, les épaules basses, s'en alla faire ce qu'on lui commandait, même si elle semblait sur le point d'éclater en sanglots sincères. Charlotte en fut mortifiée.

— Vous n'avez pas besoin d'être nerveuse à cause d'une dame, simplement parce qu'elle est belle, lança Tabby depuis l'évier, sans même se retourner.

— Je ne suis pas nerveuse, répliqua Charlotte, d'une voix où elle-même percevait le mensonge. Pas pour moi, en tout cas. Je veux juste que notre maison renvoie une bonne image de Père. Ce n'est pas si souvent que nous recevons des visiteurs de cette importance. Je ne voudrais pas qu'il se dise que nous vivons dans un capharnaüm de fatras et de désordre, Tabitha Aykroyd!

Bien que le dos de Tabby reste droit, Charlotte n'avait pas besoin de voir le visage de la vieille femme pour deviner qu'elle l'avait gravement contrariée: cela se devinait à la crispation de ses épaules et à l'angle de sa tête.

— Oh, Tabby, je suis vraiment désolée! s'écria-t-elle alors, se précipitant pour l'entourer de ses bras et enfouir la figure dans son cou. Tu as raison, je suis terrifiée. J'avais tellement envie de faire la connaissance de lady Hartley et, maintenant qu'elle est là, dans notre petite maison miteuse, je suis complètement dépassée. Tu sais comment je réagis face aux gens importants, j'ai toujours peur qu'ils me voient, petite, simple et insignifiante comme je suis, et qu'ils me rient au nez.

Tabby se retourna enfin et la serra contre elle, comme autrefois, quand Charlotte était enfant.

— Écoutez-moi bien, Charlotte Brontë. Vous n'êtes pas petite, dans aucun des sens du terme, sauf celui qui est évident. Vous avez un cœur immense, une intelligence gigantesque, et j'ose dire que même cette écriture, sur laquelle vous êtes constamment en train de bavasser, est aussi très correcte. Comment pourrait-elle ne pas l'être quand vous avez appris à raconter des histoires sur mes genoux ? (Tabby prit le visage de Charlotte entre ses mains et lui déposa un baiser sur le front.) Cette grande dame, quel que soit son nom, a beau avoir de somptueux atours, de belles manières et une voiture avec six chevaux qui l'attend dans l'allée – comme si on avait besoin de six chevaux pour tirer une personne seule ! –, elle n'est pourtant que chair et sang, ni meilleure ni pire que vous ou moi aux yeux de Dieu. Alors souvenez-vous de cela et allez là-bas la tête haute. Et si ça ne marche pas, lancez quelques-uns de ces longs mots que vous affectionnez tant dans la conversation, ça fait taire la plupart des gens.

— Merci, Tabby. Merci, et encore pardon.

— Voici sa cape et sa bonnette, annonça Martha en montrant les deux vêtements. Que dois-je en faire ?

— Accroche-les, petite sotte, dit Tabby. Que vas-tu en faire d'autre ? Une tarte ?

— Oh, Martha, je suis désolée d'avoir été si brusque, s'excusa Charlotte.

— Ce n'est rien, mademoiselle, lui assura Martha. Je sais que vous êtes nerveuse à cause de cette dame, mais vous n'avez pas à l'être. Les gens bien comme elle ont l'habitude de traiter avec des gens ordinaires comme vous et moi.

Et ce fut avec ces paroles d'encouragement résonnant à ses oreilles que Charlotte ouvrit la porte de la salle à manger pour la deuxième fois.

Lady Hartley semblait parfaitement à l'aise assise, Flossy installée à ses côtés comme si elles étaient de vieilles amies unies par une profonde affection. Bien que ce constat contribue quelque peu à calmer les nerfs de Charlotte, elle se surprit tout de même à retenir son souffle. Soudain, elle revit leur humble salle à manger, remplie de meubles anciens. Comme tout cela devait paraître démodé à cette femme qui ne possédait pas une, mais trois grandes maisons !

L'espace d'un instant, Charlotte envisagea de refermer pour la seconde fois la porte de la salle à manger, tant elle était gênée, obnubilée par ses dents irrégulières et son accent dénué de raffinement. Cependant, il ne pourrait y avoir de troisième ouverture de porte. Le moment était venu de la franchir ou d'y renoncer à jamais, or elle avait décidé depuis longtemps qu'elle n'était pas une personne adepte du « jamais ».

— Lady Hartley, lança-t-elle, tombant dans une petite révérence assortie d'une légère inclinaison de la tête, je suis tellement charmée de faire votre connaissance.

— Mademoiselle Brontë, vous êtes bien aimable de me recevoir sans aucune forme d'invitation, mais la vérité est que, depuis l'inhumation de cette pauvre chère âme, je suis incapable de penser à autre chose, expliqua lady Hartley avec une détresse sincère.

Malgré un visage que l'on pouvait qualifier de sans âge, c'était une femme très bien faite. Sa robe de jour était taillée pour épouser toutes ses courbes, et son comportement agréable la rendait naturellement séduisante, comme c'était souvent le cas chez une femme qui s'épanouissait dans le contentement d'une vie bien vécue. Il était cependant clair pour Charlotte qu'elle avait pleuré, tant était vive son émotion vis-à-vis de l'affaire des ossements.

De toutes ses forces, Charlotte se surprit à souhaiter que le plancher s'ouvre sous ses pieds et l'engloutisse tout entière. Elle pouvait bien avoir l'intellect d'un géant, à ce moment précis, elle avait l'impression d'avoir les manières d'une idiote ébahie, voire, pire encore, celles d'Emily.

— Lady Hartley, répéta-t-elle en esquissant une nouvelle révérence, ne vous tourmentez pas plus longtemps. Je serais heureuse de vous aider de toutes les façons en mon pouvoir.

Au prix d'un effort surhumain, elle s'obligea à entrer dans la pièce et referma la porte derrière elle, priant silencieusement pour ne pas prononcer une parole stupide de plus à haute voix.

— Nous sommes très honorées de votre visite, reprit-elle. Je regrette seulement que nous n'ayons pas de rafraîchissements convenables à vous offrir sur-le-champ. Tabby est en train de nous préparer du thé, et nous avons un petit gâteau qui, bien que d'hier, est très bon.

— Vous êtes trop aimable, répondit lady Hartley avec chaleur. Je trouve que la vie est toujours améliorée par un petit gâteau. Pas vous ? (Son expression retrouva son sérieux, sourcils froncés en signe d'inquiétude alors qu'elle en venait au but de sa visite.) Je ne cesse de repenser à l'affaire des ossements de Top Withens, mademoiselle Brontë. Et, cet après-midi, j'ai soudain compris que je ne pouvais pas attendre une minute de plus sans venir vous voir et vous apporter mon soutien. S'il vous plaît, dites-m'en plus sur l'horrible découverte du manoir.

Charlotte hésita, faute de savoir si une femme aussi raffinée que lady Hartley aurait l'estomac pour supporter de telles révélations. Mais n'était-ce pas elle, la militante qui avait traversé les bidonvilles de Bradford et de Leeds, pour jeter la lumière sur les terribles conditions de vie de leurs habitants ? C'était aussi cette même femme qui avait persuadé son mari de financer des orphelinats et des écoles pour les pauvres dans toute la région. Lady Hartley n'était pas une femme protégée, elle était plutôt une lueur d'espoir pour beaucoup.

— Clifton Bradshaw, le maître de Top Withens, prétend avoir découvert les ossements alors qu'il démolissait un mur, à la recherche de… eh bien, il raconte qu'il cherchait le fantôme de son épouse quand il est tombé sur les restes.

— Le fantôme de son épouse ?

L'expression de lady Hartley était indéchiffrable. Une personne de son rang était habituée à une compagnie beaucoup plus sophistiquée que celle de Charlotte et, même si, dans cette maison, l'on pouvait parler de fantômes aussi couramment que de la pluie et du beau temps, lady Hartley n'était pas habituée à ce genre de philosophies campagnardes.

— C'est absurde, bien sûr, poursuivit Charlotte. Je crois qu'il n'était pas en pleine possession de ses moyens à l'époque. Il affirme ne pas savoir comment les ossements ont pu arriver là, qu'il les croit cachés depuis des dizaines d'années. Cependant, dès que nous avons entendu parler de son projet de les enterrer sur ses terres, nous avons décidé qu'ils devaient être immédiatement descendus de Top Withens Hall pour recevoir une sépulture chrétienne, comme vous le savez.

— Cela me trouble fort de penser que quiconque puisse se trouver aussi isolé, même dans la mort, commenta lady Hartley. (Charlotte fut émue de voir qu'elle avait les larmes aux yeux.) Chère mademoiselle Brontë, je dois vous féliciter pour votre intervention rapide et décisive dans la récupération de la malheureuse dépouille.

— Vous êtes bien aimable, répondit Charlotte. Mais c'est ce que toute personne convenable aurait fait.

— Avant de vous rendre visite, je me suis entretenue avec lord Hartley, et nous avons convenu de fournir les fonds nécessaires à l'installation d'une pierre tombale digne d'un chrétien pour cet enfant, reprit lady Hartley. Avez-vous connaissance de son nom afin que nous puissions donner des instructions au maçon ?

— Hélas non, avoua Charlotte, qui se demanda un instant jusqu'où elle pouvait se confier à sa visiteuse.

Tout en elle lui soufflait qu'elle pouvait se fier à lady Hartley, de ses manières soignées et douces, à ses yeux verts si clairs et à ses cheveux de la couleur des blés. Il émanait d'elle une droiture très réconfortante, comme la lueur d'une lanterne dans le noir. Livrer ses pensées à une telle femme reviendrait à se débarrasser d'un fardeau.

— Le squelette était de petite taille, et nous avons d'abord cru qu'il s'agissait d'un enfant d'une dizaine d'années, mais il semblerait qu'il ait plutôt eu entre douze et quatorze ans.

— Oh, mon Dieu ! murmura lady Hartley en prenant la main de Charlotte, les larmes mouillant à nouveau ses douces prunelles. Ma chère, je suis affligée de l'entendre. Si vous connaissez un peu mon travail, mademoiselle Brontë, vous savez que mon époux et moi investissons une grande partie de nos efforts charitables dans l'amélioration de la vie des orphelins. Leonard et moi n'avons pas eu la chance d'avoir des enfants nous-mêmes, aussi nous sommes-nous donné pour mission d'offrir un refuge, une éducation et un minimum de réconfort à autant d'enfants dans le besoin que nous le pouvons, en créant nos propres établissements et en finançant ceux qui existent déjà. Savez-vous comment que celui-ci est mort ?

— Non, admit Charlotte. Il n'y avait pas de signes de violence sur les os. Toutefois, nous avons été en mesure de déterminer que l'enfant était malade et dénutri.

Lady Hartley inclina la tête sous l'effet du chagrin.

— Pauvre chéri ! Pauvre chère âme !

Sa main se resserra sur celle de Charlotte alors qu'elle s'enfonçait dans le silence.

— C'est en effet très troublant, convint Charlotte. Nous tous, au presbytère, ne sommes plus tout à fait les mêmes depuis que les restes ont été trouvés. C'est comme si une grande tristesse et… une sorte d'obscurité avaient été libérées avec ces os.

— Oui, c'est parfaitement imaginable, renchérit lady Hartley. Vous avez un merveilleux sens des mots, mademoiselle Brontë. Je suppose que le pauvre petit a pu reposer là pendant des décennies. Il y a des maisons dans les environs qui ont des centaines d'années, et les temps passés étaient fort barbares et cruels.

— Ils l'étaient, acquiesça Charlotte, hésitante. Cependant, il semble que l'enfant ait été placé là il n'y a guère plus de treize ans.

— Treize ans seulement ? s'étonna lady Hartley, qui porta une main à sa poitrine. Comment pouvez-vous en être sûre ?

Charlotte savait qu'elle devait temporiser, répondre quelque chose de vague et d'incertain pour ne pas choquer la noble dame ni l'entraîner davantage dans l'horreur, mais lady Hartley semblait si touchée par le sort de l'enfant et la regardait avec une expression si ouverte et si bienveillante que Charlotte se surprit à vouloir l'impressionner. Oui, elle le voulait vraiment.

— Eh bien, voyez-vous, la femme de Clifton Bradshaw est décédée il y a treize ans et, à cette époque-là, il a condamné cette partie de la maison. Nous savons qu'aucun feu n'a été allumé dans cette pièce depuis que le corps y a été enterré parce que… eh bien, il n'y avait aucune trace de suie ni de traînées noires sur les os. Et la mort ne peut pas être plus récente, parce que… eh bien, parce que ce sont des os et non de la chair.

— C'est très astucieux de la part du gendarme d'avoir fait de telles déductions, commenta lady Hartley.

— En fait, répondit Charlotte avant de pouvoir se contrôler, c'est moi qui ai fait ces déductions, ou plutôt mes sœurs et moi, et non le gendarme. Je crains de devoir dire, lady Hartley, que… la manière dont la loi est appliquée au niveau local, en l'occurrence, laisse beaucoup à désirer.

— Je vois. (Tenant toujours la main de Charlotte, lady Hartley se pencha un peu plus près, fouilla son regard de ses yeux doux et le retint un instant.) Vous êtes décidément une femme remarquable, mademoiselle Brontë. Il est rare de rencontrer une jeune personne aussi talentueuse et déterminée de nos jours. La plupart des filles que je connais sont absorbées tout entières par le mariage et les enfants, ce qui est parfaitement normal pour certaines, mais, quand je vous regarde, je me revois, moi. Votre esprit est libre de penser, de s'émerveiller et de s'épanouir. Vous êtes une femme qui, non contente d'atteindre la connaissance, s'en sert pour agir. Je sais que nous allons développer une amitié des plus stimulantes.

Charlotte rougit de plaisir.

— J'en serais ravie.

— Ainsi, selon toute vraisemblance, il y a un meurtrier en liberté, conclut lady Hartley, songeuse. Et qui, je pense, est très probablement ce Clifton Bradshaw.

— Cela paraît la conclusion la plus probable. Néanmoins, nous ne disposons pas de preuves en ce sens, nuança Charlotte. Il clame son innocence et n'en démord pas. Or, sans confession, il n'est pas grand-chose que nous puissions faire, à moins de découvrir le nom de ce pauvre enfant, peut-être, et ainsi de comprendre comment il était lié à Top Withens Hall.

— En effet, c'est ce que nous devons faire.

À cet instant, des coups furent portés à la porte, puis à la fenêtre. Charlotte esquissa un sourire crispé.

— Notre femme de chambre va aller ouvrir, dit-elle.

En effet, au bout de quelques secondes, elles entendirent la porte s'ouvrir et se refermer, puis Martha apparut dans l'embrasure.

— C'est Joseph Earnshaw, mademoiselle. Il dit qu'il a du courrier pour vous.

— Eh bien, comme vous pouvez le voir, je reçois, Martha, répondit Charlotte. Dites à Joseph de me laisser le courrier.

— Mais vous avez dit que vous me corrigeriez si je ne vous remettais pas les lettres pour ce M. Bell en main propre, mademoiselle Brontë ! cria Joseph depuis le couloir.

— Je lui ai dit, se justifia Martha. Je lui ai dit : « Qu'est-ce que mademoiselle Brontë ferait d'une lettre adressée à des M. Bell ? »

— Fais-le entrer, ordonna Charlotte en se levant.

Elle devait se débarrasser de ces lettres – ainsi que de Joseph et Martha – aussi vite que possible, avant que lady Hartley ne rétracte son offre d'amitié.

Joseph s'avança, emmitouflé dans ce qui ressemblait à un manteau hérité de son père et de grandes bottes qui avaient certainement connu des jours meilleurs. Et pourtant, ses yeux étaient brillants, son sourire large : il n'avait plus rien à voir avec le garçon pris en flagrant délit au milieu de la nuit, à essayer d'apercevoir des ossements. Charlotte ne put s'empêcher de l'admirer pour cela.

— Mademoiselle, voici votre correspondance.

— Merci, répondit-elle, en glissant les lettres hors de vue, derrière la pendule de la cheminée. Martha te donnera un farthing en sortant.

— Pas un penny, mademoiselle ? demanda Joseph. Car il y a là quatre lettres, chacune d'entre elles adressée à messieurs…

— Un demi-penny alors. Maintenant, file, ordonna-t-elle avec un geste de la main. Rentre donc chez toi retrouver ta mère.

— Merci, mademoiselle, lança l'enfant de sa voix la plus distinguée, s'inclinant d'abord devant Charlotte et ensuite devant lady Hartley. J'ai hâte de refaire affaire avec vous.

Charlotte réprima un sourire en reprenant sa place à côté de lady Hartley. Joseph avait le don pour apparaître au pire moment possible, pourtant il émanait de lui une joie de vivre qui était très réconfortante à voir.

— J'ai réfléchi à un plan d'action, annonça lady Hartley, sans faire mention de Joseph, ni des lettres pour les M. Bell, un tact dont

Charlotte lui fut extrêmement reconnaissante. Au cours de mes activités de bienfaisance, j'ai rencontré les grands et les puissants, les premiers ministres et les princes, et je parle à tous aussi simplement que je vous parle, car j'ai résolu, lorsque j'étais très jeune, que tous mes interlocuteurs devaient connaître ma façon de penser, qu'elle leur plaise ou non. En me conduisant ainsi, j'ai constaté que je prends très vite leur mesure, quel que soit leur rang. Et de même que j'ai découvert en vous une dame intelligente et pleine de ressources, au caractère exceptionnel, de même je saurais deviner la vraie nature de Clifton Bradshaw. Vous et moi allons lui rendre visite, et il m'ouvrira son âme, mademoiselle Brontë. Attendez de voir.

—Lady Hartley, vous êtes si bonne. Mais je ne peux pas vous demander de monter à Top Withens Hall, surtout par ce temps. C'est un endroit rude, froid et isolé, encore plus avec cette neige. Et Clifton Bradshaw est un homme aussi désagréable que grossier, une personne aussi raffinée et douce que vous ne devrait jamais avoir à côtoyer pareil spécimen.

—C'est absurde, Charlotte. (Lady Hartley semblait catégorique.) Il n'est pas de taille face à moi. Je reviendrai demain après le petit déjeuner. Ma voiture nous conduira à Top Withens, et Clifton Bradshaw découvrira qu'il a rencontré son égale.

Charlotte frémit d'admiration.

—Je suis sûre que oui, lady Hartley. J'en suis certaine.

—Vous et moi sommes faites de la même étoffe, je le vois, mademoiselle Brontë… ou Charlotte, si vous me le permettez ?

—Je vous le permets, madame, acquiesça Charlotte, tout à fait submergée d'aise. Je serais ravie que vous m'appeliez Charlotte.

—Parfait. Alors vous m'appellerez Catherine, et nous serons les plus fidèles amies, décréta lady Hartley. Ce jour marque le début d'une amitié qui durera toute la vie, Charlotte. Oui, je suis déterminée à être votre grande amie jusqu'à l'heure de votre mort.

En ce moment particulier, après les jours passés, emplis de détresse et d'obscurité, Charlotte ne pouvait rien envisager de plus agréable.

26

Emily

Le soleil de décembre, ou ce qu'elles en avaient vu, s'était couché pendant qu'elles se réchauffaient les orteils auprès du feu. La dernière couche de neige avait diminué, et le village était enveloppé d'un manteau d'hiver fraîchement tombé, qui recouvrait son habituelle façade sale d'un charme pittoresque.

Après s'être arrêtées quelques minutes pour converser avec les six belles juments noires de lady Hartley, Emily et Anne passèrent devant l'église pour découvrir un spectacle enchanteur en haut de la Grand-rue, sous la forme d'un arrangement de lanternes et de bougies aux fenêtres, scintillant parmi les bâtiments adoucis par la neige qui parsemaient le flanc de la colline. Haworth était un village ouvrier, habituellement souillé de crasse industrielle, mais là, pour un moment au moins, c'était comme si le siècle dernier avait été balayé et qu'elles se tenaient au milieu d'une de ces cartes de Noël si populaires désormais. Quelle jolie illustration elles feraient ! pensa Emily.

Ce cher Keeper, incapable de contenir son bonheur, reniflait tout ce qu'il croisait avec des grognements enjoués, plongeait dans les profondes congères qui s'accumulaient au bord du chemin avec des glapissements de plaisir dignes d'un chiot, comète de joie à quatre pattes bien utile pour éloigner les ombres qui semblaient s'accumuler autour d'elles depuis la découverte des ossements.

Zerubabbel Barraclough n'était pas le seul horloger de la région, mais il était le meilleur, et ses réalisations étaient recherchées dans tout le pays, même sur le continent. En raison de la qualité de son travail et du prix qui en résultait, posséder une horloge Barraclough était considéré comme une marque de prestige : leur cher Père était extrêmement fier de la sienne, car il n'y avait qu'une poignée de ces horloges dans un rayon de vingt miles ou plus.

La maison Barraclough était haute et étroite, perchée au sommet de la colline, avec une petite devanture où, le matin, Zerubabbel exposait ses marchandises les moins onéreuses. Comme la vitrine était pour l'heure fermée, Emily et Anne se dirigèrent vers l'allée qui menait à l'arrière de la boutique, Keeper ouvrant la marche, peut-être dans l'espoir qu'elles rendraient visite à l'un des cinq bouchers qui fleurissaient à Haworth, pourtant cette fois, il fut déçu. Malgré tout, Emily était certaine que Keeper avait pris note odoriférante des établissements où il était le plus susceptible d'acquérir de précieux trésors d'os et de vieilles couennes. Keeper n'était pas le chien le plus intelligent qu'Emily ait jamais rencontré, mais lorsqu'il s'agissait de se nourrir, il savait se montrer extraordinairement ingénieux et dévoué. Ce fut avec cette idée à l'esprit qu'elle l'attacha à un poteau dans la ruelle qui longeait l'arrière de la boucherie et caressa sa large tête qui levait vers elle des yeux plaintifs.

— Je te promets que nous ne serons pas longues, ô féroce animal. Garde un œil sur les lions et les femmes fantômes qui ne laissent pas d'empreintes.

Anne frappa à la porte.

— Nous sommes fermés ! cria de l'intérieur une voix brusque.

La veuve Barraclough, bien qu'âgée, n'était pas femme avec qui plaisanter : en effet, elle était connue dans le village pour sa langue acérée et son tempérament farouche, capable de réduire plus d'un bonhomme à l'état de flaque d'eau, s'il s'égarait sur son chemin au mauvais moment. Peut-être était-ce pour cette raison que Zerubabbel n'était pas du genre à ouvrir beaucoup la bouche ; sa mère lui avait appris qu'il était plus sûr de la garder fermée.

— Frappe encore une fois, enjoignit Emily à Anne.

— Vas-y, toi, marmonna sa cadette, malheureuse. Je me tiendrai derrière toi cette fois-ci.

— Mais il y a beaucoup plus de chances qu'elle soit aimable avec toi, argua Emily en la poussant de quelques pas vers l'avant. Tu es de loin la plus gentille d'entre nous, tout le monde le dit.

Anne soupira.

— Est-ce que ce sera là mon épitaphe : « la plus gentille des Brontë » ? (Elle frappa néanmoins à nouveau, un peu plus fermement cette fois.) Bonjour ! cria-t-elle. Madame Barraclough ? C'est Anne Brontë du presbytère. (Elle marqua une pause.) Et ma sœur Emily.

La veuve Barraclough ouvrit la porte et les regarda tour à tour, les lèvres pincées.

— Et vous pensez que parce que vous êtes Anne du presbytère, nous sommes moins fermés pour vous ?

Anne se tourna vers Emily, espérant recevoir son appui, mais celle-ci resta silencieuse.

— Nous ne sommes pas venues pour essayer de vous acheter quelque chose, dit Anne. Nous voulions simplement parler un moment avec votre gouvernante, Agnes Fielding.

— Parler avec ma gouvernante ? rétorqua la veuve Barraclough. Et comment Agnes va-t-elle nettoyer ma maison et préparer mon dîner, si elle jacasse avec vous ? Vous attendrez qu'elle ait sa demi-journée de congé, c'est-à-dire dans deux semaines demain.

— Mais nous n'avons pas deux semaines, madame, insista Anne. Nous devons parler à Agnes maintenant, c'est peut-être une question de vie ou de mort.

— Vous, les Brontë, avec vos drames ! ironisa la veuve Barraclough. Tout est une question de vie ou de mort avec vous. Eh bien, si c'est si important, vous pouvez me l'expliquer et me laisser juger du caractère urgent de cette affaire.

— Vous avez sûrement entendu parler des ossements retrouvés à Top Withens Hall. Ce sont les restes d'un enfant, qui ont été selon toute probabilité cachés dans cette pièce en 1832. Nous pensons qu'Agnes y travaillait à cette époque. Nous espérons qu'elle pourra nous apprendre quelque chose qui nous permettrait de découvrir le nom de cette pauvre âme, afin qu'une pierre tombale puisse être gravée et sa famille éventuellement retrouvée.

La porte leur claqua au nez.

— Eh bien, voilà qui s'est bien passé, commenta Emily.

— Qu'y avait-il d'autre à faire? dit Anne en se tournant vers sa sœur. Penses-tu que nous, les Brontë, sommes toujours en train de faire des drames?

— Pas du tout, répliqua Emily. En tout cas, pas les deux Brontë que nous sommes, je ne peux pas parler pour les autres.

Au moment où elles allaient partir, la porte s'ouvrit à nouveau, cette fois sur une autre femme, plus jeune. Bien qu'Emily ne la connaisse pas, elle supposa qu'il devait s'agir d'Agnes Fielding.

— Vous feriez mieux d'entrer, leur chuchota-t-elle, s'écartant pour laisser passer les sœurs.

Elles pénétrèrent directement dans une petite cuisine et un salon, qui se trouvaient à l'arrière de la maison, car la façade du magasin donnait sur la Grand-rue. Les Barraclough étaient une famille respectée et aisée selon les standards de Haworth, néanmoins leur foyer n'était ni grand ni luxueusement aménagé. Toutefois, contrairement à la réputation de la veuve Barraclough, il était chaleureux et accueillant.

— Zerubabbel n'est pas à la maison? s'enquit Emily, d'une part parce qu'elle aimait prononcer « Zerubabbel » à haute voix et d'autre part parce que Agnes pourrait parler plus librement si elle n'était pas épiée par ses employeurs.

— Il est sorti, répondit la domestique en jetant un coup d'œil à l'horloge sur la cheminée, flanquée d'une collection de crânes d'animaux allant du renard au blaireau en passant par un minuscule mulot, chacun d'entre eux ayant été ébouillanté à blanc et brillant à la lumière de la bougie.

Emily repensa à la devise des Barraclough: « N'oubliez pas de mourir » et se demanda si toutes ces créatures avaient connu une fin naturelle.

— Nous attendons son retour bientôt, et il est très ponctuel, vous feriez donc mieux de dire ce que vous avez à dire. M. Barraclough n'aime pas la compagnie.

— Je suis d'accord, c'est très fatigant, convint Emily, optant pour le chemin le plus direct. Nous souhaitons savoir ce dont vous vous souvenez de votre séjour dans la domesticité de Top Withens Hall.

L'expression d'Agnes Fielding suffit largement à leur confirmer qu'elle était bien la personne qu'elles recherchaient, tant elle parut tour à tour choquée, consternée et sur ses gardes. Une fois de plus, son regard se tourna nerveusement vers la pendule.

— Pourquoi cela vous intéresse-t-il ? demanda-t-elle. Ce ne sont pas vos affaires.

— En effet, acquiesça Emily. Et, d'ordinaire, je trouverais ces réminiscences fort ennuyeuses, mais la veuve vous aura sûrement expliqué ce qui nous amène ici.

— Oui. Malheureusement, je ne peux pas vous aider, car je n'ai rien vu d'autre là-bas que le sol que je récurais ou les légumes que j'épluchais.

— Il y a peut-être un détail, aussi petit ou insignifiant soit-il, que vous vous rappelleriez et qui pourrait nous aider à trouver la voie à suivre, intervint Anne. S'il vous plaît, Agnes. Voulez-vous bien partager avec nous vos souvenirs ?

— C'était il y a une éternité. J'étais à peine plus qu'une enfant et, maintenant, mes journées sont occupées par madame et son fils. Je suis sûre de ne pas me rappeler quoi que ce soit qui puisse vous être utile.

— Pouvons-nous au moins vous poser quelques questions qui rafraîchiraient peut-être votre mémoire ?

— Tant que vous faites vite, concéda Agnes. M. Barraclough voudra être nourri à son retour. Il est de méchante humeur quand il a faim.

— Vous avez travaillé aux côtés de Bess pendant la majeure partie de cette année-là, commença aussitôt Emily. Vous avez dû voir qui allait et venait. S'est-il passé quelque chose de… d'étrange ? La présence d'enfants parmi les ouvriers était-elle monnaie courante ?

— Pas que je m'en souvienne, dit Agnes, qui triturait ses doigts agités tout en parlant. Mais j'étais surtout dans la maison et je n'avais pas grand contact avec ceux qui venaient travailler la terre. Ils étaient logés et nourris à la grange.

— Comment était-ce à l'époque ? voulut savoir Anne.

— Comme dans toutes les fermes, peut-être un peu plus froid, un peu plus isolé. Bradshaw ne me prêtait guère d'attention, et je faisais de mon mieux pour rester hors de son chemin.

— Aviez-vous peur de lui ? demanda Anne.

Le front d'Agnes se plissa à cette idée.

— Peur ? Non. Quand on est en service dans un endroit comme celui-là, il y a des mondes qui ne se côtoient pas, du moins à peine. Le monde de la maison et celui de la ferme. Il traversait parfois mon univers, mais n'en faisait pas partie. Mes plus grandes interactions avec lui, c'était pour laver les traces de ses bottes boueuses sur les dalles, et c'était tout. (Elle regarda l'horloge.) Cela vous aide-t-il ?

Quelque chose n'était pas naturel, Emily le sentait, dans le sourire bienveillant d'Agnes, dans ses réponses calmes et mesurées. Ce n'était tout simplement pas… eh bien, ce n'était pas le genre de Haworth, lorsqu'on vous octroyait l'opportunité de bavarder librement, de s'abstenir de le faire. Colporter des ragots sur autrui était à peu près la seule source de divertissement, en dehors des rares plaisirs que constituaient un concert ou un bon livre. Et comme beaucoup de villageois ne savaient pas lire aussi bien que leurs enfants, les ouï-dire figuraient en tête de la liste de leurs loisirs. Agnes faisait tout son possible pour leur dissimuler des informations. Si Charlotte avait été là, elle aurait su lever le voile sur la vérité lentement et soigneusement, avec une telle patience qu'Agnes n'aurait peut-être même pas remarqué qu'on la dupait. Seulement leur aînée n'était pas là, ce qui signifiait qu'Emily devait le faire à sa façon, qui n'avait rien de subtil.

— Vous nous cachez quelque chose, lâcha-t-elle. Non que vous nous mentiez, je ne dis pas cela, mais vous ne nous dites pas tout. La question est : pourquoi ? Qui cherchez-vous à protéger, Agnes ? Est-ce vous-même ? Essayez-vous de masquer votre propre transgression ?

— Quoi ? Non ! s'exclama Agnes, horrifiée. Comment osez-vous ?

— Emily, intervint Anne avec calme, tu ne peux pas proférer de telles accusations sur le caractère de cette brave femme, surtout dans un village où un mot déplacé peut devenir une rumeur en un rien de temps et où, soudain, tout le monde va y fourrer son nez.

— Il n'y a rien que le village ne doive savoir ici, affirma Agnes avec insistance. Je fais mon travail et je mène une vie tranquille, c'est tout.

— J'en suis certaine, renchérit Anne avec douceur. Et je suis sûre que vous ne cachez rien. Après tout, rien ne peut rester secret très longtemps à Haworth, n'est-ce pas ? S'il vous plaît, dites-nous, vous souvenez-vous si Top Withens vous a jamais semblé être un endroit dangereux, un endroit où un drame terrible pouvait se produire ?

Agnes plongea le regard dans le feu, et il sembla à Emily qu'elle revoyait dans les flammes les jours d'été d'autrefois.

— Dangereux, non. Bizarre… différent… curieux et étrange, oui.

— Pourriez-vous essayer de nous expliquer ce que vous entendez par là ? lui demanda Anne. Nous aider à nous faire une idée de la ferme en ce temps-là ?

Agnes poussa un lourd soupir, ses yeux se rivèrent sur l'horloge une fois de plus, néanmoins elle se mit à parler, à parler vraiment.

— Le travail était rare cette année-là, ça, je m'en souviens. Alors quand j'ai entendu qu'ils cherchaient une femme de ménage, je n'ai pas hésité. Je suis montée au printemps et j'étais heureuse. C'était un printemps doux. Là-haut, c'était très joli, avec le ciel bleu et les fleurs des champs. La maison était convenable, à l'époque. Mme Bradshaw était une femme bien, issue d'une bonne famille, et elle avait fait de cette vieille demeure pleine de courants d'air un foyer confortable et élégant, dans la mesure de ses moyens. On voyait à quel point Bradshaw voulait lui faire plaisir, il aspirait à la rendre heureuse, et cela faisait plaisir à voir.

Emily et Anne échangèrent un regard : difficile de marier ce portrait de Clifton Bradshaw avec l'homme qu'elles avaient récemment rencontré. La mort de son épouse avait-elle vraiment pu le changer à ce point, ou était-ce quelque chose d'autre – un événement plus sombre et plus sinistre – qui l'avait transformé cet été-là ?

— Bess dirigeait mon travail, poursuivit Agnes. Cuisiner, nettoyer, allumer le feu, faire la lessive. J'aimais bien cet aspect routinier. On pouvait laisser son esprit vagabonder ailleurs sans grand problème. Liston était un jeune garçon qui aimait sa mère, mais il nous aimait aussi, Bess et moi. Il était d'une grande douceur, d'un caractère bon et serviable. Chaque matin, il s'asseyait avec la maîtresse et apprenait à lire et à compter et, l'après-midi, il travaillait avec son père. Bref, je m'y plaisais bien jusqu'à...

— Jusqu'à ? la pressa Emily, prenant place sur un petit trépied installé dans le coin.

— Je ne vois pas en quoi tout cela peut aider, répliqua Agnes sans entrain. Comment déterrer les souvenirs de cet été-là pourrait-il permettre de déterminer le nom d'un enfant sur lequel je n'ai jamais posé les yeux ?

— Ces réminiscences seront peut-être inutiles, convint Anne, mais vous êtes la seule personne de la région qui était à Top Withens à l'époque, à part Bess dont l'esprit n'est plus très clair.

— Eh bien, soupira Agnes, je me souviens de deux exemples, même si j'aurais préféré ne pas me les rappeler.

— Racontez-nous, insista Emily.

— Un après-midi – ça ne pouvait pas être plus d'un jour ou deux après le décès de Mme Bradshaw –, Liston est entré dans une colère comme je ne lui en avais jamais vue. Je suppose qu'il était fou de chagrin, perdu et désorienté, mais quand même... ce qu'il a fait était... (Agnes leva vers elles ses yeux emplis d'inquiétude.) C'était affreux.

— Qu'a-t-il fait ? demanda Anne.

— Il a pris l'un des couteaux de boucher et s'est jeté sur Bess, lui portant un coup si fort à la gorge qu'il a fait couler le sang. Il exigeait qu'elle lui raconte tous les détails de la mort de sa mère. Bess lui a servi ce que nous savions tous : que son père n'était pas à la maison cette nuit-là et que Mary avait trépassé dans son sommeil. Elle a ajouté que s'il s'attendait à ce qu'elle en sache plus, il avait tort et devrait lui couper le cou, car elle n'avait plus rien à dire. Pourtant, Liston tenait toujours le couteau et, pendant un moment, j'ai cru qu'il allait lui trancher la gorge. Puis il s'est effondré, et Bess, elle lui a pris le couteau avant de le serrer dans ses bras. Mais ensuite, elle n'a plus jamais été pareille, notre Bess, elle était devenue distante et froide en quelque sorte. Elle m'a dit qu'avant la mort de Mary Bradshaw, elle ignorait qu'elle était capable de tuer quelqu'un si elle le souhaitait. Je ne sais pas ce qu'elle entendait par là et je ne le lui ai jamais demandé, car j'avais trop peur de le découvrir.

—Liston… maniait un couteau?

Anne regarda Emily, qui secoua la tête en réponse.

—Je n'ai jamais vu une telle violence de sa part, ni avant ni depuis, admit Agnes.

—Et l'autre incident? s'enquit Emily.

Agnes ne détachait plus son regard de l'horloge, comme si elle sentait son maître se rapprocher de seconde en seconde.

—Clifton Bradshaw était un homme dur, mais je ne l'avais jamais vu se montrer désagréable avec sa femme jusqu'aux semaines précédant sa disparition. Et soudain, c'était comme si elle ne pouvait plus rien faire de bien. Chaque mot dans sa bouche déclenchait une pique cruelle. Et puis, alors qu'elle était mourante, il a commencé à recevoir… des invités.

Mal à l'aise, elle s'agita sur sa chaise.

—Des invités?

Emily coula un regard vers Anne. Agnes avait prononcé ce mot avec un tel dégoût que, l'espace d'un instant, Emily se demanda si elle avait mal entendu.

Mais Agnes hocha la tête.

—Oui. Il y avait toutes sortes de célébrations, soir après soir. Des caisses de vin et des tonneaux de bière arrivaient, de grandes quantités de nourriture fine étaient livrées presque quotidiennement. J'ai questionné Bess, qui m'a répondu de m'occuper de mes affaires. Comme je vous l'ai dit, elle était devenue sèche, ce qui ne lui ressemblait guère. Et puis, un matin, je l'ai trouvée endormie sur un tas de pommes de terre qu'elle était censée éplucher. Je l'ai réveillée, et elle m'a avoué qu'elle avait passé la nuit à servir le maître et ses invités, et qu'elle recommencerait ce soir-là, car il n'avait confiance qu'en elle. Sauf que ça ne s'était pas déroulé dans la maison, je le savais. Alors cette nuit-là, après que la maisonnée s'est endormie, je me suis faufilée dehors. Tout était calme au début, mais, assez vite, j'ai entendu le bruit des réjouissances porté par le vent, alors je me suis laissé guider. (Agnes leva les yeux vers les sœurs, comme pour revenir au présent et dans la pièce.) Je n'aime pas parler de ce que j'ai vu là-bas, toutefois j'ai été bien heureuse de rencontrer M. Barraclough cet été-là, un jour qu'il livrait une nouvelle horloge. Il m'a dit qu'il cherchait une femme de ménage, si j'avais besoin d'une nouvelle situation. Mon avis n'était pas arrêté, mais ce soir-là, j'ai pris ma décision. Encore maintenant, alors que j'ai quitté cet endroit depuis treize ans et en tant que femme craignant Dieu, je n'aime pas en parler. Tout ce que je dirai, c'est que c'était païen, contre nature… diabolique. Si vous êtes sages, laissez tout cela en paix. Parfois, le passé peut vous entendre, vous savez. Il peut vous entendre dire son nom, et il vient vous traquer pour vous rattraper et vous ramener en arrière.

—Agnes, dit Anne, M. Barraclough est-il un homme bon ? Auriez-vous une raison quelconque de le suspecter ?

—Non. (L'horloge sonna cinq coups et, avec eux, les lèvres d'Agnes se scellèrent.) Non, je ne dirai rien de plus. Vous êtes venues me demander si je me souvenais d'un enfant, et je ne m'en souviens pas. Si vous voulez savoir ce que j'ai vu cette nuit-là, vous pouvez aller voir par vous-mêmes.

—Voir quoi ? voulut savoir Emily.

—En sortant par la porte d'entrée de Top Withens, vous verrez, à environ un demi-mile, un petit bosquet d'arbres bien serrés. Le Bosquet du Mort, qu'ils l'appellent. Vous ne verrez pas ce dont j'ai été témoin cette nuit-là, grâce à Dieu, mais il peut en subsister des traces. Allez-y et voyez ce que vous pouvez trouver. Je vais vous dire encore une chose et une seule. Ce que j'ai vu cette nuit-là revient parfois me hanter dans mes cauchemars, et ce spectacle me réveille encore aujourd'hui avec des sueurs froides.

—Que se passe-t-il ici ? (Zerubabbel Barraclough venait de franchir la porte et s'était arrêté pour observer la scène.) Mesdemoiselles Brontë, nous nous rencontrons à nouveau… deux fois la même journée. Êtes-vous venues me voir ?

— Nous…, commença Anne.

— Absolument, la coupa Emily. Père craint que notre horloge ne retarde et se demandait si vous pouviez venir la vérifier.

— Votre sœur m'a dit ce matin qu'elle fonctionnait parfaitement.

— Et c'était le cas, dit Emily. Et puis elle est devenue comme folle cet après-midi. Agnes avait la gentillesse de prendre notre message afin de vous le transmettre.

Emily croisa le regard de la veuve Barraclough, qui avait surgi de l'autre pièce alors qu'elle achevait son histoire. Son cœur se serra en réalisant à quelle vitesse son mensonge serait révélé si on la questionnait davantage. Et pourtant, la veuve Barraclough ne dit rien. Peut-être sentait-elle elle aussi l'inquiétude qui exsudait d'Agnes par vagues, comme si c'était elle qui venait d'être prise en flagrant délit de mensonge et non Emily. Quelles que soient ses raisons, il semblait que la mère de Zerubabbel ne souhaitait pas non plus que son fils soit informé de la véritable nature de leurs affaires.

— Je viendrai m'occuper de votre comtoise demain, promit Barraclough. Bonsoir, et faites attention aux pavés, ils sont traîtres ce soir.

— Merci, répondit Emily, en se demandant comment une mise en garde aussi attentionnée en apparence pouvait prendre de tels airs de menace.

27

Anne

Charlotte leur cachait quelque chose, ce fut évident pour Anne dès leur retour à la maison. Anne trouvait sa sœur nerveuse et irritable, incapable de se fixer en un endroit ou, pire encore, d'écouter le récit de ce qu'Agnes Fielding leur avait appris. Le fait que Charlotte garde pour elle son entretien avec lady Hartley était très inattendu. Dans des circonstances normales, elle aurait immédiatement régalé ses cadettes de tous les détails de la rencontre, qu'elles le souhaitent ou non. Mais alors qu'Emily décrivait avec beaucoup d'emphase l'expression du visage d'Agnes Fielding lorsqu'elle avait évoqué les horreurs auxquelles elle avait assisté, les pensées de Charlotte vagabondaient manifestement ailleurs.

Leur aînée était, comme avait l'habitude de le formuler tante Branwell, « sous le charme » de lady Hartley ou, comme l'aurait dit Tabby, elle avait « la tête toute tourneboulée ». Anne en était réduite à espérer qu'elle ne serait pas troublée au point de se désintéresser de l'affaire en cours trop longtemps, car, ainsi distraite, Charlotte n'était utile ni aux bêtes ni aux hommes.

Quoi qu'il en soit, leur conversation avec Agnes Fielding ne leur avait pas vraiment appris grand-chose, même si son refus de parler de son maître était intrigant. Au moins leur avait-elle indiqué une autre voie à suivre, une voie qui leur avait permis d'avancer un peu plus dans leur détection, même si Agnes ne pouvait ou ne voulait pas montrer clairement le chemin. Il était frustrant qu'elle se refuse à raconter ce qu'elle avait vu cette fameuse nuit d'été, mais Anne comprenait parfaitement pourquoi, tout comme Emily, raison pour laquelle ni l'une ni l'autre n'avaient cherché à la presser davantage.

Haworth et toute la campagne environnante étaient des lieux où la superstition avait un but et un sens. C'était une armure contre la mauvaise fortune, qu'aucun de ceux qui avaient grandi ici n'avait jamais crue aussi arbitraire que la chance. Selon la croyance, le seul fait de mentionner les ténèbres suffisait à vous les attirer au-dessus de la tête, et Dieu savait qu'Anne était de cet avis. Bien qu'ayant été élevée sous la protection d'un dieu chrétien qu'elle aimait profondément, elle ne manquait pas de dire bonjour à une pie, et jamais vous ne l'auriez vue laisser une paire de chaussures neuves sur la table (même si elle ne se rappelait pas la dernière fois qu'elle avait eu une paire de chaussures neuves). À Dieu ne plaise qu'elle aperçoive accidentellement un croissant de lune à travers une vitre, autrement elle devrait jeter du sel par-dessus son épaule gauche et cracher à plusieurs reprises. Ainsi, bien que cultivée, instruite, informée et aussi dévouée à sa foi qu'une bonne chrétienne devrait l'être, Anne comprenait comment les anciennes coutumes étaient toujours en vigueur, puisqu'elle vivait au milieu des braves gens du village et qu'elle marchait même à leurs côtés pour se rendre à l'office du dimanche. Comme le disait Tabby, mieux valait prévenir que guérir, et cela leur servait bien.

— Et comment t'en es-tu sortie avec lady Hartley ? demanda Anne dès qu'elle put s'insinuer entre les mots d'Emily.

— Bien. (Le sourire de Charlotte était réservé, comme lorsqu'elle était enfant et qu'elle protégeait un nouveau livre de l'emprise de ses sœurs.) Très bien, en fait. J'aime énormément lady Hartley, surtout maintenant que nous sommes devenues plus des amies que de simples connaissances. Elle est très brillante et pleine de vie, intéressée et émue au plus haut point par les ossements de Top Withens. D'ailleurs, lord et lady Hartley ont décidé de payer une pierre tombale pour la dépouille, ce qui, à mon avis, est le symbole patent que leur réputation de gens respectueux et charitables n'est nullement usurpée. J'ai trouvé qu'elle était exactement le genre de femme que j'aspire à être, qui utilise son influence pour améliorer le monde. Vous savez, je pensais à la façon dont elle a contribué à la réforme de la protection sociale et…

— Que lui as-tu dit à propos des ossements ? l'interrompit Emily avec méfiance. Charlotte, tu ne lui as pas révélé tout ce que nous avons découvert, n'est-ce pas ? Rassure-moi, tu ne lui as pas dit que nous étions détectrices ?

— Non, bien sûr que non ! protesta Charlotte, avant de détourner le regard. Enfin, pas en ces termes.

Anne secoua la tête, incrédule.

— Charlotte ! Qu'as-tu raconté exactement ? Je n'ai pas besoin de te rappeler que notre intérêt pour la détection n'est pas le genre d'activité que nous souhaitons rendre public, tu le sais mieux que quiconque. Pour le reste du monde, en dehors de nous trois, nous cherchons simplement à donner un nom à l'enfant, c'est tout.

— En effet, oui, convint Charlotte. Je ne suis pas idiote, Anne.

— Ah non, vraiment ? marmonna Emily à mi-voix.

— Bien sûr, je n'ai pas révélé que nous essayions de résoudre le mystère des ossements, mais seulement que nous avions calculé une date approximative à laquelle le corps avait été placé là. Ce qui a beaucoup impressionné lady Hartley, soit dit en passant. C'est tout à fait indépendamment qu'elle a conjecturé que Clifton Bradshaw était le coupable le plus probable, il est possible que j'aie alors mentionné que nous étions d'accord, bien que nous n'ayons trouvé aucune preuve assez patente pour le faire condamner. Étant une femme à principes, lady Hartley a déclaré qu'elle aimerait parler à Bradshaw elle-même, nous allons donc lui rendre visite demain pour voir comment il réagira à son interrogatoire. Mais vous, dites-m'en plus sur cet infâme bosquet.

— Tu vas à Top Withens avec lady Hartley ? s'exclama Anne. Tu te lances dans la détection avec une autre !

— C'est typique de Charlotte, renchérit Emily, propulsée sur ses pieds par une explosion de colère. Elle est toujours si désireuse d'améliorer son sort qu'il lui suffit de faire la connaissance d'une dame de qualité pour nous abandonner, ma pauvre Anne. Car nous ne sommes d'aucune utilité pour servir ses ambitions sociales. Charlotte est une détectrice de la haute société désormais !

— Ce n'est pas du tout cela, protesta Charlotte en rougissant furieusement. C'est seulement qu'elle était si intéressée et si charmante... Et elle a rempli sa vie d'une telle détermination que cela m'a amenée à considérer combien j'ai peu fait de la mienne. Catherine...

— Oh, tu l'appelles Catherine, maintenant, alors ? ironisa Emily.

— Catherine est devenue quelqu'un d'important et d'influent, quelqu'un que les hommes de pouvoir écoutent et respectent, et ce, par la seule force de son intelligence et de sa personnalité, expliqua Charlotte. Elle est admirable à bien des égards, et oui, je veux bien admettre que je suis coupable de vouloir l'impressionner. En vérité, j'ai dû penser que cela ne pourrait pas nous faire de mal, au seuil de notre aventure créatrice, d'avoir un mécène haut placé pour défendre nos œuvres.

— *Nos* œuvres, Charlotte ? demanda Emily. Ou bien les tiennes ?

— Les nôtres, bien sûr !

Charlotte avait l'air blessée, et Anne s'inquiétait de voir sa sœur si nerveuse et tendue, le rouge aux joues et les yeux brillants.

— Que Charlotte partage des confidences avec lady Hartley peut ne pas nous plaire, Emily, intervint Anne, mais elle est notre sœur, et nous devons croire qu'elle n'a que les meilleures intentions vis-à-vis de nous tous et de ce mystère. En fait, il me semble que déstabiliser Clifton Bradshaw par une visite de lady Hartley est une bonne idée : il est toujours pertinent de voir comment un suspect se comporte dans des circonstances inattendues. Peut-être aurions-nous préféré que Charlotte nous expose sa stratégie avant de la mettre en œuvre, mais je vois qu'elle a, au fond, été très astucieuse.

Emily n'en était pas convaincue, mais au moins n'argumenta-t-elle pas davantage, se contentant de tirer vers elle les feuillets couverts de son écriture penchée, avant d'annoncer qu'elle ne poursuivrait pas la conversation plus avant ce soir.

— Eh bien, alors..., dit Anne, espérant calmer la fièvre de Charlotte et ramener son esprit sur la question en cours, loin des projets et des rêves qu'elle était sans doute déjà en train de bâtir à la suite de cette brève rencontre. En prenant tout en compte, j'ai conçu un plan d'action.

— Continue.

Charlotte fit en sorte de feindre l'intérêt.

— Nous nous prenons pour de grandes détectrices, reprit Anne. Et il est vrai que nous avons découvert plus que notre part d'indices. Mais ceci, je crois, est le mystère le plus difficile auquel nous ayons jamais été confrontées et, pour le résoudre, nous devons emprunter des chemins que nous n'avons pas encore imaginés. Demain, nous irons toutes les trois dans la lande : Charlotte et lady Hartley pour se rendre à Top Withens ; Emily et moi pour inspecter le bosquet dont Agnes a parlé en termes si lugubres, puis aller à la Colline aux Corneilles, car je pense que nous devons nous mettre en quête de l'expert adéquat, qui nous aidera à traduire le message de ces symboles une fois pour toutes.

— De quelle sorte d'expert s'agit-il ? demanda Charlotte.

— Je crois que nous devons engager les services d'une sorcière.

28

Emily

Ayant tiré la paille la plus courte qui la désignait comme celle qui aborderait la question avec Tabby, Emily se leva à l'aube et descendit à la cuisine pour demander à leur gouvernante comment trouver la sorcière de la Colline aux Corneilles, car si tous les villageois connaissaient son existence, très peu savaient exactement où elle habitait.

C'était un sujet qui devait être traité avec tact, avait déclaré Anne, or tout le monde savait combien Emily était douce et sensible dans la conversation, avec sa capacité à soutirer des informations à une personne si subtilement qu'on ne le remarquait même pas. Autant dire qu'Emily ne s'était jamais entendue décrite de cette manière.

Et ce devait être celle que Tabby préférait des trois filles, avait ajouté Charlotte. Puisqu'il avait toujours été clair, depuis qu'elles étaient toutes petites, que c'était Emily qui portait cette couronne, celle de la favorite de Tabby, alors ce devait être elle qui approcherait la chère et tendre vieille dame. Bien qu'Emily ait fait semblant d'être flattée et convaincue à force de compliments d'être la seule à interroger Tabby sur le sujet qui la contrariait le plus, elle savait aussi bien que ses sœurs que la véritable raison de leur choix n'était autre que leur propre peur de le faire. Ainsi, tandis que Charlotte se pomponnait pour rejoindre lady Hartley, Emily s'en alla poser ses questions.

— Comme si je connaissais l'adresse d'une sorcière ! s'exclama Tabby, furieuse. Moi, une femme bonne et qui craint Dieu, je suis aussi pieuse et convenable qu'une autre. Et, de toute façon, que voulez-vous faire d'une sorcière ? Ai-je entouré cette maison de sel et habillé les portes de branches de sorbier en vain ? Êtes-vous si déterminées à finir vos jours changées en crapaud ou en chèvre que vous êtes prêtes à ignorer mes avertissements et refusez de vous défaire de ces manières impies ?

— Non, chère Tabby, lui assura Emily. C'est seulement que nous avons besoin de l'expertise d'une personne connaissant les charmes, les symboles et les sortilèges pour nous aider à déchiffrer ce… (Elle se souvint presque trop tard qu'elles avaient certifié à Tabby que le mystérieux dessin avait été détruit et qu'aucune trace n'en subsistait.) Ce que nous ne pouvons pas déchiffrer. Des charmes et des symboles que nous avons découverts dans un… livre, oui, un livre que nous avons trouvé à Ponden Hall.

Tabby semblait un peu rassurée.

— Un livre, vous dites ? Je suppose qu'aucun mal ne peut provenir d'un livre. Cependant, et quoi que vous me preniez pour une païenne, j'ai bien peur de vous apprendre, mademoiselle Emily Jane, que votre Tabby Aykroyd, fidèle servante de cette maison depuis plus de vingt ans, qui vous a aimée comme si vous étiez sa propre enfant et qui a espéré que vous lui rendriez un tant soit peu de cette compréhension et de cette affection, ne connaît pas la sorcière de la Colline aux Corneilles.

— Oh, soupira Emily, dépitée.

— En revanche, je connais la voyante de la Colline aux Corneilles, nuança Tabby. Et je suppose qu'elle saurait vous aider, en tant que savante en toutes choses. Écoutez bien, car elle mène une vie solitaire et se fait un devoir d'être difficile à trouver, et je ne vous répéterai pas deux fois le chemin.

— J'écoute, promit Emily, souriant à la perspective d'une journée des plus intéressantes.

— Oh, et il y a encore une chose…

— Quoi donc, ma chère Tabby ? demanda Emily en prenant la vieille dame dans ses bras.

— Vous allez devoir passer la frontière du Lancashire. Car elle est désormais la dernière des sor… des sages de Pendle.

— Le Lancashire, tu dis ? Bien, bien. S'il le faut.

29

Charlotte

Charlotte s'était levée avec l'aube, encouragée par les perspectives de la journée à venir et impatiente de passer une matinée avec lady Catherine Hartley. Elle prit donc grand soin de sa coiffure et de sa tenue vestimentaire, choisissant les bagues qui mettaient le mieux en valeur ses doigts fins et attachant autour de son cou un petit collier de grenats qui avait jadis appartenu à sa mère.

Juste au moment où elle s'estimait prête, elle entendit le bruit des chevaux : la voiture de lady Hartley était dehors… même si Charlotte fut quelque peu surprise de trouver ses sœurs et Branwell prêts à l'accompagner.

— Oh, lâcha-t-elle, les regardant avec un certain désarroi.

— Comment cela, « Oh » ? lui demanda Anne.

— Eh bien, c'est que Catherine – lady Hartley – m'a priée de l'accompagner à Top Withens, pas vous.

— Cela ne me dérange pas de ne pas venir, annonça Branwell, qui voulut tourner les talons mais échoua quand Emily le retint. Toutefois, si ma présence est nécessaire, je suppose qu'il est préférable de faire le trajet en voiture.

— Nous allons plus ou moins au même endroit, reprit Anne. Puisque vous montez en carriole, il serait fort mal aimable de nous laisser marcher alors qu'il y a sans doute assez de place dans cette si belle voiture.

— La question n'est pas de savoir ce qui est aimable, Anne, répliqua Charlotte, mais plutôt ce qui est approprié. Ce n'est pas à moi d'étendre à toute la fratrie l'invitation de lady Hartley, et je ne voudrais certainement pas abuser de sa bonne nature.

— Oh, Dieu du ciel ! s'emporta Emily. Le soleil est levé, et je sens le printemps dans l'air. Je préfère marcher de toute façon. Venez, Anne, Branwell. Laissons Charlotte à ses grands airs et à ses grâces.

Ils furent tous surpris lorsque Keeper qui, l'instant d'avant, dormait dans la cuisine, se réveilla en sursaut avec un aboiement furieux et se jeta sur la porte d'entrée en grognant et grondant comme si le diable lui-même était en visite. Décontenancée, Emily lui ouvrit, et l'animal détala dehors. Après avoir franchi les pierres tombales à bonds rapides, il disparut au loin.

— Comme c'est étrange, s'étonna Emily. Je le vois rarement aussi vexé et pressé.

— J'imagine que la journée est trop belle pour qu'un chien qui se respecte accepte de rester à l'intérieur, commenta lady Hartley, qui apparut sur le seuil avec un air radieux. Je dis toujours qu'il faut libérer la bête ou en payer les conséquences. N'êtes-vous pas d'accord, Emily ?

— Si, sans doute, oui, convint celle-ci en effectuant une révérence quelque peu réticente, comme si elle était soudain redevenue une enfant revêche que l'on forçait à étudier.

— Nous sommes du même avis, conclut lady Hartley avec son sourire chaleureux. J'espère que vous ne voyez pas d'inconvénient à ce que je vous prive de votre sœur quelques heures ce matin, tous les trois ? Nous sommes pressées d'essayer d'aller à nous deux au fond de cette affaire d'ossements, un peu comme des agents de police au féminin. Imaginez-vous un peu cela ?

Elle ponctua sa question d'un léger éclat de rire.

— Je ne l'imagine pas du tout ! répliqua Emily. Cela semble inconcevable. Il se trouve qu'Anne, Branwell et moi montons aussi sur la lande ce matin. S'il vous plaît, ne nous écrasez pas lorsque vous nous doublerez.

— Nous ferons mieux que cela, répondit aussitôt lady Hartley. Joignez-vous donc à nous dans ma voiture. Nous y serons un peu à l'étroit, mais nous pourrons manigancer et comploter tous les cinq. Le voyage n'en sera que plus rapide.

— Merci, Catherine, dit Charlotte en adressant à ses frère et sœurs un sourire encourageant.

— C'est très aimable, renchérit Anne, qui sortit dans la lumière hivernale.

Emily suivit le petit groupe dans l'allée et alla contempler les chevaux de l'attelage et leur flatter l'encolure.

— Ce sont de très belles bêtes, dit-elle à lady Hartley, peut-être trop belles pour des chemins aussi escarpés que ceux qui mènent à Top Withens. Allez-y doucement. Quant à moi, je marcherai pour alléger un peu leur fardeau. Et puis, je dois garder un œil sur mon chien.

— Dans ce cas, je vais accompagner Emily, et Branwell aussi, décréta Anne. Nous avons besoin de lui pour notre voyage d'aujourd'hui.

— Eh, attendez..., commença Branwell, mais Anne avait déjà passé son bras dans le sien.

Charlotte ressentit une petite pointe d'incertitude en voyant son frère et ses deux sœurs s'éloigner sans elle, un peu comme si elle les perdait. Et puis Catherine ouvrit la portière de sa voiture, et toutes ses inquiétudes s'évaporèrent avec la brume du matin.

30

Charlotte

Même si les sœurs l'utilisaient rarement, il existait une large piste qui serpentait sur la lande jusqu'à Top Withens et la traversait encore au-delà. Charlotte fit de son mieux pour apprécier le voyage, lent et sans grand relief, tandis que la calèche redescendait jusqu'au bas de la Grand-rue, puis prenait la voie qui remontait en pente douce l'épine dorsale des collines, plutôt que les chemins raides et rocailleux que Branwell, Emily et Anne emprunteraient. Encadré par la fenêtre d'une voiture, le paysage semblait dompté, en quelque sorte, comme si elle le voyait accroché au mur d'une belle maison. Et puis, il y avait tout le tracas consistant à songer à des choses intéressantes à dire. Se faire des amis était beaucoup plus facile pour elle que pour ses sœurs, pourtant Charlotte n'avait pas l'habitude de bavarder avec des connaissances qui lui étaient chères. Ce n'était que lorsqu'elle avait trouvé un véritable terrain d'entente avec Ellen Nussey ou Mary Taylor qu'elle s'était vraiment sentie capable de partager ses pensées et ses sentiments les plus profonds avec elles. Pourvu qu'un tel lien puisse se développer entre Catherine et elle. Les débuts en tout cas étaient prometteurs. Néanmoins, sans sa famille à ses côtés, elle se sentait désespérément timorée et peu à la hauteur.

— Oh, ne soyez pas timide avec moi, Charlotte, ma chère, lui dit Catherine, à croire qu'elle était capable de lire dans son esprit. Car je me sens moi-même la langue de plomb et la tête vide, et si ni vous ni moi ne parvenons à entamer une conversation, nous allons nous retrouver dans de beaux draps.

— Pardonnez-moi, répondit Charlotte avec un petit sourire. Mais je refuse de croire que vous ayez jamais eu la tête vide de toute votre existence.

— Alors vous me connaissez mieux que je n'aurais pu l'espérer, lança Catherine en riant, alors que la voiture progressait toujours cahin-caha. Que l'on doive ou non exprimer le fond de sa pensée, c'est une autre histoire. Mon cher mari m'implore sans cesse de garder les miennes pour moi, mais je vous le demande, Charlotte, quel bien le silence a-t-il jamais apporté ?

— Je suppose que le silence peut parfois éviter des souffrances à autrui, suggéra Charlotte. Par exemple, cela ne m'aurait pas dérangée que Branwell garde le secret sur certaines de ses aventures. Et j'aime plutôt cela, comme état d'être. Mais pour ce qui est du fonctionnement interne de mon esprit, il est rempli de pensées et d'idées bruyantes, chacune exigeant d'être entendue. Heureusement pour moi, mon père n'a jamais été d'avis qu'une jeune femme devait être éduquée à devenir muette et insignifiante, bien au contraire.

Catherine hocha la tête, et son regard dériva vers la vue sur la campagne vallonnée.

— Si seulement j'avais eu un père plus semblable au vôtre. La plupart des gens imaginent que mon enfance a été grandiose, pourtant j'ai débuté dans la vie à une place modeste et je ne suis devenue une personne importante que par le truchement du destin, plutôt que de l'éducation.

— Ah ? fit Charlotte en s'efforçant toutefois de ne pas paraître trop intriguée. Votre père était-il sévère ?

Catherine grimaça, suggérant à son interlocutrice que le terme était peut-être un euphémisme.

— Père était le benjamin de sa famille et le directeur d'une petite école pour garçons. Mère est morte peu après ma naissance, et j'ai été élevée comme une fille unique, la seule fille de l'école, où j'étais considérée comme une curiosité ou une peste, la plupart du temps. Père n'était pas un homme chaleureux. Aussi, quand il est mort juste après mes dix ans, il m'a été difficile de le pleurer, alors que tout le monde attendait des larmes de moi. Puis on m'a envoyée vivre avec mon oncle, le frère aîné de Père, à Oakhope Hall, près de Haworth, comme vous le savez, et... eh bien, je suppose que vous connaissez l'histoire de la famille à compter de cette période.

— J'ai entendu dire qu'Oakhope avait connu plus de tragédies que la moyenne, convint Charlotte, sans chercher à s'étendre. J'ai toujours pensé que c'était une maison fascinante. Est-il vrai qu'elle est construite sur un réseau de grottes creusées par l'homme ?

Lady Hartley hocha à nouveau la tête.

— C'est vrai. Mon ancêtre était un individu étrange avec une passion pour les extravagances et les grottes. On compte au moins deux temples sur la propriété et toutes sortes de passages et de pièces secrètes.

— Votre enfance a dû être merveilleuse, commenta Charlotte. Avec autant de possibilités d'aventures.

— Ma vie là-bas était plus confortable qu'elle ne l'avait été à l'école, mais, hélas, elle n'a pas été merveilleuse pour autant. Plutôt malheureuse en fait. Ma tante me considérait comme un fardeau, et mes frères aînés adoptifs m'ont détestée au premier coup d'œil : ils me tourmentaient quotidiennement. La période s'est avérée assez épouvantable. Malgré tout, lorsque mes frères adoptifs sont morts à quelques mois d'intervalle, j'ai été très triste. Tout à trac, j'avais quatorze ans et j'étais une sorte d'héritière. Cela demandait une importante adaptation, car il me fallait répondre aux attentes. D'autres avaient souffert, perdu leurs proches et leur vie pour que je me retrouve dans une situation aussi favorable, je ne l'ai jamais oublié. Au jour de mon dix-huitième anniversaire, j'ai décidé que la richesse et les privilèges dont je jouissais seraient utilisés à bon escient. Dieu m'a souri lorsque, peu de temps après, j'ai rencontré mon cher époux. Moins d'un an plus tard, nous étions mariés et en lune de miel à Paris. Quels mois suprêmement heureux j'ai vécus là ! Vous savez, la cruauté dans laquelle j'avais grandi avait tellement endurci mon cœur que je croyais qu'il valait mieux se marier pour le statut et la fortune que par amour. Jusqu'à ce que Leonard m'apporte les trois. Je crois que l'amour de mon mari m'a guérie de tous mes chagrins. (Lady Hartley tapota le dos de la main de Charlotte.) Ce que j'essaie de dire, Charlotte, ma chère, c'est que je reconnais un peu de moi jeune en vous. Enfin, seulement un peu, parce que vous avez un potentiel bien plus grand que le mien, et ce ne sera pas un hasard des circonstances qui vous mettra en avant, mais vos propres talents et capacités. Alors, je vous en prie, ne soyez pas timide avec moi, et je ferai de mon mieux pour ne pas l'être avec vous. Cela vous convient-il ? Et, s'il vous plaît, n'oubliez pas de m'appeler Catherine. Je ne peux qu'espérer, d'une manière ou d'une autre, pouvoir vous guider vers un bonheur semblable à celui que j'ai trouvé pour moi-même.

— Merci, Catherine, répliqua Charlotte avec chaleur. Je me considère comme très chanceuse de vous avoir rencontrée.

La voiture s'arrêta devant le portail de Top Withens.

— Bien, lança lady Hartley, allons voir ce que Clifton Bradshaw pense de moi, voulez-vous ?

31

Anne

En vérité, Anne trouvait un peu étrange que, au cours de leurs innombrables et longues promenades à travers la lande, ils ne se soient jamais, pas une seule fois, aventurés dans cet épais bosquet. Cela n'avait pas été un choix conscient, ils n'avaient tout simplement jamais essayé, ni même songé à le faire. En fait, elle était tellement habituée à longer l'orée du bois qu'elle en avait oublié jusqu'à son existence, presque comme s'il était invisible.

Anne avait lu que, lorsque les Romains avaient pour la première fois accosté en Grande-Bretagne, ils l'avaient prise pour l'île des morts. Les tribus locales qu'ils rencontraient étaient si superstitieuses que ces envahisseurs se crurent débarqués dans un pays de fantômes, déjà à moitié happé par le monde souterrain, avec des royaumes entiers existant hors de la vue. Ce fut un peu ce qu'elle ressentit en franchissant la frontière entre la lande enneigée et la paisible déclivité de la région boisée.

Ici, la couverture persistante des aiguilles des conifères était si dense que seuls quelques flocons s'étaient déposés sur le sol, laissant apparaître un tapis noir qui formait une sorte de pâte visqueuse avec la tourbe détrempée. On n'entendait pas de chant d'oiseau, aucun bruit du tout, à l'exception de leurs pas.

— Rappelez-moi ce que nous faisons ici exactement ? demanda Branwell en resserrant son cache-nez autour de son cou. Je pensais que nous allions consulter une sorcière, pas nous noyer dans de la boue glacée, ce qui, si je suis honnête, n'est pas mon type de mort préféré. Je préférerais être changé en crapaud. Au moins, un crapaud sait où il en est avec ses congénères. Les crapauds sont beaucoup moins susceptibles d'être trompés et ignorés.

À entendre pareils propos, Anne supposait que la dernière lettre de Mme Robinson n'avait pas été au goût de son frère.

— Agnes Fielding nous a dit de venir voir par nous-mêmes, si nous voulions comprendre de quelles scènes elle avait été témoin ici, l'été où l'enfant de Top Withens a été caché dans la cheminée, expliqua-t-elle tandis qu'ils continuaient à marcher péniblement. Cependant, maintenant que nous sommes ici, je dois admettre que je conçois mal qu'il puisse rester des traces d'un événement ayant eu lieu il y a si longtemps.

S'il ne leur fallait généralement que quelques minutes pour faire le tour du petit bosquet, le traverser et sortir de l'autre côté leur parut durer une éternité. Leur progression était si difficile, le sol si marécageux et humide, que l'espace d'un instant Anne eut l'impression de s'être vraiment aventurée sur l'une de ces terres reculées que les Romains de l'Antiquité avaient évoquées dans leurs écrits, à l'époque où le climat et les habitants s'étaient révélés trop hostiles pour qu'ils se donnent la peine de mener à bien leur première tentative de conquête : les terres du peuple caché, toujours là et toujours hors de vue.

— Peut-être repérerons-nous un indice qui relierait ces bois aux marques sur les pierres de la cheminée, suggéra Emily en regardant autour d'elle. Cherchez des sculptures sur les troncs d'arbres ou un grand autel sacrificiel dans une clairière...

— Je suis à peu près sûre que nous ne trouverons rien de tel... Oh !

Anne s'arrêta dans son élan, juste derrière sa sœur, Branwell sur ses talons. Et, comme par miracle, devant elle s'ouvrait une petite clairière circulaire rendue lumineuse par la neige qui la recouvrait. En son centre se dressait une formation de trois énormes pierres. Une grosse dalle plate était posée sur deux autres, légèrement inclinée, un peu comme une table de géant.

Ce fut Anne qui rompit les rangs la première et s'avança afin d'inspecter cette architecture originale.

— Des empreintes de bottes sont encore visibles, dit-elle en désignant les creux dans le sol. Adoucies par la dernière chute de neige, mais toujours présentes. Quelqu'un est venu ici récemment, la nuit d'hier ou peut-être tôt ce matin.

Emily suivit les empreintes autour de la pierre jusqu'à l'autre côté. La dalle horizontale était placée si haut qu'elle rencontrait Emily entre le sternum et la taille.

— Je m'attendais presque à ce qu'elles soient identiques à celles que j'ai vues dans le cimetière, mais elles sont beaucoup plus grandes, commenta-t-elle. Et là, ce sont des bottes d'homme, je pense. Qu'y a-t-il sur la table ?

— De la nourriture, répondit Anne, essuyant une couche de poudreuse sur une miche de pain, quelques pommes et une bouteille de cidre. Laissée par le propriétaire des empreintes, je parie, car elle n'est ni pourrie ni gâtée.

Emily saisit une pomme et en croqua une bouchée.

— Peut-être une offrande, supputa-t-elle. En général, quand un enfant naît ou que quelqu'un meurt, les gens laissent des cadeaux aux anciens dieux, tout comme ils n'oublient jamais de parler aux abeilles et de leur donner des nouvelles, de peur de les offenser. Ces traditions persistent.

— Qui a pu estimer l'occasion assez importante pour laisser ces victuailles ici par un temps pareil ? se demanda Anne, qui passa sa main gantée sur la surface rocheuse, afin d'enlever complètement la neige. (En vérité, elle avait espéré trouver d'autres étranges marques, mais elle n'en voyait aucune, juste la pierre calcaire lisse qu'elle connaissait si bien.) Même Tabby ne viendrait pas jusqu'ici par ce froid pour honorer le peuple caché.

— Top Withens est la maison la plus proche, déclara Emily. Toutefois, il n'y a rien ici qui nous mette sur la piste de ce qui a pu ébranler Agnes Fielding à ce point.

— À ton avis, qui a fabriqué cet autel ? s'enquit Anne.

— Personne, très probablement, répondit Emily. C'est étrange, je te l'accorde, mais cette formation n'est guère différente de celles d'Alcomden Stones, c'est juste qu'elle est isolée et cachée par des arbres. Il est fort possible qu'elle ait toujours été là, ou du moins depuis qu'un grand mur de glace l'a laissée ainsi, il y a des milliers d'années.

— Autre élément notable, intervint Branwell, les arbres eux-mêmes. Les pins scandinaves ne sont pas endémiques à nos régions, ils y ont vraisemblablement été délibérément cultivés. Je dirais que les arbres ont été plantés autour de ces pierres il y a quarante ou cinquante ans, dans le but de les soustraire à la vue du public, peut-être pour y pratiquer une sorte de rituel.

Anne et Emily regardèrent leur frère.

— Branwell, quelle suggestion intelligente! s'exclama Emily.

— Nul besoin d'avoir l'air aussi surprises, s'indigna Branwell. Il m'arrive parfois d'être utile.

— Tu vois en quoi cela t'avantage de ne pas être en état d'ébriété? fit Anne.

— Eh bien, laisse-moi voir. Je suis glacé jusqu'à la moelle, trempé jusqu'aux os et pas tout à fait sûr de ce que nous cherchons, ni, en fait, si je connais encore un peu mes sœurs. Alors franchement, non, je ne vois pas.

— Si Branwell a raison, cet endroit a été traité comme un lieu secret et sacré pendant des années, bien avant que les ossements ne soient cachés, reprit Anne, frappée par une pensée. Te souviens-tu que l'un des livres de la pile que nous avons trouvée à Ponden Hall portait sur le symbolisme des arbres? Était-il censé nous indiquer que cette forêt faisait partie du mystère lié à l'enfant?

— Les pins sont considérés comme des symboles de sagesse, de fertilité et de vie éternelle, leur apprit Branwell. Je ne peux vous dire pourquoi je détiens ce savoir, puisqu'il me vient de l'époque où j'étais franc-maçon et que nos secrets ne sont pas destinés aux oreilles de simples femmes.

— Eh bien, les arbres étaient adultes quand Agnes est venue ici, conclut Emily, prenant note de la contribution de Branwell, mais passant outre sa pique. En suivant les bruits de ce quelque chose qu'elle ne souhaitait pas décrire, aurait-elle été témoin d'un meurtre ? L'enfant, déjà faible et malade, aurait-il pu être sacrifié ici ?

— Je ne le crois pas, répondit Anne. Agnes ne voulait pas mentionner le méfait, mais si elle avait vu une scène aussi terrible, elle en aurait parlé, j'en suis sûre. C'est une femme qui craint Dieu, or ce serait grand péché que de dissimuler une telle information.

— À moins qu'elle n'ait eu trop peur pour en parler, objecta Emily. Elle redoutait peut-être de se mettre en danger si elle le faisait. Peut-être est-ce Zerubabbel Barraclough lui-même qu'elle a vu cette nuit-là, et qu'elle vit depuis sous son emprise, incapable d'échapper à ses griffes.

— Zerubabbel Barraclough ? demanda Branwell. Vous le soupçonnez d'actes infâmes ?

— Il nous intéresse, éluda Anne. Il a eu accès à Top Withens cet été-là, sa gouvernante y travaillait la même année, et il a passé du temps à Ponden juste avant que nous trouvions les livres. Il ne souhaite manifestement pas que quiconque soit au courant de ses affaires et il n'a pas l'air de t'apprécier beaucoup, Branwell.

— Ah, eh bien, il y avait un léger écart dans les comptes de la loge quand je suis parti, mais cela n'avait rien à voir avec moi, répondit Branwell. Barraclough n'a jamais vraiment accepté cette évidence et ne manque pas une occasion de me le rappeler. Vous le soupçonnez vraiment d'être le coupable ?

— Nous n'avons pas encore de soupçons aussi clairs, rectifia Emily. Après avoir parlé à Agnes, je me suis même interrogée sur Liston…

— Ça ne peut pas être Liston, affirma Anne. Tous les échanges que nous avons eus avec lui nous ont montré qu'il était bon et honnête. Un acte cruel ne fait pas un monstre, Emily, tu devrais le savoir. De plus, il n'était qu'un enfant à l'époque, en deuil de sa mère qui plus est.

— Liston est un bon gars, renchérit Branwell. Un homme très bien.

— Peut-être, concéda Emily, gardant pour elle toute autre pensée.

— Il y a eu des discussions à l'époque où j'étais chez les maçons, reprit Branwell en fronçant les sourcils. Rien à voir avec la loge – c'était tout à fait respectable –, mais il y avait une cohorte de messieurs du cru qui formaient une sorte de Hellfire Club et se livraient à des activités de style hédoniste. (Ses sœurs le dévisageaient, l'air ébahi.) Vous voyez ce dont je parle, sans doute, je n'ai pas besoin de souiller vos tendres oreilles avec plus de détails?

—S'il te plaît, fais donc, le pria Emily en gardant une expression neutre.

—Eh bien, nous avons eu vent d'un comportement très… relâché lors de rassemblements immoraux, bafouilla-t-il. Des individus qui se déshabillaient et s'engageaient dans…

—Oh, Branwell! Arrête de souiller mes oreilles innocentes! s'écria Emily, qui enfonça sa bonnette sur sa tête et fit éclater Anne de rire.

—Vous êtes une paire de mégères, conclut Branwell, souriant à contrecœur devant la gaieté de ses sœurs. Cependant, il est possible qu'une jeune femme convenable telle qu'Agnes Fielding ait été très choquée si elle a été témoin de tels événements.

—Mais nous ne pouvons en déduire ce qu'elle a vu, qu'il s'agisse d'actes de violence ou de séduction, dit Anne. Tout ce que nous savons, c'est que cet endroit semble être un lieu sacré pour ceux qui suivent encore les anciennes traditions. Si les ossements et les marques sur la cheminée ont un rapport avec un rituel païen quelconque, alors peut-être les rassemblements dont Agnes a parlé – des festins de nourriture et de vin – ont-ils eu lieu ici. Peut-être le Hellfire Club dont tu as fait mention, Branwell, était-il une sorte de version de l'antique rituel, utilisé comme prétexte à la débauche?

—Eh bien, ils ne m'ont jamais invité, moi, soupira Branwell.

—Nous savons en revanche que Clifton Bradshaw a beaucoup changé juste avant et après le décès de son épouse, commenta pensivement Emily. Et nous savons aussi que ce qui est écrit sur les pages déchirées des livres est un sortilège qui prétend ressusciter les morts. Des rumeurs persistantes courent selon lesquelles Clifton Bradshaw a vendu son âme au diable. Mais peut-être était-il tellement fou de chagrin que ce n'était pas son âme qu'il essayait de vendre. Peut-être essayait-il d'en racheter une autre: celle de sa femme. Et peut-être le pauvre enfant dont nous avons trouvé les ossements a-t-il payé de sa vie le prix de cette transaction.

— Et je sais que je risque de perdre toute sensation dans la moitié inférieure de mon corps si nous restons ici une minute de plus, ajouta Branwell. Si vous êtes déterminées à me traîner avec vous de lieu en lieu, pouvons-nous au moins aller rendre visite à la sorcière maintenant et me donner une perspective à attendre avec impatience ?

— C'est à une heure de marche, Branwell, lui fit remarquer Anne. Souhaites-tu rentrer à la maison ?

— Non, répondit-il avec une certaine fermeté. Car je regrette le temps où mes sœurs et moi partagions chaque pensée, où nous étions toujours une maison à quatre coins. Je regrette l'époque où nous nous disions tout et où nous n'avions jamais de secrets les uns pour les autres.

Il regarda tour à tour Anne et Emily avec insistance.

— Eh bien, nous aussi, mon cher frère, répliqua timidement Anne. Y a-t-il quelque chose que tu désires nous dire maintenant ?

— Y a-t-il quelque chose que moi, je désire vous dire ? répéta Branwell. Pour l'amour du ciel, allons voir cette sorcière, et peut-être pourra-t-elle me gratifier d'une nouvelle paire de pieds.

32

Charlotte

Liston était déjà dans la cour lorsqu'elles arrivèrent, ayant peut-être aperçu l'attelage alors qu'il se trouvait encore un peu plus loin sur la route. Après tout, c'était un spectacle très inhabituel que de voir une si belle voiture sur la lande, et Charlotte imaginait que le noir intense des chevaux devait se détacher sur la couverture blanche des collines et les rendre visibles à une certaine distance.

Quelqu'un avait certainement alerté les occupants du manoir, car lorsque l'attelage s'arrêta, Bess, Molly et Clifton Bradshaw lui-même apparurent dehors, dans la boue gelée, emmitouflés dans un assortiment de cache-nez et autres couvertures. À la vue de Clifton Bradshaw, Charlotte frissonna comme si une ombre était passée au-dessus de sa tête et, avec elle, un terrible et fugace pressentiment de danger, telle une mise en garde portée par le vent.

Elle attendit que lady Hartley descende tandis que le cocher, un grand monsieur silencieux du nom de Hemming, contournait le véhicule pour leur tendre une main serviable. Pendant qu'elle attendait, elle scruta le visage de Clifton Bradshaw : comment allait-il réagir à la visite impromptue d'une si grande dame ? Charlotte n'était pas sûre de l'expression qu'elle se serait attendue à trouver sur son visage – peut-être du dédain ou du mépris à la perspective d'une nouvelle intrusion –, mais ce ne fut ni l'un ni l'autre. Avisant lady Hartley, Clifton Bradshaw eut l'air complètement abasourdi, comme s'il venait de recevoir un puissant coup de poing sur le crâne et qu'il n'avait pas encore repris ses esprits. Bouche bée, il la suivait du regard avec incrédulité. Il était stupéfait et, oui, effrayé à la vue d'une personne aussi éminente.

Tel était le pouvoir de la richesse et du statut social, songea Charlotte, cette capacité à sidérer quiconque vous était inférieur. Même un homme aussi fier et indiscipliné que Clifton Bradshaw était intimidé par la prestance digne d'une reine de lady Hartley. Comme il devait être merveilleux de croire, où que vous posiez le pied sur cette terre, que les océans eux-mêmes s'inclineraient devant votre supériorité ! Et pourtant Catherine venait d'un milieu plus modeste que celui de Charlotte. Peut-être était-il possible, alors, d'apprendre à occuper le monde comme si elle en avait tous les droits, à l'instar de lady Catherine Hartley. Charlotte décida de l'observer de très près et de s'élever à son contact.

— Vous devez être monsieur Clifton Bradshaw ?

Lady Hartley lui tendit la main, et Charlotte vit le bonhomme hocher seulement la tête, comme en transe.

— C'est moi, pour mes péchés, dit-il.

Prenant sa main gantée, il se courba au-dessus et s'abstint – de justesse – d'en embrasser le dos.

— Monsieur Bradshaw, Liston, salua à son tour Charlotte, qui se rappela un peu tard que Catherine ne s'attendait pas à devoir se présenter elle-même, puis-je vous présenter lady Hartley de Londres, Leeds et Oakhope Hall. Je suis sûre que son nom et ses bonnes actions vous sont familiers.

— Je suis honoré, madame, dit Bradshaw, avant de désigner Liston et ses domestiques en redressant ses épaules. Nous sommes tous honorés de votre présence. Comment puis-je vous servir ?

— Je pense plutôt que la question est de savoir comment moi, je peux vous servir, monsieur, corrigea lady Hartley avec une légèreté qui surprit Charlotte. Monsieur, je suis venue vous soulager de votre terrible fardeau.

— Et quel est ce fardeau, lady Hartley ? lui demanda Clifton Bradshaw, les yeux encore écarquillés.

Il ne l'avait pas lâchée du regard, cette dame qui, à mesure, devenait d'autant plus intimidante de par sa prestance.

— Eh bien, le poids de votre culpabilité en tant que meurtrier, bien sûr. (Sa voix était aussi douce que la promesse de l'été, ses mots aussi dévastateurs qu'un orage et, en effet, Bradshaw semblait avoir été frappé de plein fouet par la foudre, étourdi et ébloui.) Maintenant, peut-être nous inviterez-vous à entrer pour prendre quelques rafraîchissements ?

— Molly, du thé, aboya Clifton à la jeune femme, qui esquissa une révérence et entreprit de refouler Bess à l'intérieur. Liston, je ne sais pas pourquoi tu restes planté là comme si tu n'avais rien à faire. Va donc t'occuper des chevaux, t'assurer qu'ils sont nourris et abreuvés.

— Oui, p'pa.

Toutefois, à croire qu'il était lui aussi tombé sous le charme de lady Hartley, Liston demeurait parfaitement immobile à la contempler, les sourcils légèrement froncés, comme s'il n'arrivait pas à réaliser qu'elle était là.

Charlotte suivit lady Hartley, tout comme Clifton, quand elle pénétra dans Top Withens Hall, avec autant de confiance que si elle était chez elle. Une fois dans le vestibule, elle ôta ses gants, les posa sur la table du réfectoire et dénoua sa cape, qu'elle remit à Clifton d'un air dédaigneux pour qu'il l'accroche. Charlotte la regarda s'asseoir en bout de table, indiquant à Bradshaw qu'il devait venir prendre la chaise à sa droite. Après une hésitation, le vieil homme obtempéra.

C'était là une véritable démonstration de pouvoir et d'ascension sociale, du fait que l'on pouvait aspirer à un destin plus illustre que celui pour quoi l'on était né. Mais à quel prix ? se demandait Charlotte. Trouverait-elle, pour sa part, une grande perte à ne pas faire partie des courants tourbillonnants du beau monde et à s'élever au-dessus d'eux pour naviguer sur leur marée ? Non, elle ne le pensait pas ; elle s'imaginait plutôt le bien qu'elle pourrait accomplir si seulement les gens reconnaissaient son existence comme une vie importante.

— Charlotte, ma chère, pouvez-vous faire hâter le thé ? la pria lady Hartley, sans quitter Clifton des yeux. J'ai terriblement soif, et la jeune femme semble assez préoccupée.

Charlotte s'exécuta et trouva Molly en train d'extraire des poings serrés de Bess l'un des deux couteaux acérés qu'elle y tenait, statufiée devant le four à force de dévisager lady Hartley.

— Vous allez vous débrouiller, Molly ? demanda Charlotte, un peu inquiète.

— Oh oui, mademoiselle, répondit la domestique avec douceur. Parfois, Bess a terriblement peur, sans raison apparente, alors elle agrippe une lame, mais je parviens à la lui faire poser en un rien de temps et, en un clin d'œil, la voilà redevenue douce comme le miel.

— Sois sûre que tes péchés te rattraperont, marmonnait Bess alors que Molly lui dépliait soigneusement les doigts. Sois sûre qu'ils te traqueront.

Liston, qui arriva de l'extérieur, vint aussitôt retirer l'autre couteau des mains de Bess et guider la vieille dame vers une chaise.

— Où rangez-vous votre belle porcelaine ? s'enquit Charlotte auprès de Molly, qui ne pouvait détacher son regard de Liston.

— Je vais la chercher, mademoiselle Charlotte, annonça le jeune homme en désignant l'étagère supérieure du buffet. Molly, apporte le thé tout de suite.

Charlotte remarqua que Liston gardait la tête baissée, produisant un effort volontaire pour ne pas regarder Catherine. Elle en déduisit que lui aussi était désespéré.

— Polly met la bouilloire sur le feu, chantonnait Bess en regardant Liston disposer les tasses sur le plateau. Polly met la bouilloire sur le feu, et tout le monde va tombant.

— Allons, Bess, la rabroua Molly. Tu es encore dans tes limbes.

Charlotte et Liston allèrent prendre place à la table.

— Monsieur Bradshaw, lançait lady Hartley, s'il vous plaît, indiquez-moi tout ce que vous savez sur la découverte de restes humains entre vos murs.

Bradshaw secoua la tête, déconcerté.

— J'ai déjà dit tout ce que je savais à cette mademoiselle Brontë. Rien de plus que ce que tout le monde doit savoir, vu les rumeurs qui courent par ici. Nous avons déterré les ossements, c'est la première fois que j'en entendais parler. J'ai eu tort de ne pas les signaler à la justice ou au pasteur. Au début, je pensais qu'ils avaient au moins un siècle. Mais mon fils Liston a trouvé un médaillon qui permet de les dater à quelques années seulement. Et c'est tout ce que je sais. Lady Hartley, vous devez me croire : ce n'est pas moi qui ai caché les os dans ma maison, ni pris la vie de celui qui les possédait autrefois.

— Je ne le crois pas, monsieur, répondit lady Hartley. En bref, je pense que c'est le contraire qui est vrai. Et il serait dans votre intérêt de l'admettre devant tous maintenant. Êtes-vous d'accord ?

Enfin, Clifton Bradshaw leva les yeux qu'il avait baissés vers ses mains pour les plonger dans ceux de lady Hartley. Charlotte fut choquée de les voir déborder de larmes contenues.

— Pourquoi souhaitez-vous que je fasse cela, madame ?

— Parce que c'est la vérité. Parce que c'est le fruit de vos actes, répliqua lady Hartley d'un ton égal.

Profondément perturbé, Bradshaw croisa les doigts et lui répondit d'un hochement de tête plein de détresse.

— J'ai péché, madame, avoua-t-il. J'ai péché contre ma femme, mon fils, j'ai péché contre mes employés, même contre la vieille Bess. J'ai péché contre Dieu, mais je n'ai pas tué cet enfant.

Charlotte s'adossa à son siège, étonnée de découvrir qu'en cet instant elle le croyait.

— P'pa, tu dois leur répéter ce que tu m'as dit, intervint Liston. Tu dois dire la vérité.

— Liston ! siffla Bradshaw à son fils, avant de jurer à mi-voix.

— La « vérité » ? répéta lady Hartley, qui dirigea son regard vers Liston, l'air un peu radoucie. Quelle vérité, jeune homme ?

— Mon père n'est pas un meurtrier, mais il a mal agi. P'pa, dis-leur, car cela pourrait tout expliquer.

Clifton remua sur sa chaise, mal à l'aise, et Charlotte l'observa avec fascination. Voilà un homme bien différent de celui qu'elle avait rencontré lors de ses précédentes visites. Il semblait que lady Hartley le désarmait un peu plus à chaque mot, chaque regard qu'elle lui adressait, d'une manière que ni la loi ni Charlotte elle-même n'auraient su obtenir. C'était vraiment un spectacle incroyable à contempler. Elle n'en était sans doute pas consciente, mais lady Catherine Hartley ferait une excellente détectrice.

— Il n'y a rien à y gagner, mon garçon, grogna Bradshaw.

— Et pourtant, maintenant, tout doit être posé sur la table, insista lady Hartley avec une détermination toute de velours.

Bradshaw frotta ses mains rugueuses sur son visage et haussa les épaules, tel un homme qui aurait accepté de se passer la corde au cou.

— Liston n'était pas le seul enfant présent cet été-là, commença-t-il en regardant son fils. Les temps étaient durs, j'avais besoin de main-d'œuvre bon marché. Comme d'habitude, j'ai choisi mes ouvriers parmi les hommes et les filles célibataires, ceux qui n'avaient pas de famille ni d'autres engagements de ce genre : des corps forts et prêts à travailler pour moins à condition qu'on ne leur pose pas de questions. Mais j'avais quand même besoin de plus de bras sur la propriété.

Lady Hartley demeurait silencieuse, mais ses yeux ne quittaient pas le visage de Bradshaw. Clifton soutint son regard aussi longtemps qu'il le put, puis on eût dit que toute son énergie se vidait de lui en un instant. Ses épaules s'affaissèrent, ses paupières se fermèrent, son menton retomba alors qu'il se détournait, incapable de supporter une seconde de plus le regard scrutateur de son interlocutrice.

— Monsieur Bradshaw, vous m'avez dit que vous aspiriez à la paix et que vous ne pouviez pas avouer ce que vous n'aviez pas fait, reprit lady Hartley. Alors pourquoi n'avoueriez-vous pas ce que vous avez fait ?

— J'ai passé un arrangement, admit-il d'un ton grave. Un arrangement privé. J'ai entendu parler d'une femme qui proposait de la main-d'œuvre bon marché et je suis allé la trouver. C'était la directrice d'un orphelinat à Halifax. Nous avons conclu un accord : je lui versais le montant du salaire de deux hommes adultes, et elle me permettait d'utiliser une vingtaine d'orphelins pour l'été. (Il releva le menton dans un geste de défi.) Si vous voulez mon avis, être sous le soleil et à l'air libre, avec de la bonne nourriture dans le ventre, c'est ce que la plupart d'entre eux avaient jamais connu de plus proche du bonheur, mais pour certains... eh bien, ils étaient trop jeunes et trop souffreteux pour être ici, pourtant j'ai continué à les faire travailler. Je n'avais pas le choix. Quelques-uns... ont péri... et ont été emmenés à l'orphelinat pour y être enterrés. Quand la saison a été terminée, elle est venue pour ramener les autres à l'orphelinat. Elle m'a proposé de passer le même accord l'année suivante, mais j'ai refusé.

— Pourquoi ne pas en avoir parlé avant ? lui demanda Charlotte. Certes, ce n'est pas là la pratique d'un homme vertueux, mais vous n'étiez pas non plus le seul à exploiter ces enfants pauvres, monsieur Bradshaw. Je ne crois même pas que vous ayez enfreint la loi.

— Parce que maintenant j'éprouve une honte que je n'éprouvais pas à l'époque, admit Bradshaw à Charlotte. Ces garçons étaient plus jeunes que mon propre fils, et je les ai traités pire que des chiens. Je n'en ai pas pris un à part, je ne l'ai pas tué et enseveli derrière mes murs, mais c'est tout comme, car ceux qui sont décédés le sont à cause de ma cupidité. Cette horreur inhumaine, je veux bien l'avouer, je la porterai sur ma poitrine comme une marque au fer rouge, mais la mort de cet enfant caché, elle n'était pas de mon fait.

Lady Hartley se leva brusquement et fit signe à Charlotte d'aller chercher son manteau.

— Monsieur Bradshaw, peut-être n'êtes-vous pas aussi familier avec ma vie et mon travail que vous devriez l'être, car j'œuvre sans relâche à l'amélioration des conditions d'existence, d'éducation et de justice pour tous les enfants. Pour tous et pour chacun. L'assassin de cette âme perdue, je le nommerai haut et fort afin que tout le monde l'entende. Me croyez-vous ?

— Je vous crois, dit Clifton Bradshaw, en se redressant pour croiser son regard. Et vous, me croyez-vous ?

— Monsieur Bradshaw, votre destin est entre vos mains... pour l'instant. Vous devriez faire ce que vous savez être juste, monsieur.

Alors que la voiture s'éloignait, Charlotte garda les yeux fixés sur le visage de Clifton Bradshaw aussi longtemps qu'elle le put, essayant d'interpréter l'émotion qu'elle y lisait, mais Top Withens était déjà loin derrière elles avant qu'elle puisse tirer une conclusion.

— Eh bien, n'était-ce pas fascinant ? lança lady Hartley. Il est coupable, j'en suis certaine, et nous l'avons presque acculé, Charlotte. Nous l'avons presque eu, toutefois c'est un menteur invétéré.

— Bien que cela puisse sembler peu probable, étant donné les circonstances entourant la découverte, je crois… (Charlotte hésitait à s'exprimer, de peur de déplaire à lady Hartley.) Je suis encline à penser qu'il n'a pas fait de mal à l'enfant et qu'il n'a pas dissimulé ses ossements dans la maison.

— Pourquoi, Charlotte ? Parce qu'il était humble, rongé par la culpabilité, et portait ses larmes comme des perles ?

— Je suppose que oui, admit Charlotte. Ses remords paraissaient sincères.

Lady Hartley lui tapota la main.

— Oh, ma chère. Vous vivez une vie protégée, alors que je me suis donné pour vocation de regarder dans les ténèbres et d'éclairer du mieux que je peux les horreurs que j'y trouve. Une douce jeune femme comme vous ne peut avoir la moindre idée de la profondeur et de la dépravation du mal, du mal absolu, des ruses et des déguisements qu'il emploie pour se cacher au grand jour. Mais je vais vous les révéler, ma chère. Et, quand vous comprendrez vraiment, vous en aurez le souffle coupé.

33

Emily

Le voyage pour trouver la voyante de la Colline aux Corneilles avait été étonnamment agréable, compte tenu des conditions climatiques et de l'éloignement du lieu où résidait la sorcière. En effet, il leur avait fallu moins d'une heure, et, mieux encore, pensait joyeusement Emily, personne ne lui avait parlé pendant toute la durée du trajet à pied. Keeper n'était pas encore réapparu : une préoccupation mineure qui la tracassait un peu, car d'habitude, s'ils étaient tous les deux hors de la maison séparément, il finissait par la rejoindre d'une façon ou d'une autre. Cela dit, étant donné les intempéries, il avait peut-être préféré une sieste au chaud dans la cuisine plutôt que d'être avec elle. Et Emily ne pouvait pas le blâmer si tel était le cas, même si elle regrettait sa grosse tête fofolle qui réclamait constamment son attention.

Enfin, une habitation apparut, si bien recouverte de neige que, même si un mince filet de fumée s'élevait directement du toit, il aurait été facile de rater le monticule camouflé, de le prendre pour quelque autre éminence de la colline, aux yeux de qui ne le cherchait pas.

— Eh bien, comme c'est la seule maison à des lieues à la ronde, je crois que nous sommes arrivés, dit Emily. Pensez-vous qu'elle pourrait essayer de nous attirer dans son four et de nous dévorer pour son dîner ?

— Je pense que nous sommes depuis longtemps trop vieux et trop coriaces pour éveiller l'appétit d'une sorcière mangeuse d'enfants, répondit Anne. Et puis, je suis certaine qu'une demeure aussi modeste ne peut abriter un four de taille suffisante.

— Pour ma part, je serais ravi d'être jeté sur le feu, commenta Branwell. Je vais me proposer tout de suite.

À mesure qu'ils approchaient, Emily constata que la structure tenait davantage de la hutte que de la maison. Elle était faite de murs de pierres sèches qui semblaient avoir été ramassées dans la lande, chaque bloc irrégulier s'emboîtant dans un puzzle réalisé avec amour pour former une construction circulaire. Ce n'était pas du chaume qui transparaissait à travers la neige, aux endroits d'où s'échappait la chaleur, mais des herbes et de la bruyère de la lande elle-même, qui formaient un manteau magnifique sur l'humble cabane.

Même ainsi, son emplacement était extrêmement discret, puisqu'il était situé à mi-chemin de l'une des pentes les plus raides de la Colline aux Corneilles, face à Pendle. Peut-être la voyante souhaitait-elle mieux surveiller l'approche des chasseurs de sorcières, pensa Emily.

Une porte de fortune faite de vieux bois s'adaptait parfaitement à l'entrée basse, et Emily se sentit aussitôt en accord avec cette petite maison, car elle avait l'air d'être là depuis un millier d'années ou d'avoir été construite la veille, et elle aimait l'idée que l'on ne puisse le déterminer. Sa solitude et son éloignement, ainsi que la façon dont elle était enveloppée si délicatement dans les bras du paysage, lui plaisaient beaucoup. En fait, si elle avait été à la frontière mais côté Yorkshire, elle aurait été parfaite.

— Mademoiselle la voyante, êtes-vous là ? héla Emily, avant de frapper à la porte comme Tabby lui avait indiqué de le faire. Je m'appelle Emily Brontë. Je suis venue vous rendre visite avec ma sœur Anne. Notre amie Tabby Aykroyd nous envoie et vous transmet le message que lorsque la corneille dit la vérité, les collines elles-mêmes grondent.

Emily avait interrogé Tabby sur la signification de cette phrase absurde, mais la vieille gouvernante la lui avait simplement fait répéter jusqu'à ce qu'elle soit certaine qu'Emily s'en souvenait correctement.

— Vous ne souhaitez pas finir en bouffée de fumée, n'est-ce pas ? avait dit Tabby, sans qu'Emily parvienne à deviner si elle la taquinait.

Un grognement sourd monta de l'autre côté de la porte, hormis quoi il n'y avait aucun bruit ni mouvement à l'intérieur. Le grognement se mua en aboiements étrangement familiers, ce qui s'expliqua lorsque la porte fut tirée et que Keeper surgit de la cabane pour sauter dans les bras d'Emily, la renversant à plat dos et la couvrant de bave.

— Calme-toi ! s'exclama-t-elle en riant, se rasseyant péniblement malgré le molosse blotti sur ses genoux comme s'il était Flossy.

Emily fut fort surprise de découvrir une jeune femme aux joues roses et à l'air très agréable penchée au-dessus d'elle, qui retenait par le collier un autre grand chien noir à tête large.

— Comment mon chien est-il arrivé ici avant moi ? lui demanda Emily.

— Les chiens savent des choses, répondit la jeune femme. Le vôtre a jugé bon de m'avertir que vous veniez me rendre visite aujourd'hui, et c'est tant mieux, car je n'aime pas être dérangée par de la compagnie.

— Je comprends parfaitement, approuva Emily en prenant la main de Branwell pour se remettre debout. Que tu es beau ! s'extasia-t-elle devant le chien de la voyante. J'ai toujours été plutôt rebutée par l'idée de devenir sorcière, au motif que leurs animaux de prédilection étaient des félins, des oiseaux ou des crapauds. Si quelqu'un m'avait dit que les chiens étaient autorisés, j'aurais choisi une autre voie, c'est certain.

— Je ne suis pas une sorcière, corrigea la jeune femme. Je suis Elizabeth Goode, voyante, alors si vous avez parcouru tout ce chemin pour un philtre d'amour dans l'espoir d'éviter une vie de vieilles filles ou de bon à rien, vous êtes venus en vain. (Elle les jaugea tous les trois d'un rapide coup d'œil.) Vous mourrez tous célibataires. Bonne journée à vous.

— Ce n'est pas la raison de notre présence, mademoiselle Goode, s'insurgea Anne en rougissant. Et même pour une femme sauvage de la lande, il n'y a pas d'excuse à l'impolitesse. Nous avons été envoyés vers vous par votre amie Tabby Aykroyd, nous avons prononcé la formule secrète, ou quoi que ce soit, et il se trouve que nous sommes ici pour une affaire très sérieuse. L'on aurait pu s'attendre que la voyante en vous l'ait déjà perçu.

La jeune femme pinça les lèvres et haussa les épaules, s'écartant pour laisser passer les importuns.

— Très bien, entrez s'il le faut et, s'il vous plaît, si vous devez vous adresser à moi, appelez-moi Lizzy. Mlle Goode me fait paraître aussi vieille que les collines.

— En réalité, nous avons été amenés à croire que vous étiez aussi vieille que les collines, expliqua Anne alors qu'ils pénétraient dans la maison.

Une fois la porte fermée, il n'y avait plus, pour seule source de lumière, que l'âtre central et un minuscule rayon de jour filtrant par l'ouverture du plafond. La hutte était bien chauffée, cependant, et sentait bon les herbes, la fumée et le chien. Il y avait un lit douillet couvert de fourrures pour une moitié et, entreposé dans et autour de la petite pièce, tout ce dont une personne seule et son animal avaient besoin pour survivre dans le confort, y compris une bonne quantité de livres, et diverses viandes et poissons qui séchaient et fumaient, suspendus à des crochets au-dessus du feu.

— Car notre Tabby est bien vieille et elle a dit qu'elle était venue vous consulter pour la dernière fois quand nous étions encore de jeunes enfants, termina Anne.

— Je dois admettre que je ne connais pas votre Tabby Aykroyd, à la différence d'elle, répondit Lizzy.

— Mais comment cela se peut-il ? lui demanda Anne.

— Voyante de la Colline aux Corneilles est un titre héréditaire, leur indiqua Lizzy. Il se transmet de grand-mère en petite-fille. Tabby devait connaître mon aïeule, qui s'appelait aussi Lizzy Goode. Le moment venu, quand je trouverai un homme qui me plaira suffisamment, je donnerai naissance à une fille, et sa fille s'appellera Lizzy Goode. Alors elle reprendra cet endroit quand je serai de retour en terre. Car c'est ainsi qu'il en a toujours été et qu'il en sera toujours.

— Et avez-vous déjà trouvé un monsieur à votre goût ? s'enquit Branwell.

Lizzy le toisa de haut en bas.

— Non.

Il semblait peu probable qu'une existence aussi parfaite que la sienne puisse continuer très longtemps encore, pas quand les moulins et les machines de l'industrie grignotaient toujours plus avant dans les terres sauvages, toutefois Emily espérait que la certitude de Lizzy serait bien fondée.

— Je n'ai jamais rencontré de voyante auparavant, avoua-t-elle gaiement, en s'asseyant sur un tabouret de bois bas, avec son Keeper et le grand chien noir appuyés contre elle, comme s'ils avaient toujours été les meilleurs amis du monde. Qu'est-ce qu'une telle vie implique ?

Lizzy haussa les épaules et jeta quelques herbes et baies dans une casserole d'eau frémissante suspendue au-dessus du feu.

— Je vis ma vie simplement et en harmonie avec Mère Nature et tous ses animaux. Et de temps en temps, quand j'ai la chance d'avoir une vision, je vois dans le futur et je fais une prophétie, lui répondit Mlle Goode. Mais je ne me donne plus la peine d'annoncer mes prédictions aux gens, ces temps-ci : ils ne sont jamais reconnaissants de mes avertissements et, en vérité, il est parfois moins douloureux de laisser le destin suivre son invisible chemin.

— Eh bien, reprit Anne, nous ne sommes pas là pour connaître l'avenir, mais pour vos conseils d'experte, si vous voulez bien nous les prodiguer. Nous avons quelques pièces pour vous dédommager du temps que vous voudrez bien nous accorder.

— Puisque vous n'êtes pas venues pour les philtres d'amour, je vous aiderai, lâcha Lizzy d'un ton affable. Je ne peux pas vous dire combien j'en ai assez de toutes ces idiotes qui montent jusqu'ici, pensant que je peux leur faire apparaître un mari à partir de rien.

— Nous promettons de ne pas révéler à notre sœur Charlotte où vous habitez, ironisa Emily.

Sur quoi, avec la tête de sa grande bête de chien posée sur ses genoux, elle prit la tasse de thé à la bruyère que Lizzy leur tendit à chacun, ravie d'enrouler ses doigts gelés autour de la douce chaleur du grès.

— Vous êtes bien jeune pour vivre dans une telle solitude, constata Anne. N'avez-vous jamais envisagé de mener une existence différente de celle qui avait été décidée avant même votre naissance ?

— Non, répondit Lizzy Goode, signifiant ainsi la fin de ce sujet. Alors, si vous n'êtes pas là pour un philtre ou une prophétie, apprenez-moi la raison de votre visite.

— Il se peut que nous ayons voyagé en vain, puisque vous n'êtes pas précisément une sorcière, déclara Emily en sortant de sa poche la reproduction qu'elle avait faite de l'étrange motif. Nous sommes récemment tombés sur ces symboles inscrits dans la sépulture cachée d'un enfant dont nous soupçonnons qu'il a été assassiné. Nous essayons de découvrir les noms de la pauvre âme et de celui qui aurait commis pareil crime. La seule information supplémentaire dont nous disposons est le dessin d'une partie d'un motif similaire retrouvé dans un livre de sortilèges vieux de deux cents ans. Et nous pensons qu'il pourrait avoir un lien avec les pierres du bosquet près de Top Withens.

— Je vois, dit Lizzy, en les observant tour à tour. Eh bien, alors je vais vous révéler un grand secret bien gardé, mais si jamais vous le répétez, je vous traquerai et je lancerai mille malédictions sur vos têtes. Souhaitez-vous poursuivre ?

— Oui, répondit Emily.

— Nous jurons de garder le silence, renchérit Anne.

— Je peux attendre dehors si vous voulez ? proposa Branwell.

— Trop tard maintenant, décréta Lizzy. Votre destin est déjà scellé. Je suis une sorcière, pas une sage ni une idiote qui se croit douée avec les herbes et les charmes. Je suis une sorcière de Pendle née dans la magie ancienne, pratiquée et protégée par des personnes comme moi depuis ces temps immémoriaux où l'on nous appelait des druides. Et si vous demandez une information liée à la magie noire, alors vous devez être prêts à en payer le prix. Êtes-vous prêts ?

— Oui, acquiesça Emily sans hésiter.

— Alors nous allons continuer. Faites-moi voir ce que vous m'avez apporté.

Emily tendit son dessin à Lizzy.

— Tenez.

Lizzy tint la feuille sous le rayon de lumière fumée, les yeux plissés pour s'adapter d'abord à la luminosité, puis écarquillés. Avant qu'Emily n'ait pu intervenir, la sorcière lâcha le papier dans le feu et bondit sur ses pieds, pour jeter diverses feuilles et poudres dans les flammes qui se mirent à crépiter et changèrent brièvement de couleur tandis qu'elle murmurait une brève incantation.

— Lizzy, qu'avez-vous vu sur le papier ? lui demanda Emily, se levant également, si bien que Keeper endormi bascula sur le flanc. Pourquoi l'avez-vous brûlé alors que nous ne sommes pas sûres d'en avoir fini avec lui ?

— Je l'ai brûlé pour votre bien et pour le mien, rétorqua Lizzy, dont la voix frémissait d'une peur authentique. Que vous ayez voyagé si loin avec une telle horreur dans votre poche est très inquiétant et profondément dangereux. Ce que vous teniez dans votre paume, c'était la pire sorte de sorcellerie détournée pour faire le mal, mêlant votre Dieu et les rituels des hommes, ainsi qu'un sortilège d'invocation et un piège. C'est une abomination. Vous avez beaucoup de chance de n'avoir pas vu le pire des maux se présenter à votre porte. Des sorts comme celui-ci, lancés sous le coup de la colère et du désespoir, sont une balise, une invitation aux ténèbres et au malheur, pour qu'ils se rassemblent.

— Oh, mon Dieu ! bredouilla Anne en regardant Emily. On dirait qu'il va nous falloir racheter du sel.

— La seule chose qui vous sauve, c'est que la personne qui a fabriqué ce charme nauséabond n'est pas une sorcière et qu'elle n'a pas non plus consulté une vraie sorcière ni quelqu'un qui connaisse vraiment les méthodes anciennes et, de ce fait, je crois qu'il n'est pas aussi puissant qu'il aurait pu l'être. Le résultat est un sacrilège monstrueux, obtenu à partir d'antiques pratiques depuis longtemps enterrées et oubliées, enchevêtré dans une telle haine et une telle malveillance qu'il ne peut avoir été conçu que par la pire espèce d'âme.

— Vous l'avez qualifié de sortilège d'invocation ? voulut préciser Emily. Pour invoquer le diable ?

Lizzy secoua la tête.

— Non. Non, bien que cette ambition puisse être cachée sous cette fausse promesse. La personne qui a conçu ce sort se prend déjà pour le diable. Ce que vous avez découvert est un piège, un piège tendu pour attirer des âmes innocentes et, ce faisant, les rendre captives pour toujours.

— Des âmes ? lui demanda Anne. Vous utilisez le pluriel, et pourtant il n'y avait les ossements que d'une seule personne.

— *Vous* n'avez découvert les ossements que d'une seule victime, nuança Lizzy. Ce fou se croit sous l'influence de la « lune noire », la nouvelle lune, comme on l'appelle aussi, c'est-à-dire quand la lune est entièrement masquée par la nuit, invisible, mais toujours là, qui exerce son pouvoir sur tous ceux qui marchent sur la terre. C'est pendant ces nuits sombres, quand sa faim demande à être satisfaite, que cette créature cherche à se repaître.

— Mais alors… il pourrait y avoir des dizaines d'ossements cachés ? s'enquit Anne, sceptique. Un enfant peut disparaître sans qu'on le remarque, mais pas des centaines, tout de même.

— Pas des centaines, non, concéda Lizzy. La lune noire n'est que l'une des conditions recherchées pour mener à bien ce rituel. Une autre circonstance doit être remplie pour que le jeteur de sort puisse agir.

— Quelle est-elle ? demanda Emily. Pouvez-vous le déterminer à partir du dessin ?

— Non, mais je peux vous dire ce que je ressens, si vous pensez être en mesure de le supporter.

Emily et Anne échangèrent un regard inquiet.

— Allez-y, souffla Anne.

— En quelque sorte, c'est vous qui avez réveillé le monstre. Vous qui l'avez poussé à tuer à nouveau.

— Nous ? répéta Emily. Parce qu'il nous connaît et qu'il nous sait à ses trousses ?

— Vous n'êtes pas venues ici pour une prophétie, répliqua Lizzy très gravement, mais vous allez quand même en recevoir une, semble-t-il, alors écoutez-moi attentivement. Celui qui a tracé ces marques recherche une forme de paix terrible, celle que l'on n'acquiert qu'après l'acquisition d'une nouvelle âme. Il y en aura d'autres. La prochaine lune noire est demain soir.

34

Anne

— Si Clifton Bradshaw a tué cet enfant, lança Anne à son aînée dès son retour au presbytère, presque avant même de franchir la porte, alors il est probable qu'il y ait d'autres victimes, Charlotte. Et peut-être même une nouvelle bientôt.

— Comment cela ? s'enquit Charlotte en enlevant sa bonnette.

Anne s'était attendue à ce que sa sœur soit aussi vive et emballée que la veille, où elle avait également passé du temps avec la sémillante lady Hartley, mais il en allait à présent tout autrement. Sa sœur était pâle et fatiguée, épuisée par sa journée. Des cernes sombres se dessinaient sous ses yeux et, si menue qu'elle soit, elle réussissait à paraître encore plus petite, comme si une partie d'elle lui avait été dérobée par les heures qui s'étaient écoulées depuis qu'elles s'étaient vues. Peut-être, pensait Anne, aurait-elle dû insister pour qu'elles restent ensemble, tout compte fait, surtout quand tellement de dangers rôdaient dehors.

Anne prit le manteau de Charlotte et l'entraîna dans la cuisine, où Emily pétrissait du pain pour le lendemain matin. Tabby, qui avait préparé le souper de ce soir-là, avait déjà regagné son lit, et Martha aussi. Emily était sur le qui-vive, aussi à cran et alerte que Keeper flairant un lapin et, comme ses deux sœurs n'étaient pas elles-mêmes, Anne y voyait le signe que sa fratrie avait plus que tout besoin les uns des autres.

— Branwell ! héla-t-elle, plantée au pied de l'escalier, oubliant un instant qu'elle risquait de déranger Tabby. Arrête de ruminer sur le contenu de ton dernier courrier, quel qu'il ait été, et viens nous rejoindre, car nous avons besoin de toi.

— Il a été bizarre toute la journée, commenta Emily en faisant tomber la pâte sur la table recouverte de farine, avec une certaine force. Il n'a cessé de nous demander si nous avions quelque chose à confesser, Anne et moi ! Nous n'avons jamais rien eu à nous reprocher, c'est toujours vous, les deux aînés, qui accumulez secrets et scandales.

— Je n'ai pas de secrets, répliqua Charlotte d'un ton morne, en prenant un siège près de la cuisinière. Je ne peux prétendre que mon inclination déplacée pour un certain monsieur soit un secret pour ceux qui m'aiment. En fait, Emily, Anne et toi me connaissez mieux que je ne me connais moi-même. Regarde-moi et dis-moi quels scandales je pourrais cacher, car en cet instant, je me sens trop perdue et lasse pour ressentir quoi que ce soit.

Emily arrêta de pétrir le pain et regarda sa sœur.

— Qu'as-tu découvert à Top Withens ? demanda-t-elle à Charlotte, en s'essuyant les mains sur son tablier.

Anne et elle entourèrent leur aînée.

— Malgré la certitude de lady Hartley, je ne suis pas convaincue que Clifton Bradshaw soit coupable d'un meurtre de sang-froid. Je n'ai aucune preuve tangible à avancer, si ce n'est que je me suis assise à sa table et que je l'ai vu parler avec ce que j'ai considéré comme de l'honnêteté vraie pour la première fois depuis le début de cette affaire. Lady Hartley soutient le contraire, or elle est bien plus rompue aux usages du monde que moi. Son travail en faveur des plus démunis l'a mise face à des situations si terribles que nous pouvons difficilement les imaginer, protégées comme nous le sommes.

— Être rompue aux usages du monde n'est pas toujours synonyme de sagesse, Charlotte, nuança Anne. Et tu as le cœur le plus pur que je connaisse. Ce que tu es capable de deviner grâce à tes sentiments et à ton intuition est presque aussi impressionnant que les déductions de ton esprit.

— Je croyais que c'était le cas, mais… (Charlotte secoua la tête.) Que savons-nous vraiment du monde, Anne ?

— Autant et même plus que n'importe quelle dame qui se promène en carrosse et vit dans trois maisons, répondit sa benjamine. Nous qui voyons des enfants mourir, des femmes battues, des hommes de Dieu ivres et débauchés, nous ne sommes pas protégées de la réalité, Charlotte, nous sommes plongées dans la réalité. Lady Hartley est tout à fait admirable, j'en suis sûre – sa philanthropie est très louée dans les beaux salons confortablement meublés –, mais ne doute pas de toi à cause d'elle, pas maintenant que nous avons plus que jamais besoin de ton intelligence.

— Alors racontez-moi ce que vous avez découvert lors de votre visite à la sorcière de la Colline aux Corneilles, suggéra Charlotte.

— Ce n'est pas une sorcière, c'est une voyante, corrigèrent Anne et Emily à l'unisson.

— Lizzy Goode a pu interpréter les motifs qu'Emily a esquissés, et ils l'ont beaucoup contrariée, poursuivit Anne. Elle nous a dit que l'auteur d'un dessin aussi horrible n'était pas une sorcière, mais plutôt une espèce de fou : un détraqué qui a tordu les traditions anciennes et les croyances chrétiennes pour les adapter à sa propre vision de haine. L'inclusion du médaillon doit faire partie de cet étrange mélange.

— Par le ciel !

Charlotte se pencha un peu en avant, son teint cireux se colorant à la chaleur de la cheminée.

— Et elle pense de plus que la mort de l'enfant de Top Withens n'était pas un crime isolé, mais qu'il y en aura d'autres, Charlotte. Que lorsqu'une série d'événements, ou de « signes » comme elle croit que le monstre les voit, se combineront, il frappera à nouveau. Mlle Goode pense que la découverte des ossements et notre détection, associées à la lune noire de la nuit prochaine – une phase où l'astre ne brille pas du tout –, pourraient rendre cette attaque… imminente.

— Je trouve cette théorie pour le moins terrifiante, commenta Charlotte. Tout mon courage s'est envolé, et je regrette que nous nous soyons impliquées dans cette affaire diabolique. Si, en essayant de résoudre ce mystère, nous causons du mal à quelqu'un d'autre, alors… nous sommes aussi coupables que le monstre !

— Ce que tu dis n'est pas faux, Charlotte, concéda Emily en détachant ses cheveux humides et en les étalant sur ses épaules pour les faire sécher. Cependant, je ne crois pas que nous puissions renoncer maintenant, si fort que nous le souhaitions. Nous savons que le monstre est au courant de nos efforts, et notre seule façon de nous protéger est de révéler son identité. Alors tiens bon encore un peu : si nous parvenons à rester en sécurité jusqu'à la fin de la lune noire, le danger sera écarté pour un petit moment. As-tu découvert de nouveaux indices à Top Withens ?

— En effet, oui.

Le soupir de Charlotte était lourd.

Anne s'installa sur un tabouret aux pieds de sa sœur, tandis que Charlotte leur répétait la confession de Bradshaw quant à l'utilisation d'enfants esclaves.

— Il se peut, bien que cela remonte à des années, que quelqu'un là-bas se souvienne encore du nom des enfants qui ne sont pas revenus de Top Withens. Alors demain, je crois que nous devons nous rendre à l'orphelinat de Crossed Keys et à son école.

— Je viendrai avec vous, annonça Branwell, apparaissant enfin, la chemise défaite, les cheveux ébouriffés comme s'il avait dormi, les yeux rougis et gonflés de qui viendrait de pleurer. Car Dieu seul sait à quelles entreprises vous vous livrez lorsque vous êtes hors de ma vue.

— Nous serions heureuses de t'avoir avec nous, mon frère, lui assura Anne. Cependant, si nous sommes pourchassés par la créature que nous cherchons, je crains que nous ne soyons tous en danger.

— La seule chose que je crains, moi, répliqua Branwell sans artifice ni fioritures, c'est l'isolement et la solitude loin de ceux qui me sont chers.

— Ta lettre t'a rendu très triste ? demanda Anne à son frère.

— C'est peut-être toi qui devrais me le dire, Anne, répondit Branwell. Peut-être devriez-vous toutes me dire si la lettre que j'ai reçue m'a rendu très triste. En attendant, je sors… Je vous verrai demain.

—Notre frère est très étrange, constata Anne après le départ de Branwell.

—Eh bien, il est éveillé, dit Emily. Les deux états semblent aller de pair chez lui.

35

Emily

Chacune perdue dans ses propres réflexions, les sœurs parlèrent à peine pendant le reste de la soirée. Inlassablement, Emily passait en revue les moyens d'identifier le monstre sans nom, car il s'agissait forcément de quelqu'un qui leur était proche, quelqu'un qui était au courant de leurs déplacements, sinon de leurs pensées. Si ce n'était pas Clifton, se pouvait-il que ce soit Barraclough ou peut-être un Heaton ? Pendant un moment, Emily observa M. Nicholls en plissant les paupières – ce dernier s'était joint à eux pour le dîner –, puis elle l'écarta aussitôt des suspects potentiels. Treize ans plus tôt, il était encore en Irlande et, de plus, il était loin d'être assez intéressant pour cacher une dévotion secrète à un ancien culte de sorcellerie démoniaque. En l'occurrence, ce soir, il avait renoncé à toute tentative de conversation avec Charlotte au deuxième essai, préférant en engager une avec Père, à voix basse et monocorde, sur le sujet de la liturgie.

Emily pensait avoir compris les extrêmes où plonge l'âme humaine, avoir été témoin de toutes les pulsions folles et affreuses qui pouvaient posséder un cœur et le rendre fou, mais ce monstre, quelle que soit son identité, était pire que tout ce qu'elle avait pu imaginer, et cela la perturbait beaucoup. Il se pouvait que Lizzy Goode ait eu tort, bien sûr. Qu'il s'agisse d'une femme intelligente et convaincante ne faisait aucun doute, néanmoins il n'y avait aucune preuve, autre que sa parole, de la réalité de ses suppositions. Alors Emily s'accrochait à la pensée qu'une telle abomination ne pouvait tout simplement pas être vraie si elle ne pouvait se la figurer.

Après le dîner, les trois sœurs se réunirent autour de la table.

— Demain, nous prendrons donc le coche pour Halifax, c'est d'accord ? lança Emily.

— Oui, convint Charlotte. Je crois que Halifax est notre meilleur espoir de découvrir plus d'informations. Peut-être la matrone avec qui Bradshaw a comploté est-elle toujours en service et, si tel est le cas, nous pourrons au moins alerter les administrateurs de ses méfaits. Lady Hartley est particulièrement désireuse de trouver un moyen de pousser Bradshaw à se dévoiler plus avant…

— Lady Hartley a-t-elle intégré nos rangs désormais ? demanda Emily à Charlotte. Nous rendrons-nous à Halifax dans sa belle voiture demain ?

— Non, répondit Charlotte. Elle m'a expliqué qu'elle avait un autre engagement important à honorer, mais qu'elle continuerait à rechercher la vérité. Je suis sûre qu'elle pensait que Clifton Bradshaw se plierait tout simplement à sa volonté, chose qu'il a faite, d'ailleurs, et plus qu'un peu. C'était assez étonnant à voir et, sans l'intervention de Catherine, nous n'aurions jamais su, pour l'orphelinat. Entre-temps, elle demandera à son mari de se renseigner auprès des fournisseurs et des marchands avec qui traite Bradshaw, dans l'espoir d'accroître la pression sur lui.

— Une confession forcée n'est pas une confession fiable, déclara Emily, les sourcils froncés. Je suppose que nous pourrions tous avouer quelque crime que nous n'avons pas commis si notre subsistance était en jeu. Cela ne ressemble pas à la tactique d'une personne juste et à principes.

— Et qui était là pour défendre l'équité quand le sort de cet enfant était en jeu ? rétorqua Charlotte.

— C'est vrai, sans doute, admit Emily à contrecœur. Mais Catherine a-t-elle déjà perdu son goût pour la détection ?

— Catherine n'est pas détectrice, répondit Charlotte avec prudence. Ce n'est pas une occupation que j'entreprendrais avec d'autres que vous, mes sœurs. Elle a pensé pouvoir exercer son influence sur Bradshaw, et elle l'a fait. Demain, il n'y aura que nous trois à Halifax. Et je crains que nous ne soyons pas assez fortes pour arrêter cette créature.

— Pas du tout, intervint Anne en prenant les mains d'Emily et de Charlotte dans les siennes. Nous sommes de taille à l'affronter, mes sœurs, plus que de taille même, si craintives que nous puissions l'être. Prenons la résolution que ce démon à forme humaine ne passera pas là où nous monterons la garde.

Mais, avant qu'elles n'aient pu prendre une telle résolution, des coups furieux retentirent à la porte d'entrée, suivis de cris et de pleurs terrifiés.

— Mon Dieu ! s'écria Charlotte en se dirigeant vers la fenêtre. Ce sont les Earnshaw, ils paraissent terriblement bouleversés. Que peut-il bien leur arriver ?

Les sœurs se précipitèrent dans le couloir et découvrirent une scène de chaos et de confusion. Tabby, ses longs cheveux argentés tressés dans le dos, brandissait un chandelier en laiton, et Père, derrière elle, tenait son pistolet chargé, bien qu'à cause de sa mauvaise vue il ne soit pas pointé dans la bonne direction.

— Partez, bandits ! menaçait-il l'horloge depuis l'escalier.

Anne se posta devant lui et lui ôta doucement l'arme.

— Attendez, Père. Ce ne sont pas des bandits, ce sont nos voisins, en grande détresse, qui plus est.

À l'instant où Charlotte ouvrit la porte, Sarah Earnshaw s'effondra sur le seuil, tellement secouée de sanglots angoissés qu'ils brouillaient le moindre mot qu'elle tentait de prononcer ; tout ce que l'on pouvait en comprendre, c'était qu'elle était accablée de chagrin. Son mari, Martin Earnshaw, s'agenouilla à ses côtés et serra sa femme contre lui, son propre visage baigné de larmes.

— Nous avons besoin d'aide, expliqua-t-il aux Brontë. Nous avons besoin d'aide, et vous êtes les personnes les plus proches auxquelles nous avons pu penser.

— Bien sûr, Martin, répondit Patrick en se dirigeant vers le son de sa voix. Dites-nous tout de suite ce qui s'est passé.

— C'est notre garçon, notre Joseph. Il a disparu. On l'a pris dans son lit, du moins c'est ce qu'on pense. Il a laissé ses vêtements et ses bottes. Il y a une tache de sang sur son oreiller et, à sa place, cet objet étrange : une chose sur laquelle nous n'avions jamais posé les yeux auparavant.

S'accroupissant à côté de Martin et de son épouse, Anne tendit la main. Elle sut exactement ce que Martin avait placé dans sa paume au moment où ses doigts se refermèrent dessus. Ses mains tremblaient lorsqu'elle les leva pour que ses sœurs puissent voir leur contenu.

Il s'agissait d'un médaillon miraculeux, exactement le même que celui qui avait été trouvé avec les ossements, orné de la même image de la Vierge Marie sur une face. Emily tendit la main, retourna le bijou et prit une brusque inspiration, car une date était gravée au dos, tout comme sur l'autre, mais avec une différence cruciale.

L'année inscrite était l'année en cours : 1845.

Pour Anne et ses sœurs, la signification était claire : la vie de Joseph Earnshaw était en grand danger, car celui qui avait tué l'enfant de Top Withens, treize ans plus tôt, avait l'intention de recommencer lors de la prochaine lune noire. Lizzy Goode avait raison, tout compte fait. Elles avaient réveillé un monstre.

36

EMILY

Il régnait une atmosphère d'urgence sinistre, le temps de leur voyage ce matin-là, dont chaque étape leur semblait durer des heures. La pluie froide les avait trempées pendant qu'elles attendaient l'omnibus, aucune n'ayant pu se résoudre à mettre un pied dans le *Bull*, alors que les équipes qui avaient passé la nuit à chercher Joseph rentraient désespérément glacées et les mains vides.

Dès qu'il avait appris la terrible nouvelle que les Earnshaw avaient apportée à sa porte, Père avait envoyé chercher le gendarme, qui s'était immédiatement rendu à Top Withens Hall avec quelques hommes du coin pour effectuer une fouille minutieuse de la maison et de la propriété des Bradshaw. Rien n'avait été découvert, au grand mécontentement des villageois. Emily et Keeper étaient de leur nombre, car la plupart d'entre eux avaient entrepris de traverser la lande, malgré l'heure tardive et la neige, inspectant chaque grange, chaque dépendance, chaque fossé et chaque grotte en quête d'un quelconque signe de Joseph. Emily les avait entendus marmonner entre eux dans le noir, captant des bribes de noms de suspects portés par le vent – qui appartenaient tous à des étrangers, soit dit en passant –, des noms un peu bizarres ou simplement différents de ceux de Haworth. Le fait que la plupart des personnes mentionnées ne se trouvent nulle part près de Haworth treize ans plus tôt, lorsque l'enfant de Top Withens était mort, ne semblait faire aucune différence. Tout ce que ces gens frigorifiés et effrayés voulaient, en sondant l'obscurité, c'était quelqu'un à blâmer, quelqu'un de réel, fait de chair et de sang, qui pourrait chasser la vision cauchemardesque que chacun d'entre eux avait en tête. Un coupable qu'ils pourraient pendre.

De l'extérieur, l'orphelinat de Crossed Keys avait l'air d'un établissement bien tenu.

C'était une bâtisse élégante, située à la périphérie de la ville, qui avait été édifiée pour être la demeure d'un riche monsieur. À sa mort, une trentaine d'années plus tôt, et comme il n'avait pas de descendants vivants, il avait légué le bâtiment pour qu'il soit utilisé à perpétuité au profit des enfants pauvres et malheureux de Halifax et de ses environs. Son héritage financier ayant expiré quelques années auparavant, l'orphelinat survivait désormais grâce au mécénat des familles aisées locales.

Tout en brique rouge, il présentait une symétrie agréable à l'œil, entouré de vastes pelouses et d'arbres matures qui lui conféraient un air de noblesse et de raffinement promettant aux enfants une base solide sur laquelle construire leur existence. Cependant, d'après l'expérience d'Emily, l'apparence n'était souvent qu'un vernis, soigneusement appliqué afin de masquer les secrets qui se cachaient en dessous. L'orphelinat de Crossed Keys ne dérogeait pas à la règle.

Charlotte sonna la cloche. Son tintement lugubre évoquait plus les funérailles que les vies jeunes et tendres.

— Imaginez-vous arrivant ici, enfant et seul au monde, au son de cette cloche, commenta Anne avec tristesse. On doit avoir l'impression de plonger au fond d'un précipice.

— C'est toutefois mieux que la vie dans la rue, Anne, lui rappela Charlotte. Ou bien la maison de correction ou la prison pour dettes. Je prie Dieu que nous connaissions bientôt une ère où l'homme ne mettra plus les enfants en cage pour les péchés de leurs pères. Nous devons être reconnaissantes envers les généreux donateurs qui financent des institutions comme celle-ci, car même si c'est dur ici, au moins les enfants y reçoivent-ils une éducation. C'est bien mieux que de traîner dans le caniveau ou de travailler jusqu'à la mort dans les usines.

Enfin, la lourde porte s'ouvrit, et une bouffée d'air chaud et piquant s'en échappa, un air qui sentait la sueur et la crasse, le chou bouilli et – oui – la désolation.

Une femme les jaugea, grande et mince, vêtue d'une robe de deuil toutefois agrémentée de beaucoup plus de rubans, de crêpe et de dentelle noirs que ce que l'on aurait pu attendre d'une personne dans sa situation. Aussi élégante que soit sa tenue, son expression et son comportement semblaient faits de lignes uniquement verticales : même ses traits principaux consistaient en lignes descendantes, celles d'une mine renfrognée, et ses fins cheveux bruns sévèrement lissés contre son crâne étroit dessinaient une raie pâle au milieu de sa tête.

— Oui ? demanda-t-elle, impérieuse et hautaine.

— Nous sommes ici pour une affaire urgente qui requiert votre attention immédiate, annonça Emily, provoquant l'étonnement de ses sœurs, car la cadette des Brontë n'était pas du genre à prendre les devants lorsqu'il s'agissait de converser avec des étrangers.

En l'occurrence, cependant, il n'y avait pas une minute à perdre et certainement pas de temps pour les subtilités, les manières policées de Charlotte et tout le reste de ce bla-bla chronophage.

— Vous devez nous montrer les registres de tous vos pensionnaires pour l'année 1832 et nous permettre d'interroger tous ceux qui étaient présents dans cet établissement cet été-là.

— Ah, je le « dois » ? Vraiment ? Dans quel but ?

La femme toisait Emily de derrière des paupières mi-closes qui faisaient apparaître ses yeux presque entièrement noirs.

— Nous travaillons pour le compte des frères Bell, un cabinet d'avocats, répliqua Emily. Une grosse fortune a été léguée à une personne dont nous pensons qu'elle se trouvait dans votre établissement cette année-là. Nous n'avons pas encore la certitude qu'il s'agissait d'un pensionnaire ou d'un employé, mais nous devons poser quantité de questions avant de pouvoir en dire plus. Et ce doit être maintenant, avant que l'héritage ne retourne au Trésor, faute d'avoir été réclamé.

Le visage de la femme ne trahissait pas la moindre expression, et pourtant quelque chose l'émut, Emily aurait parié sur la mention de l'argent. Avant même que ses sœurs et elle ne franchissent le seuil de la porte, elle avait pris la mesure de leur interlocutrice.

— Dans ce cas, vous feriez mieux d'entrer. Je suis Mme Poole, annonça la femme d'une voix aussi fine qu'un roseau. Je suis la directrice de cet établissement, et ce, depuis vingt ans. Veuillez me suivre.

Elles suivirent donc Mme Poole dans ce qui avait jadis dû être un hall élégant et haut de plafond, mais désormais peint en nuances de gris et drapé d'obscurité. Mme Poole, qui semblait glisser sur les dalles de pierre comme un spectre, les conduisit dans un bureau sentant le phénol. La pièce était aussi propre qu'un sou neuf et aussi dépouillée que la maison d'un mort.

— J'étais ici en 1832, déclara-t-elle en prenant place à son bureau.

Il n'y avait qu'un seul autre siège dans la pièce, aussi tous les Brontë restèrent-ils debout. Jusque-là maussade et presque silencieux, Branwell était appuyé nonchalamment contre le mur nu, dans la posture de qui se rebelle instantanément au moindre contact avec un semblant d'autorité. Mme Poole les observa tous tour à tour pendant plusieurs secondes.

— J'ai souvent eu affaire à des avocats et je n'en ai jamais vu de tels que vous. Trois vieilles filles et un… monsieur.

Elle prononça le dernier mot lentement, comme s'il n'était pas vraiment adéquat pour caractériser Branwell.

— Le fait que vous n'ayez jamais rencontré de personnes telles que nous ne signifie pas que nous n'existions pas, lui fit remarquer Emily. Alors veuillez vous empresser de répondre à nos questions. Comme je l'ai souligné, c'est une affaire urgente.

— Eh bien, je suis ici depuis la mort de mon cher mari, M. Poole, grâce à un aimable bienfaiteur qui m'a sauvée de la ruine en me trouvant ce poste. Cet endroit et ses occupants sont toute ma vie depuis, ma vocation, pourrait-on dire, car je crois que tous les enfants – même les petites… personnes infestées de poux, ignorantes et ingrates qui occupent ce lieu – méritent de se voir offrir une chance de s'améliorer comme je l'ai fait moi-même. Quand je suis née…

— Pardonnez-moi de vous interrompre, madame Poole, insista Emily, mais voyez-vous, la vérité est que nous n'avons que faire de vos philosophies personnelles. Concentrez-vous sur le sujet qui nous intéresse.

De toute évidence habituée à vanter beaucoup ses propres vertus, Mme Poole s'offusqua de cette rebuffade. Malgré tout, la perspective de l'argent l'incita à rester polie et, surtout, à aller droit au but.

— Hormis moi, seuls notre cuisinière, Mme Seed, et l'un de nos professeurs, M. Markham, étaient à Crossed Keys, l'année dont vous parlez. Il était pensionnaire ici quand il était enfant et nous est revenu l'année dernière pour donner des cours aux garçons, après avoir effectué un excellent travail à l'école et à l'université, grâce à cet établissement.

— C'est fort inspirant, commenta Emily. Je crois qu'il nous serait utile de nous entretenir d'abord avec M. Markham, puis avec Mme Seed. Nous les trouverons nous-mêmes et reviendrons vous interroger en dernier, ce qui vous laissera tout loisir de préparer les dossiers dont nous avons besoin.

— Il n'en est pas question. Je vous accompagnerai d'un bout à l'autre de votre visite, rétorqua Mme Poole, offensée, dont le masque de compassion se fissura un peu plus lorsqu'elle se leva dans un grincement de sa chaise. Je ne saurais permettre à des inconnus de se promener parmi les enfants, ni à ceux-ci de parler à n'importe qui, de dire ce qui leur passe par la tête. Je ne peux risquer que les garçons soient effrayés ou surpris. Car enfin, ils pourraient raconter n'importe quoi, ils mentent sans arrêt. Et alors, qu'adviendrait-il ? Je vous le demande.

— Vous ne pouvez pas venir, madame Poole, protesta Emily avec un ton d'autorité qui l'étonna elle-même. Nous ne saurions faire notre travail correctement et complètement sans parler aux personnes concernées en tête à tête et en toute confiance. Quant à vos enfants, ils n'ont rien à craindre de moi ni de mes jeunes assistants.

Sur ce, Emily se tourna vers ses frère et sœurs.

— Allons, mes fidèles employés. Nous avons beaucoup à faire, et le temps presse.

37

Anne

— Tes « jeunes assistants » ? répéta Charlotte une fois qu'elles furent à quelques mètres.

À l'abri dans un couloir, ils se dirigeaient vers l'endroit d'où montait la litanie des enfants qui récitaient leurs tables de multiplication.

— Je me suis trouvée inspirée, répliqua Emily. Et maintenant nous avons le champ libre. Essaie de ne pas t'attirer d'ennuis, Branwell.

Réaction inhabituelle, celui-ci se contenta d'ignorer Emily, trop perdu dans sa mélancolie pour répondre, ce qui ne faisait que soulever la question de savoir pourquoi il les avait accompagnées. En général, quand ce genre d'humeur s'abattait sur lui, il se rendait directement chez l'apothicaire ou au pub, mais ce jour-là, levé tôt, il était prêt pour le départ avant même Anne. Quelque chose couvait, une tempête s'accumulait derrière ses yeux, cependant pour l'instant elles n'avaient pas le temps de subir l'une des colères de leur frère. Ce qui lui brisait le cœur, quoi que ce soit, devrait attendre.

— Pourquoi la questionner en dernier, Emily ? s'enquit Anne. Alors qu'elle est presque certainement la femme qui a vendu des enfants esclaves à Clifton Bradshaw, au cours de cet été fatidique ? Pour ma part, elle ne m'a pas du tout plu.

— C'est justement pour cela, Anne, expliqua Emily. Nous pouvons être certaines qu'elle mentira pour sauver sa peau et qu'elle continuera à nous égarer si elle pense pouvoir en tirer profit. Et je suis sûre que si elle nous escortait, elle ferait tout ce qui est en son pouvoir pour nous frustrer et nous gêner. En bref, je crois que la personne la plus utile et la plus intéressante à qui nous pouvons parler ici est ce M. Markham, car il a peut-être connu l'enfant de Top Withens lui-même.

Plus ils s'aventuraient à l'intérieur du bâtiment, plus ils grelottaient. Il semblait que Mme Poole se contentait de chauffer ses propres quartiers correctement et que, si c'était possible, il faisait plus froid dans cette ancienne maison négligée qu'à l'extérieur.

— Je me souviens de Cowan Bridge, dit Charlotte avec un frisson. Le régime à base de froid et de brimades me poursuit où que j'aille, on dirait. Pire encore, il semble que nous soyons tombés sur un établissement analogue, où la cruauté se fait passer pour de la charité.

Ils s'arrêtèrent devant la salle de classe et, par la porte ouverte, découvrirent une grande pièce au plafond haut et aux longues fenêtres, qui avait dû être jadis majestueuse et très belle. Il y avait peut-être cinquante garçons dans la classe, des plus âgés au fond, qui sans doute ne resteraient plus très longtemps à l'orphelinat, aux plus petits devant, dont les visages gardaient la douce malléabilité de l'enfance. Toutefois, leur expression sérieuse et solennelle tirailla le cœur d'Anne. De toute évidence, des enfants aussi jeunes n'avaient besoin que de gentillesse et de jeux. Pourtant, ils étaient assis devant leurs ardoises, agglutinés les uns contre les autres sur les bancs pour se réchauffer, tandis que ce M. Markham parlait au-dessus de leurs têtes. La cheminée, autrefois magnifique, n'était pas allumée, sans qu'Anne parvienne à déterminer si c'était par prudence ou à dessein. Charlotte avait raison : un endroit comme celui-ci offrait bien plus de possibilités qu'une vie dans la rue ou même au sein d'une famille pauvre, dans laquelle les privations et le dur labeur vous réduisaient un corps en poussière avant qu'il ait atteint l'âge de dix ans. Toutefois, même sachant cela, Anne détruirait tout, si elle le pouvait, et recommencerait tout du début : elle bâtirait un monde égalitaire et juste, où l'âme humaine serait plus importante que le profit. Hélas, dans cette ère moderne de machines et de progrès, ce projet ressemblait à un rêve impossible, plus étrange et plus exotique que les univers enfantins qu'elle inventait avec Emily.

Anne frappa brièvement avant d'entrer au son des bancs repoussés vers l'arrière, raclant sur le sol alors que tous les garçons se levaient.

— Je vous en prie, asseyez-vous, leur dit-elle gentiment, avant de s'adresser à M. Markham, qui les observait, tous les quatre, en proie à un étonnement certain.

— Veuillez accepter mes excuses, monsieur Markham, lança-t-elle au beau jeune homme mince, dont le comportement trahissait un mélange de sérieux et de nervosité. Mais l'affaire est urgente. En fait, c'est une question de vie ou de mort. (D'un signe de tête, elle désigna le couloir.) Pourrions-nous disposer d'un peu de votre temps ?

— Vous me prenez de court, madame… ?

— Mlle Brontë. (Anne prit sa main et la serra, stupéfiant plus encore M. Markham par son attitude professionnelle.) Mes collègues et moi nous renseignons pour le compte de nos employeurs, les frères Bell, avocats… En avez-vous entendu parler ?

M. Markham cligna des yeux, ne sachant que répondre.

— Certainement, le nom me dit quelque chose…, répondit-il en rougissant furieusement.

— Parfait. Nous ne requerrons que quelques minutes de votre temps pour discuter en privé, ajouta Anne en le fixant de son regard implacable, un léger sourire aux lèvres. Car, sans le savoir probablement, vous pourriez détenir la clé permettant de sauver la vie d'un jeune garçon.

M. Markham soutint le regard d'Anne pendant quelques secondes supplémentaires, avant de hocher la tête, sa décision prise.

— James Cranton ! cria-t-il à l'intention de l'un des élèves plus âgés, au fond de la classe. Veuillez prendre en charge la récitation de nos exercices. Je n'en ai que pour quelques minutes. Si j'entends autre chose que le son d'un apprentissage assidu venant de l'intérieur de cette salle, il y aura des conséquences. C'est bien compris ?

— Oui, monsieur, répondirent les garçons d'une voix monocorde, bien qu'aucun ne semble inquiet de cette menace.

Du haut de ses quelque vingt-cinq ans, M. Markham paraissait à peine plus vieux que ses protégés, avec ses joues aussi lisses que celles d'un enfant. Toutefois, son expression sérieuse le rendit sympathique à Anne, qui préférait les personnes sensibles à la gravité de l'instant.

— Il fait terriblement froid dans la salle de classe, lui fit-elle remarquer dès qu'ils eurent franchi la porte. J'imagine qu'il est très difficile de se concentrer lorsqu'on a les doigts et les orteils gelés.

Elle n'avait pas eu l'intention de faire de commentaire, mais ses mots avaient quitté ses lèvres avant qu'elle ne se rende compte qu'elle les avait pensés.

— Oui, nous avons tous très froid, acquiesça M. Markham.

La tête basse, il conduisit les sœurs dans une autre salle de classe, qui semblait avoir été utilisée assez récemment. Un certain nombre de tables de multiplication étaient encore écrites au tableau d'une main qui ne correspondait pas à celle de M. Markham, probablement féminine observa Anne. Peut-être Mme Poole enseignait-elle également aux enfants, bien que, sans parvenir à s'expliquer pourquoi, Anne ne puisse imaginer une femme aussi sévère et anguleuse avec une graphie aussi délicate.

— Mme Poole nous accorde une petite quantité de charbon par jour, mais elle dure à peine une heure. Nous sommes une institution charitable, il nous faut dépenser nos fonds avec parcimonie. (De toute évidence, il récitait là une phrase souvent entendue.) Quand je reçois ma paie, j'achète du charbon en plus pour la classe, mais je n'ose le faire trop souvent. Car je pense que Mme Poole retiendrait même cette allocation de mon salaire, autrement.

— C'est une honte de profiter à mauvais escient d'une telle gentillesse, s'insurgea Charlotte en s'asseyant sur l'un des bancs que M. Markham avait tiré pour les sœurs. Les enfants ont de la chance d'avoir un professeur aussi attentionné, monsieur Markham. Ayant connu, même si ce n'était que sur une courte période, le grand inconfort et le malheur d'un endroit similaire, je devine que votre générosité signifie beaucoup pour ces garçons.

M. Markham acquiesça, s'empourprant une fois de plus.

Le moment était venu d'aborder l'objet de leur visite.

— Monsieur Markham, vous avez grandi entre ces murs, n'est-ce pas ? demanda Anne, inquiète de voir à quel point la question désarma le jeune homme et le mit mal à l'aise.

— Si vous voulez dire par là qu'en raison de mes débuts malheureux dans la vie je ne suis pas digne d'un poste d'enseignant ici, mademoiselle Brontë, alors je regrette, mais nous devons mettre fin à cette conversation sur-le-champ. Car oui, je viens du caniveau, je suis sans famille, cependant j'ai travaillé chaque jour de mon existence pour améliorer non seulement mon sort, mais aussi celui des enfants d'ici.

— Monsieur, vous vous méprenez, reprit Anne en se penchant vers lui, le regard intense. (Un geste qui ne fit qu'augmenter le rouge de ses joues.) Notre propre père est né dans la cabane d'un fermier et, à force de persévérance, il a pu intégrer Cambridge, puis l'Église. Nous ne vous condamnons pas, monsieur, au contraire nous vous applaudissons. Nous sommes ici pour vous questionner sur votre présence ici durant l'année 1832.

M. Markham hocha la tête, redressant son col et ses épaules d'un même geste.

— J'avais onze ans et je cherchais un endroit où me réfugier, car mon séjour à Crossed Keys était sur le point de prendre fin. Si vous trouvez cet établissement sinistre aujourd'hui, c'était bien pire il y a treize ans. Il n'y avait pas de personnel, à part Mme Poole et la cuisinière, et deux fois plus de garçons. Poole se chargeait des leçons, mais elles étaient chiches et mal gérées. Les enfants étaient battus tous les jours, affamés et exposés au froid en guise de châtiment, envoyés à l'usine très souvent. Beaucoup mouraient, la plupart du temps de la consomption ou de la typhoïde, mais je crois que certains étaient tout simplement trop faibles ou trop durement traités pour survivre. Cependant, c'est cette année-là que Crossed Keys s'est attiré un nouveau bienfaiteur et que la situation des garçons s'est un peu améliorée : ils n'étaient plus contraints à travailler, ou du moins ils n'étaient pas censés l'être. J'ai eu une enfance malheureuse, durant laquelle j'ai perdu tant d'amis que j'ai vite jugé bon de ne plus m'en faire. Mais j'ai été éduqué et nourri, et je suis reconnaissant même de la cruauté du destin qui a mis cet endroit sur mon chemin. Je ne sais pas ce que je peux vous dire d'autre, mademoiselle Brontë.

L'expression d'Anne s'était adoucie à mesure qu'elle écoutait M. Markham. Il était de ces créatures rares, un être humain tout à fait convenable.

— Monsieur Markham, avez-vous été l'un des nombreux garçons envoyés travailler loin de Halifax cet été-là, à Top Withens Hall ?

M. Markham esquissa un faible sourire.

— En effet. Même si l'on ne peut pas dire que la période a été heureuse, au moins cela m'a permis de quitter cet établissement pour quelques mois, ce dont j'ai été soulagé.

Anne jeta un bref regard à ses sœurs avant de poursuivre.

— Et vous souvenez-vous d'enfants qui auraient disparu de Crossed Keys ou de Top Withens cet été-là ? Des fugueurs présumés, peut-être ?

— Je ne saurais l'affirmer précisément, répondit M. Markham en baissant les yeux et en se détournant d'elles.

Sa posture indiquait clairement son malaise.

— Qu'entendez-vous par « précisément » ? voulut savoir Charlotte.

Elle était restée assise sans rien dire, se contentant d'observer, mais elle se redressa alors et se dirigea vers l'endroit où M. Markham se tenait debout. Bien qu'il ne soit pas un homme grand, elle dut lever le visage pour croiser son regard.

— S'enfuir, même de Crossed Keys, c'était courir dans les bras de la mort, dit-il. Tous les garçons ici le savent, aujourd'hui comme hier. Nous étions conscients que, dans la rue, nous serions probablement obligés de voler ou pire, pour survivre. Ici, nous avions une chance. Infime, certes, mais une chance tout de même. Une histoire circulait sur un garçon dont on racontait qu'il avait fugué, mais… jamais je n'ai su dans quelle mesure elle était vraie.

— S'il vous plaît, monsieur Markham, parlez-nous de ce garçon, l'encouragea Anne, en jetant un coup d'œil à Emily.

Se pourrait-il qu'elles soient sur le point de découvrir le nom de l'enfant de Top Withens ? Cette idée remplit Anne d'un tourbillon d'émotions contradictoires, ramenant à son esprit les images de ces pauvres ossements abandonnés et, pire encore, la pensée de Joseph Earnshaw à la merci d'un fou.

— Mon ami John, John Rafferty, se lança M. Markham, sourire faiblard aux lèvres. C'était un jeune Irlandais, venu dans ce pays avec sa mère pour chercher du travail. John était petit pour son âge, comme beaucoup d'entre nous, et souvent souffrant, pourtant son sens de l'humour et son espièglerie ne le quittaient pas, et jamais il ne perdait l'espoir, malgré sa fragilité. Nous autres, nous étions malades et gelés, et il prenait soin de nous, il rapportait de l'extérieur quelques brindilles de plus pour chauffer le dortoir et chipait des bricoles à manger sous le nez de la cuisinière. Il était différent de la plupart d'entre nous, car sa mère vivait encore. Elle avait trouvé un emploi où on la logeait et, ne pouvant pas prendre un enfant avec elle, l'avait laissé à Crossed Keys le temps de dénicher un meilleur poste. Comme nous enviions tous les lettres qu'elle lui écrivait ! Il ne savait pas bien lire, cependant, alors je les lisais pour lui. Le dernier courrier parlait d'un nouveau travail avec un cottage qui leur conviendrait à tous les deux. Sachant qu'il était si près d'obtenir un toit avec sa mère, il est difficile d'admettre qu'il se soit enfui avant que nous quittions notre emploi à Top Withens, en laissant même ses bottes derrière lui. C'est pourtant la version qu'a donnée Mme Poole, et sa parole faisait – fait toujours – loi dans cet établissement.

— John Rafferty.

Anne répéta le nom dans un souffle et se tourna vers ses sœurs, très silencieuses et très graves. Il semblait probable qu'il s'agissait de leur enfant, qu'il n'était plus anonyme. Un garçon avec un nom et un caractère, une mère et l'espoir d'une vie meilleure.

— N'est-il pas possible de croire que, incapable d'attendre, il aura couru rejoindre sa mère ? demanda Charlotte.

— Non, répondit M. Markham en secouant la tête sombrement. Mme Rafferty n'a plus jamais entendu parler de lui, pour autant que je sache. Je lui ai rendu visite une fois, après avoir été obligé de quitter l'orphelinat à l'âge de douze ans. Je pense que j'espérais peut-être trouver un peu de réconfort maternel auprès d'elle, mais je n'en ai reçu aucun. J'ai rencontré une femme si mal en point et si tourmentée par l'inquiétude que c'était terriblement triste à voir. Elle m'a raconté qu'elle avait dû prendre un locataire pour joindre les deux bouts, mais qu'elle était terrifiée à l'idée d'être découverte et jetée hors de la maison de son maître. Elle m'a supplié de ne pas en parler, et j'ai juré de tenir ma langue. À vrai dire, je nourrissais quelque espoir qu'elle me demanderait de loger avec elle, car j'étais très jeune et solitaire, mais peut-être était-il préférable que je sois déçu. Après tout, tracer mon propre chemin dans le monde m'a bien servi. J'ai souvent repensé à cette pauvre femme. Si elle avait su avec certitude que John était mort, elle aurait pu comprendre, elle aurait pu le pleurer, mais cette disparition inexpliquée lui refusait toute intelligence de l'événement. Peu après, les garçons ont commencé à parler de…

—Oui, monsieur Markham ? insista Anne.

—Cela peut paraître idiot, mais votre venue aujourd'hui m'a rappelé que c'est après la disparition de John que les garçons ont commencé à échanger des messes basses au sujet de l'existence d'un monstre voleur d'enfants, qui n'ont jamais cessé depuis.

—Un monstre ? répéta Anne, en s'efforçant de masquer le tremblement de sa voix.

—Oui, un monstre qui rôderait dans les couloirs la nuit et choisirait un garçon à enlever. Ce qui est bizarre, c'est que, bien que l'affaire remonte à treize ans, l'histoire perdure, et beaucoup ont encore tellement peur du monstre que Mme Poole l'utilise pour les effrayer et les réduire à l'obéissance.

—Comme ce doit être terrifiant pour eux, commenta Charlotte avec un frisson.

—À quoi ressemble ce monstre ? s'enquit Emily. A-t-il un nom ?

—Non, pas de nom. Et pour ce qui est de son apparence, eh bien, celle qu'un garçon peut imaginer, je suppose. (Markham secoua la tête, perplexe.) Quoi qu'il en soit, cela fait maintenant trois longues années que je travaille et que je vis ici. Si des enfants meurent – plus nombreux que nous ne le souhaiterions –, nous n'avons en revanche eu la visite d'aucun monstre.

— Pas d'autres disparitions étranges ? voulut préciser Anne.

Markham resta sans répondre un moment, de nouveau très mal à l'aise.

— Il y a eu un incident, il y a quelques semaines, mais… ce n'est pas lié, j'en suis sûr. Il a entraîné le départ de l'autre enseignante, Mlle Goddard, qui travaillait ici, et elle a emmené l'un des garçons avec elle.

— Racontez-nous, monsieur Markham, lui intima Anne. Tout ce dont vous vous souvenez pourrait s'avérer utile.

— Je ne peux pas vous en dire plus, si ce n'est que Mlle Goddard paraissait très agitée, peut-être pas en pleine possession de ses esprits, et qu'elle a été renvoyée. J'étais désolé, car Lucy était une bonne amie et… enfin, une bonne amie.

Il était frustrant d'entrevoir ces circonstances qui, mises bout à bout, pourraient révéler la vérité, mais M. Markham ne semblait pouvoir leur en dire beaucoup plus.

— Une dernière chose, monsieur Markham, reprit néanmoins Anne, en tendant dans sa paume le médaillon qui avait été laissé dans le lit de Joseph. Avez-vous déjà vu un objet tel que celui-ci ? Exactement comme celui-ci, je veux dire.

Il se pencha vers sa main et examina le bijou quelques instants.

— Je ne me rappelle pas en avoir vu de semblable, répondit-il enfin.

— Merci, monsieur Markham, conclut Charlotte, qui se leva et fit un signe de tête à ses sœurs. Nous vous sommes très reconnaissantes du temps que vous nous avez accordé. Nous devons maintenant interroger la cuisinière. S'il vous plaît, pourriez-vous nous indiquer où la trouver ?

— Pas moi, intervint prestement Emily. Je souhaiterais parler aux enfants.

— Dans quel but, Emily ? demanda sèchement Charlotte. Aucun de ces petits n'était seulement né l'année qui nous intéresse.

— C'est peut-être exact, concéda sa cadette, et pourtant, en matière de monstres, les enfants sont les meilleurs experts au monde.

38

Emily

Emily avait toujours jugé que la meilleure politique à suivre dans les longs couloirs remplis d'ombres chuchotantes était de marcher aussi rapidement et résolument que possible, afin de dissuader d'éventuels fantômes de tenter de vous faire perdre votre temps. Non qu'elle ait peur des fantômes. En réalité, dans des circonstances normales, elle était toujours très heureuse d'en rencontrer un… mais pas aujourd'hui. Aujourd'hui, elle n'avait pas une minute pour les créatures surnaturelles, alors qu'un monstre bien réel rôdait en liberté.

Tandis que Charlotte, Branwell et Anne se dirigeaient vers la cuisine, suivant l'odeur du chou bouilli, à la recherche de la Mme Seed susmentionnée, Emily s'engagea dans la première volée de marches qu'elle trouva et monta à l'étage. Il lui semblait peu probable qu'une maison aussi grande que celle-ci n'ait que les garçons qu'ils avaient vus dans la salle de classe pour seuls habitants. Le jeune et gentil M. Markham avait évoqué le départ récent d'un membre du personnel. Si cette personne n'avait pas encore été remplacée, il y avait sans doute un certain nombre de garçons ailleurs dans le bâtiment, qui attendaient leur tour pour boire à la source du savoir.

Et en effet, au moment où elle atteignait le palier supérieur, des bruits de conversations étouffées et de brefs éclats de rire s'échappèrent dans le couloir sans fenêtre, petites bribes de fraternité au milieu d'un océan de morosité et d'oppression. Restant immobile un moment, Emily guetta d'autres sons révélateurs, mais les enfants, apparemment avertis de son approche, s'étaient brusquement tus. Ouvrant une porte, elle découvrit une longue pièce encombrée de lits, si glaciale que sa respiration s'embruma devant elle. La chambre était déserte, à l'exception d'un petit garçon qui, bien que sa toux soit assez forte pour faire vibrer le cadre du lit, ne s'éveilla pas. Arrachant deux maigres couvertures aux couchages voisins, Emily les étendit sur l'enfant, avant de se retirer discrètement, non sans prier pour que ce qui l'affligeait disparaisse au matin.

De l'autre côté du couloir, elle ouvrit une seconde porte sur des bruits de pas et des chuchotements, ceux de garçons qui s'empressèrent de s'asseoir sur leur lit, chacun avec un livre de prières en lambeaux sur les genoux. Le froid omniprésent s'était aussi emparé de cette pièce humide, et de nombreux enfants avaient enroulé leur mince couverture autour d'eux en guise de manteaux de fortune. Ils faisaient de leur mieux pour paraître absorbés par leur lecture.

— Vous n'avez pas à avoir peur, leur lança Emily comme elle se serait adressée à Keeper quand il savait avoir mal agi, mais qu'elle essayait néanmoins de l'attirer dans la maison. Je ne suis pas venue pour vous gronder ni vous faire réciter vos leçons. Je voudrais seulement vous parler un petit moment. Et vous demander de me raconter une histoire. Vous pouvez fermer vos livres.

Au moins deux dizaines de paires d'yeux attentifs la suivirent pendant qu'elle se dirigeait vers le centre de la pièce, où elle prit place sur un lit, à côté de l'un des garçons plus âgés, même s'il n'avait probablement guère plus de dix ans.

— Je m'appelle Emily, déclara-t-elle en lui tendant une main qu'il prit avec hésitation et retint un instant, en la fixant du regard comme s'il s'agissait d'un objet merveilleusement précieux. Et toi, comment t'appelles-tu ?

— William... William Gower, mademoiselle, répondit-il en l'observant avec de grands yeux méfiants.

— Depuis combien de temps es-tu ici, William ?

— Depuis que j'ai six ans, je pense, et j'ai environ dix ans maintenant, mademoiselle.

William continuait de contempler Emily comme si elle était effrayante, ce qui était sûrement le cas, du moins le supposait-elle, surtout pour un garçon qui n'avait jamais connu la gentillesse.

— William, ton professeur, M. Markham, m'a dit que vous, les enfants, vous vous racontiez des histoires, et je me demandais si tu voudrais bien m'en raconter une ?

— Laquelle, mademoiselle ? s'enquit William. Justement, on était en train de se raconter celle de l'ouverture de la mer Rouge, mademoiselle. Elle vous plairait ?

— C'est une très belle histoire en effet, convint Emily avec un sourire encourageant, mais je suis plus intéressée par l'histoire du monstre de Crossed Keys.

Un vent d'inquiétude balaya le groupe d'enfants qui, à mesure qu'ils se rassemblaient lentement autour d'Emily, creusaient le pitoyable matelas de leur faible poids, chaque fois que l'un d'entre eux s'aventurait sur le lit.

— Nous n'avons pas le droit de raconter cette histoire, mademoiselle, lui répondit gravement William. Mme Poole dit que c'est un mensonge et que c'est un péché de mentir, mademoiselle.

— Mme Poole dit aussi qu'elle enverra le monstre pour nous prendre si nous sommes méchants, alors c'est un péché aussi ? demanda une autre voix derrière Emily.

— C'est un péché de mentir, confirma Emily, mais ce n'est pas un péché de raconter une histoire, c'est même tout le contraire, car une bonne histoire est une chose merveilleuse, y compris celles qui peuvent vous effrayer un peu. Même la Bible est pleine d'histoires, d'allégories et de paraboles.

William et ses amis restèrent silencieux, retranchés dans leur réticence.

— Si tu me racontes l'histoire du monstre, je te promets que Mme Poole ne le saura jamais. Et je suis une personne de parole, William, tu peux compter là-dessus.

William plongea longuement ses yeux dans les siens, puis regarda ses compagnons, comme pour guetter leur approbation.

Emily fit mine de ne pas remarquer les hochements de tête tacites qui l'entouraient.

— Très bien, mademoiselle, lâcha enfin William, dont la main se glissa dans celle d'Emily. Eh bien, il y a un monstre qui vient à Crossed Keys, mademoiselle. Pas toutes les nuits, pas même tous les ans, mais parfois, quand la lune est sombre et que le monstre a faim, il vient et il emporte un garçon. Sauf que je vous mens, mademoiselle, parce que vous vouliez que je vous raconte une histoire, or ce n'est pas une histoire, ça, mademoiselle, c'est pour de vrai.

Emily baissa les yeux sur sa petite menotte dans la sienne. En souriant, tout comme sa mère le faisait, elle passa un bras autour de William et lâcha sa main pour enrouler l'autre autour du garçon assis à sa droite, les rapprochant ainsi.

— Dis-moi : qu'est-ce qui te fait penser que c'est pour de vrai ? As-tu déjà vu le monstre, William ? questionna-t-elle.

— Non, mademoiselle, répondit William. Et j'en suis heureux. Car si je l'avais vu, je n'aurais plus rien vu ensuite. (Il hésita, l'air très soucieux.) Mais je l'ai entendu. Comme nous tous ici. Car il est venu il n'y a pas si longtemps, c'est comme ça qu'on sait que c'est bien réel.

Les garçons acquiescèrent et murmurèrent. Un bambin, qui n'avait peut-être pas plus de trois ans, grimpa sur ses genoux et lui noua les bras autour du cou. Ces enfants inquiets et vulnérables touchèrent son cœur d'une manière tout à fait inattendue. Ils lui rappelaient le jour où, pour la première fois, elle avait posé les yeux sur Keeper, sale et ensanglanté, perdu et mal aimé. Ce qu'ils voulaient, eux, c'était que quelqu'un leur affirme que tout allait bien et les garde en sécurité, ces pauvres petits chiots. Malgré tous les chagrins qu'elle avait connus dans sa vie, Emily avait au moins toujours eu cela.

— Quand avez-vous entendu le monstre ? interrogea-t-elle les enfants. C'était peut-être une sorte de rêve.

— Ce n'était pas un mauvais rêve, mademoiselle, c'est arrivé il y a deux semaines, dit William d'une voix à peine audible, comme s'il avait peur d'être entendu. On le sait, quand le monstre vient, parce qu'il chante une chanson, mademoiselle, la même à chaque fois. Alors il faut fermer les yeux, aussi fort que possible, et pas bouger d'un pouce, mademoiselle. S'il vous voit ne serait-ce que respirer, alors c'est vous qu'il emporte.

— Qu'il emporte ? répéta Emily.

— Oui, mademoiselle.

William frissonna, et son expression se referma, comme s'il se souvenait de quelque chose de terrible qui s'était vraiment produit.

— Quand le monstre arrête de chanter, on sait qu'il a choisi le garçon qu'il va manger.

— Je dois avouer que je n'ai jamais entendu parler d'un monstre qui chante, William, répliqua Emily, faisant de son mieux pour alléger l'atmosphère. Dis-moi, quelle chanson chante-t-il ?

— C'est une vieille chanson, mademoiselle. Une chanson qui s'appelle « La mère cruelle ». M. Markham dit que c'est une chanson plus vieille que Halifax, plus vieille que cette maison même, qui est pourtant très, très vieille.

Les vieux rites, pensa Emily. *La vieille magie, les vieilles superstitions, même la vieille musique folklorique semblent tourbillonner autour de ce mystère comme un épais brouillard.*

— Pouvez-vous me la chanter ? demanda-t-elle aux garçons qui, l'un après l'autre, secouèrent le menton.

William déglutit avec peine.

— Ça nous fait peur, mademoiselle, au cas où chanter rappellerait le monstre. Mais... je veux bien vous fredonner l'air, si vous voulez.

Emily acquiesça, et William tourna la tête jusqu'à ce qu'elle entende son souffle de voix dans son oreille.

Elle le sentait trembler contre elle, et sa propre peau se hérissa de frissons au niveau de la nuque, comme si l'étrange et triste mélodie l'appelait du fond des âges. Un rêve lointain, comme un souvenir diffus, l'emplit d'un profond sentiment d'effroi.

— Et quand le chant s'arrête, le garçon est soulevé et emporté par la fenêtre, lui dit William. Le monstre déploie ses grandes ailes et s'envole avec l'enfant pour le dévorer et ronger ses os.

— Le monstre s'envole ? répéta Emily.

— Oui, mademoiselle, confirma William très sérieusement. Avec ses grandes ailes noires qui battent.

— Et un garçon a été enlevé, il y a deux semaines ?

Emily fronça les sourcils : s'agissait-il d'un conte de fées, tout compte fait ? Car, si cette histoire était vraie, M. Markham n'aurait pas manqué de leur en parler, lui, si la fourbe et méfiante Mme Poole n'en avait rien fait.

— Oui, mademoiselle. Sauf que, cette fois, c'était différent.

— En quoi était-ce différent, William ?

— Le garçon – c'était Tom –, il a été enlevé, mais il s'est échappé, mademoiselle, expliqua William. Son nom est Tom Hawthorne, et personne ne veut le laisser faire, pourtant il a survécu pour raconter l'histoire.

39

Charlotte

Charlotte, Anne et Branwell trouvèrent Mme Seed seule dans l'immense cuisine, occupée à faire bouillir quelque chose de gris qui dégageait une odeur nauséabonde. Malgré ses dimensions, la pièce était la seule de la grande maison à être correctement chauffée, une chaleur bienfaisante, même si la puanteur des légumes en décomposition ne l'était pas.

— Vous êtes venus, alors, constata la cuisinière, croisant ses gros bras sous sa poitrine opulente.

Contrairement à tous les pensionnaires, à deux doigts de la malnutrition, il semblait à Charlotte que Mme Seed ait trouvé le moyen de subvenir assez bien à ses besoins. Visage rond et joues rouges, regard méfiant, cette femme à l'allure redoutable avait déjà reçu la visite de Mme Poole et avait probablement été mise en garde quant à ce qu'elle devait répondre à leurs questions. Sans le moindre doute.

— Bonjour à vous, madame, dit poliment Charlotte.

Face à la carrure imposante de Mme Seed, sa propre petite taille pouvait être mise à profit ici. Il était presque certain que Mme Seed conclurait à son insignifiance, après un seul coup d'œil à sa frêle silhouette, comme tant d'autres l'avaient fait dans la vie de Charlotte. À l'instar de la plupart de ces âmes infortunées, Mme Seed apprendrait bientôt à ses dépens à regretter une telle erreur de jugement.

— S'il vous plaît, pourrions-nous accaparer un peu de votre temps ?

Charlotte était déférente, la voix légère et féminine.

— Poole m'a dit pourquoi vous étiez ici, mais je ne sais rien qui puisse vous aider dans votre enquête.

Charlotte leva la tête vers le visage rougeaud de Mme Seed et chercha ses yeux dans le pli de chair qui les recouvrait.

— En êtes-vous sûre ? Ou est-ce ainsi que Mme Poole vous a conseillé de répondre ?

— Elle me l'a conseillé, convint Mme Seed, dont le regard glissa, par-dessus l'épaule de Charlotte, vers l'endroit où Anne marchait lentement comme si elle cherchait quelque chose, tandis que Branwell s'était affalé sur une chaise près du four. Non pas que je me soucie de ses opinions. Je la méprise de tout mon être, depuis le jour où j'ai mis les pieds dans cet endroit détestable. Je ne sais rien de ce qui s'est passé à l'époque, à part quelques détails, c'est-à-dire ce que tout le monde sait.

— Si vous pouviez avoir l'amabilité de nous révéler ce que vous savez afin que nous puissions le confronter avec d'autres récits ? insista Charlotte, sans se départir de son sourire.

Anne faisait les cent pas, s'arrêtant de temps en temps pour fixer très attentivement un objet en particulier. Quant à Branwell, eh bien, il était perdu dans des pensées que Charlotte ne pouvait pas comprendre, bien qu'elle soit certaine que Mme Robinson en constitue la base.

Mme Seed soupira.

— Les garçons avaient été envoyés, pour l'été, dans une ferme du côté de Scarsdale. Comme on n'avait pas besoin de moi, je suis allée rendre visite à mon frère et j'aurais mieux fait d'y rester. Quand les gosses sont revenus, il en manquait certains. Qui étaient morts, comme cela arrive aux gamins. Et l'un d'eux s'était enfui, ce qui n'était pas surprenant, vu que c'était un sacré petit… (La bonne femme poussa un nouveau soupir.) Chenapan. J'imagine qu'il avait pris goût à l'air frais et à la lumière du soleil, et puis c'est tout. Je pense pas qu'il aura bien tourné, mais y a pas de mystère là-dedans. Et si quelqu'un a laissé de l'argent, en tout cas c'est pas lui.

— Sauf que ce n'est pas tout, madame Seed, reprit Charlotte alors qu'Anne s'arrêtait devant la porte fermée du garde-manger, dont la clé était dans la serrure.

— Comment ça, pas tout ? voulut savoir Mme Seed, qui ne lâchait pas Anne du regard.

Charlotte vit les yeux de la cuisinière s'écarquiller, son visage rougeaud s'empourprer encore plus.

— Les restes d'un enfant ont été récemment découverts à Top Withens Hall, où John a été vu pour la dernière fois. Il y a peu de doutes sur le fait que ce soient ses ossements qui ont été retrouvés cachés là, tout comme il y a peu de doutes que celui qui l'a enlevé cet été-là a aussi enlevé un autre garçon de notre village. Nous pensons que John Rafferty a été assassiné, madame Seed, donc vous feriez bien de nous dire tout ce que vous savez maintenant. Avant que des accusations ne soient portées.

La bonne femme s'assit sur une chaise dans un gros bruit sourd, position qui plaçait désormais Charlotte au-dessus d'elle.

— Je vous jure que j'ai cru à une fugue, bredouilla la cuisinière, les yeux papillotant dans tous les sens. Poole l'avait dans le collimateur, elle semblait prendre plaisir à se montrer mauvaise avec lui. Quand j'ai entendu qu'il était parti, j'ai pensé qu'il avait déguerpi, à coup sûr, je ne voulais pas revenir là-dessus. Et c'est tout ce que je sais. Enfin… (Elle refusait à présent de soutenir le regard de Charlotte.) Ici, les garçons meurent parfois de causes autres que la maladie : après avoir été battus ou soumis à une énième punition, comme les priver d'eau pendant trois jours ou les enfermer dans le hangar à charbon, et… eh bien, elle les inscrit toujours comme morts de consomption, afin de rendre la chose plus acceptable pour le rapport qu'elle adresse aux patrons. Elle ne veut pas affliger ces grands messieurs-dames.

— Comment pouvez-vous faire partie de cet établissement, sachant que Poole y couvre ses actes de cruauté sur ces pauvres enfants ? Pourquoi n'êtes-vous pas allée voir les représentants de la loi pour exiger qu'elle réponde de ses méfaits ? s'indigna Charlotte.

— Parce que… n'est-ce pas ainsi que marche le monde ?

Anne bondit, mais Charlotte la retint par le bras et secoua légèrement la tête.

— Que pouvez-vous nous dire sur le monstre dont parlent les garçons ? reprit Charlotte, qui se demandait ce que sa sœur aurait fait, exactement, si elle l'avait laissée atteindre Mme Seed.

— Oh, ça, c'est des bêtises, toutes lancées par un autre fauteur de troubles. Il y a quinze jours, l'un d'eux s'est présenté juste avant l'aube, tout coupé et cabossé de partout. Il a dit qu'il avait été tiré de son lit par le monstre. Non, mais je vous demande bien ! En fait, il s'était probablement attiré des ennuis en ville, et voilà qu'il cherchait à revenir sans l'avouer. Il a reçu le fouet, pourtant il a refusé de changer d'histoire. Comme quoi il pouvait le prouver. Ce qui n'a fait que pousser Poole à le battre encore plus, même si les garçons de son dortoir pensaient l'avoir tous entendu aussi. Mlle Goddard, elle, l'a cru. Elle est douce, trop douce pour son propre bien, et elle s'est interposée entre le petit et Poole. Elles ont eu une sacrée bagarre, au point que Markham menace d'aller voir les patrons. Mlle Goddard a emmené Tom chez le gendarme, mais ce dernier a vu la « preuve » de Tom pour ce qu'elle était : une bêtise. Tom Hawthorne est un menteur né, il jurerait que la nuit est le jour en vous regardant dans les yeux. Le gendarme lui a donné le fouet pour ses mensonges, et Poole l'a jeté à la rue. Elle n'a pas précisé que Mlle Goddard était partie avec le garçon et l'avait pris sous sa protection la nuit même. Si vous voulez mon avis, je pense qu'elle espérait que M. Markham s'en irait avec elle, mais je les ai entendus causer : il lui a dit qu'il ne pouvait pas abandonner ces garçons seuls ici sans protection.

— Savez-vous ce qui est arrivé à Mlle Goddard et à Tom ? s'enquit Charlotte. Nous devons leur parler d'urgence.

— Quoi, c'est à eux qu'on a laissé l'argent, alors ? demanda sèchement Mme Seed avant de soupirer à nouveau. J'ai entendu dire qu'elle était dame de compagnie maintenant, auprès de quelques vieilles filles de Scar Top Lane, après Stanbury. Le garçon est avec elle. Je n'en sais pas plus, mais je vais vous faire encore un aveu, et vous ne répéterez jamais que c'est moi qui vous l'ai dit.

— Que voulez-vous nous confier, madame Seed ? insista Charlotte.

— Que Mme Poole confisque une grande partie de la nourriture et du combustible pour les revendre à profit. M. Markham a écrit aux patrons une fois, mais rien n'est ressorti de sa démarche, et je sais pourquoi. Mme Poole est un maître-chanteur. Elle déniche des secrets et les garde pour elle. Elle sait que les bienfaiteurs qui financent cet endroit ne la renverront pas. Alors je vous en prie, mesdemoiselles, monsieur, si vous avez le pouvoir de l'empêcher de nuire, faites-le, et vous aurez sauvé plus d'une vie.

40

Anne

— Il se fait très tard, dit Charlotte. J'aurais préféré que nous ne perdions pas notre temps à interroger Mme Poole, car je n'ai jamais rencontré femme plus odieuse et plus évasive.

Cheminant tous les quatre, ils avaient laissé l'orphelinat de Crossed Keys et tout Halifax désormais loin derrière eux. Charlotte avait tout à fait raison dans son évaluation de Mme Poole : de quelque façon qu'elles l'aient questionnée, elle esquivait et éludait, aussi glissante qu'une anguille. Elles avaient jugé plus prudent de garder pour elles les informations récoltées auprès de M. Markham, de Mme Seed et des enfants, par égard pour ces pauvres âmes, mais aussi pour éviter que Mme Poole, comprenant la véritable nature de leur enquête, ne prenne la fuite. Avec moult précautions, elles l'avaient interrogée autant que possible sur l'orphelinat et ses pratiques, et Anne avait été certaine que chaque réponse proférée par Mme Poole était un mensonge.

Dans la voix de son aînée, Anne percevait une inquiétude qu'elle partageait. En temps normal, les dix miles qui séparaient Halifax de la maison constituaient une promenade qu'elles n'auraient pas hésité à entreprendre, mais maintenant que le dernier moyen de transport était parti et que l'après-midi s'assombrissait de minute en minute, il semblait que la route s'allongeait à chaque pas et que le sort de Joseph Earnshaw se scellait.

Sans compter qu'il était tout à fait possible qu'elles soient sur le mauvais chemin. Mme Seed leur avait dit que Mlle Goddard avait pris un poste de l'autre côté de Stanbury, mais sans entrer dans les détails.

Il s'agissait de maisons et de familles que les sœurs connaissaient. Pourtant, elles avaient du mal à en imaginer une qui soit susceptible d'employer une dame de compagnie, car ce type de fonction était normalement offert par des femmes seules d'un certain rang. Or, Anne ne pouvait envisager le moindre foyer dans cette zone qui corresponde à cette description. Elle en était donc réduite à espérer qu'une piste se présenterait sans trop tarder à eux, sinon ce long détour pour suivre la trace de Mlle Goddard ne serait qu'une perte de temps précieux.

— Je crains de ne pas avoir la force de continuer beaucoup plus longtemps, admit Charlotte. Branwell, puis-je prendre ton bras ?

Branwell laissa Charlotte s'appuyer sur lui avec un sourire lugubre.

— Quel bon et stoïque compagnon tu as été, aujourd'hui, commenta leur aînée. Et même si tu es resté silencieux et que tu as gardé tes pensées pour toi, j'espère que tu sais quel réconfort ta présence m'apporte, nous apporte à toutes, je me permets de le dire. Ces derniers jours, où nous sommes redevenus partenaires comme avant, m'ont rappelé à quel point nous avons besoin de toi, mon frère.

— Ah oui, vraiment ? demanda Branwell avec un rire amer. Vous avez besoin de moi pour vous escorter, pour vous protéger, néanmoins je parie qu'Emily Jane pourrait asséner un coup de poing plus fort que son frère affaibli. Vous avez besoin de moi pour inspirer l'autorité, peut-être, car aussi brillantes et courageuses que vous soyez toutes, mes petites canailles, vous n'êtes toutefois que des femmes. Mais vous n'avez pas besoin de moi, Charlotte, loin de là. Vous m'avez distancé, toutes autant que vous êtes.

D'un geste sec, il se libéra de l'étreinte de Charlotte et avança de quelques pas rapides.

— L'on pourrait penser qu'il y a des événements plus importants que ton propre mécontentement, Branwell ! le rappela Emily. Nous ne sommes pas les architectes de ton chagrin. En fait, nous faisons tout ce que nous pouvons pour te ramener à la vie quand toi-même tu courtises la mort aussi assidûment que ta Mme Robinson.

— Emily, ne prononce pas son nom à voix haute, marmonna Charlotte.

— Rien de tout cela n'a d'importance, dit Anne à ses sœurs. Tout ce qui compte, c'est que nous retrouvions Mlle Goddard et le garçonnet aussi vite que possible.

— Non, riposta Branwell, sortant de l'obscurité pour revenir vers elles. C'est vrai, rien de ce que je fais n'a d'importance. Rien de ce que je fais n'est juste, ni digne, ni bon. Je suis une blague pour vous, votre risée. Que le monde entier me regarde comme un pitoyable idiot, je peux le supporter. Que ma bien-aimée Lydia doive s'en tenir à son cruel mariage alors qu'elle n'aspire qu'à être avec moi, je peux l'accepter. Mais que vous, mes sœurs, cherchiez à publier vos poèmes sans moi ? (Il secoua la tête.) C'est intolérable.

— Comment… comment le sais-tu ? bredouilla Charlotte, stupéfaite.

— La lettre que Martha m'a donnée après notre retour de Ponden était adressée à un « M. » Brontë, mais en réalité elle t'était destinée, Charlotte. Elle venait de « Aylott & Jones », qui proposaient de publier votre recueil si vous en assumiez le coût.

Charlotte s'immobilisa et tendit la main à Anne.

— Oh ! Emily, Anne… nous allons être publiées !

Les trois sœurs se prirent les mains et, un instant plus tard, se serrèrent les unes contre les autres.

— J'ai du mal à y croire, admit Anne. Est-ce vraiment possible ?

— Je le pense, dit Emily. Je savais qu'il suffisait de tomber sur le bon éditeur pour que mon génie soit reconnu, même si je ne jouirai pas de la célébrité qui s'ensuivra assurément.

— Tenir un livre imprimé, relié, avec nos mots à l'intérieur… (La voix de Charlotte était adoucie par l'émerveillement.) J'ai à peine osé rêver d'un tel prodige, mais maintenant… maintenant le monde entier verra qui nous sommes.

— Je vous présente mes félicitations, lança Branwell. Je vais pour ma part aller mourir dans un fossé, là, en contrebas, vous pourrez oublier que j'aie jamais existé.

Anne saisit la main de son frère, mais il la lui arracha.

— Branwell… nous ne voulions pas t'exclure. C'est plutôt que nous n'avons jamais envisagé que toi, si accompli, tu veuilles être associé à nos modestes efforts.

— Non, intervint Emily. Non, Anne. Je sais que tu cherches à apaiser la douleur de Branwell, mais ne fais pas cela. Notre travail n'est ni petit ni insignifiant. Nous sommes de très bonnes poétesses, comme le prouve cette lettre. Ce que nous écrivons a le même mérite, la même valeur que les mots écrits par n'importe quel homme. Ne te rabaisse pas pour qu'il se sente plus grand.

— Merci, ma chère Emily. Tu sais toujours exactement comment soulager mon âme, rétorqua Branwell.

— Branwell, tu es un homme à part entière, lui jeta Emily, furieuse. Enfin, ne viens-tu pas de publier deux poèmes ? Et ne parlais-tu pas d'écrire un roman et de nous montrer à toutes comment tu ferais fortune ? Tu possèdes en toi les outils de ta réussite, de ton triomphe, et une chance bien plus grande que nous, simples femmes, d'accomplir l'un et l'autre. Nous n'avons pas songé à toi, non pour t'exclure, mais parce que tu as un brillant avenir devant toi, si tu veux bien laisser de côté ton gin et ton apitoiement sur toi-même assez longtemps pour t'en saisir.

— Puisque vous n'avez pas besoin de moi pour votre recueil, messieurs Bell, je suppose que vous n'avez pas non plus besoin que je vous accompagne plus loin cette nuit.

— Branwell, s'il te plaît, tenta Charlotte, nous ne voulions pas te blesser, nous ne pensions pas à mal. Nous savons seulement que tu trouveras la gloire, que tu es né pour cela. Et que nous trois devons subvenir à nos besoins d'une manière ou d'une autre. Voilà tout. S'il te plaît, comprends-le.

— Mais non, je ne comprends pas, s'entêtait Branwell. Et oui, je sais qu'un enfant a disparu et que vous faites de votre mieux pour le sauver, je sais que ma douleur et ma souffrance comptent très peu comparées au sort de ce malheureux. Je ne suis pas fier de mon angoisse, Charlotte, mais elle me tourmente à chaque instant… et maintenant cela ? Vous vous débarrassez de moi comme si j'étais une tumeur ? C'en est trop. Je rentre à la maison pour me joindre aux équipes de recherche comme j'aurais dû le faire ce matin, car, de toute évidence, je ne vous suis d'aucune utilité.

En quelques enjambées, il fut englouti par la nuit, et ses trois sœurs restèrent plantées au milieu de la route, les yeux fixés dans le noir.

— Nous devrions le suivre, dit Charlotte.

— Non, répliqua Emily. Il n'est rien d'autre qu'un enfant gâté.

— Ah non, s'insurgea Anne. Non, il est plus que cela, tellement plus, et nous n'avons pas pensé à lui lorsque nous avons envoyé les poèmes, pas une seule fois. Puisque nous l'avons blessé et même si telle n'était pas notre intention, nous devons faire amende honorable, car j'ai bien peur qu'il ne puisse supporter beaucoup de nouvelles blessures encore. Mais pas maintenant. Maintenant, il nous faut trouver Mlle Goddard, quoique je ne puisse imaginer où elle pourrait s'être réfugiée dans cette suite de fermes et de maisonnettes d'ouvriers.

— Je crois que Mme Seed nous a menti, marmonna Charlotte.

— Un moment. (Anne s'immobilisa sur la route, frappée par une illumination soudaine.) Il y a une propriété, juste après Stanbury, formée de plusieurs maisons d'ouvriers, mais elle a été rachetée il y a des années et transformée en une seule demeure, désormais habitée par deux vieilles filles.

— Tu veux parler des sœurs Sladden, à Tewit Laithe, comprit Emily. On ne les voit presque jamais, même jamais pour l'une d'elles. Et ce, depuis des années et des années. Il semble peu probable qu'elles emploient une dame de compagnie dans leur petit cottage délabré.

— Peu probable, peut-être, concéda Anne, mais pas impossible. Tu as dit toi-même qu'il n'y avait pas d'autres foyers que nous ne connaissions déjà, et peut-être un endroit aussi oublié que Tewit Laithe pourrait-il être attrayant pour une jeune femme et un garçonnet qui se croient poursuivis par un monstre.

— C'est encore à deux miles, protesta Charlotte. Je ne sens plus mes pieds.

— Mais nous devons être minutieuses, Charlotte, répondit Anne à sa sœur. Le principe central de la détection, tu en conviendras, c'est de ne pas manquer un seul détail qui puisse mener à la vérité. Si vous ne voulez pas m'accompagner, j'irai seule.

Anne attendit pendant que ses aînées échangeaient un regard.

— Nous venons avec toi, déclara Emily après un moment. Comme tu t'en doutais bien. Sinon, Tabby nous en rebattra les oreilles jusqu'à la fin des temps. De plus, Anne qui n'est plus un bébé, tu as tout à fait raison. Les vrais détecteurs ne négligent aucune piste.

41

Emily

Tewit Laithe avait été si longtemps négligée qu'elle était presque revenue se fondre au flanc de la colline d'où ses pierres avaient été taillées trois siècles plus tôt. La maison était une longue bâtisse de structure irrégulière, composée de quatre cottages d'ouvriers creusés à mi-hauteur de la colline et protégés de la vue par un épais taillis d'arbres et de ronces. La légende locale racontait que Ned Sladden avait acquis les trois cottages adjacents au sien peu après la naissance de sa fille cadette. L'enfant était si malformée, disait-on, qu'elle n'aurait pas dû survivre, mais c'était sa mère qui était morte d'avoir trop perdu de sang et, prêt à tout pour tenir le monde cruel éloigné de son enfant infirme, le contremaître de la ferme avait, d'une manière ou d'une autre, fini par acheter toute la rangée de cottages au propriétaire du terrain et en avait fait un sanctuaire pour ses filles. Personne ne savait comment il avait réussi, car Ned Sladden était un homme aux moyens modestes, mais des rumeurs couraient, il y en avait toujours.

Dix ans plus tard, Sladden était décédé, et depuis – une période de temps dont Emily n'était pas tout à fait sûre, mais qui avoisinait les quarante ans –, les sœurs s'étaient repliées sur elles-mêmes, refusant toute offre d'aide extérieure. Rarement vues et quasiment oubliées par ceux qui vivaient et travaillaient autour de leur petit îlot de solitude, elles erraient dans leur royaume, tels deux fantômes égarés.

Les terres entourant Tewit Laithe étaient depuis longtemps redevenues des landes sauvages, et le chemin qui y menait depuis la route était à peine visible, même en plein jour. En cette soirée d'hiver glaciale, il était presque impossible de s'y retrouver ; tout ce que les sœurs Brontë avaient pour les guider consistait en un vague souvenir de l'emplacement du bâtiment par rapport au sommet de la colline, et même ce souvenir était incertain.

Alors elles marchèrent, elles montèrent jusqu'à l'endroit où le front sombre de la colline rencontrait le velours bleu de la nuit, où les étoiles apparaissaient une à une comme de lointaines lanternes. Enfin, Emily vit l'ombre d'une bâtisse se détacher de l'obscurité et se faire connaître, à mesure qu'elle se révélait à la vue. De l'extérieur, tout semblait plongé dans le noir et inhabité, sans même la lueur discernable d'une bougie ou d'un feu, mais, dans cette zone, il ne pouvait s'agir d'une autre maison que l'objet de leurs recherches.

— Elle paraît complètement déserte, chuchota Charlotte, bien qu'il n'y ait personne pour l'entendre. Peut-être les sœurs ont-elles déménagé après tout.

— Il se peut qu'elles soient à l'arrière de la maison, suggéra Anne en poussant le portail rouillé au prix d'un certain effort. Je vais frapper à la porte.

Anne cogna fermement une ou deux fois sur le pan de chêne encastré entre des murs épais. Aucun son ne leur parvint, aucun signe de mouvement à l'intérieur.

— Ce n'est guère surprenant, commenta Emily. Ceux qui se donnent tant de mal pour éviter la compagnie des gens ne sont guère enclins à répondre à la porte, surtout la nuit tombée. Je compatis plutôt avec elles.

— Eh bien, nous avons parcouru un bon bout de chemin, dit Anne. Alors nous allons faire le tour par-derrière et approfondir notre enquête.

— Je ne suis pas sûre que nous devrions, objecta Charlotte. Ce serait très semblable à une intrusion, et il pourrait y avoir… (Elle hésita.) Des risques.

— Charlotte, ma chère, cela fait plusieurs mois déjà que nous ne nous sommes pas livrées à une transgression, lui rappela Emily.

J'ouvrirai la voie, car j'ai une certaine expérience dans ce domaine. S'il y a du danger, je serai la première à entrer en collision avec lui.

— Très bien, approuva Anne, mais si nous rencontrons les sœurs, ne les effraie pas, Emily. Elles n'ont déjà pas l'habitude des gens ordinaires et seront donc encore moins préparées à croiser quelqu'un comme toi.

— On pourrait arguer au contraire que je suis exactement le genre de personne qu'elles sont prêtes à rencontrer, rétorqua Emily.

Avec précaution, elles entreprirent de contourner la propriété. Emily laissa courir le bout de ses doigts gelés le long des murs grossièrement taillés du cottage pour se guider. Il semblait qu'à chacun de ses pas la nuit devenait plus sombre et plus silencieuse, comme si même les hiboux dans les arbres retenaient leur souffle.

Enfin, Emily distingua le faible reflet d'une lumière provenant non pas de l'intérieur de la maison, mais de l'une des nombreuses dépendances agglutinées autour d'une cour pavée. Ayant l'impression de plonger dans l'inconnu, elle se détacha du mur protecteur pour se diriger vers la source de lumière. Poussant la porte grinçante de ce qui se révéla être un poulailler, elle découvrit une silhouette voûtée dans un équilibre précaire, debout au-dessus des volatiles.

— Mademoiselle Sladden ? murmura Emily, espérant que ses sœurs sauraient qu'elles devaient rester en arrière. Je m'appelle Emily Brontë, de Haworth. Je vous prie d'accepter mes excuses pour cette visite aussi tardive, sans invitation qui plus est, mais c'est au sujet d'une affaire vraiment très importante.

— Vous devez partir tout de suite, répondit Mlle Sladden, offrant toujours le dos à Emily. S'il vous plaît, tournez les talons et partez.

— Mademoiselle Sladden, insista Emily, je comprends parfaitement que je ne suis pas la bienvenue ici, que je m'impose à vous de façon grossière, seulement j'essaie de retrouver d'urgence une jeune femme et un enfant qui ont vécu à l'orphelinat de Crossed Keys : il s'agit d'une certaine Mlle Goddard et d'un garçon prénommé Tom. Peut-être pourriez-vous me dire si vous avez récemment pris l'un ou l'autre à votre service ?

— Partez, s'il vous plaît, répéta Mlle Sladden. Je ne dois pas être vue. Je ne veux pas que l'on me voie. Partez, s'il vous plaît.

Emily perçut toute sa détresse dans sa voix. L'imploration prégnante dans le ton était telle qu'Emily commença à fermer la porte, avant d'hésiter.

— Mademoiselle Sladden, reprit-elle, les yeux baissés, vous ne me connaissez peut-être pas, mais mon père est le pasteur de Haworth. Peut-être avez-vous entendu parler de lui et savez-vous que c'est un homme bon, que ses enfants ne cherchent qu'à lui ressembler le plus possible, à traiter tout le monde sur un pied d'égalité devant Dieu. Vous, votre sœur ou Mlle Goddard n'avez rien à craindre de moi ni de mes sœurs, qui attendent dehors…

— Je connais votre papa, confirma Mlle Sladden, dont la gêne parut s'atténuer un peu. Je lis ses lettres et ses sermons dans le journal. Votre père est un homme bon, mademoiselle Brontë, j'en suis sûre, mais, même ainsi, je ne souhaite pas être vue. Aussi, je vous supplie, mademoiselle, pour mon bien, de vous en aller.

— Je pars, accepta Emily. Mais je vous en prie, si vous avez entendu parler d'une Mlle Goddard et de ce Tom Hawthorne, demandez-leur de venir immédiatement au presbytère, car il est très urgent que nous les interrogions. Nous pensons qu'ils savent peut-être quelque chose sur une personne très dangereuse qui se trouve dehors cette nuit même, une personne qui fait beaucoup de mal aux enfants et qui détient, nous en sommes certaines, un garçon de Haworth entre ses mains méprisables au moment où nous parlons.

— Quel enfant ? demanda soudain Mlle Sladden, prenant Emily un peu au dépourvu.

— Joseph Earnshaw, répondit-elle, sans savoir trop pourquoi cette précision importait. Il a disparu depuis une nuit déjà, et nous avons très peur pour lui.

— Je connais Joseph, déclara Mlle Sladden. Plein de malice, mais brillant. Il est prometteur.

— En effet, mademoiselle Sladden… (Emily était curieuse.) Puis-je vous demander comment vous le savez ?

— Je ne souhaite pas être aperçue, mais ma sœur et moi craignons Dieu, mademoiselle Brontë. Votre propre père nous rendait régulièrement visite jadis, avant que sa vue ne lui fasse défaut. Depuis, son vicaire, M. Nicholls, vient nous voir une fois par mois pour nous guider dans la prière. Il nous apporte des livres et des journaux, nous raconte des histoires de l'école. Il parle souvent d'une Mlle Charlotte. J'espère qu'il ne parle jamais de nous ni de nos vies, car nous l'avons supplié de se taire.

— Il ne l'a jamais fait, affirma Emily très calmement. Croyez-moi.

Très lentement, Mlle Sladden se retourna pour faire face à Emily qui, au bout d'un moment, leva les yeux pour rencontrer ceux de son interlocutrice, fixes et inquisiteurs.

— Je vous crois, mais pourquoi pensez-vous que votre Mlle Goddard serait ici ?

— Ma sœur a un pressentiment, répondit Emily en toute transparence. Et nous croyons toutes que les pressentiments peuvent être des boussoles pointant vers la vérité. Anne a songé qu'une demeure aussi retirée que la vôtre pourrait constituer un refuge pour Mlle Goddard et Tom.

— Un refuge ? Non.

Mlle Sladden souleva la lampe à huile et s'approcha de quelques pas, portant la lumière à son visage.

Emily soutint son regard sans ciller. Certes, la colonne vertébrale de Mlle Sladden semblait tordue, sa joue reposait sur une épaule bossue, et tout ce côté de la figure tirait vers le bas. Mais Emily ne voyait qu'une femme effrayée, qui faisait de son mieux pour se montrer courageuse dans l'intérêt d'autrui.

— Cette maison a été ma prison toute ma vie, mademoiselle Brontë. Ma seule échappatoire, ce sont les livres et mon imagination. Mais à présent que ma sœur est mourante, et comme je ne peux pas sortir, je fais venir l'aide à mon domicile. Mlle Goddard et le garçon sont à l'intérieur. Vous pouvez leur parler.

— Mademoiselle Sladden, je vous suis reconnaissante de la confiance que vous me témoignez, dit Emily.

— Alors vous allez m'appeler par mon prénom. Je suis Rose.

42

Charlotte

Anne avait eu raison de supposer que la vie à Tewit Laithe se déroulait principalement à l'arrière de la maison. Rose les conduisit dans une petite cuisine réchauffée par un vigoureux feu de bois et plusieurs lampes. Des branches de sapin et de houx ornaient le manteau de la cheminée, des poutres en chêne soutenaient le plafond, et il était réjouissant de se rappeler que, si reculé et caché que l'on vive, Noël frappait à toutes les portes.

L'atmosphère conviviale disparut au moment où Emily et ses sœurs furent aperçues derrière Rose Sladden. Une jeune femme, qu'Emily imaginait être Lucy Goddard, se leva brusquement, son ouvrage de couture glissant de ses genoux, et sur un seul de ses regards, le garçonnet, qui était assis en face à la table de la cuisine, détala dans un escalier aux épaisses marches de pierre.

— Nous ne vous voulons absolument aucun mal, mademoiselle Goddard, déclara Charlotte. Nous n'avons pas le temps de nous expliquer, mais, s'il vous plaît, nous devons vous parler, à vous et à Tom, de la manière dont il a échappé aux griffes de la créature que les enfants de Crossed Keys appellent « le monstre ».

Mlle Goddard observa attentivement chaque sœur, et Charlotte comprit combien il avait dû être facile pour le gentil M. Markham de perdre son cœur au profit de cette délicate personne aux cheveux cuivrés, aux grands yeux si expressifs.

— Vous croyez à son histoire ? s'enquit la jeune femme, méfiante.

— Absolument, confirma Charlotte.

— En majeure partie, nuança Emily. Un garçon nommé William m'a raconté que le monstre s'envolait avec ses proies, et je dois admettre que j'émets quelques réserves quant à ce détail-là.

— C'est une cape, intervint la voix du garçonnet depuis le fond de la cage d'escalier. (Finalement, Tom Hawthorne redescendit dans la pièce et se dirigea aussitôt vers Mlle Goddard, qui l'entoura de ses bras comme s'il était son propre fils.) Un long manteau à capuchon qui virevolte derrière lui, car il marche très vite. Pour les petits, en pleine nuit, la cape peut ressembler à des ailes.

— Mais Tom, c'est un être humain qui t'a arraché à ton lit ? lui demanda Emily en s'asseyant.

— Oui, mademoiselle, un monstre mais sous la forme d'un homme, précisa Tom.

— Peux-tu nous en dire plus sur ce monstre et sur ce qui t'est arrivé cette nuit-là ?

Le regard de Tom passa de Mlle Goddard à Rose Sladden avec beaucoup d'incertitude et de réticence. De toute évidence, ce souvenir l'effrayait profondément, et l'angoisse que suscitait la perspective de le revivre se lisait sur son visage. Pour la plupart des gens, l'enfance n'était pas un paradis d'innocence et de protection : les pauvres petits travaillaient, ils mouraient, ils souffraient. Ce que ce garçon avait vécu, pire encore, l'avait changé pour toujours.

— Tu peux leur parler, Tom, le rassura Rose. Ce sont des amies. Et un autre garçon a été enlevé, qui pourrait ne pas être aussi chanceux que toi. Nous devons essayer de l'aider si nous le pouvons.

À ce moment-là leur parvint un bruit sourd de coups portés contre le mur de la pièce adjacente.

— Ma sœur, Alice, leur indiqua Rose. Restez avec Tom, Lucy. Je vais la voir.

Charlotte s'assit sur un tabouret près de la cuisinière, de façon à se trouver à la hauteur du garçon qui, même après plusieurs jours passés sous la bonne garde de Mlle Goddard, était encore pâle et émacié, avec des yeux immenses, emplis d'inquiétude et de peur. Il avait vu quelque chose de terrible, Charlotte n'en doutait pas : on aurait presque pu croire que le reflet de ce qu'il avait enduré était encore imprimé sur ses rétines.

— Votre ami William nous a raconté que l'on vous avait envoyés au lit comme d'habitude, dit Emily, même si vous aviez du mal à dormir, tant vous aviez froid et faim. Au bout du compte, il a dû pour sa part plonger dans le sommeil, car il s'est réveillé au son d'une vieille chanson que l'on fredonnait, une chanson que vous connaissiez tous comme étant un avertissement.

— Nous savions que le monstre était là, confirma Tom. Les garçons qui étaient à l'orphelinat avant nous nous avaient prévenus. « N'ouvrez jamais les yeux, ils nous disaient. Ne regardez pas, ne faites pas de bruit, ne respirez pas et, peut-être, si vous avez de la chance, le monstre passera devant vous et prendra votre voisin. »

— Tu as regardé, Tom ? lui demanda Emily.

— Rien qu'un peu. Je voulais le voir.

— Et qu'as-tu vu ?

— Des bottes. Une paire de bottes noires, une cape qui tourbillonnait. À la seconde où j'ai regardé, le chant s'est arrêté et puis... (Tom hésita.) Tout est en morceaux dans ma tête, mademoiselle. Il y a eu une main gantée sur mes lèvres pendant une seconde, pour que je ne puisse pas crier, et puis un chiffon fourré dans ma bouche avec quelque chose dessus qui sentait la violette et avait un goût de brûlé. Et puis très vite, c'était comme si j'étais à moitié réveillé, à moitié en train de rêver. (Tout en parlant, Tom contemplait le feu, et les flammes dansantes éclairaient ses traits.) J'ai eu l'impression que le monstre était fort, très fort, qu'il me jetait sur son épaule et me portait comme un sac vide, comme si je ne pesais presque rien. J'ai essayé de me débattre, mademoiselle, mais mes bras et mes jambes ne voulaient pas réagir. Après, tout ce que je me rappelle, c'est d'avoir atterri sur le sol d'une voiture. Les bottes étaient sur moi, une derrière mon cou, qui m'appuyait dessus. J'avais peur de m'étouffer, j'ai bien failli ! Puis on m'a permis de respirer. J'étais trop effrayé pour pleurer, en plus je craignais d'être à nouveau étouffé. Je n'avais jamais su à quel point je voulais vivre jusqu'à cet instant-là, mademoiselle. Tout à coup, je ne sais pas pourquoi, le chariot s'est arrêté avec une secousse. J'ai entendu des cris venant de la route. Le monstre a retiré sa botte de ma nuque, peut-être pour voir ce qui se passait, et j'ai compris que c'était ma chance. J'ai ouvert la portière d'un coup de talon et j'ai sauté de la voiture. J'ai rampé pour me remettre debout, je n'avais pas de chaussures, pourtant j'ai couru. On était sur des hauteurs, je le sais parce qu'il faisait froid, et le vent soufflait derrière moi. Alors j'ai couru. Sans me soucier de savoir vers où, ni de la douleur dans mes pieds. Je devais juste fuir. Il y avait des pas qui me suivaient, plusieurs. J'ai continué, même s'ils étaient à mes trousses, et puis… tout à coup, il n'y avait plus de sol sous mes pieds, parce que je tombais dans le vide. J'ai heurté de la pierre et j'ai été projeté de rocher en rocher pendant que je dégringolais. Je ne me souviens pas du moment où j'ai cessé de tomber, mais l'aube se levait quand je suis revenu à moi. Je suppose que le monstre m'a cru mort en assistant à ma chute, je me croyais presque mort, moi aussi. Je savais que si je restais là où j'étais, je ne tarderais pas à l'être. Alors je me suis redressé et, malgré ma jambe bien amochée, j'ai marché et marché jusqu'à trouver une route, puis une charrette. Le conducteur m'a dit que je n'étais pas à plus de trois miles de Halifax. Il m'a donné un tas de sacs pour me tenir chaud et m'a ramené à Crossed Keys. Je suis allé voir Mlle Goddard. Je lui ai dit… j'ai dit : « Le monstre est bien réel. »

Charlotte regarda Mlle Goddard, qui s'était plaqué une paume sur la bouche en écoutant le récit de Tom.

— Et vous n'aviez aucune raison de douter de son histoire ?

— Pas une seule, dit la jeune enseignante. D'ailleurs, il suffisait de le voir, couvert de bleus et d'égratignures, une entaille à la tête, le bras et la cheville cassés. Il sentait encore l'éther, une odeur que je connais pour avoir travaillé à l'infirmerie d'un hôpital. Et il avait encore autour du cou quelque chose… que je n'avais jamais vu auparavant. Un objet que le « monstre » avait dû mettre sur lui.

Les sœurs se regardèrent tour à tour. Cela pourrait-il être… ?

— L'avez-vous toujours ? demanda Charlotte.

Sans lâcher la main de Tom, Mlle Goddard se dirigea vers une bibliothèque et, sortant un livre de prières, l'ouvrit pour révéler une chaîne entre les pages. Un médaillon miraculeux était niché à la page du « Notre Père ».

Emily saisit le pendentif et passa son pouce sur la date grossièrement gravée, la même que sur le bijou laissé sur l'oreiller de Joseph lorsqu'il avait été enlevé.

— Qu'est-ce que cela peut signifier ? s'enquit Anne. Pourquoi l'année est-elle indiquée ?

— Je crois que cette date représente l'année où un garçon disparaît, répondit Charlotte, envahie par une immense crainte. Tom devait être enlevé et gardé jusqu'à la nouvelle lune de ce soir, sauf qu'il s'est échappé… (Charlotte leva vers ses sœurs un regard empreint de désarroi.) Et il semblerait que notre Joseph soit son remplaçant.

43

Emily

Si épuisées qu'elles soient en arrivant enfin derrière le presbytère, Emily entendit un cri venant de quelque part de l'autre côté de la maison, puis un hurlement de terreur et de fureur mêlées. Reconnaissant immédiatement la voix, elle ramassa ses jupes trempées et se mit à courir, suivie par Anne. Charlotte resta un peu en retrait.

— Père ! C'est Père ! Keeper ! appela Emily en traversant le jardin de derrière.

Il la rejoignit aussitôt en aboyant sa joie, puis un peu sa peur, peut-être, lorsque ayant cavalé ensemble le long de l'allée qui longeait le presbytère, ils tombèrent sur une foule de gens qui se pressaient entre l'école et le cimetière, dans une bousculade bruyante.

— Que se passe-t-il ? demanda Emily en se frayant un passage parmi la foule en colère. Dégagez immédiatement de mon chemin. Où est mon père ?

Emily joua des coudes, et Keeper, considérant tout cela comme un jeu merveilleux, pinça des tibias tandis que sa maîtresse et lui se débattaient jusque dans l'œil du cyclone, au centre de la foule qui s'était rassemblée là. Enfin, elle posa les yeux sur les pauvres créatures qui étaient les cibles de tout ce vitriol : les hommes Brontë… du moins, en partie.

Étalé sur les pavés, blotti dans les bras de son frère, se trouvait le jeune homme que Charlotte avait rencontré à Ponden, Eamon Riordan, en sang et couvert d'hématomes. Branwell s'était apparemment jeté dans la mêlée, car son nez était meurtri, et ses lunettes tordues et cassées lui pendaient à une oreille. Père se tenait devant eux, qui clignait des yeux dans l'obscurité, face à une foule déchaînée. Il criait aux braillards de se calmer, en vain. Le sang échauffé, ils refusaient d'obtempérer, même à la demande de leur pasteur.

Ils écouteraient peut-être une dame, cependant, pensa Emily. Or, vu que ses sœurs étaient toujours coincées dans la foule, ce serait à elle de se charger de l'appel à la raison. Alors elle éleva la voix en se plaçant devant son frère, dans une posture assurée.

— Que se passe-t-il ? répéta-t-elle. Pourquoi harcelez-vous mon frère et mon père ? Expliquez-vous dans l'instant, ou vous aurez affaire à moi et à ce féroce chien de chasse.

La langue de Keeper saillait sur un côté de son museau de façon menaçante, et Emily se prit à regretter que le résultat s'apparente aussi furieusement au sourire d'un fou. Mais au moins il bavait excessivement, et c'était déjà mieux que rien.

— Eh bien, parlez ! lança-t-elle à nouveau, endossant pour l'occasion son vieux costume honni d'institutrice s'adressant à un enfant insolent.

— C'est pour Joseph, cria Samuel Wright dans la foule.

Pas étonnant, songea Emily. Samuel Wright était le genre d'homme toujours en colère, même quand il n'y avait aucune raison, le genre qui pensait que la vie lui avait volé ce qu'il n'avait jamais eu au départ.

— Nous avons cherché Joseph toute la journée et nous ne l'avons toujours pas trouvé, mais nous savons que le collier est une babiole catholique et que cette ordure d'Irlandais, ce Riordan, est catholique.

— On a la liberté d'adorer Dieu comme on l'entend dans ce pays ! répliqua Patrick, à qui répondirent des grognements défiants. La foi de cet homme ne vous regarde pas, et sa nationalité n'a aucune importance ici.

— Sales scélérats d'Irlandais ! beugla Abel Sutcliffe. Ils sont une malédiction sur cette terre.

— Pas mieux que des singes humains !

C'était une voix de femme, cette fois, Susan Martin, si Emily ne se trompait pas.

— Qui rampent partout comme de la vermine. (Peter Milton… Emily aurait cru mieux de lui.) Les journaux disent qu'ils vont provoquer une autre famine ici, si on ne les chasse pas.

Emily secoua lentement la tête en les observant, croisant autant de regards individuels qu'elle le put, bien que beaucoup refusent de lever les yeux pour rencontrer les siens.

— Ce sont les Anglais qui sont une malédiction pour l'Irlande. Quelle nation chrétienne laisserait les gens mourir de faim dans leur propre pays ? rétorqua-t-elle, déclenchant un hoquet collectif de la part des agresseurs potentiels. (Le peu qu'ils savaient sur la famine irlandaise, ils le tenaient des gros titres de la presse à scandale.) Quoi qu'il en soit, ce jeune homme n'était même pas dans nos contrées lorsque l'enfant de Top Withens a été assassiné. Il ne peut être coupable de ces crimes.

— Ils se serrent les coudes comme un seul homme, pas vrai ? cracha une autre voix, dont Emily ne put discerner le propriétaire, cette fois. Ils se reproduisent et gardent les secrets les uns des autres, comme des rats dans un nid.

Une seconde s'écoula et, dans cet unique battement de silence, tous ceux qui étaient réunis virent un éclair flamboyer dans les yeux d'Emily. Chacun se recroquevilla alors.

— Votre propre pasteur, votre propre vicaire sont tous deux irlandais.

Emily ne cria pas. Elle ne rugit pas toute la fureur et l'injustice qu'elle ressentait au creux de sa poitrine. Et pourtant, sa voix retentit, si ferme et si claire que toutes les épaules s'affaissèrent un peu plus.

— Mon père, qui vous sert inlassablement, jour et nuit, lui qui voit à peine sa main devant son visage, qui n'a jamais faibli, même à la mort de ses filles, mes sœurs, ou de notre chère mère, il a toujours été votre fidèle protecteur. Mon père, qui vous a appris, par son exemple, la bonté, la justice et la correction. Mon père, un vieil homme presque sans défense que vous acculez ici comme s'il était un renard et vous une meute de chiens. Et Branwell qui… (Emily baissa les yeux sur son frère.) Eh bien, que celui qui n'a jamais péché lui jette la première pierre.

Honte sur vous ! Honte à vous de traiter comme des animaux ceux qui ne peuvent pas rester chez eux, s'ils veulent survivre ! Honte à vous de vomir votre mépris sur ceux qui n'ont pas le choix de résider dans leur pays et d'y trouver un abri ou la sécurité pour leurs enfants ! Honte sur vous tous ! Vous vous croyez bons chrétiens, et pourtant, c'est vous qui auriez chassé Marie et Joseph de l'auberge. C'est vous qui auriez dit à Hérode où trouver l'enfant Jésus ! (Les poings sur les hanches, elle s'avança vers la foule désormais calmée.) Vous présumez qu'un homme est un meurtrier parce qu'il est irlandais ? Ou vous présumez qu'il connaît et héberge un assassin pour la même raison, vous, qui êtes tous des pécheurs, oui, chacun d'entre vous ? Nous savons qui a tué l'enfant de Top Withens et maintenant nous en avons la preuve. Alors vous allez rentrer chez vous ou bien continuer à chercher Joseph et à prendre soin de sa famille, et nous, les Brontë irlandais, nous allons résoudre l'affaire cette nuit même.

S'ensuivit un instant d'hésitation – un instant, pas plus – et puis, un par un, tous ceux qui s'étaient rassemblés s'éloignèrent lentement. Keeper jugea alors le moment venu de retrouver sa voix et de commencer à aboyer férocement.

— Mieux vaut tard que jamais, je suppose, concéda Emily en tapotant sa tête osseuse.

Sur quoi M. Nicholls fit irruption sur les lieux, renversant presque la pauvre Charlotte dans sa hâte de ne pas arriver trop tard.

— Monsieur Brontë, veuillez accepter mes excuses. J'ai essayé de traverser la foule, mais ils ne m'ont pas laissé passer !

— Tout va bien, Arthur, le rassura Père. Ma fille Emily s'est occupée du problème.

Une jolie jeune femme s'avança, le ventre lourd d'un enfant à naître.

— Puis-je ramener Eamon chez nous, mademoiselle ? Que Dieu vous bénisse pour votre courage. La foule est venue et l'a traîné hors de notre maison. J'ai eu peur qu'il ne soit mort, et avec notre bébé pas encore né…

— Je vais bien, Mary, chuchota le jeune homme. Je serai en forme et au travail demain.

— Branwell va vous aider à regagner votre foyer avec lui, Mary, déclara Charlotte, qui s'activait comme si la dispersion de la foule était entièrement son œuvre. Nous demanderons au docteur de lui rendre visite ce soir et de mettre la facture sur notre compte.

— En fait, je ne suis pas tout à fait certain de pouvoir me lever, bafouilla Branwell. J'étais au *Bull* avec les équipes de recherche, quand la bagarre a commencé. Je me consolais de la trahison de mes sœurs. Pour l'heure, je vais mettre de côté nos différends et m'efforcer de rester debout.

— Comme c'est noble de ta part, ironisa Charlotte. Et tu ferais mieux de te secouer, autrement tu te retrouveras à dormir dans le caniveau ce soir.

— Ce ne serait pas la première fois, répliqua Branwell, qui ne se redressa que pour mieux s'écrouler sur Eamon.

Ce dernier n'était lui-même pas très stable sur ses pieds. Néanmoins, ensemble, ils semblaient se maintenir l'un l'autre en position verticale.

— Je n'ai rien pu voir, mais j'ai tout entendu : tu as été vraiment magnifique, Emily, la complimenta Charlotte en prenant la main de sa cadette pour l'entraîner avec elle, passant devant un M. Nicholls à l'air plutôt abattu, qui tenait Père par le bras. Terriblement grossière, mais magnifique tout de même.

— Oui, renchérit Anne en prenant l'autre main d'Emily. Aussi courageuse que les chevaliers de Gondal.

— Vous me connaissez, mes chères sœurs, rétorqua Emily en levant le menton. Je n'ai pas l'âme d'une lâche.

44

Anne

— Bien qu'étant un homme de paix, j'étais prêt à me battre pour vous, affirma M. Nicholls en aidant Père à monter les marches du presbytère. J'étais prêt à les affronter tous pour votre défense, monsieur.

— Oui, prêt mais derrière la foule, hors de danger, commenta Emily avec malice.

Saisissant le collier de Keeper, elle le traîna jusqu'à la cuisine où, à en juger par les cris de Tabby, elle dut voler pour lui un aliment qui n'était pas destiné aux chiens.

Anne se rendit dans la salle à manger, où une Flossy agitée lui sauta sur les genoux, et elle attendit le retour de ses frère et sœurs. Derrière la porte juste entrebâillée, elle entendit Charlotte qui faisait les cent pas dans le couloir.

— Tu entres, Charlotte ? lança-t-elle. Le temps presse.

Mais son aînée ne réagit pas, et Anne ne mit qu'un instant à comprendre pourquoi : M. Nicholls venait de sortir du bureau de Père, en lissant ses cheveux ensauvagés et rajustant sa cravate. Tout doucement, Anne s'adossa contre le canapé pour mieux observer sa sœur et le vicaire en secret à travers l'étroite ouverture de la porte.

— Charlotte, je sais ce que vous devez penser de moi, commença M. Nicholls. Je vous promets que je n'aurais jamais permis que votre père soit blessé.

— Je sais bien que non.

Les sourcils haussés, Anne vit son aînée faire un pas de plus vers celui qu'elle prétendait ne pas être « son » M. Nicholls.

— Monsieur, vous n'avez pas à vous excuser d'être un homme de paix et un homme bon. Nous rentrons tout juste d'une visite aux sœurs Sladden, et j'ai appris de la bouche de Mlle Rose Sladden votre grande gentillesse, votre compassion et votre discrétion à leur égard. Je souhaitais vous remercier d'avoir amené ces femmes à la paroisse, malgré leurs difficultés.

— Ce n'est ni plus ni moins ce que mérite n'importe quel membre de cette communauté, répliqua-t-il, la voix un peu rauque, comme s'il était pris au dépourvu par l'émotion.

Peut-être y avait-il une profondeur cachée chez Arthur après tout. Puis Anne entendit Charlotte ajouter :

— Monsieur Nicholls, pourriez-vous aller chercher mon frère, le ramener à la maison et l'obliger à rester près de nous ? Nous aurons besoin de vous deux pour gonfler notre effectif cette nuit si nous voulons retrouver Joseph sain et sauf.

— Je ferais n'importe quoi pour vous, lui assura-t-il. Et pour votre famille, bien sûr, mademoiselle Brontë.

— Merci, monsieur.

S'ensuivit une interaction qu'Anne ne put distinguer précisément, mais qu'elle soupçonna emplie du regard énamouré de M. Nicholls.

— Eh bien, vous feriez mieux d'y aller, alors.

Un instant plus tard, la porte d'entrée refermée, Charlotte apparut et prit place à la table, bientôt suivie d'Emily.

— Bon, venons-en directement à notre sujet, commença cette dernière, qui comprit un peu tard la raison du regard qu'Anne posait sur Charlotte. Que s'est-il passé ? Charlotte est-elle retombée amoureuse ?

— Nous traitons d'une affaire des plus sérieuses, une vie est en jeu, et Anne et toi tenez vraiment à vous comporter comme des idiotes ? s'emporta Charlotte.

— Charlotte a tout à fait raison, confirma Anne, pleine de culpabilité. Il ne s'est rien passé, Emily, si ce n'est que Charlotte a partagé un moment de tendresse avec son M. Nicholls.

— Ce n'est pas…

— Au sujet de l'enquête en cours, l'interrompit Emily. Charlotte a raison, nous devons retrouver Joseph ce soir.

— Emily, tu as annoncé à la foule que nous avions des preuves et que nous savions qui détenait Joseph, reprit Anne. Seulement l'unique information dont nous disposons, c'est que le monstre qui a fait du mal à l'enfant de Top Withens est aussi celui qui a enlevé Joseph. Nous ne possédons toujours pas de certitude quant à son identité.

— Mme Poole était à Top Withens cet été-là, et nous savons que c'est une femme cruelle, dit Charlotte. Aurait-ce pu être elle, qui aurait passé sa colère sur un garçon ? Et, sans la protection de l'orphelinat pour camoufler son péché d'une manière ou d'une autre, elle aurait dissimulé sa dépouille dans la cheminée ?

— Cruelle, oui, et fourbe, convint Emily, mais cette folie, ces rituels… tout cela dépasse les actes de barbarie ordinaire dont elle s'est rendue coupable. Et par ailleurs, si Mme Poole avait gravé les symboles, ce serait dans le but de détourner les soupçons, or Lizzy Goode dit que l'auteur de ces signes y croyait, les avait étudiés, même s'ils étaient mélangés à d'autres éléments. Pensons-nous que Mme Poole ait l'imagination nécessaire pour créer cela ?

— Je ne crois pas, répondit Anne. Il m'a semblé que cette femme se sentait parfaitement à l'aise dans sa position et qu'elle n'était pas du genre à simuler les actes d'une folle.

— M. Barraclough, alors, suggéra Charlotte. Un membre de l'ordre des francs-maçons, une société fermée et secrète, pleine de rituels et de théâtralité : il y a des éléments de ces deux mondes dans ce mystère. Et il était à Ponden juste avant qu'Emily ne trouve le livre qui semblait avoir été oublié là à notre intention. Il a installé une horloge de parquet d'une grande rareté à Top Withens, l'année même de la mort de Mme Bradshaw. Agnes, qui est descendue de Top Withens afin de travailler pour lui, paraît se méfier de son patron.

Leur frère entra dans la pièce, un peu instable sur ses jambes et sentant la brasserie, mais cependant en possession de ses moyens.

— Branwell, Eamon allait-il bien quand tu l'as quitté ? s'enquit Charlotte.

— Contusionné, et il aura des raideurs demain, mais plutôt bien par ailleurs, répondit Branwell. Au moins, il semble beaucoup plus sobre maintenant.

— Branwell, que penses-tu de Barraclough ? Tu le connais mieux que nous. Son intérêt pour les rituels aurait-il pu se transformer en quelque chose de plus sinistre ?

— Cela fait un certain temps que je ne fréquente plus la loge, admit Branwell, mais Zerubabbel m'a toujours paru honnête et droit, quoiqu'un peu laconique. Est-il possible qu'il puisse cacher un tel dérangement ? Eh bien, vu que c'est un homme très renfermé, je suppose que c'est possible, oui.

— Je suis presque certaine que c'est lui qui a laissé les livres pour nous, reprit Emily. Mais en tant qu'ami ou ennemi ? Je ne saurais trancher.

— Alors revenons au suspect le plus probable. Nous savons que c'est Clifton Bradshaw lui-même qui a payé pour utiliser les garçons de Crossed Keys, en passant un accord avec Mme Poole, résuma Charlotte. Nous savons que le seul lien direct entre ces crimes est le médaillon : un bijou identique, lié à chaque victime avérée, avec chaque fois une année gravée dessus. La seule personne que nous pouvons associer à John Rafferty est Mme Poole, or nous ne pensons pas que ce soit son fait, donc…

— Donc nous devons prendre en compte les symboles, les rituels dans les bois près de Top Withens Hall, les rumeurs de pacte avec le diable et tout ce que Lizzy Goode nous a raconté. Il faut une forme particulière de mal pour capturer et blesser un enfant. Et il faut un certain contrôle de soi pour maîtriser pareilles impulsions pendant de longues périodes, des années, même. (Emily hésita, car, à ce moment-là, tous pensaient aux garçons, y compris le jeune Joseph.) Tom, qui a été enlevé avant la découverte des ossements de Top Withens, s'est échappé. Donc, même si nos agissements ont réveillé le monstre, il y a forcément quelque chose d'autre qui le pousse à passer à l'acte, un dessein plus sombre qu'une nouvelle lune et que nous sommes encore incapables d'appréhender.

— Et qu'en est-il de la chanson que les enfants ont entendue ? Ils ont dit qu'elle était très ancienne. Cela peut-il nous en apprendre davantage ?

— Tabby ? lança Emily en direction de la cuisine. Veux-tu venir nous voir ?

— Oui, sans doute, répondit l'interpellée. Même si je m'attendais plutôt à vous voir dehors en train de conduire le gendarme là où le pauvre Joseph est retenu prisonnier, comme vous l'avez annoncé à la populace.

— Nous y allons juste après, répliqua Emily. Écoute ce refrain que les garçons m'ont chanté, et dis-moi si tu en connais les paroles.

Tandis qu'Emily entonnait la mélodie, la pièce s'immobilisa, et l'obscurité s'installa dans tous ses recoins.

— Je les connais, lâcha Tabby avec un frisson. Une vieille chanson de malheur et de misère, que vous avez là ! Pourquoi les enfants connaîtraient-ils un chant funèbre aussi affreux ? C'est une histoire à vous glacer le sang.

— Ils n'ont fait que la fredonner, précisa Emily. Pourrais-tu la chanter pour nous, Tabby ?

— Je peux, mais attention : elle parle d'une mère qui tue ses propres enfants.

Malgré son air contrarié, Tabby se racla la gorge avant de s'exécuter tout de même.

« Sans se soucier de leur douleur,
Elle les poignarda en plein cœur.
Puis elle essuya son canif dans la boue des marais,
Et plus elle l'essuyait, et plus le sang coulait. »

— Ciel, souffla Charlotte. Quelles paroles horribles !

— Les chansons folkloriques étaient les journaux de leur temps, ne l'oubliez pas, leur rappela Tabby. C'est ainsi que nous apprenions les nouvelles concernant le reste du monde, ce monde qui n'était pas le nôtre. Tout ne peut pas être que flonflons et amourettes.

— Bess ! (Levée d'un bond, Emily abattit sa main sur la table.) J'ai déjà entendu ces mots. Je croyais qu'il s'agissait de sottises prononcées par une vieille dame qui n'avait plus tout son esprit... mais c'est Bess, Bess de Top Withens, qui m'a murmuré les mots de la chanson du monstre à l'oreille.

— Alors c'est peut-être cette vieille folle de Bess qui a tué le garçonnet, répliqua Anne. Nous la pensions affaiblie par les ans, mais il est possible que la culpabilité soit la cause de sa démence, de ses manières étranges et de ses pensées violentes. Elle ressemble à un fantôme vivant.

— Pourtant, Liston a toujours parlé d'elle avec tendresse, nuança Emily. N'est-il pas plus probable qu'elle connaisse le tueur, que sa folie masque ce qu'elle sait, mais que malgré tout, de temps en temps, elle dise la vérité et qu'elle essaie de nous la révéler depuis le début ?

— Clifton Bradshaw connaît forcément cette chanson. C'est donc lui le coupable, déduisit Anne. Le premier meurtre a eu lieu peu après la mort de sa femme. Nous savons qu'il avait des relations avec Crossed Keys et qu'il fricotait aussi avec le diable. Peut-être était-il si désespéré par la découverte des ossements et la perte de Tom qu'il ne pouvait plus attendre. Peut-être espère-t-il être attrapé ?

— En sommes-nous certaines ? demanda Charlotte. Car, bien que les preuves soient convaincantes, un faux pas maintenant pourrait coûter la vie à Joseph.

— Nous sommes aussi sûres que possible, et il n'y a pas de temps à perdre, lança Emily. Nous devons aller à Top Withens dans l'instant. Tous ensemble. Avec Branwell, M. Nicholls et John Brown. Nous devons envoyer Martha quérir le gendarme, si bon à rien soit-il. Au moins, il sera en mesure d'arrêter Clifton. Mais le plus urgent est d'assurer la sécurité de Joseph avant qu'il ne soit trop tard, car alors, vraiment, nos efforts n'auraient servi à rien.

— Je vais chercher nos bottes, et nous devrons demander à M. Nicholls d'amener Père...

— Je suis déjà là, intervint le vicaire. Dans l'espoir de me rendre utile.

Des coups retentirent et, l'on ne sait comment à travers la masse de gens présents dans le vestibule, la porte s'ouvrit pour révéler non seulement Martin Earnshaw, mais aussi Hemming, le cocher de lady Hartley.

— Lady Hartley est ici ? s'étonna Charlotte.

Leur aînée semblait avoir du mal à suivre le rythme des événements, ce qui n'avait rien de surprenant. Elles avaient dû parcourir vingt miles aujourd'hui, sans manger un vrai repas.

Anne ne ressentait pas la moindre fatigue, mais elle soupçonnait que la nature impérative de leur quête était tout ce qui la maintenait debout, cependant que Charlotte paraissait susceptible d'être emportée et réduite à néant à tout instant par la moindre rafale de vent.

— Madame demande que vous veniez à Oakhope immédiatement, annonça Hemming. Elle a entendu parler de l'agitation dans le village, et requiert des nouvelles et le réconfort de votre compagnie.

— Vous allez devoir dire à madame que Charlotte ne peut pas y aller maintenant, rétorqua Emily. Nous avons un démon à capturer et un enfant à sauver. Lady Hartley devra patienter.

Charlotte regarda ses sœurs.

— Je… Je ne veux pas partir avec vous, Emily, Anne. Pardonnez-moi, mais je redoute d'y aller. J'aimerais mieux rejoindre Catherine jusqu'à ce qu'il y ait du nouveau. Je sais que vous devez me trouver très faible…

— Pas du tout, la coupa Anne. Tu n'as pas besoin de venir, Charlotte, si tu es sûre de ton choix. Repose-toi plutôt et ressource-toi.

— Allez-y, partez maintenant, tant qu'il est encore temps.

Emily aurait voulu discuter, mais Anne l'en dissuada d'un simple mouvement de tête, car il n'était plus temps de parlementer. Dehors, la charrette du *Bull* les attendait. Père avait mis son pardessus et un chapeau, John Brown tenait les rênes, M. Nicholls et Branwell étaient prêts à les accompagner.

— Que Charlotte se détourne de la conclusion de notre enquête, c'est… Cela n'a aucun sens, maugréa Emily. Elle ne sera pas présente lorsque nous retrouverons Joseph, Anne, et tu la laisses rester derrière ?

— C'est son droit de protéger son esprit et son cœur du mieux qu'elle peut, répondit Anne alors que le chariot commençait à s'ébranler. Je sais que tu as foi en une issue heureuse, Emily, mais prépare-toi à la possibilité que nous arrivions trop tard. Quand nous trouverons Joseph – si nous le trouvons –, il ne sera peut-être plus en vie.

45

Charlotte

Alors que la voiture s'éloignait, Charlotte se replia sur elle-même, s'efforçant d'empêcher son esprit de ressasser, frénétiquement, les mêmes questions, dont elle ne pouvait supporter de connaître comme d'ignorer les réponses. La vérité, même si elle se garderait bien de l'admettre ouvertement, c'était que l'invitation de lady Hartley avait été un soulagement.

La première fois qu'elle avait entendu parler de la découverte des ossements de Top Withens, ce n'était pas l'âme humaine qui les avait occupés jadis qui avait été au premier plan de ses pensées, c'était son propre besoin désespéré de trouver un refuge, un espace dans son cerveau qui ne soit pas obsédé par le nom de Constantin Héger. Pendant une courte période après l'affaire de Chester Grange, le besoin qu'elle avait de lui, et qui semblait jusqu'alors ne jamais vouloir cesser, avait paru s'atténuer un peu. Il y avait même eu des heures entières, voire des jours, où tout son être ne se consumait pas pour lui. Et puis, alors que la nuit s'avançait et que l'hiver s'installait, son amour s'était enflammé de plus belle, et toute l'angoisse qu'elle avait espérée morte et enfouie avait refleuri dans un nouveau printemps de désir.

Cette première marche dans la neige jusqu'à Top Withens, elle l'avait bien plus entreprise pour elle-même que pour ce pauvre enfant sacrifié… jusqu'à ce qu'elle voie les os étalés sous ses yeux et prenne conscience du vol de cette existence. À cet instant précis, malgré les ombres qui s'agglutinaient autour de ses sœurs et elle, tout le reste s'était effacé au profit de cette quête résolue. Tout, même M. Héger.

La détection avait accaparé une grande partie de son esprit. À Chester Grange, elle avait éprouvé un terrible malaise : le malheur et le mal-être avaient infesté les couloirs et rôdé dans les chambres, nés de la trahison et de la perte des générations précédentes. Si Charlotte avait tiré une leçon de cette aventure particulière, c'était que tout ce que nous faisons, chaque action que nous engageons, chaque parole que nous prononçons a une conséquence, peut-être pas le jour même, mais plus tard, et peut-être bien au-delà de ce que nous sommes en mesure d'imaginer.

Pour ce qui concernait le monstre, elle ne voyait aucune raison humaine à sa cruauté, du moins aucune qu'elle puisse comprendre. Le vaste gouffre de fureur hurlante qui devait constituer son cœur la terrifiait au-delà de toute mesure. Le constat l'affaiblissait, qu'un mal aussi absolu puisse s'avérer bien réel. À sa grande honte, Charlotte découvrait qu'elle n'avait pas la force d'affronter une telle créature. Elle les avait donc laissés entreprendre cette mission sans elle, sa chère famille, M. Nicholls et ceux du village qui les avaient rejoints dans la charrette.

Inclinant la tête alors que la voiture gravissait l'allée jusqu'à l'entrée principale grandiose de Oakhope Hall, Charlotte fit son examen de conscience et se découvrit défaillante. Toute sa vie, elle s'était battue pour ce qu'elle croyait juste, pour se frayer un chemin et se faire une place dans le monde qui soit meilleure et plus prometteuse que ce que l'on attendait d'elle. Chaque jour, elle faisait de son mieux pour être bonne et convenable. Et pourtant, maintenant que sa foi était mise à l'épreuve comme jamais, elle se retirait aussi vite que possible dans la sécurité d'un salon élégant et d'un feu de cheminée.

Si Emily et Anne ramenaient Joseph sain et sauf et réussissaient à capturer le monstre, Charlotte trouverait en temps voulu un moyen de se réconcilier avec cette amère déception. Mais si les choses ne se passaient pas ainsi, jamais elle ne pourrait se pardonner son propre échec.

— Mademoiselle ?

Une bouffée d'air glacial s'engouffra par la portière qu'avait ouverte le cocher, qui lui offrit sa main pour l'aider à descendre. Oakhope Hall était embrasé de lumière. Des lampes semblaient briller à chacune des dizaines de fenêtres, et même le portique à piliers était orné d'une paire de torches enflammées aussi grandes que Charlotte.

— Mademoiselle Brontë ?

Une servante qui paraissait guetter son arrivée près de la porte lui prit immédiatement son manteau et sa bonnette, les yeux baissés comme si elle redoutait d'être réprimandée à tout moment.

— Merci, lui dit Charlotte avec ferveur, craignant de paraître distante et désagréable.

— Ma maîtresse vous attend dans la chambre rouge, mademoiselle, ajouta la jeune fille. Veuillez me suivre.

Charlotte s'arrêta un instant pour admirer autour d'elle la splendide opulence : les sols de marbre poli et les tableaux encadrés d'or dont l'éclairage accentuait le scintillement. C'était un peu comme dans un rêve, et elle ne put s'empêcher de penser que pareil faste n'était pas fait pour elle, qui n'avait pour tout vêtement qu'une robe fatiguée et crottée, effilochée aux ourlets. Pourtant, une partie d'elle, épuisée, éreintée, avait envie de se perdre dans ce monde fantastique, de s'y abandonner comme l'on plonge dans un songe en renonçant à toute idée de se réveiller un jour.

— Mademoiselle ? répéta la servante, anxieuse, avec un coup d'œil vers ce que Charlotte supposa être la pièce rouge. Madame attend, et elle est très impatiente de vous voir.

Charlotte la suivit sur-le-champ.

— Oh, Charlotte, ma très chère, enfin !

Lady Hartley était debout devant le feu, absorbée par l'examen minutieux d'une petite boîte à bijoux lorsque Charlotte pénétra dans la pièce, un appartement luxueux entièrement décoré de rouge écarlate. À la vue de son invitée, la maîtresse de céans referma le coffret et traversa la pièce pour saluer Charlotte, prenant ses mains dans les siennes et l'embrassant très chaleureusement sur chaque joue.

Elle portait un habit d'équitation vert foncé fort élégant, tenue curieuse au vu de l'heure, mais peut-être, contrairement à Charlotte, Catherine se préparait-elle à monter elle-même à Top Withens.

Elle passa avec tendresse la paume sur la pommette de Charlotte.

— Oh, mais vous êtes tout à fait gelée ! commenta-t-elle, horrifiée. Venez, asseyez-vous à mes côtés devant la cheminée. Vous devez penser beaucoup de mal de moi qui vous convoque comme si vous étiez à mes ordres, mais je ne pouvais attendre un instant de plus pour découvrir ce qu'il est advenu du pauvre enfant qui a été enlevé… Joseph, n'est-ce pas ? J'ai entendu votre sœur affirmer que vous disposiez d'une preuve qui désignerait le coupable. Est-ce vrai ?

Charlotte fut immédiatement réconfortée par la gentillesse de lady Hartley, son cœur affligé trouvant un grand soulagement dans les yeux brillants et le doux visage de Catherine.

— C'est vrai. Oh, lady Hartley… Catherine, je suis si heureuse de vous voir. J'étais tout à fait épuisée, mais votre présence m'insuffle du courage.

— Vous êtes trop aimable. Vous auriez pu refuser, vous savez. Je n'ai pas vraiment réfléchi à ce que je vous demandais, en vous priant de venir tout de suite, si tard dans la soirée, alors que nous devrions tous être au lit. Mais j'étais malade à force d'indécision, à ne pas savoir si je devais agir ou non, comme vous pouvez le constater. (Elle désigna sa tenue tout en guidant Charlotte vers un sofa écarlate.) C'est seulement que je suis bien souffrante depuis notre visite dans la nature sauvage : du cœur, du corps et de l'âme, inquiète pour ce pauvre enfant. Son sort a troublé si gravement mes pensées que la fièvre m'a saisie. Après un seul regard, lord Hartley m'a conseillé de vous faire quérir, sans quoi je risquais de tourner complètement folle. D'ailleurs, dès que j'ai songé à votre petit visage, je me suis sentie mieux et j'ai su que mon époux avait eu raison de me donner cet avis.

— Lord Hartley est-il à la maison ? lui demanda Charlotte.

— Il est quelque part avec ses livres, répondit lady Hartley. La beauté d'une demeure aussi vaste, c'est que l'on peut faire un vacarme terrible dans une aile, dont pas un son ne sera entendu dans l'autre.

Comme une grande partie du personnel a été renvoyée chez elle pour Noël, vous et moi pourrions crier à tue-tête que nous ne dérangerions personne.

— Je ne m'imagine pas en avoir l'envie, fit Charlotte en souriant.

Il lui semblait que lord Hartley avait vu juste dans son évaluation : lady Hartley n'était pas tout à fait elle-même. Elle montrait une excitation, une sorte d'agitation qui rappelait à Charlotte une écolière détenant un secret qu'elle brûlait de révéler.

— Dites-moi, Charlotte… tout ce que vous savez, racontez-moi tout.

— J'ai des nouvelles, en effet. (Charlotte prit une profonde inspiration et redressa son dos fatigué.) Mes sœurs et moi en avons beaucoup appris au cours des heures qui ont suivi la disparition de Joseph. Nous avons découvert une foultitude de choses sur la créature qui l'a enlevé et nous craignons que d'autres enfants ne soient concernés.

Les yeux de lady Hartley s'écarquillèrent sous l'effet de l'horreur, sa main se porta à sa bouche.

— D'autres enfants ? Oh, grand Dieu, Charlotte, c'est terrible ! Qui pourrait entreprendre une telle abomination, si ce n'est le diable lui-même ? Avez-vous été en mesure de les localiser ?

— Pas de manière concluante, admit Charlotte, mais nous avons rassemblé suffisamment de preuves pour pointer vers Clifton Bradshaw. Top Withens a été fouillé, seulement sa propriété s'étend sur plusieurs hectares et comporte des ravins, des habitations abandonnées, des bois. Nous devons garder la foi et croire que nous retrouverons Joseph à temps, avant… Eh bien, il fait très froid. Un groupe est en route pour Top Withens au moment où nous parlons. En fait, ils y sont presque.

Lady Hartley semblait exaltée par la nouvelle.

— Seigneur. Et vous êtes venue ici pour m'en informer plutôt que d'aller vaincre le démon ?

Charlotte soutint son regard un moment, avant de baisser le menton.

— Je dois avouer que j'étais heureuse de ne pas y aller, Catherine, bredouilla-t-elle. J'avais peur… peur de ce que nous pourrions trouver et de ce que nous ne trouverions pas. Je suppose que c'est toujours le cas. Vous devez être très déçue de moi. En tout cas, je me déçois beaucoup.

— Bien sûr que non, chère Charlotte.

La douceur de lady Hartley rappela à Charlotte les baisers murmurés que sa mère avait l'habitude de déposer sur son front lorsqu'elle était toute petite. Elle dut se retenir de ne pas poser la tête sur l'épaule de Catherine.

— Vous êtes une jeune femme tout à fait remarquable. Je n'en ai jamais rencontré une autre comme vous. Je crois que si je vous avais connue dans ma jeunesse, j'aurais bénéficié de votre grande influence. Et pour ce qui est de la peur… eh bien, je n'y suis pas étrangère non plus. Ma vie a été remplie de terreur.

— Cela a dû être très dur de perdre votre père si jeune.

— Plus dur encore de vivre avec lui. C'était un homme peu aimable, Charlotte. Mais la terreur dont je parle est d'un ordre bien supérieur. J'ai eu un amant avant d'épouser Leonard, vous savez.

— Oh ! lâcha Charlotte, qui se sentait soudain tout à fait hors de son élément.

— Nous nous sommes rencontrés alors que nous étions à peine plus que des enfants et vraiment si éloignés l'un de l'autre dans la société que je n'aurais pas dû le remarquer. Pourtant, je n'ai pas pu m'en empêcher. Il était si cher à mes yeux, si féroce et si protecteur. Il était prêt à combattre quiconque me tourmentait, je n'avais jamais connu un amour pareil. J'étais très jeune, tout juste quatorze ans, quand je l'ai invité dans mon lit. Nous avons passé quelques mois parfaits ensemble, à cacher notre passion de ceux qui pouvaient nous vouloir du mal, et puis… ceux qui pouvaient nous nuire sont partis, et mon tour est venu de me montrer cruelle. J'ai chassé mon amant. Il était trop modeste, trop fruste pour devenir mon mari et, même si je l'aimais, j'aspirais à la vie que j'avais méritée après avoir enduré une telle barbarie. Je l'ai donc rayé de mon existence, Charlotte, mais pas de mon cœur. Il continue d'y vivre chaque jour, et chaque jour je suis terrorisée à l'idée qu'il ne pense jamais à moi, qu'il ne se soucie plus de moi, qu'il n'imagine pas ce qu'a été ma vie sans lui. Songez à la peur constante qu'il y a à se demander si le seul homme que vous ayez jamais aimé vous estime un tant soit peu ? Parfois, je suis distraite de mes activités par le besoin d'un seul signe de sa part pour me signifier que je ne suis pas oubliée.

—En effet, je comprends parfaitement cette folie particulière, dit Charlotte en pensant à Constantin. Cependant, votre vie avec lord Hartley est fort satisfaisante, une belle vie avec un but. Cela doit vous être d'un certain réconfort.

—Elle m'offre la liberté de faire ce que je dois, convint Catherine, dont l'expression se figea un moment avant de s'illuminer d'un sourire éblouissant. Et, ce soir, ma mission, c'est de prendre soin de vous et de votre esprit si brillant et si parfait. L'intellect qui a résolu un crime terrible est entre mes mains. Je dois veiller à le dorloter.

Les joues empourprées, Charlotte tourna son visage vers le feu.

—Lady Hartley, je suis juste moi-même, une personne qui se sent plutôt petite et insignifiante dans les hautes sphères où elle évolue ce soir.

—Pas du tout. Enfin, ma chère, vous êtes tout pour moi.

Cela fut prononcé avec une telle passion, et le regard de lady Hartley était si intense que, l'espace d'un instant, Charlotte eut l'impression d'avoir été prise au dépourvu.

—Vous trouver, vous connaître et entrevoir le cheminement de vos grandes pensées a été pour moi comme de boire à une oasis dans un désert de bouffons, ajouta la maîtresse des lieux.

Charlotte retira les mains de son étreinte, sentant la pièce autour d'elle tanguer et vaciller.

—Pardonnez-moi, j'éprouve une certaine faiblesse. Je n'ai pas mangé depuis une éternité, peut-être la chaleur du feu et la vive émotion des événements m'ont-elles submergée…

—Je demande immédiatement des rafraîchissements, déclara lady Hartley. Charlotte, pardonnez-moi, je crains que nous ne nous soyons toutes les deux laissées emporter un moment, n'est-ce pas ? Je vais corriger cet impair sur-le-champ.

Charlotte sourit, ne sachant trop pourquoi une étrange sensation de malaise couvait dans sa poitrine. Un peu comme si elle était déjà perdue dans ce rêve sans fin. Lady Hartley sonna sa domestique, puis sonna à nouveau.

— J'aime beaucoup offrir à nos gens de passer leur Noël chez eux, mais je dois avouer qu'il est bien fatigant de ne pas obtenir l'attention de sa bonne !

Les derniers mots furent criés en direction du couloir, puis lady Hartley se leva.

— Je ne comprends pas où Maude peut s'être éclipsée. Elle est sans doute dans l'autre aile à s'occuper de Leonard. Je me vois contrainte d'aller la quérir. Le problème, Charlotte, c'est que je suis trop douce avec mes employés. Ils profitent de ma bonne nature, se promènent dans la maison comme si elle leur appartenait.

Charlotte pensa à la fille timide qui l'avait accueillie à la porte. Ce n'était pas l'impression qu'elle avait eue.

— S'il vous plaît, n'en faites rien… pas pour moi, Catherine, insista-t-elle, éprouvant soudain le besoin de l'humble familiarité de sa propre demeure. En fait, je pense que je devrais retourner au presbytère pour y attendre des nouvelles. Peut-être pourriez-vous plutôt appeler votre voiture ?

— Je le ferai, dès que vous aurez mangé et bu, répliqua lady Hartley qui revint sur le sofa. Regardez-vous, pauvre enfant, vous êtes aussi pâle qu'un perce-neige, susceptible de défaillir à tout moment. Veuillez m'excuser, ma chère, le temps que j'aille moi-même vous chercher un en-cas. Reposez-vous, je vous en prie. Posez votre tête sur un coussin et mettez-vous à votre aise.

Les coussins étaient moelleux et accueillants. Néanmoins, Charlotte se leva sitôt que lady Hartley fut partie et se tordit les mains, en essayant de comprendre ce qui venait de se passer.

Quelque chose clochait, n'était pas à sa place, mais quoi ? Ou était-ce son propre épuisement émotionnel qui jetait des ombres sur les braises ?

Charlotte se tenait au centre du grand cercle qu'était la pièce, tournant le regard dans toutes les directions. À la lumière des bougies, il lui semblait presque que les murs ondulaient et saignaient. Elle pressa les pouces contre ses tempes et s'efforça de donner un sens à cette étrange sensation : une sorte de pensée à demi formée, une intuition, une petite voix dans son oreille qui murmurait : « Sauve-toi ! »

Lorsque Charlotte était entrée, Catherine fixait intensément la petite boîte posée sur la cheminée. Peut-être contenait-elle un indice sur son mystérieux comportement. Après tout, si Branwell pouvait prendre des pilules concoctées par l'apothicaire et qui l'étourdissaient, alors peut-être Catherine avait-elle avalé une potion, une sorte de tonique produisant l'effet inverse. Il ne fallait pas se laisser surprendre à fouiner, pourtant Charlotte devait savoir. Jetant un coup d'œil à la porte entrouverte, elle se hâta vers la petite boîte et la saisit. C'était un coffret joliment ouvragé en bois de rose poli, incrusté de marqueterie, d'ivoire et de nacre. En faisant basculer le couvercle vers elle, Charlotte fut confrontée à la sinistre grimace d'une tête de mort délicatement dessinée. Le thème du *memento mori* n'était pas une découverte si inhabituelle en soi, toutefois la petite boîte semblait en décalage total avec cette belle pièce et avec lady Hartley elle-même.

Un profond sentiment de curiosité s'éveilla en Charlotte. Une musique se mit à carillonner lorsqu'elle ouvrit le couvercle, un petit air mélancolique qu'elle mit une seconde ou deux à reconnaître. Quand elle se souvint de l'endroit où elle l'avait récemment entendu, ce fut comme si un gros rocher était venu s'écraser sur sa poitrine. Elle fut saisie d'effroi. Car la boîte jouait la chanson que Tabby avait fredonnée pour ses sœurs et elle, une heure plus tôt.

Cette étrange chanson qu'elle n'avait jamais entendue avant cette nuit, voilà qu'elle l'entendait une seconde fois.

La gorge serrée par la peur, elle se força à regarder à l'intérieur du coffret. À première vue, il paraissait vide, mais en l'inclinant, elle entendit le glissement métallique de son contenu caché. Retournant la boîte dans ses mains tremblantes, elle chercha à tâtons l'ouverture secrète qu'elle devait receler.

Sauve-toi, lui intimait son instinct, et pourtant elle n'en fit rien. Elle ne pouvait pas s'enfuir du salon d'une grande dame et sortir dans la neige sans son manteau et sa bonnette, uniquement sur la base d'une chanson folklorique particulière et d'une imagination débridée.

Après ce qui lui sembla durer une éternité, Charlotte trouva une épingle en bois qu'elle crocheta avec l'ongle de son pouce. Le côté de la boîte coulissa, et elle en fit tomber le contenu dans sa paume.

Pendant de longues secondes, il lui fut impossible de bouger, de penser, d'agir. Tout ce dont Charlotte était capable, c'était de regarder et de s'étonner.

Car dans sa main se trouvait une demi-douzaine de médailles miraculeuses, chacune avec une date inscrite au dos, deux d'entre elles étant les jumelles de celles que ses sœurs et elle avaient découvertes. Celui ou celle qui les avait dissimulées là devait être la personne qui avait capturé les enfants. Et il y avait six médaillons là-dedans. Des copies, ce devait être des copies – ou des doubles – des bijoux que ses sœurs et elle avaient déjà récupérés. Des souvenirs.

Charlotte s'accrocha à la cheminée alors que ses genoux se dérobaient sous elle et, au même instant, elle aperçut un visage qui la contemplait fixement de l'autre côté de la fenêtre. C'était le cocher, Hemming.

— Oh, mon Dieu ! s'exclama lady Hartley en entrant dans la pièce, je vois que vous avez découvert mon trésor. J'avais espéré vous épargner toute détresse, mais j'aurais dû me douter, Charlotte, que vous n'étiez pas du genre à refuser une occasion de savoir. Quel est l'adage, déjà ? Ah oui : « Le savoir, à petite dose, peut être chose dangereuse. »

46

Anne

Père était assis, le dos droit et stoïque, tandis que la charrette gravissait avec fracas le chemin grossier qui montait à Top Withens Hall. Anne l'avait chaudement enveloppé de son manteau, à quoi elle avait ajouté une couverture, pourtant chaque fois qu'elle regardait son visage, résolu malgré la neige et le blizzard glacial, elle était envahie par un profond sentiment de réconfort. Tant que son père serait de ce monde, tout irait bien, car il ferait en sorte qu'il en soit ainsi.

Pendant le voyage, Anne passa un bras dans le sien et posa la tête sur son épaule, détournant ainsi sa figure du mieux qu'elle pouvait pour ne pas être directement exposée au froid. Emily flanquait Père de l'autre côté, le regard immuablement dirigé vers l'avant, vers les rafales de neige, comme si elle parvenait à voir quelque chose dans le tourbillon sans fin des flocons que nul autre ne pouvait discerner. John Brown conduisait le chariot tandis que Branwell, M. Nicholls, Martin Earnshaw et son frère étaient agglutinés à l'arrière. Personne ne pipait mot, car il n'y avait rien à dire tant que Joseph ne serait pas sain et sauf, et Clifton Bradshaw sous les verrous.

Enfin, ils atteignirent Top Withens, se dressant contre les éléments, les fondations fermement et résolument ancrées. Les rafales de vent étaient si fortes et si furieuses qu'Anne avait l'impression de pouvoir être soulevée de ses pieds et emportée dans les airs à tout moment, tandis qu'Emily et elle aidaient Père à se mettre debout. John attacha le cheval de trait à l'abri dans la cour, et le petit groupe se planta devant la porte de la maison.

— Qu'est-ce que c'est ? s'exclama Molly en ouvrant. Mademoiselle Anne, mademoiselle Emily… monsieur Brontë, entrez. Entrez tous. Enfin, mais quelle nuit pour être dehors ! Est-ce parce qu'ils ont retrouvé le garçon ?

Anne était heureuse de se mettre à couvert, bien qu'il ne fasse guère plus chaud à l'intérieur du manoir qu'à l'extérieur. Le feu s'était éteint, et la vieille Bess n'était visible nulle part. Liston apparut de l'étage, vêtu d'un manteau et d'une sorte de châle par-dessus. Molly se précipita immédiatement à ses côtés.

— Où est ton père, jeune homme ? lui demanda Père. (Anne fut heureuse d'entendre sa voix forte et ferme.) Nous devons lui parler tout de suite.

— Je suis là, Brontë, résonna la réponse de Clifton dans l'obscurité, et Anne comprit que le vieux Bradshaw était assis dans la pénombre depuis le début. Que me voulez-vous ?

— Dites-moi où est mon fils, espèce de diable ! s'écria Martin Earnshaw.

Sur quoi, il se jeta sur Clifton, l'arracha au siège où il était affalé et le tira par le col de sa chemise vers la maigre lueur des bougies.

Anne sursauta en découvrant l'homme qu'elle avait sous les yeux, son regard à moitié fou, son visage décharné et gris, ses lèvres et ses mains bleuies par le froid. À croire qu'il n'était plus qu'à une heure ou deux du trépas.

— Où est-il, espèce de démon ? criait Martin, dont la voix se brisa sous le coup de l'émotion, alors qu'il essayait de secouer Bradshaw. Ou t'es-tu déjà débarrassé de lui ?

— Je n'ai pas le garçon, répondit Clifton, bourru et pourtant calme à la vue de leur groupe. J'ai passé toute la journée et la moitié de la nuit dehors à le chercher, tout comme vous, je n'en doute pas. Je viens de rentrer, je me suis assis sur la chaise pour enlever mes bottes et me suis trouvé trop épuisé pour allumer un feu. Vous avez déjà fouillé ma propriété. Le garçon n'est pas ici et il n'est pas non plus sur mes terres. J'en ai passé en revue chaque centimètre carré.

Martin le secoua de nouveau.

— Et pourquoi devrions-nous vous croire sur parole ? Où l'avez-vous caché ? Mon fils mourra si on le laisse dehors plus longtemps. S'il vous plaît, n'avez-vous aucune pitié ? Je vous en supplie. Dites-nous ce que vous lui avez fait, que je puisse connaître le sort de mon enfant !

Martin lâcha enfin Bradshaw et se détourna. Le corps de Cliffton tremblait de la tête aux pieds, ses jambes fléchirent, et Branwell le rattrapa, tombant à genoux sur les dalles avec l'autre homme, plus grand, dans ses bras.

— Avouez tout, monsieur, ordonna Emily, les yeux brillants, car vous êtes pris et vous serez pendu. Votre seul espoir de rédemption est d'aider à sauver le garçon pendant que nous le pouvons peut-être encore.

— Pourquoi refusez-vous de croire que je ne l'ai pas et que je ne sais pas non plus où il est ? hurla Clifton, d'une voix aussi animale, brute et mauvaise que le vent qui arrachait chaque pierre et chaque tuile de Top Withens Hall.

Alors Père prit la parole, une main levée et tendue vers l'avant comme si, en quelque sorte, celle-ci lui permettait de voir Bradshaw, ou peut-être de le bénir.

— Nous en savons plus qu'assez pour conclure à votre culpabilité, dit-il. Confessez vos péchés, et je prierai pour vous avant l'arrivée du gendarme.

— Le chemin qui vous a menés à ma culpabilité est erroné, quel qu'il soit, lâcha Clifton avec amertume. Je n'ai pas tué ce pauvre enfant qui était enseveli dans mes murs, ni aucun autre. Je n'ai pas enlevé Joseph et j'aimerais de tout mon cœur pourri savoir où votre fils est caché, mais je l'ignore.

Se libérant de Branwell, Clifton alla s'affaler sur une chaise, secoué d'une quinte de toux.

— Papa, êtes-vous malade ? demanda Liston, malheureux. P'pa, c'est moi, votre Liston. Je sais que vous n'êtes pas celui qu'ils prétendent. Mère n'aurait jamais pu aimer un tel homme, or elle vous aimait.

— Pourtant, je suis coupable, dit Bradshaw à son fils. Mes péchés sont nombreux, et je devrais être pendu pour eux. J'aurais pu sauver Joseph si j'avais parlé plus tôt.

Liston secoua la tête et s'agenouilla aux pieds de son père.

— Comment cela, p'pa ? Parlé de quoi ?

— Ce que tu dois comprendre, c'est à quel point je l'aimais, à quel point je l'aime. Et pas d'un amour normal, non, pas du bon amour, celui qui guérit et que je ressentais pour ta mère. Non, elle, elle était comme une maladie qui vous pénètre le sang et empoisonne tout. Je savais ce qu'elle faisait, à l'époque, il y a des années, et je me suis tu. Et quand elle est venue ici, là aussi j'ai su que c'était elle qui avait tué le garçon et l'avait caché ici. Mais je n'ai rien dit, parce que la revoir, c'était l'aimer à nouveau, exactement comme quand j'étais jeune. Elle a toujours su que je mourrais pour elle, et elle avait raison. J'étais prêt à le faire. J'y étais prêt jusqu'à ce soir et la pensée de ce pauvre garçon, emprisonné quelque part. C'est comme si je me réveillais soudain d'un rêve qui m'a gardé captif la moitié de ma vie, même si je n'ai pas posé les yeux sur elle pendant des années. Mais pas ce soir. Je ne la laisserai plus broyer mon cœur entre ses griffes.

Bradshaw leva les yeux et les plongea tour à tour dans ceux de ses visiteurs postés en cercle autour de lui, afin qu'ils puissent y voir la vérité.

— Je sais qui a pris Joseph.

— Pourquoi, pourquoi au nom de Dieu n'avez-vous pas dénoncé pareille atrocité ? Quelle sorte de lâche êtes-vous pour protéger une telle créature ?

Anne savait à peine ce qu'elle disait, jusqu'à ce que son regard rencontre celui de Liston et qu'elle y lise la douleur et la peur.

— Liston, il doit dire ce qu'il sait, ou il aura une autre vie sur la conscience, supplia Anne. N'allez-vous pas l'obliger à parler ?

— Liston, faites-le parler ! renchérit Molly. Pour l'amour de Dieu, je vous en supplie !

— Papa, dites-moi, dites à tous ceux qui sont ici ce que vous savez. Car, si vous ne le faites pas, quelle sorte d'homme êtes-vous ?

— Un maudit, répliqua Clifton. Il y a longtemps, quand j'étais jeune, j'ai rencontré une belle jeune femme et elle est devenue mon obsession. Durant des années, j'aurais fait n'importe quoi pour elle, et je l'ai fait. J'ai commis des actes terribles. Quand elle m'a raconté qu'elle avait noyé son père pendant qu'il se baignait, j'ai gardé le silence, car je savais quelle brute il avait été. Quand elle m'a demandé de l'aider à empêcher ses cousins de la tourmenter, je l'ai fait, même si je n'imaginais pas jusqu'où elle comptait aller, pas avant qu'il ne soit trop tard et qu'ils soient morts. J'aurais pu parler alors, dire au monde que mon amour était une meurtrière, mais elle n'était encore qu'une jeune fille de quinze ans au plus. Et elle était ma religion ; chacun de mes crimes en son nom était une prière dirigée vers elle. Les choses qu'elle faisait pouvaient sembler mauvaises aux yeux du monde entier, mais moi je savais que ces agissements n'étaient motivés que par les horreurs qu'elle avait endurées. Elle m'avait avoué n'avoir jamais connu la bonté jusqu'à ce que je pose le regard sur elle. (Clifton serra ses mains gercées et craquelées contre sa poitrine comme s'il tenait celles d'une autre sur son cœur.) Je n'ai pas été témoin de la mort de son oncle et de sa tante, mais… je la soupçonne d'y avoir contribué aussi. Nous aurions dû être libres alors, tous les deux. De nous marier et de vivre enfin une belle vie, puisque tous ceux qui avaient péché contre elle avaient subi sa vengeance. Mais c'est alors qu'elle m'a chassé et effacé de son existence. Elle voulait plus que ça, plus que moi. Elle m'a dit qu'elle méritait une vie plus agréable que celle que je pourrais lui donner. Je ne lui étais plus d'aucune utilité, mi-bête et brute que j'étais. Pendant un moment, j'ai cru que j'en mourrais, mais un homme doit vivre, un homme doit se marier, alors j'ai épousé ta mère, Liston. Et, au bout de quelques années, je l'ai aimée aussi. Car elle était tout ce que l'autre n'était pas : gentille, douce, courageuse et bonne. J'ignore ce qui l'a poussée à cacher ses secrets ici et à enlever Joseph. Mais je sais que c'est elle.

— Expliquez-vous sur-le-champ, exigea Emily.

— Qu'est-ce que c'est que ça ?

La vieille Bess sortit du fond de la maison et regarda en clignant de ses yeux fatigués la foule qui se tenait dans le manoir, ses cheveux blancs emmêlés et dressés sur la tête, comme si elle venait juste de se lever du lit.

— Et maintenant le feu s'est éteint, et le pasteur est là, dans le froid. Mme Bradshaw ne doit pas entendre parler de cet incident ! Liston, allume le feu. Je vais nous préparer du thé.

Liston ne bougeait pas. Anne avait l'impression qu'ils avaient tous été frappés de mutisme, rendus immobiles par l'étrange confession de Bradshaw. La pauvre Bess, qui vivait chaque instant de sa vie dans le passé, semblait aveugle à l'horreur du moment présent. Avec quelle ferveur Anne aurait souhaité pouvoir marcher aux côtés de la vieille servante en des temps plus heureux.

— Liston, es-tu fou, mon garçon ? s'emporta Bess en donnant un coup sec sur la tête du jeune homme. Allons, allons, fais ce que je te dis, car ta mère va bientôt revenir du marché et elle adore rentrer devant un bon feu, ça oui.

Lentement, le visage aussi blanc que la neige qui recouvrait la terre, Liston quitta son père et se dirigea d'un pas raide vers la cheminée, où il prit la boîte de petit bois. Au bout de quelques secondes, le feu brûlait ardemment, même si personne dans la pièce n'en tirait aucune chaleur.

Avec bienveillance, Bess leur fit signe de s'approcher.

— Venez par ici avant d'attraper la mort, allons. C'est ainsi que ça doit être : les invités de Noël viennent nous souhaiter de bonnes fêtes. Pourquoi n'a-t-on pas accroché de houx, Liston ? Ta maman adore le houx.

Emily rejoignit la servante avec un sourire prudent soigneusement étiré par-dessus sa peur.

— Bess, chère Bess, la dernière fois que je suis venue, vous m'avez murmuré à l'oreille les paroles d'une vieille chanson populaire. Vous vous en souvenez ?

— Je chante toujours, acquiesça Bess avec enthousiasme. Depuis toujours, depuis que je suis gamine.

— « Et sans se soucier de leur douleur », fredonna doucement Emily, dont le regard était fixé sur Clifton Bradshaw, qui tressaillit en les entendant. « Elle les poignarda d'un coup en plein cœur. »

— « Puis elle essuya son canif dans la boue des marais », continua Bess. « Et plus elle l'essuyait, et plus le sang coulait. Plus elle l'essuyait, plus le sang coulait. » Drôle de vieille rengaine, pas de moi… Elle est d'elle, car seule une personne comme elle pouvait vouloir qu'on la chante.

— Qui ? Qui chante cette chanson, Bess ? demanda Emily. Où l'avez-vous entendue ?

— Eh bien, sa maîtresse, bien sûr, répondit Bess, dont l'expression avait soudain viré à l'aigre et s'était emplie de dégoût. Je l'entends chanter la nuit. Ils pensent qu'elle est partie depuis longtemps, mais c'est faux. Elle revient ici dans l'obscurité et jette ses sorts. Elle est méchante comme pas deux, la maîtresse. J'ai sauvé un garçon, mais je n'ai pas pu les sauver tous. Enfin, je ne peux en dire plus. Je ne dois pas. Elle a menacé que si je pipais mot, elle reviendrait et me prendrait mon Liston, et ça, je ne peux pas le permettre. Je dois garder le silence, même si ça m'envoie droit en enfer, où sa maîtresse m'attendra.

Anne s'avança.

— La « maîtresse » ? Bess, Mme Bradshaw est morte depuis treize ans.

— Je le sais, espèce d'idiote, grogna la vieille femme. *Sa* maîtresse, j'ai dit. *Sa*… (Elle désignait Bradshaw.) Née sorcière, elle mourra sorcière, je n'en doute pas. Le diable l'attend en enfer, elle lui a demandé de l'inviter. Elle est mauvaise, cette Cathy. Aussi mauvaise qu'on puisse l'être.

— Cathy ? répéta Emily. De qui parle-t-elle, Bradshaw ?

— S'il vous plaît, avant qu'il ne soit trop tard, insista Anne auprès de Clifton. Qui est le monstre qui enlève ces garçons ?

— Ma Cathy, sanglota-t-il. Ma Cathy a pris Joseph et peut-être d'autres dont je ne suis pas au courant, mais vous ne comprenez pas. Elle est brisée, abusée, et son esprit malade. Les crimes qu'elle commet sont tous hérités de ceux qui ont péché contre elle.

— Cathy ? murmura Anne, levant les yeux vers son aînée alors que l'effroi se peignait sur son visage.

— Lady Catherine Hartley, compléta Emily.

Les sœurs arrivèrent à la même conclusion terrifiante exactement au même moment.

— Charlotte, chuchotèrent-elles à l'unisson.

47

Charlotte

Charlotte se surprit à sourire, la peur cauchemardesque qu'elle avait ressentie désormais dissoute dans une clarté cristalline.

—Eh bien, lady Hartley, vous ne m'aviez pas dit avoir découvert un chaînon manquant dans ce mystère. Expliquez-moi tout de suite, je vous en prie, comment vous avez trouvé cette preuve.

Tout en parlant, Charlotte ne pouvait qu'espérer duper Catherine par son discours, au moins assez pour lui donner l'opportunité de s'échapper. Hemming était toujours posté devant le portail du jardin, lui barrant cette voie-là. Catherine avait prétendu qu'il ne restait que Maude parmi son personnel. Et si c'était la jeune fille qui bloquait la sortie par une autre porte, Charlotte n'hésiterait pas à charger, quitte à la jeter au sol.

—Envoyez Hemming quérir les représentants de la loi, et vous nous mènerez directement au coupable et à Joseph, pour sûr. Vous serez l'héroïne du jour!

—Il est vraiment fort ennuyeux que même la femme la plus indépendante doive encore recourir à un homme pour exécuter ses ordres. Hemming en ce sens a été une merveilleuse trouvaille, cet individu inébranlable, prêt à faire tout ce que je lui demande. Mais je ne l'enverrai pas chercher de l'aide, Charlotte. Je suis sûre que vous le comprenez.

Lady Hartley inclina la tête sur le côté et observa Charlotte, comme un chat guette sa proie. Elle se dressait entre Charlotte et la porte, seule autre issue de cette pièce luxueuse. Et, qui plus était, elle tenait à la main un objet qui brillait à la lumière du feu. La vue de Charlotte était souvent défaillante, mais, en cet instant, elle la maudit plus que jamais, car elle craignait que lady Hartley ne soit en possession d'un couteau.

—Vous vous êtes trompée à tous les niveaux, Charlotte, déclara lady Hartley, le visage tendu, étiré en une grimace. Mais pas maintenant, en revanche. Vous faites insulte à mon intelligence en imaginant que je vais me laisser prendre à votre jeu, même si j'applaudis votre courage et votre ingéniosité. Voyez, vous êtes vraiment beaucoup plus remarquable que vous ne le pensez. J'aimerais que vous puissiez voir par vous-même à quel point vous êtes formidable. Mais parlons franchement à présent, entre amies et âmes sœurs. Je suis le monstre que vous traquez, et vous feriez bien d'avoir très peur de moi.

—J'ai très peur de vous, avoua Charlotte.

Sur quoi, en moins de trois secondes, elle avait saisi un vase sur un petit guéridon et l'avait projeté de toutes ses forces, frappant Catherine à la joue tandis que les éclats de porcelaine explosaient de toute part.

Le visage gravement coupé, Catherine hurla de fureur, sa lame fendit l'air.

Et Charlotte, rassemblant ses jupes, se mit à courir.

48

Emily

—La charrette, dit Emily à John Brown. Nous en avons besoin pour nous emmener, Anne et moi, à Oakhope Hall.

—Mes filles, intervint Père, la voix tremblante, où est Charlotte ?

—Elle est en compagnie de lady Hartley, Père, répondit Anne. Et elle n'a pas la moindre idée du danger qu'elle court.

—Nous devons la rejoindre immédiatement, ajouta Emily. Je n'ai jamais conduit de charrette auparavant, mais j'imagine que cela ne doit pas être très difficile.

—Et mon garçon ? s'enquit Martin. Et Joseph ?

—La seule personne en mesure de répondre à cette question est Catherine Hartley, lui rétorqua Emily. La charrette ira plus vite s'il n'y a qu'Anne et moi. Nous partons tout de suite.

—Vous ne pouvez pas y aller seules, protesta M. Nicholls. Je vous accompagne.

—Non, restez avec Père, ordonna Emily. Branwell, tu peux venir, mais ne nous retarde pas.

—Moi aussi, je viens, annonça Liston, les yeux brillants. Et personne ne m'en dissuadera.

Molly se réfugia dans les bras de Bess pour pleurer.

Clifton se leva, décrocha sa vieille épée au-dessus de la cheminée et la tendit à son fils.

—Dans ce cas, prends ça. Même si je l'ai aimée de tout mon cœur, j'ai toujours su à quel point cette femme pouvait être dangereuse.

Le jour où elle est venue à Top Withens, c'était pour m'effrayer, me menacer et me tester. Pour me faire savoir qu'elle veillerait à ce que tout le monde croie que j'ai tué l'enfant retrouvé dans la cheminée. Si je parlais contre elle, sa vengeance frapperait. La vérité, c'est que si elle n'avait pas enlevé Joseph, je l'aurais laissée faire. J'aurais fini pendu pour elle.

— Papa ! s'écria Liston en secouant la tête. Je ne comprends rien à ce que vous dites.

— Parce que tu n'es pas fou et que tu as combattu ma brutalité pour devenir un homme bon. Ne la laisse pas te détruire toi aussi, mon fils. Quoi qu'elle te dise, souviens-toi que tu connais la vérité.

Quelques instants plus tard, Liston prenait les rênes de la charrette et lançait le cheval au galop.

La terre semblait se désintégrer sous eux, s'écrouler comme si le monde prenait fin. La neige tourbillonnait tout autour, et quelque part, dans le lointain, Emily sentait les étoiles tournoyer follement, au-dessus et au-delà. Elle s'accrochait comme si sa mort était au bout du chemin, le visage tourné vers le froid, jusqu'à ce que ses joues et ses doigts soient suffisamment engourdis pour qu'elle puisse se convaincre qu'elle n'avait plus peur.

Dans le tumulte et les soubresauts de la descente, elle sentit la main d'Anne se tendre vers la sienne, et elles se serrèrent l'une contre l'autre. Liston continua à cette allure à travers le village, et ils arrivèrent enfin à destination.

— Charlotte ! crièrent aussitôt les deux sœurs en sautant au bas de la charrette.

La grande porte d'entrée de Oakhope Hall était ouverte et, bien que la maison soit éclairée par des bougies, tout était calme. Escortée d'Anne, Emily s'avança à l'intérieur, suivie de Branwell et de Liston, l'épée de son père brandie devant lui.

— Charlotte ?

— Emily !

Tirant sur le bras de son aînée, Anne désigna une empreinte de main ensanglantée sur un pilier.

—Charlotte, au nom de Dieu, réponds-moi ! cria Emily en tournant sur elle-même.

Puis elle lâcha Anne pour se hâter vers la seule pièce dont la porte était entrouverte et la trouva vide, avec des bris de porcelaine éparpillés sur le sol poli.

Revenant dans le couloir, Emily distingua un mouvement dans la pénombre, au-delà de l'escalier. En rage, elle s'y précipita et en tira une jeune servante par le coude.

—Où est ma sœur ? demanda Emily, dont les yeux brillaient dangereusement.

—Elle s'est sauvée, répondit la jeune fille, le visage baigné de larmes. Elle s'est enfuie dans la neige, et la maîtresse est partie à sa poursuite. Elle… elle lui veut du mal.

Emily lâcha la fille, et les quatre s'élancèrent dans la nuit.

Tout était silencieux, mais en levant sa lampe, Emily découvrit une piste dans la neige, profonde, visible, et imagina sa sœur marchant péniblement à travers, ralentie par ses jupes. Les traces conduisaient vers la couverture de la bande de forêt qui ceignait la propriété. Sous ces bois se trouvaient les grottes et les passages secrets, les folies qui avaient été construites là autrefois. Emily espérait qu'elles feraient un bon refuge où son aînée pourrait se cacher, car une série d'empreintes de sabots suivaient la même piste. Apparemment, lady Hartley avait accordé à Charlotte une longueur d'avance, le temps d'enfourcher son cheval et, alors que le sentier atteignait la lisière des bois, Emily ne pouvait que prier pour que sa sœur n'ait pas encore été attrapée.

49

Charlotte

La forêt était plongée dans une complète obscurité, et chaque bruit semblait amplifié par la neige immaculée. Très vite, Charlotte se rendit compte que le frottement de ses jupes dans la poudreuse révélait son chemin, quelle que soit la vitesse à laquelle elle courait, c'est-à-dire pas vite du tout. Plus le tissu se trempait et s'alourdissait, plus sa progression frénétique était ralentie, et pourtant, lorsqu'elle osa jeter un coup d'œil par-dessus son épaule, elle eut l'impression que Catherine prenait son temps pour la suivre. Évidemment, nul besoin de se dépêcher, avec un itinéraire de fuite aussi bien balisé.

Elle avait réussi à s'enfoncer assez loin parmi les arbres, jusqu'à l'endroit où la canopée était suffisamment épaisse pour empêcher les chutes de neige de la trahir, avant d'entendre Catherine haranguer son cheval et de voir les branches basses trembler sur son passage au galop.

Ce jour ne pouvait pas être le dernier de sa vie. Charlotte était déterminée : non, telle ne serait pas sa destinée, pas maintenant, pas avant qu'elle ait même laissé son empreinte sur le monde. Elle avait tant à accomplir, tant de grandeur à faire valoir. Elle ne se sentirait plus aussi petite et insignifiante. Elle refusait de succomber, quoi qu'il en coûte. Elle avait eu terriblement peur d'être lâche, de ne pas avoir la force de se battre, mais à cet instant, Charlotte découvrait que lady Hartley avait raison sur un point : elle était pétrie de courage.

Il y avait des entrées de grottes parmi les arbres, elle le savait. Si elle parvenait à en dénicher une, alors elle pourrait échapper à Catherine par les tunnels et, peut-être, trouver le moyen de fuir. C'était un plan imparfait, seulement elle avait dû laisser derrière elle la route du village dans sa tentative désespérée d'évasion et, au-delà de la ligne des arbres, il n'y avait que la lande.

— Oh, Charlotte. (La voix de Catherine retentit dans la nuit claire, beaucoup plus proche que Charlotte ne l'avait espéré.) Arrête de courir, mon amour. Viens m'accueillir, les bras grands ouverts, et laisse-moi te bercer comme une mère le ferait.

Sa seule chance était d'agir, rester passive maintenant signerait son arrêt de mort. S'interdisant de paniquer, Charlotte revint sur ses derniers pas et grimpa sur un tronc d'arbre tombé, vacilla dans un équilibre précaire pendant une seconde ou deux avant de se stabiliser. Elle rampa le long du tronc et sauta aussi loin qu'elle le pouvait dans un fourré profond, où elle se retrouva prise comme une mouche dans une toile d'araignée, les épines s'accrochant à ses jupes, ses cheveux, ses mains.

— Charlotte, montre-moi ton petit visage, cria Catherine. Si sérieux et si banal. Laisse-moi tout t'expliquer, car je suis sûre que tu comprendras. Je n'ai jamais voulu devenir la créature que je suis. J'ai été façonnée ainsi par les hommes qui ont abusé de moi et m'ont fait du mal : le père qui me battait, l'oncle qui m'agressait, les cousins qui me torturaient, tous m'ont blessée si profondément que j'ai été obligée de les arrêter une bonne fois pour toutes. Je n'avais pas le choix si je voulais survivre.

Charlotte prit conscience que le moindre mouvement de sa part trahirait sa position. Pire, elle était bel et bien coincée. Fermant les yeux, elle fit de son mieux pour ne penser qu'à rester parfaitement immobile.

— J'avais un peu plus de onze ans lorsque je suis arrivée à Oakhope. J'étais très malheureuse, j'avais peur. Je me suis enfuie dans la lande, d'où je pensais ne jamais revenir. Et soudain, je l'ai vu, debout au croisement des routes. À croire qu'il m'attendait. (Charlotte retint son souffle tandis que les branches autour d'elle ployaient et craquaient.) Nous avons d'abord été amis, camarades de jeu et confidents puis, un après-midi d'été, juste après mon quatorzième anniversaire, nous sommes devenus amants. C'était aussi naturel que l'eau qui coule à flanc de colline. Et, juste avant de me débarrasser de mon oncle et de ma tante, j'ai découvert que j'étais enceinte. Je ne l'ai révélé à personne, pas même à Clifton. Au lieu de cela, je lui ai dit que je ne pourrais jamais épouser un homme comme lui, aussi sale et mal né, que ma vie devait être faite de grandeur. Je lui ai dit que je n'étais pas destinée à être la femme d'un fermier mal dégrossi. Un notaire londonien, qui avait été désigné pour gérer mes biens, a envoyé deux matrones pour veiller sur moi. Il a suffi d'une petite partie de ma fortune pour leur offrir la liberté et un revenu indépendant en échange de leur départ discret. J'ai alors appointé mon propre personnel avec grand soin, souvent choisi à la porte de la prison, et j'ai payé tout ce petit monde grassement pour préserver mon secret. Après la naissance de mon enfant, j'ai engagé une nourrice qui savait se taire et l'a gardé ici, mon précieux trésor, mon garçon chéri.

Catherine n'était plus qu'à quelques pas. Encore un instant, et Charlotte était certaine d'être découverte. Soudain, très loin, elle entendit ses sœurs appeler son nom, leurs voix portées par l'air froid et clair.

— Quelle plaie !

Lady Hartley s'éloigna pour aller vérifier. Charlotte saisit sa chance : elle s'arracha aux épines, refusant de sentir la douleur brûlante de sa peau déchiquetée et de ses cheveux arrachés. Elle courut, aussi vite qu'elle le pouvait, relevant ses jupes autour d'elle, et soudain, elle la vit, la grande bouche béante, noire sur le fond blanc étincelant des arbres : l'entrée des grottes.

50

Charlotte

Pendant un instant, tout fut noir comme l'encre, pourtant Charlotte ne pouvait se permettre de rester immobile. Alors elle tendit le bras pour trouver un mur rugueux comme la pierre, l'utilisa afin de se guider et continua d'avancer aussi vite et aussi silencieusement qu'elle le pouvait. Décelant du mouvement dans son dos, elle accéléra encore le pas. À mesure que ses yeux s'habituaient à l'obscurité, elle perçut une lueur devant elle : une lampe. Quelque part, non loin devant, des parties de la grotte étaient utilisées. Charlotte brûlait de se précipiter vers cette lumière, tel un papillon de nuit attiré vers une flamme, mais elle se ravisa. Au lieu de quoi, tandis que les pas de Catherine se rapprochaient, elle se réfugia dans un passage étroit et totalement sombre, où elle se plaqua contre la cloison. Et elle retint sa respiration quand lady Hartley la dépassa.

Il n'y avait pas une seconde à perdre. Sitôt que lady Hartley eut disparu dans une courbe du boyau, Charlotte entreprit de la suivre. La solution la plus sensée aurait été de faire demi-tour, de s'enfuir par où elle était venue afin de rejoindre ses sœurs, qu'elle savait à proximité. Mais s'il brûlait une lumière ici, c'était pour une raison précise, et Charlotte était certaine que cette raison avait un nom : Joseph. Elle devait l'atteindre avant que Catherine ne puisse accomplir sa funeste tâche.

Chaque pas prélevait une partie supplémentaire des maigres forces qui lui restaient. La peur se diffusait dans ses veines. Elle sentait son pouls battre à ses poignets et à ses tempes. Malgré tout, Charlotte ne s'était jamais sentie aussi vivante, aussi puissante qu'en cet instant. Prenant soin de rendre chacun de ses mouvements silencieux, elle progressait à un rythme régulier, apercevant le manteau de lady Hartley chaque fois qu'elle tournait à un angle, passait une courbe, et puis Charlotte s'arrêta, lorsqu'elle entendit le bruit de ses pas s'estomper. Prudemment, elle jeta un coup d'œil furtif et découvrit la source de la lueur : une torche boulonnée au mur éclairait l'entrée d'une volée de marches descendantes. À croire qu'elle s'apprêtait à suivre Catherine dans les entrailles de l'enfer.

Avant qu'elle ne puisse avancer, toutefois, une main s'enroula autour de son cou et se referma sur sa bouche. Les yeux exorbités, Charlotte se débattit jusqu'à ce que son assaillant la retourne rapidement, et elle se retrouva face à un visage connu.

—Anne, chuchota Charlotte, attirant sa benjamine dans une étreinte serrée. Dieu merci, tu es là. Où sont les autres ?

—La dernière fois que je les ai vus, c'était à la surface, ils te cherchaient dans les bois, lui répondit sa sœur. Ils trouveront l'entrée et suivront la lumière, comme je l'ai fait. Les renforts ne tarderont pas à arriver.

—Je crois que Joseph est en bas, lui indiqua Charlotte avec un signe de tête en direction de l'escalier. Nous ne pouvons attendre plus longtemps, Anne.

Celle-ci acquiesça, déterminée.

—Non, nous n'attendrons pas.

Main dans la main, les deux sœurs se remirent en marche.

51

Anne

Elles s'accroupirent derrière un muret qui bordait l'entrée de la grotte. Dans la série des folies de Oakhope, celle-ci avait été construite dans le style d'un temple antique, de forme hexagonale avec des piliers à chaque coin, un sol et des murs en mosaïque représentant des créatures et des dieux issus d'une fusion des mythologies grecque, romaine et même égyptienne. Des images de serpents semblaient se faufiler à travers la lumière vacillante ; des loups jumeaux levaient la tête pour hurler à une lune invisible. Et pourtant, la cavité paraissait vide. Où que lady Hartley soit allée, c'était au-delà de cette étrange salle de cérémonie.

— Nous devons continuer, chuchota Charlotte, mais Anne secoua la tête.

— Non, attends. Regarde, là-bas, sur l'autel : des fruits, du pain et, je dirais, de l'hydromel. Nous avons vu une offrande identique sur les pierres de Top Withens. Quoi qu'elle prévoie de faire, ce sera ici. Attendons et laissons-la nous l'apporter.

Anne jeta un coup d'œil à sa sœur, qui scrutait le passage sombre de l'autre côté de la pièce. Elle percevait l'envie qu'avait son aînée de foncer, pourtant Charlotte resta immobile. Elle obtempéra à la suggestion d'Anne et patienta. Deux minutes plus tard, il s'avéra qu'Anne avait eu raison.

Lady Hartley revint, et le sang qui lui dégoulinait sur le visage la rendait encore plus effrayante. Elle était accompagnée de Joseph Earnshaw.

— Puis-je rentrer à la maison maintenant, mademoiselle ? demanda Joseph, qui errait, non attaché, au milieu de la salle et pivotait lentement pour observer autour de lui.

— Dans un petit moment, Joseph, répondit lady Hartley. D'abord, tu vas manger avec moi, manger et boire, et ensuite je te reconduirai chez toi.

Joseph prit la coupe qu'elle lui tendait et regarda dedans.

— Je n'ai ni faim ni soif, mademoiselle, répliqua-t-il, et Anne entendit le tremblement de sa voix.

Joseph avait toujours été vif, pas du genre à se laisser berner, même à onze ans. Il savait que lady Hartley voulait qu'il perde connaissance, voire pire.

— Mange et bois, l'exhorta sa ravisseuse. Je ne peux pas te laisser partir sans cela, Joseph. Tout ce qui se passera, c'est que tu vas t'endormir et, quand tu te réveilleras, tu ne te souviendras pas de ton séjour avec moi, et nous serons tous les deux en sécurité.

— Je vois, murmura Joseph, si bas qu'Anne dut tendre l'oreille pour l'entendre. Mais vous aviez dit que vous amèneriez Mlle Charlotte pour qu'elle s'occupe de moi.

— Et je l'ai fait, répliqua lady Hartley en jetant un coup d'œil vers l'endroit où les sœurs se cachaient. Souhaiterais-tu l'avoir avec toi maintenant ?

— Beaucoup, admit Joseph, des larmes dans la voix. J'aimerais beaucoup la voir.

Avant qu'Anne ne puisse bouger, Charlotte se leva.

— Je suis là, Joseph.

Anne suivit des yeux sa sœur qui se dirigeait vers le milieu de la salle, les épaules en arrière, la tête haute malgré ses jupes en lambeaux, ses mains et son visage maculés de sang. Indifférent à son apparence, Joseph se précipita dans ses bras et lui enlaça la taille pour enfouir sa figure dans ses cheveux lâchés. Anne vit sa sœur embrasser le sommet du crâne de Joseph et lui chuchoter quelque chose à l'oreille.

Lady Hartley avait-elle deviné que Charlotte n'était pas seule derrière le muret, ou escomptait-elle simplement que sa sœur se rendrait au moment où elle serait témoin de la peur désespérée du garçon ?

Quoi qu'il en soit, lady Hartley sourit et se barbouilla le visage de son propre sang en s'essuyant du revers de la main.

— Voilà. Asseyez-vous, tous les deux, je vais vous servir. Nous allons faire un pique-nique.

Charlotte garda un bras passé autour de Joseph tandis que lady Hartley commençait à couper les fruits avec sa lame étincelante.

— Il y a des gens tout près, Catherine, dit Charlotte. Vous serez découverte d'un moment à l'autre. Il vaudrait beaucoup mieux pour vous que vous déposiez ce couteau et nous laissiez partir.

— Tu me rappelles mon fils, Joseph, lâcha Catherine, sans prêter attention à Charlotte. Il était un peu plus âgé que toi, mais petit pour son âge. Nous avons passé des instants si heureux ensemble lorsqu'il était bébé. Mais quand il a grandi, il est devenu plus difficile de le garder caché. Je ne pouvais pas risquer qu'il soit découvert, cela aurait causé ma ruine ; et la sienne. Alors je l'ai emmené ici, sous terre, je pensais vraiment que c'était la meilleure solution pour nous deux. Les grottes sont devenues sa maison, son univers, chaque nuit et chaque jour, il les passait dans ce labyrinthe. J'ai trouvé une nurse pour s'occuper de lui, une personne en qui je pouvais avoir confiance tant qu'elle était suffisamment bien payée ; vous l'avez rencontrée, je crois, une certaine Mme Grace Poole. Au début, je rendais souvent visite à mon garçon, mais il faisait si humide et froid ici que j'avais de plus en plus de mal à repartir sans lui. Au bout d'un moment, il m'a semblé cruel de le perturber par ma présence, alors je l'ai confié à Poole, à qui j'ai donné plus d'argent qu'il n'en fallait pour lui fournir tout ce dont il avait besoin pour être heureux. Poole me communiquait des rapports hebdomadaires, comme quoi tout allait bien. J'ai choisi de la croire. Je voulais la croire. Je savais que, dès que j'aurais mes seize ans, je devrais me marier sans tarder. Car, dans le cas contraire, il se présenterait toutes sortes d'idiots prêts à tout pour acquérir ma fortune. J'ai donc accepté le premier bon parti que mon avocat m'a suggéré, et le pari s'est avéré payant. Leonard est un mari merveilleusement inattentif, hormis lorsqu'il a besoin de moi pour venir faire tapisserie. Jamais il ne s'est douté qu'un garçon grandissait dans l'obscurité sous ses pieds. Puis est venu un moment où j'ai été emmenée à Paris pour plusieurs semaines et, pendant ce séjour, j'ai assisté à de véritables prodiges. (Les pupilles de lady Hartley brillaient à ce souvenir.) J'ai vu de mes propres yeux comment ceux qui étaient sur le point de mourir étaient sauvés par la Vierge Marie et sa médaille miraculeuse, et j'ai compris le pouvoir de la maternité, que l'amour d'une mère est capable de surmonter n'importe quel obstacle. L'amour de Leonard pour moi étant sincère, j'ai décidé que, dès notre retour en Angleterre, je porterais mon fils à la lumière et que Leonard l'accepterait.

— Catherine, intervint Charlotte avec douceur, vous n'êtes pas née mauvaise. La haine et la souffrance que vous avez endurées ont fait de vous un monstre, mais derrière tout cela, il y a toujours un cœur humain qui bat. S'il vous plaît, regardez ce petit garçon et comprenez qu'il est aimé, tout comme vous avez aimé votre fils.

Lady Hartley secoua la tête.

— Je n'ai pas assez aimé mon fils, du moins pas de son vivant. Mon enfant est mort de faim pendant que j'étais en France. Poole a essayé de me faire croire que c'était la consomption qui l'avait emporté, mais j'ai vu clair dans son jeu. De toute évidence, c'était sa faute à elle qui l'avait laissé dépérir seul ici, et la mienne de l'avoir abandonné. J'étais sa mère et je l'ai caché pour pouvoir mener la vie que je désirais. Je l'aimais trop pour le laisser vivre avec d'autres qui auraient pu s'occuper de lui, mais pas assez pour le revendiquer comme mien. Poole a fui, emportant mes secrets avec elle, et les a utilisés à son profit ensuite. Et j'ai ramené mon garçon dans la maison de son père. Cela semblait approprié, d'une certaine façon. Après tout, Clifton m'avait trahie. Il avait laissé mourir notre fils au même titre que moi. Si seulement il s'était opposé à moi, s'il m'avait forcée à l'épouser, alors peut-être… Bon, il était trop tard. J'avais entendu ce qu'il était advenu de Clifton. Plus sa femme était malade, plus la culpabilité liée à notre liaison le consumait, et il se perdait dans la fréquentation des mauvaises personnes et des mauvaises manières, il essayait de noyer son horreur et son chagrin en jouissant avec sa cohorte et ses catins au milieu des arbres, au cours de pseudo-bacchanales. Alors je suis entrée, discrète comme une souris, avec mon petit garçon dans les bras. Je connaissais les secrets dont j'avais besoin. Je les ai tous rassemblés, toutes les déesses féminines, les femmes sages et la lune, et je les ai tissés ensemble pour former un sort. Tout ce qu'il me manquait, c'était l'endroit idoine et un sacrifice. La vie d'un enfant contre celle de mon fils. Si je parvenais à trouver la bonne victime, la bonne âme pour plaire aux anciens dieux et au diable lui-même, je pourrais ramener mon garçon à la vie, vous voyez. Je sais que je peux le faire.

Anne regardait lady Hartley parler en tournant autour de ses prisonniers, un cercle, puis un autre, le couteau pendant mollement à son flanc. Lorsqu'elle passa devant eux, Charlotte renversa sa coupe et celle de Joseph sur le sol, et utilisa sa jupe en lambeaux pour couvrir la flaque.

— Comment avez-vous capturé John Rafferty, là-bas ? demanda-t-elle.

— Je n'ai jamais entendu ce nom, répondit lady Hartley. J'ai choisi Liston : ce serait lui, mon offrande, ce bébé né à peine un an après mon fils. Je voulais que Clifton ressente la même douleur que moi, qu'il voie que l'on a beau se soûler et se battre, jamais l'on ne parvient à échapper à ses péchés. J'avais sous-estimé Mary, cependant. Je suis certaine que Clifton n'avait jamais mentionné mon nom devant elle, pourtant j'ignore comment, dès qu'elle m'a vue, elle a su qui j'étais. « Vous êtes celle qui le pousse à la folie, m'a-t-elle dit. Celle dont je ne pourrai jamais libérer son cœur. » Je lui ai simplement répondu que mon fils était mort et que j'étais venue tuer le sien. Et cette femme au bord de la tombe m'a tout de même combattue comme une lionne. Je l'aurais presque admirée. Mary m'a suffisamment tenu tête pour que la servante Bess ait le temps d'enfermer Liston, hors de ma portée. L'épouse de Clifton a trépassé dans mes bras. Cela m'a semblé un acte de décence, que d'accélérer son agonie. Et, bien sûr, j'avais besoin d'un sacrifice. Même si elle n'était pas l'enfant qu'exigeait le rituel, elle était tout ce que j'avais. Je l'ai emmenée dans sa chambre et j'ai célébré la cérémonie. Si elle m'avait laissée prendre Liston, cela aurait pu marcher, mais une femme malade, déjà quasi morte, n'était pas une victime suffisante pour les déesses mères. La nuit avançait, et j'ai enterré là mon fils, dans le conduit de cheminée, je l'ai mis en sécurité avec toute la magie que je connaissais et je savais qu'un jour mon heure reviendrait. J'ai chuchoté à l'oreille de Bess en passant la porte. J'ai conclu un pacte avec elle : si elle gardait le silence, je ne viendrais plus chercher Liston. Une seule autre personne m'a vue partir : l'horloger. Peut-être avait-il une idée de qui j'étais et de ce que j'avais pu commettre, mais il avait ses propres secrets. Ainsi, je n'ai jamais été découverte, parce que je suis prudente et ne prends aucun risque. J'attends que la bonne âme se présente, ensuite je patiente jusqu'à la lune noire, et bien que je n'aie pas encore réussi à accomplir mon dessein, ce soir je sais que je suis proche. Joseph, si pauvre et inutile soit-il, possède une joie de vivre qui le fait briller de mille feux. Un festin digne des anciens dieux.

— Un festin ? répéta l'intéressé en se tournant vers Charlotte. Je vais être mangé ?

Charlotte serra la main du garçonnet dans la sienne.

— Non, Joseph. Pourquoi êtes-vous tellement fière d'être une meurtrière aussi douée, Catherine ? ajouta-t-elle. Comment le fait d'ôter la vie à autrui peut-il honorer la mémoire de votre fils ?

— Vous qui n'avez jamais été mère ne pouvez pas comprendre l'amour qui m'anime ! Tout est devenu plus facile une fois que j'ai persuadé Leonard de financer l'orphelinat et que j'y ai installé Poole. Cela l'obligeait au silence tout en répondant à mes besoins. Ces garçons que Poole me livrait, ils seraient décédés avant d'avoir vingt ans de toute façon, tant ils étaient chétifs, malades et usés par le travail presque jusqu'à la mort. Je leur ai permis de servir un objectif supérieur à celui de simple chair à usine. Je les ai honorés, eux et lui, chaque fois que j'ai essayé de ramener mon garçon auprès de moi, et j'essaierai encore et encore jusqu'à ce qu'il soit dans mes bras ou que je rende mon dernier souffle.

Anne la vit lever les yeux.

—Et maintenant l'heure sombre est sur nous. La lune noire est montée, et j'ai deux âmes lumineuses et pures à offrir aux déesses mères ce soir. Alors mangez, buvez et rêvez, mes amours, et je vous promets que vous ne saurez rien de ce qui va suivre.

—Mère ?

Soudain, Joseph tenta de s'éloigner de Charlotte, qui le regarda, bouche bée. Il n'avait pourtant pas touché à la nourriture empoisonnée, elle en était certaine, alors que diable se passait-il ? Et puis, elle comprit que cette petite âme courageuse créait une diversion, leur donnait une chance de s'échapper. Elle lui lâcha la main, et il la tendit vers lady Hartley.

—Maman, c'est vraiment toi ?

Le garçon parlait avec un accent bourgeois terriblement faux, et pourtant, dans la folie qui l'habitait, ces intonations semblèrent suffire à sidérer lady Hartley, car elle s'arrêta et fixa Joseph du regard, avant de lever les bras vers lui, le visage adouci par la joie, des larmes de bonheur scintillant sur ses joues.

Le couteau tomba au sol.

—Mon chéri ? Mon Edward ?

—Joseph, cours ! cria Charlotte, qui se précipita sur lady Hartley et la saisit suffisamment fort pour qu'elles s'écroulent toutes deux à terre.

En un instant, lady Hartley avait rattrapé son couteau. Au même moment, Anne surgit de sa cachette alors que Joseph la dépassait en courant.

—Ramène les autres ici ! lui intima Anne tout en se hâtant vers Charlotte.

Mais elle n'eut d'autre choix que de s'immobiliser.

La lame du couteau miroitait, sans qu'Anne ne sache dire qui en avait le contrôle, or elle craignait de blesser sa sœur en se jetant dans la mêlée. Pourtant, elle devait récupérer l'arme avant qu'elle ne soit utilisée.

—Arrêtez immédiatement ! hurla Liston, qui entra en courant dans la salle, juste au moment où la folle retournait Charlotte sur le dos et, la plaquant au sol, levait son couteau pour frapper. Dans la même fraction de seconde, Anne saisit la poignée de l'épée de Liston et, la tirant de son fourreau, la braqua vers lady Hartley.

— Lâchez ma sœur, ordonna Anne en dirigeant la pointe de la lame vers la gorge de l'assaillante.

Lady Hartley pivota vers elle.

— Vous n'avez pas les tripes pour tuer, Anne Brontë, siffla-t-elle.

— Si vous croyez cela, alors vous n'avez jamais connu l'amour d'une sœur, rétorqua Anne. Souhaitez-vous le mettre à l'épreuve ?

Chaque seconde semblait durer une heure. Enfin, lady Catherine Hartley laissa tomber son couteau et se redressa.

À ce moment-là, lord Hartley surgit avec une demi-douzaine d'hommes. L'incrédulité et l'horreur gravées sur le visage, il resta à contempler la scène qu'il découvrait. De toute évidence, il était effectivement un mari bien inattentif.

— Catherine ! Mon Dieu, femme, qu'avez-vous fait ?

— Mon cher Leonard, répondit son épouse, je me suis mise dans le pétrin.

— Mesdemoiselles Brontë ? Liston Bradshaw ? lança lord Hartley en les regardant tour à tour. Pardonnez à ma femme, je vous prie. Elle n'est pas bien du tout. Je vais la prendre sous ma tutelle et, dès que j'aurai tout compris, j'arrangerai la situation.

— Vous ne pourrez pas « arranger » tous les jeunes garçons assassinés, répliqua Liston, les yeux brûlants. Ni les vies qu'elle a détruites.

Il désignait Catherine, qui lui sourit simplement en retour.

— Ce doit être dur de savoir que ton papa ne t'a jamais vraiment aimé, ni toi ni ta mère, cracha-t-elle. Son âme a toujours été mienne, et elle le restera. Je la garderai auprès de moi, même en enfer.

— Vous êtes une menteuse. Mon père m'aime et il aimait ma mère.

Liston se jeta sur elle, retenu de justesse par Anne et le confinement de l'espace.

— Il a raison ! (Clifton Bradshaw apparut dans le tunnel, tel un spectre, déjà à moitié passé de ce monde au suivant.) Je vous ai aimée autrefois, Catherine. Je vous ai aimée quand vous étiez une fille douce et une femme terrible. Mais ce n'était rien de plus qu'une fièvre, une infection qui me rongeait. Et, ce soir, je suis guéri. Je ne vous aime plus à présent. Je vous déteste.

Les larmes gonflaient les yeux de Catherine tandis qu'elle les plongeait dans ceux de Clifton.

— Alors notre éternité ensemble sera vraiment très longue, prédit-elle. Leonard, veuillez m'emmener loin de ces gens. Je suis terriblement fatiguée.

Et, tout à coup, ils furent seuls.

Anne lâcha l'épée et enlaça sa sœur, alors que Liston s'effondrait à genoux, le visage enfoui dans les mains, et que Clifton venait le bercer dans ses bras.

— Mon Dieu ! entendit Anne.

Emily et Branwell dévalaient les marches, puis vinrent s'accroupir à leurs côtés pour les embrasser, Charlotte et elle.

— Joseph est-il en sécurité ? demanda Charlotte.

— Oui, il est en haut avec son père, qui nous a suivis, répondit Branwell. Nicholls a pris la tête d'un groupe d'hommes du village, ils sont tous là-haut, qui attendent de vous secourir.

— Eh bien, attendre n'a jamais été très utile, commenta Charlotte.

— Je crois bien que j'ai raté toute l'aventure, constata Emily en regardant ses deux sœurs à tour de rôle. C'est intolérable, car je n'en entendrai jamais la fin.

— Probablement pas, en effet, confirma Anne en levant le menton. Mais, pour l'instant, pouvons-nous rentrer à la maison et boire un verre de xérès, s'il vous plaît ? D'autant qu'il subsiste une question à résoudre : qu'est-il advenu de John Rafferty ?

52

Emily

25 décembre

Emily se réveilla avant l'aube et, s'emmitouflant dans son châle de soie favori, elle descendit discrètement au rez-de-chaussée, Keeper sur ses talons. Car elle n'avait qu'un seul vrai cadeau à offrir à sa famille en ce matin de Noël, et ce cadeau, c'était sa musique.

S'installant au piano, elle ouvrit ses partitions et commença à jouer l'introduction de « L'hiver », de Haydn, tirée des *Saisons*.

Le morceau débutait doucement, sur un rythme mesuré, léger et aussi plein de grâce que la neige qui continuait à envelopper leur foyer de blancs andains. Bientôt, Tabby s'affairerait à allumer les feux, et Père se préparerait pour l'église. Ses sœurs seraient debout, à échanger des dessins et autres babioles faites maison, et cette modeste demeure serait remplie de l'amour et de la chaleur d'une famille.

Emily se pencha sur le piano, inclinant sa joue vers les douces montées et descentes de la mélodie qu'elle jouait. À mesure que ses doigts voyageaient sur les touches, elle laissait les derniers coins d'ombre des jours précédents s'élever dans l'air avec la musique.

Lord Hartley avait placé sa femme dans un asile la nuit où Anne et Charlotte l'avaient vaincue. Un sort meilleur que celui qu'elle méritait, mais sans doute un homme avec autant de pouvoir et d'influence que lui n'aurait-il jamais admis que son épouse passe devant un tribunal. Au moins était-elle ainsi à jamais empêchée de nuire, perdue dans le monde de sa propre folie. Hartley était venu au presbytère le lendemain matin, après avoir convaincu les représentants de la loi avec moult assurances et, sans doute, une forte somme d'argent, et leur avait juré qu'il n'avait jamais rien soupçonné des crimes de Catherine. Emily avait été suffisamment émue pour le croire, en le voyant écouter toute l'épouvantable histoire, assis devant leur cheminée, le visage blême, les mains tremblantes malgré la chaleur du feu.

Lord Hartley avait promis aux Brontë qu'il n'aurait de cesse de retrouver le nom et le lieu de sépulture de chaque enfant enlevé. Il avait renvoyé Mme Poole de l'orphelinat et, en fouillant son bureau, découvert quantité de matériel remisé là avec l'intention d'exercer son chantage et ses menaces sur les beaux noms de la noblesse locale, ainsi que des lettres d'accord revenant à vendre les garçons à son bénéfice, les vouant ainsi à une vie courte et brutale. D'une certaine manière, Emily estimait que Mme Poole était pire que Catherine, car elle n'était pas folle, juste totalement dépourvue de compassion et motivée par la cupidité. Personne n'avait été désolé d'apprendre qu'après un procès rapide et discret Mme Poole passerait le reste de sa misérable existence en prison. En revanche, ils avaient tous été ravis d'apprendre que Lucy Goddard prendrait sa place. Emily souriait tout en jouant, en s'imaginant combien la vie serait plus belle à l'orphelinat désormais, et combien M. Markham serait heureux de voir revenir sa collègue et Tom. Et quelle joie supplémentaire il y avait à savoir qu'une nouvelle tutrice et matrone régnait sur Crossed Keys. Une femme aimable bien que timide et qui commençait, seulement à présent que sa sœur était décédée, à vivre pleinement : une certaine Rose Sladden.

Quant à Clifton Bradshaw, après cette nuit passée à la recherche de Joseph, il était tombé gravement malade. Personne ne s'attendait à ce qu'il voie la nouvelle année ; cependant, lorsque Liston leur rendit visite, il leur rapporta que son père semblait enfin en paix, d'une manière qu'il n'avait jamais connue auparavant. Père avait été conduit à son chevet et avait prié avec lui.

Peu après le trépas de Clifton, Liston était venu frapper à la porte de derrière du presbytère et s'était assis à la cuisine, la tête entre les mains.

— Il est là-bas dans cet asile avec elle maintenant, je n'arrive pas à songer à autre chose, si ce n'est qu'elle a son âme et qu'elle ne le laissera jamais tranquille, leur avoua-t-il avec angoisse.

— Alors il faut cesser de penser à tout cela, lui dit Anne. Votre père a confessé tous ses péchés au nôtre. Ils ont prié ensemble avant sa mort. Le seul qui ait du pouvoir sur son âme, c'est Lui, et Il veille sur votre père désormais. S'il était sincèrement repentant – et je suis certaine qu'il l'était –, alors il est pardonné et en paix. Et pour votre part, Liston, vous avez toute la vie devant vous pour vivre dans le bien et la justice. Pour faire honneur à votre lopin de terre.

Liston trouva un grand réconfort dans les propos d'Anne et, par la suite, bien que n'adressant toujours guère la parole à ses sœurs, Branwell avait reconduit son ami chez lui.

La nuit passée, ils s'étaient tous rassemblés pour le service de la veillée de Noël, dans l'église pleine de bougies et de chants, réchauffée par la compagnie et la communauté de tout le village. Il semblait à Emily que les ténèbres qui avaient assailli leur vie avaient complètement disparu, qu'elles avaient été chassées, en fait, par les braves sœurs Brontë.

Après l'office, Emily avait trouvé Zerubabbel Barraclough qui attendait à la porte, bien décidé à éviter toute conversation avec les autres paroissiens.

— Est-ce que vos sœurs et vous vous portez bien ? lui avait-il demandé.

— Nous allons bien, avait confirmé Emily.

— Je ne suis jamais venu voir votre horloge. Les événements m'ont rattrapé, et j'ai consacré du temps à la recherche de Joseph.

— L'horloge fonctionne parfaitement, lui avait avoué Emily avec un petit sourire. Mais je pense que vous le saviez, monsieur Barraclough.

À quoi il avait hoché la tête.

— Je ne l'avais soupçonnée de rien avant la découverte des ossements, avait-il repris. Je l'ai vue cette nuit-là, la nuit où Mary Bradshaw est décédée, et j'ai supposé qu'elle avait été entraînée dans les soirées orgiaques qui se déroulaient au Bosquet. J'ai considéré que ce n'était pas mon affaire, nous avons tous nos secrets. Puis je me suis souvenu que, des années auparavant, juste avant la mort de Mary Bradshaw, alors que j'installais une horloge à Ponden, elle était venue dans la bibliothèque et, quand elle en était repartie, ses yeux brillaient comme si elle avait la fièvre. Elle était passée devant moi à toute vitesse, sans proférer une parole. Je me suis souvenu de ces livres, et mes soupçons m'ont conduit à les rechercher le matin où nous nous sommes croisés à Ponden. Rien ne m'a éclairé dedans, mais vous, mademoiselle Brontë, vous avez compris, n'est-ce pas ?

— Disons que j'en ai compris assez pour nous rapprocher un peu plus de la vérité, nuança Emily, bien que nous n'ayons pas tant résolu ce mystère que nous ne l'avons vaincu après qu'il s'est dévoilé. Si j'avais perdu ma sœur à cause de ce monstre, je n'aurais jamais pu me pardonner de ne pas avoir envisagé toutes les hypothèses. Car voyez-vous, monsieur Barraclough, je n'avais pas compris jusqu'à aujourd'hui qu'une femme pouvait être capable d'une telle cruauté.

— Il semble que nous sous-estimions les femmes dans tous les domaines, commenta Zerubabbel avec un petit sourire.

Les yeux d'Emily s'arrondirent.

— Que faisiez-vous cette nuit-là, si je puis me permettre ? Étiez-vous de la partie de débauche organisée par Clifton ?

— Absolument pas. (Barraclough scruta le visage d'Emily pendant un moment, l'évaluant avant de poursuivre.) Je rendais visite à ma bien-aimée, mon Agnes que, pardonnez-moi, j'aime comme un homme aime une femme depuis ces quinze dernières années.

— Oh, fit Emily. Je comprends maintenant pourquoi vous êtes un homme si réservé, monsieur Barraclough. Mais pourquoi ne voulez-vous pas simplement épouser Agnes ? Vous êtes libres tous deux.

— Agnes a déjà été mariée, c'était lorsqu'elle était très jeune, et elle l'a regretté aussitôt. De temps en temps, je m'enquiers de la santé de cet homme. En l'occurrence, il est encore en vie. Mais nous sommes engagés l'un envers l'autre et nous ne faisons de mal à personne.

Emily réfléchit un instant.

— Monsieur Barraclough, puis-je vous révéler un secret que mes sœurs et moi gardons, en échange du vôtre ?

— Vous pouvez, répondit-il gravement.

— Il est un mystère que j'ai résolu dans son entier, mais le sujet est si délicat que j'ai juré de n'en parler à personne, et c'est fort contrariant, car, de ce fait, personne ne saura que je suis terriblement intelligente.

— Vous pouvez vous décharger sur moi de ce fardeau, dit Zerubabbel, dont la bouche se retroussa sur un infime sourire.

Emily baissa la voix.

— Le mystère de John Rafferty. Un garçon que nous avons pensé, pour de bonnes raisons, être l'enfant découvert dans la cheminée. Cependant, une fois qu'il a été établi que le pauvre petit était le malheureux fils de lady Hartley, nous n'avions de cesse de nous interroger sur ce qu'était devenu John Rafferty. Et puis, je me suis souvenue de quelque chose que M. Markham m'avait dit, à propos du cottage des ouvriers où la mère de John vivait encore. Je lui ai donc écrit à cette adresse et lui ai posé une question simple. La réponse m'cst parvenue ce matin, et j'ai eu le plaisir de confirmer à mes sœurs que j'avais vu juste. J'ai toutefois brûlé la lettre immédiatement, et mes sœurs emporteront son contenu dans la tombe, comme vous, j'en suis sûre.

— Vous avez raison de le penser. Qu'avez-vous découvert ? demanda patiemment Zerubabbel.

— John n'a pas disparu. Il vivait avec sa mère comme soi-disant locataire pendant tout ce temps. Apparemment, il a décidé qu'il ne pouvait plus attendre d'être avec elle et, faible et chétif comme il l'était, il n'en était pas moins rusé. Il s'est enfui de Top Withens pour la rejoindre. Sachant que sa mère s'inquiéterait de la façon dont ils s'en sortiraient, il a tenté d'améliorer leur situation au moyen d'un larcin mal avisé. Il a été attrapé à Keighley et amené devant un juge qui l'a condamné à dix ans de prison. Mais il s'est évadé. Le locataire de Mme Rafferty est en réalité son fils, bien qu'il mène une vie respectable sous un autre nom désormais, et il va bientôt se marier. N'est-ce pas merveilleux ?

Zerubabbel réfléchit un moment.

— Si, finit-il par convenir. Je crois que si. Toute fin heureuse ou seconde chance ici-bas est en effet une bénédiction.

Après avoir souhaité une bonne nuit à M. Barraclough, Emily prit le chemin de la maison à travers le cimetière, avant de s'arrêter soudain : à quelques mètres de là se dressait une silhouette qu'elle avait déjà vue. Celle de la femme vêtue de noir de la tête aux pieds.

— Qui va là ? cria Emily, retenant Keeper par le collier, car son chien commençait à grogner.

Pendant un moment encore, la silhouette resta là, parfaitement immobile, puis un nuage passa devant la lune, et elle disparut. Reprenant son souffle, Emily courut vers l'endroit où elle se tenait et, balayant la neige sur la sépulture, elle lut le nom d'une femme. La tombe appartenait à Mary Bradshaw.

53

Anne

Anne retrouva Charlotte en haut de l'escalier, et ensemble elles descendirent pour trouver Emily en train de jouer. Elles se postèrent de chaque côté de leur sœur, et Anne se mit à chanter, sa voix douce et aiguë s'élevant pour remplir la pièce, tandis que Charlotte se joignait à elle afin de chanter l'harmonie.

Pile au bon moment, Branwell apparut également et, à ses côtés, leur père, suivi de Tabby et Martha. La musique d'Emily passait en souplesse d'un morceau à l'autre, et voilà que désormais « *Hark! the Herald Angels Sing* » résonnait dans tout le presbytère.

Anne regarda les visages de ceux qu'elle aimait de tout son cœur et éprouva une paix profonde et précieuse que, malgré la cruauté et la folie de ce monde, elle n'oublierait jamais. Car dans cette pièce étaient réunis sa famille, sa foi et son amour. Et quoi qu'il arrive dans cette vie, elle savait qu'aucun d'entre eux ne lui ferait jamais défaut.

— J'ai pensé à un roman, annonça Emily un peu plus tard dans la salle à manger, une fois qu'elles furent habillées pour l'église. Un roman d'une telle barbarie et d'une telle infamie que le lecteur tremblera en tournant ses pages ; un roman qui montre de quel mal et de quelle dépravation les hommes – et les femmes – sont capables.

— Je crois qu'il y a matière au moins à quatre romans dans les événements de notre dernière enquête, commenta Charlotte. Maintenant que nous allons devenir des poétesses célèbres, nous devrions en profiter, sans perdre un instant, pour enchaîner sur le succès littéraire grâce à trois histoires, aussi enlevées et palpitantes que possible.

— Mais les gens croiront-ils jamais que nos intrigues sont tirées de notre vécu ? demanda Anne.

— Non, répondit Charlotte. Et Dieu nous en garde.

Sur quoi, elle se dirigea vers la cheminée, où elle récupéra quatre lettres derrière la pendule, chacune évoquant une nouvelle affaire qui requérait les services d'un détecteur.

Musique le matin de Noël

La musique, je l'aime – mais jamais mélodies
Ne parvinrent à susciter ravissement aussi divin,
À apaiser le chagrin, à vaincre la peine
Et à faire exulter mon cœur prompt à la rêverie,
Comme celles que nous entendons le matin de Noël,
Portées par la brise hivernale.

Anne Brontë

Quelques mots de Bella Ellis

Comme toujours, lorsque j'écris un roman sur les *Enquêtes des sœurs Brontë*, je m'efforce d'y intégrer des faits biographiques vérifiés concernant la famille Brontë. Dans *Les Os du diable*, j'ai inclus une scène où le recueil de poèmes des sœurs est accepté pour publication par Aylott et Jones : bien que ce fait se soit produit, il n'a en réalité eu lieu qu'un mois plus tard, en janvier 1846. Charlotte écrit à Aylott et Jones le 28 janvier et, avant la fin de ce même mois, prend des dispositions pour que les livres soient imprimés aux frais des sœurs.

Charlotte a toujours affirmé que Branwell n'était pas au courant de la carrière secrète d'écrivain de ses sœurs, toutefois nous savons que le 28 mars 1846 Charlotte a écrit à Aylott et Jones pour leur demander d'envoyer à l'avenir toute correspondance à son vrai nom, car il y a eu « une petite erreur » avec les épreuves adressées à M. C. Brontë Esq. Se pourrait-il que Branwell ait ouvert le courrier par inadvertance ? C'est possible.

Si vous connaissez les lieux familiers des Brontë, vous savez que Top Withens est un endroit qui existe vraiment. Il s'agissait à l'origine d'une ferme datant du début du XVIe siècle. En 1591, elle a été divisée en trois lots : Top, Middle et Lower Withens. Les fermes ont été occupées jusque dans les années 1930, lorsque Lower et Middle Withens ont été démolies, et Top Withens fermée. En créant Top Withens Hall, j'ai suivi l'exemple d'Emily dans *Les Hauts de Hurlevent*, en utilisant le lieu magnifique qui, de l'avis général, correspond à la situation géographique de la maison dans le roman, mais en remplaçant l'humble ferme par une bâtisse beaucoup plus imposante. De nombreux éléments indiquent que la magnifique ferme de Ponden Hall a servi de modèle pour *Les Hauts de Hurlevent*, en particulier sur l'aménagement intérieur – Emily y a passé beaucoup de temps –, et l'auteure s'est aussi inspirée de la splendeur gothique de High Sunderland Hall pour faire bonne mesure. Nul doute qu'Emily s'est librement inspirée de ce qu'elle connaissait pour créer quelque chose d'unique dans son roman.

Oakhope Hall et la famille Hartley sont entièrement fictifs, mais Oakhope Hall est inspiré d'un lieu réel, Oakworth House, construit pour l'industriel du textile sir Isaac Holden entre 1864 et 1874, sur un sol qui recelait un réseau excentrique de cavernes, de grottes et de tunnels artificiels. On peut encore voir les vestiges de ces étonnantes « folies » si l'on visite Holden Park aujourd'hui, bien que la maison ait malheureusement été détruite dans un incendie en 1907. Si vous souhaitez voir des images de cette demeure étonnante et d'autres (y compris High Sunderland Hall), je vous recommande le livre *Lost Houses of the South Pennines* de Kate Lycett.

Si l'orphelinat Crossed Keys de Halifax est fictif, les épouvantables conditions de vie qu'endurent les orphelins à cette époque sont bien documentées.

Les Barraclough étaient une véritable famille d'horlogers de la région de Haworth ; on trouve d'ailleurs encore une horloge de John Barraclough au Brontë Parsonage Museum, à Haworth. L'un des trois fils de John, Zerubabbel, devint l'un des horlogers les plus célèbres de la région. Cet homme ne s'est jamais marié, mais il a vécu avec sa mère et sa gouvernante, qui s'appelait bien Martha. Nous ne connaissons pas la nature de leur relation.

Pour ce qui concerne les préjugés à l'encontre des Irlandais fuyant la « famine de la pomme de terre », et qui ne furent pas épargnés à la famille Brontë, ils étaient hélas monnaie courante à l'époque. En 1860, le romancier Charles Kingsley (auteur de *The Water Babies*) qualifiait les Irlandais croisés lors d'un voyage en Irlande de

« chimpanzés humains », et la presse dépeignait régulièrement les Irlandais comme des parasites profiteurs, paresseux et stupides. En 1837, après l'intervention de Branwell lors d'une manifestation locale où son père était bousculé par une foule enragée, les habitants ont brûlé un portrait de lui tenant une pomme de terre dans une main et un hareng dans l'autre, en référence à ses origines irlandaises. Patrick avait changé leur nom de famille de Prunty en Brontë, espérant ainsi améliorer ses chances de progression au sein de la société anglaise, mais les préjugés ont la vie dure, et leurs racines irlandaises ne furent jamais complètement oubliées.

Bella Ellis
Mai 2020

Remerciements

Il est impossible d'écrire une *Enquête des sœurs Brontë* sans l'aide, les connaissances et la perspicacité d'un grand nombre de personnes qui sont follement généreuses de leur temps et de leur expertise.

Merci à tout le personnel du Brontë Parsonage Museum, en particulier à Ann Dinsdale, qui a été si encourageante et si gentille. Et à Steve Wood, historien et auteur extraordinaire de Haworth, qui m'a aidée, notamment pour les questions relatives à la crypte et à la salle de classe. Et au Dr Jian Choel, dont l'article intitulé « The Brontës and Christmas » m'a été très utile pour créer l'atmosphère des *Os du diable*.

Merci aussi à tous les passionnés des Brontë comme moi, mais en particulier à Graham Watson qui est un formidable puits de science. J'ai eu la chance de me faire de grands amis à Haworth, notamment la merveilleuse Diane Park, dont l'enthousiasme et l'énergie sont toujours si appréciables.

Je tiens à exprimer mon immense gratitude à ma très chère amie, la brillante Julie Akhurst de mon cher Ponden Hall, qui est la première à lire mes manuscrits, les corrige et m'épaule souvent dans mes recherches. Julie et son mari, Steve Brown, m'ont accueillie comme un membre à part entière de la famille de Ponden, et je m'estime très chanceuse de les avoir dans ma vie.

J'ai constamment de nombreux ouvrages de référence sur mon bureau, au premier chef desquels *The Brontës* de Juliet Barker, qui a également édité une partie de leur correspondance dans *A Life in Letters* ; *At Home with the Brontës* d'Ann Dinsdale, *The Letters of Charlotte Brontë Volumes I-III*, édité par Margaret Smith, *A Brontë Kitchen* de Victoria Wright, les *Lettres du révérend Patrick Brontë* éditées par Dudley Green

et, bien sûr, les œuvres complètes de Charlotte, Emily et Anne qui sont ma source d'inspiration permanente.
Merci à mes extraordinaires équipes éditoriales, des deux côtés de l'Atlantique. Melissa Cox, Lily Cooper, Maddy Marshall, Steven Cooper chez Hodder au Royaume-Uni, et Michelle Vega, Lauren Burnstein, Jessica Plummer et Jennifer Snyder chez Berkley aux États-Unis.
Enfin, un grand merci à toute l'agence David Higham, en particulier à Lizzy Kremer, Maddalena Cavaciuti, Georgina Ruffhead, Alice Howe et toute l'équipe chargée des droits, à qui je suis toujours reconnaissante du travail acharné qu'ils ont accompli en mon nom.

Au cours de l'écriture de ce livre, le monde a changé à jamais en raison d'une pandémie planétaire, ce qui nous a donné à tous un aperçu moins rose de ce qu'était la vie de Charlotte, Emily et Anne, elles qui côtoyaient quotidiennement une maladie invisible qui pouvait s'avérer fatale. Un grand merci à tous ceux qui, partout, s'efforcent d'assurer notre sécurité et de trouver des traitements et des vaccins, ainsi qu'à tous ceux qui, dans le secteur de l'édition, font de leur mieux pour que les livres parviennent aux lecteurs du monde entier. Nous avons tous besoin d'une bonne histoire dans nos vies, maintenant plus que jamais, et j'espère sincèrement qu'au moment où ce roman sera publié nos problèmes seront loin derrière nous.

Aubin
IMPRIMEUR

IMPRIM'VERT
Votre imprimeur agit pour l'environnement

Achevé d'imprimer en octobre 2021
par Aubin Imprimeur à Ligugé
N° d'impression 2107.0190
Dépôt légal, novembre 2021
Imprimé en France
38122161-1